JN037265

黒木 亮

アパレル興亡

岩波書店

目次

プロローグ　1
第一章　笛吹川　11
第二章　つぶし屋と三越　23
第三章　百貨店黄金時代　78
第四章　株式上場　120
第五章　社長交代　175
第六章　ジャパン・アズ・ナンバーワン　221
第七章　カテゴリーキラー台頭　297
第八章　ヒルズ族の来襲　346
第九章　中国市場開拓　397

目　次

第十章　兵《つわもの》どもが夢の跡　445
エピローグ　465
主要参考文献　477
アパレル用語集

装丁＝森　裕昌
カバー・表紙写真：Marcin Kilarski/EyeEm/gettyimages®

主な登場人物

池田定六……山梨県の農家の六男(オリエント・レディ創業者)
田谷毅一……山梨県の農家の長男(のちオリエント・レディ社員)
菅野美幸……米国帰りのデザイナー
塩崎健夫……オリエント・レディ社員
八木沢徹……同(札幌支店)
堀川利幸……同(のちマーチャンダイザー)
鹿谷保夫……同
亘理夕子……同(デザイナー)
唐さん……上海の不動産屋の社員(のち堀川の秘書兼アシスタント)

佐伯洋平……東西実業アパレル部門社員
烏丸薫……海猫百貨店社員(婦人服売り場担当)
藤岡真人……同
湊谷哲郎……伊勢丹新宿店バイヤー
古川常雄……古川毛織工業二代目社長
古川裕太……古川毛織工業専務

プロローグ

平成二十二年(二〇一〇年)五月——

北京五輪に続く中国の大イベント、上海万博が二週間ほど前に浦東《ほとう》新区で華やかに開幕した街は、今にも小雨が降り出しそうな曇り空の下にあった。

日本でいえば銀座にあたる市内随一の繁華街、南京西路には、フェラガモ、カルティエ、ロレックス、オメガ、グッチ、モンブランなどの路面店が軒を連ねている。

煌《きら》びやかな通りに、時ならぬ警察のパトカーが何台も出動し、白いテープが歩道に張り巡らされていた。灰色の制帽・制服姿の警官たちが警備するテープの内側で、千二百人もの人々が行列を作っていた。新聞サイズの宣伝用チラシを手に、トートバッグやリュックサックを肩にかけた人々は、二十代、三十代の若い年齢層が多く、子ども連れの人々もいる。

ユニクロの上海南京西路店の開店日であった。

同社にとって世界で四番目のグローバル旗艦店、すなわち最高水準の商品とサービスを備えた、世界的情報発信のための大型店舗だ。売場面積は三六〇〇平米で、ユニクロの店舗では世界最大である。

前々日には、取引先やメディア関係者を招待して祝賀パーティーが開かれ、広告キャラクターに選ばれた陳坤《チェンクン》(俳優・歌手)、黄豆豆《ファンドウードウー》(舞踏家)、杜鵑《ドウジュアン》(スーパーモデル)、譚元元《タンヤンヤン》(バレエダンサー)ら六人が出席し、それぞれ挨拶の中でユニクロのイメージを語った。

地下鉄南京西路駅のそばにある店舗は、米国のボーリン・シウィンスキー・ジャクソン社が建築デザインを担当した白亜の三階建て。正面が円筒形という独特な形状で、エントランス上部の壁に掲げられた白い「UNIQLO」の文字が入った、赤い正方形の看板が人目を惹《ひ》く。

店内は、技術とセンスを凝らしたVMD(ビジュアル・マーチャンダイジング)によってディスプレイされている。正面エントランスを入ると、開店の目玉商品である八十八色のポロシャツを陳列する円形の棚があり、高さ五メートルの天井をガラスケースに入った十八体のマネキンがゆっくり回転している。壁には、六人の広告キャラクターがユニクロの製品を着た大きな写真が飾られ、店内後方の階段脇にある吹き抜けの空間では、三体のフライングマネキンが上下に行き来している。

午前十時の開店に先立って、豪華な花が飾られた正面エントランス前で、セレモニーが始まった。

会長兼社長の柳井正を中心に、韓正《ハンチェン》上海市長、大笘《おおとま》直樹ファーストリテイリング(ユニクロ)グループ上席執行役員、ファーストリテイリングの中国現地法人の総経理、潘寧《パンニン》ら七人が、テープカット用の白い横断幕の前に整列した。

「……東京、ニューヨーク、ロンドン、パリに続いて、世界で最新で最大のユニクロが、ここに誕生するっていうようなことです」

ダークスーツの胸に白いポケットチーフを覗かせた柳井が、マイクを手に左右に視線をやりながら、ざっくばらんな口調で挨拶をし、潘が中国語に訳す。

短髪でがっちりした体型の潘は、八年前に中国に進出した当初、不振だった業績を立て直した男だ。安物と思われ、大衆層から敬遠されたユニクロ製品の販売ターゲットを、所得がある中産階級と富裕層に変え、日本と同じ製品を日本と同じサービスで売ることで、成長軌道に乗せた。

「感謝《ガンシエ》大家《ダージア》的《ダ》到来《ダオライ》。谢谢《シエシエ》！（皆様のお越しを感謝いたします。有難うございました）」

潘が引き取っていうと、柳井ら六人が拍手をした。

柳井らに鋏《はさみ》が手渡され、拍手の中、七人が赤い四角のユニクロのロゴが入った白い横断幕に鋏を入れ、テープカットを行なった。

「在此《ザイツー》祝贺《ジューホー》优衣库《ヨウイークー》上海《シャンハイ》南京《ナンジン》西路《シールー》店《ディエン》开业《カイイエ》！（ユニクロ上海南京西路店開店を、ここにお祝い申し上げます！）」

女性司会者の高らかな声とともに、客の入店が始まった。

エントランスに続くスロープの脇に並んだ店員たちの拍手とカメラのフラッシュを浴び、テレビ局の集音マイクの下を、客たちが続々と入店する。

またたく間に店内はごった返し、殺気立つほどの熱気が渦巻く。購買意欲を刺激するドラムが効いた音楽の中、人々は奪い合うようにポロシャツやジーンズを摑み、白いプラスチックの籠をいっぱいにする。レジ付近は立錐の余地もなくなり、白いＴシャツ姿で横一列に並んだ十人以上のレジ係が、笑顔で客を捌いてゆく。二百六十人の店舗スタッフの接客訓練は、延べ十数人の現地幹部社員が日本で研修を受け、彼らが上海に戻って、ユニクロ流を叩き込んだ。数十人単位で送り込まれた日本人社員たちも、仕事のやり方を細かく指導した。頂点に立つのは、ユニクロ銀座店で日本一の売上げを達成したスーパースター店長、黒瀬友和だ。

ファーストリテイリング（ユニクロ）の今年（平成二十二年）八月期の売上げは八千百億円程度の見込みで、ＺＡＲＡ《ザラ》のインディテックス（西、約二兆円）、ＧＡＰ《ギャップ》（米、約一・九兆円）、Ｈ＆Ｍ（スウェーデン）、ザ・リミテッド（米）に次いで、世界第五位である。

柳井の野望は、年商五兆円を達成し、世界一になることだ。成長に限界が見えてきた日本は一兆から一兆五千億円で、残り三兆五千億円から四兆円を海外市場で稼ごうと考えていた。


翌週――

東京湾に面した千葉県の幕張は、初夏らしい青空が広がっていた。

ＪＲ京葉線の海浜幕張駅の海側にある南口を出て、十四段の階段を下りると、「幕張新都心へようこそ」という看板を左右に掲げた半円形屋根のアーケードが現れる。

右手に視線を転じると、巨大なツインタワーがそびえている。ドーム型の屋根を持ち、グレーの壁に青っぽいガラスを用いた地上三十五階建ての二棟のビルは、三井不動産が管理・運営するマリブイーストとマリブウェストだ。

東証の新興企業向け市場、マザーズに上場する、株式会社スタートトゥデイは、マリブウェストの十五階と十六階に入居している。日本最大のアパレル通販サイト「ＺＯＺＯＴＯＷＮ」を運営する会社である。

同社は、社長の前澤友作が、二十歳をすぎた頃に千葉県鎌ケ谷市の実家の六畳間で始めた、米国で買い付けたレコードやＣＤのカタログ販売業が始まりだ。その後、アパレルのネット通販業に進出し、急速な勢いで成長を続けている。今年三月期は、商品取扱高三百七十一億円、売上げ（手数料収入）百七十二億円、純利益十八億五千万円を上げ、株式時価総額は約七百八十億円で、大手スーパーのダイエーを上回った。

受付は十五階にあり、ソファーセットのほか、大きな水槽のようなガラス張りの会議室がある。そばの壁には、男性ミュージシャンの大きなポートレートが二枚飾られている。前澤が出勤すると、この会議室に社員たちを呼んで、長テーブルで打ち合わせをする。ウェブデザインに精通している前澤は、自らサイトの文言を考えることもある。

社員たちは平均年齢が約二十七歳という若さで、スニーカーやサンダルばきが多い。ほぼ全員がファッションと音楽に興味を持っており、お洒落で個性的な服装をしている。三十代以上の社員は、ウラハラ(裏原宿)系全盛時代を経験し、その音楽やカルチャーに影響を受けている。

十五階にあるカフェテリアのような広い休憩スペースのテーブルの一つで、WEBクリエイション部の社員たち六人が会議をしていた。

「……やっぱ、アップするのは、ユナイテッドアローズとかビームスとか、そんなのを買う人たちがサイトにくる時間帯じゃないすかね」

紺のヨットパーカーにジーンズ姿の男性社員がいった。

一日一回の、商品をサイトにアップする時間帯についての話し合いだった。ユナイテッドアローズやビームスは、他の商品より値が張り、それを買うのは、感度が高く、金を使える人たちだ。

「なるほど……。データ見てるとさ、午後九時頃ってことになるよね。そういう人たちが家帰って、携帯見るのって」

サイトの売上げ、時間帯ごとの訪問者の数、売れ筋、ページビュー、決済まで行った客数などを細かくチェックしている男性社員がいった。

「商品を十分回してくれないショップもあるから、やっぱ、一番買ってくれる人たちがサイトにくる時間だよな、アップするのは」

「時間はそれでいいと思うんですけど、商品をカートに入れて、決済に行くまでの三ページの間に離脱してる人が結構多くないですか?」

ノートパソコンでエクセルのスプレッドシートを見ながら、灰色の薄手の丸首セーターに濃緑色のサルエルパンツ(裾がすぼまったパンツ)をはいた女性社員がいった。

今のサイトの仕様では、カートに商品を入れたあと、住所や決済情報を入れ、内容を確認し、注文を完了するまで三ページほど進まなくてはならない。

「決済情報とかは、もう一ページに凝縮して、えいやっ! で買えるようにしたほうがたぶんいいと思うんですよね」

室内にはアート作品や観葉植物が飾られ、フロアーの一角にはトルコ製のキリムが敷かれ、若い女性社員二人が靴を脱いで寛いでいた。

北と西側の二方向は大きな窓で、東京湾の赤潮や美しい夕日、夏には花火大会も鑑賞でき、四キロメートルあまり離れた物流センター、ZOZOBASE(習志野市茜浜)も見える。

「それはいえるね。あと、新しいページのデザインだけどさあ、これ、どういうコンセプト?」

ロン毛を後頭部で縛ったまとめ役の男性社員が訊いた。

「はあ、見た目的にバーンと目を惹くっていうか、そんなんがいいなー、と思って作ってみたんすけど」

新デザインを提案した男性社員がいった。

「うーん、そうなあ……。しかし、やっぱ『透明な箱』って基本コンセプトからちょっとずれてるんじゃないか?」

社長の前澤は、ZOZOTOWNはあくまで商品が主体で、「ユニクロからヴィトンまで」扱える、色のない「透明な箱」でなくてはならないと常々話している。

「デザインとかはいいと思うから、もうちょっと色とかトーンダウンさせて考えてみろや」

「分かりましたー」

会社の中核を担うWEBクリエイション部は多忙で、皆、夜遅くまで働いていた。

前澤が千葉県出身であることもあり、幕張地区に住んでいる社員には月五万円の幕張手当が支給され、会社の近くに住んでいる社員が多い。時には社員総出で海岸のゴミ拾いをしたり、盆や正月のセールの時期には、本社から物流センターにピッキング作業の応援に行ったりもする。


その日の夕方——

老舗婦人服メーカー、オリエント・レディで三十一年間にわたって社長の座に君臨する田谷毅一《たやきいち》が、千代田区九段南の本社で、米国人の女性デザイナー二人を案内していた。

「……これがサンプル・ルーム(試作室)ですわ。ミシンからなにから、最新鋭の設備を揃えてやっとります」

白髪まじりの頭髪をオールバックにした七十三歳の田谷がかすれ声でいった。

元々、筋肉質のがっちりした身体だが、ここ三年で体重が約一〇キロ落ち、顔色が悪く、瞼も窪んでいた。しかし、ファッション業界の人間らしからぬ悪相には、「物言う投資家」村上世彰《よしあき》との委任状争奪戦に勝った高揚感と、業界で「ミスター・アパレル」という異名を奉《たてまつ》られる自信が漲《みなぎ》っている。

「オゥ、イエス、ルックス・グッド！」

金髪でスーツ姿の女性デザイナー二人は、型紙を切ったり、スタン（洋裁用人台）に着せたドレスの仮縫いをしたり、ミシンを動かしたりしている社員たちの様子を眺める。

近々、オリエント・レディと提携予定のニューヨークの婦人服ブランドのデザイナーたちだった。

「おい、ちょっと、チーフ・デザイナーを呼んでくれ」

田谷がそばで通訳をしていた男性社員に命じた。

スタンに着せた試作品の周りで打ち合わせをしていた数人の男女の中から、グリーンのジャケットを着た、五十歳すぎの女性がやってきた。田谷が最近執行役員に取り立てたチーフ・デザイナーだった。

「こちらはな、今度提携することになったニューヨークのブランドのデザイナーさんたちだ。……おい、しっかり通訳せえよ」

引き締まった雰囲気を漂わせた短髪のチーフ・デザイナーの女性に、米国人女性デザイナーたちを紹介し、通訳をしていた男性社員に発破をかける。

「社内は一通り案内したから、あとはデザイナーとMD《エムディー》（マーチャンダイザー）を紹介してやってくれ」

チーフ・デザイナーの女性に命じると、米国人デザイナーたちと握手を交わし、エレベーターで七階にある社長室に向かった。

七階には総務部、経営企画部のほか、監査役の塩崎健夫《たけお》（元常務）の席もある。

ものづくり一筋で、かつては約九〇パーセントという驚異的な自己資本比率を誇った会社の業績は、リーマンショック後の不況で、今年二月の決算は九十三億九千万円の最終赤字という、会社始まって以来の赤字決算となり、社内には危機感が漂っていた。

「おい、帰るぞ」

田谷が、塩崎ら二人の監査役に声をかけ、鞄を取りに社長室に入っていった。

食が細くなっていたが、長年の習慣で、部下を引き連れて外で夕食をとっていた。

食事のときには一升瓶に入ったアジロンダックの赤ワインを湯飲みで飲むのがならわしだ。米国系の黒ブドウの品種で、耐病性があり、昔から田谷の故郷・山梨県で栽培されている。

二人の監査役が帰り支度を始めて間もなく、社長室のブザーが鳴った。田谷が部下を呼ぶときの合図だ。

（あれ？　なんだ？）

営業担当役員時代の厳しい雰囲気を痩身に留めた塩崎が、怪訝な顔になり、足早に社長室に向かった。

マホガニーの重厚なドアをノックして開けると、大きなデスクにすわった田谷が顔を歪め、苦しげな表情をしていた。

「社長、大丈夫ですか⁉」

「う、うむ、大丈夫だ。ちょっとトイレに行ってくる」

青ざめた顔で立ち上がり、ふらつく足取りで社長室を出て、役員用のトイレに向かった。

塩崎や七階にいた社員たちは、不安げに後姿を見送った。

「うごおおーっ！」

田谷がトイレに行ってすぐ、絶叫ともうめき声ともつかぬ咆哮が響き渡った。

「おい、やばいぞ！」

塩崎ら数人が血相を変え、トイレのほうへ駆け出した。

第一章　笛吹川

1

昭和五年春——

インドでは、マハトマ・ガンディーが英印円卓会議を拒否して、第二次非暴力抵抗運動を開始し、ロンドンでは、戦艦削減や日本の補助艦（巡洋艦以下）保有比率を米国の六九・七五パーセントとする海軍軍縮条約が調印された。

山梨県中央部、甲府盆地東南端の東八代郡柿ノ塚《かきのづか》村の、とある大きな農家の軒先で、着物姿の小柄な少年が頭を下げていた。

蜂城山《はちじょうさん》（標高七三八メートル）の山すその、草深い集落の一軒であった。

「それじゃあ、行ってきあす」

風呂敷包みを手に提げ、裸足に下駄をはいた少年は、池田定六《ていろく》であった。年齢は十五歳。十九年後に、東京・神田で婦人服メーカー、オリエント・レディを創業することになる少年である。

定六は、池田家の七男二女の六男として生まれ、村の尋常小学校高等科を卒業したあと、家から二キロメートルほど離れた長寿院という寺の私塾で三年間勉強した。そこは東京にある哲学館(現・東洋大学)を出た「寒山」という僧号の住職が塾頭を務める「寒山学校」という塾で、漢学、数学、英語、農業を教えていた。

日本の高等教育制度が整備される前、志のある若者たちに勉学の場を与えたのはこうした私塾で、県内各地にも勉旃《べんせん》学舎(五明村)、東冠義塾(日川村)、修斎学舎(市川大門町)、成器舎(南八代村)など多くの私塾があった。

「うむ。奉公先の人《ひと》ん等《とう》のいうことをちゃんと聞いて、励むんだぞ」

玄関の上がり框《がまち》で見送る十数人の家族の真ん中に立った父親がいった。

池田家は地元で十数代続く庄屋で、一町歩の水田と、年間四百貫の収穫がある養蚕を行なっていたが、大酒飲みの先代(定六の祖父)が多額の借財を作ったので、生活は必ずしも楽ではない。

さらに前年十月二十四日に起きたニューヨーク株式市場の大暴落「ブラック・サーズデー」に端を発する世界恐慌が米価と糸価を押し下げ、追い打ちをかけた。

「はい」

定六は再び頭を下げ、踵《きびす》を返して、家をあとにした。

甲府市の春日町商店街(現・かすがもーる)にある「ヒツジ屋洋装店」に住み込み店員として働きに出るところだった。

家から二〇メートルほど離れた門までくると、振り返って、手を振っている家族に頭を下げ、村の道に出た。バス停まで見送る兄の一人が一緒についてきた。

村は、百戸ほどの集落で、家々は石垣の上に建てられている。石垣のそばの用水路を水がちょろちょろと流れ、梨や柿の木が植えられ、秋になると柿の実がぼとぼと路上に落ちてくる。一帯には草木が生い茂り、猿や狸が棲息し、夏には蛍が見られる。山すその集落なので、道はすべて坂道である。

坂道の向こうから、野良着姿の男が鍬を担いで、重い足取りで歩いてきた。日焼けと垢で赤茶色に染まった身体に、ぼろぼろの野良着をまとい、草鞋《わらじ》をはいた男は、池田家の裏手に住む、田谷という家の若い亭主だった。十数代続く池田家と違って、まだ二代の新参者で、娘が何人かいた。耕作地が五反しかない、いわゆる「五反百姓」で、暮らし向きは苦しく、「また田谷の家が土地を売った」とか「借金取りがきた」と、父親らが話しているのを定六も聞いたことがある。

すれ違いざま、定六と兄はお辞儀をしたが、田谷はどこかうつろな視線で二人を一瞥しただけで、重い足取りで黙々と坂道を上がって行った。

「相変わらず、すっちょ（愛想）ねえじゃんな」

兄がいった。

定六は、風呂敷包みを提げ、石の多い坂道を、バスの停留所がある甲斐國一宮浅間神社のほうへと下って行った。

正面の北の方角には金峰山《きんぷさん》（標高二五九九メートル）をはじめとする山々、右手前方には大菩薩嶺（標高二〇五七メートル）などが屛風のように連なり、青い山影はまだ雪を頂いている。

眼前には甲府盆地が開け、笛吹川が貫流している。江戸時代から鮎が名産で鵜飼も行われているが、急峻な地形を流れているため、梅雨や台風の季節に洪水を引き起こす暴れ川だ。

「ほんじゃあ元気で行ってこーし」

「うん」

バスの窓から兄に手を振り、定六は、柿ノ塚村をあとにした。

甲府のヒツジ屋洋装店では、午前五時半に起床し、飯炊きと掃除で一日が始まり、夜十一時すぎまで働き、窓も電灯もない蔵の中のせんべい布団で寝る厳しい修業生活が待っている。

2

十二年後(昭和十七年夏)——

前年十二月、日本軍による真珠湾攻撃で太平洋戦争の火ぶたが切られ、日本はマレー半島、オランダ領東インド、フィリピン、ビルマなどを占領したが、六月のミッドウェー海戦で大敗北を喫し、戦況は悪化の一途を辿っていた。

物資は次々と配給制になり、中学や高等女学校の生徒たちは学業に代えて、軍需工場や農村での勤労奉仕に駆り出された。柿ノ塚村からも男たちが万歳の歓呼と打ち振られる日の丸の旗に送られて出征し、多くが戦死した。

食糧事情は悪化し、米が手に入らないので、食事は麦飯、サツマイモ、小麦粉の麺と野菜を味噌で煮込んだ「ほうとう」などで、おかずはタクアンだった。たんぱく源はたまに手に入る魚の干物、家で飼っている鶏やウサギ、川で獲ってくるドジョウくらいになった。

池田家の裏手にある、田谷家の傾きかけた粗末な家で、母親が長男を柱に縛り付け、箒《ほうき》で折檻をしていた。

「この馬鹿っちょが！　人に怪我させるじゃあねーってなんぼいったら分かるだ⁉」

野良着姿の母親は顔を真っ赤にして箒を振り上げ、少年のいがぐり頭に振り下ろす。

バシーッという大きな音がして、少年が悲鳴を上げる。

「痛《いて》えーっ！　痛えじゃんか、かあちゃん！　止《や》めてくりょーっ！」

土間の柱に縛り付けられた田谷毅一は、泥と垢で黒ずんだ手足をばたつかせる。

三人の姉と三人の妹の間に生まれた長男で、八歳のわりには身体が大きく、運動神経も抜群で、村のガキ大将である。

「この悪玉が！　おまんのために、うちのしがどんだけ肩身の狭い思いをしてるだか、分からんだか⁉」

母親は、農作業で日焼けした、ごつごつした手で、容赦なく箒を振り下ろす。

毅一は村一番の悪ガキで、喧嘩、畑のスイカやブドウ荒らし、万引き、落とし穴掘りなど、ありとあらゆる悪さをしていた。

そばの茶の間で姉たちが繕《つくろ》い物をしたり、土間の隅で鎌を研いだりしていた。戦争による物資・食糧不足が、ただでさえ大変な「五反百姓」の暮らしに追い打ちをかけ、姉たちの表情や動作にも疲れが滲んでいた。

「まったく、このろくでなしが！」

母親は再び箒を振り上げ、打ち下ろす。

「痛えーっ！」

「痛くて当たりめーだ！　反省しろ！」

「反省したよー！　したじゃんかーっ！」

「石を投げるじゃねーって、いったら！　下手すりゃ、死んじもうじゃんか！」

ガキ大将の毅一は、子分たちを率いて、近くの集落の子どもたちとよく喧嘩をしていた。投石合戦では抜群のコントロールで小石を相手の大将に命中させ、取っ組み合いでは誰にも負けない。ただし相手方に上級生が加わったときは、標的にされるので、一目散に逃げた。

「この大馬鹿ちょが！」

「痛えーっ！」

叩かれた毅一が身もだえしたとき、身体を縛り付けていた荒縄がほどけた。

「あっ！」

母親が驚いた瞬間、毅一は素早く縄から抜け出て、猿《ましら》のような素早さで家の外に逃げ去った。

「こら待て！　この山猿っ！」

母親が追いかけようとしたが、毅一は玄関にあった下駄をひっ摑むと、家の外へと逃げる。

「へっ、くそ婆ぁ！　いい加減にしろ！」

振り返って、あかんべーをすると、一目散に走り去った。

道から少し離れた果樹園で毅一の父親が猫背ぎみになって働いていた。細々と水田と養蚕をやっていた田谷家は、二、三年前から現金収入が多い桃の栽培を始めたが、害虫や病巣を駆除するための消毒薬が十分に買えず、かえって家計が圧迫される悪循環に陥っていた。

（ちぇっ、なんちゅうこんだ、どいつもこいつも！）

空は抜けるように青く、積乱雲が湧き上がるように浮かんでいた。遠くには八ヶ岳や関東山地の山々が夏らしい姿を見せ、叢《くさむら》ではキリギリスがギイーッ、チョンと鳴いていた。戦争が起きていることなど信じられないような平和な風景だった。

毅一が下駄を鳴らして夏休み中の小学校までやってくると、今しも隣村の悪ガキたちとの石投げが始まろうとしていた。

前年に公布された国民学校令によって、尋常小学校は国民学校と改称され、学校ぐるみで戦時体制への取り組みが行われるようになった。

「おい、おまん等《とう》（おまえら）、こっちへこーっ！」

毅一は柿ノ塚村の子どもたちに大声でいった。

「あっ、毅一《きいっ》ちゃんだ！」

「おい、そっち行かだー」

子どもたちはリーダーである毅一の指示にしたがって、小石を手に、校庭にある二宮金次郎の銅像のほうへと駆けて行く。

二宮金次郎（尊徳）は江戸時代に相模国足柄上郡（現・神奈川県小田原市）に生まれ、報徳の教えを広め、多くの農村を復興させた篤農家で、国家に奉仕する国民の模範として、全国各地の小学校に銅像が建てられていた。

柿ノ塚村の子どもたちが集まると、毅一はするすると金次郎の銅像に登り、両肩の上に左右の足を乗せ、仁王立ちになった。

「すげえーじゃん！」

「危ねえーなー」

台座も含めると三メートルくらいの高さの銅像の上に立った毅一を見上げ、子どもたちが驚きの声を上げた。

「おい、カスどもー！　おん(俺)にー石をぶっつけられるもんなら、ぶっつけてみろー！」

毅一が五〇メートルほど離れたところに集まった隣村の悪ガキたちに大声でいった。

そのとき近くから怒鳴り声がした。

「こら、おめーら！　なにやっとるだー⁉」

毅一たちが驚いて声のしたほうを見ると、カーキ色の軍服を着て、軍靴をはいた男が立っていた。学校に武道を教えにきている軍人だった。

「やべえ！　逃げろ！」

毅一は、銅像から素早く下りると、一目散に駆け出した。

「こら、田谷毅一！　またおめーかー！」

野猿《やえん》のような速さで逃げる毅一を軍人は追いかけた。


同じ頃――

東京の街では、うだるような暑さの中、ジリジリ、ギギギギと、絡み合うようなセミの鳴き声がこだましていた。

神田川に近い須田町から岩本町にかけての一帯には、洋服店、羅紗《ラシャ》店、綿布店、芯地卸店、メリヤス店、古着商などがひしめき合うように軒を連ねていた。

この地が東京の洋服産業の中心になったのは、明治十四年に羅紗既製服製造販売業者の岩村吉兵衛商店が開業し、その後まもなく、製造、卸し、小売りなど、五つの既製服店ができたことに由来する。

二十七歳になった池田定六は、岩本町の一角にある「池田商店」の土間と上がり框《がまち》に続く畳敷きの事務所兼接客室で、一枚の手紙を深刻な表情で見つめていた。

「……長い間汗水流して、やっと事業を立ち上げたのに……こんねんなっちもうとは……」

いかにも堅物そうな池田の顔に、悔しさが滲んでいた。

手にしていたのは、商工省から送られてきた通知書だった。

池田が昨年、長年勤めたヒツジ屋洋装店から独立して旗揚げした池田商店を、政府の既製服中央製造配給統制株式会社の製造を代行する代行所の一つ、既製服中央第三十四代行所に統合するという通知だった。

「社長、これからおれん等《とう》(おれたち)は、なにをしたらいいでー?」

かたわらにいた男の社員が甲州訛りで訊いた。

独立するときにヒツジ屋からついてきた社員の一人だった。

「なにをしたらいいもなにも……要するに、政府から命じられたとおりに国民服だとか防空頭巾だとかモンペだとかを作って、政府の指示にしたがって納入先に運ぶっちゅうこんだ」

去る二月から衣料品に切符制が導入され、人々は与えられる切符の範囲内でしか衣類を購入できなくなった。

「ほうですか……。衣類の製造や販売も政府の統制下に入るっちゅうことなんですね？」

「国家総動員の時代ってこんだな」

大きめのレンズの眼鏡をかけた池田の顔に、無念の思いが滲む。

甲府のヒツジ屋洋装店で、身を粉にして夜遅くまで働いて頭角を現し、入店三年後の昭和八年に、同店が東京の神田に進出するにあたって、十二人の社員の一人として送り込まれた。東京にきてからも、大きな風呂敷包みをかついで取引先開拓に歩き、横浜の小売店に行くときは、荷台にうずたかく商品を積み、片道二五キロメートルの道を自転車をこいで往復した。そのかたわら、半年間、日比谷の裁断学校の夜間のクラスに通って、パターンと裁断の技術も身につけた。

「桐生なんかの機屋《はたや》じゃ、戦力増強企業整備で鉄をとるために織機をハンマーでぶっ壊されてるそうだ」

池田の言葉に、社員が沈痛な表情でうなずく。

昭和十七年六月に閣議決定された戦力増強企業整備基本要綱にもとづき、あらゆる産業で、金属類の強制的供出と工場・設備の軍需転用が行われた。

「ただ……、でっけー声じゃあいえんけんど、どうもこの戦争は負ける可能性が高いらしいぞ」

池田があたりに注意深く視線をやって、小声でいった。

「えーっ⁉　そっ、そりゃ……どういうこんですか？」

「俺の親戚がアメリカにいて、時々手紙をくれとっただけんど、向こうの軍事力や経済力は、日本の比じゃねーちど」

十九世紀半ばに米国のカリフォルニアでゴールドラッシュが起き、鉄道の建設が本格的に始まると、大量の中国人労働者が使われた。その後、一八八二年(明治十五年)に中国人移民入国禁止法が施行されると、日本人労働者がとって代わった。鉄道建設が終わると、彼らは農業や商業に従事した。

池田の親戚も、山梨県から渡米し、現在はカリフォルニアでクリーニング店を営んでいる。池田は米国の服飾業界の動向を知るためにも、昨年まで親戚と手紙のやり取りをしていた。

「大本営が大勝利だって宣伝しているミッドウェーの海戦も、実は大敗北だったちゅーど」

池田はそれを、短波ラジオで米国の放送を聴いていた米国帰りの日本人から聞いた。

「ほ、本当ですかーっ⁉」

「うむ。……日本がどうなるか、俺にも分からん。だけんど、どんな時代になっても、人には服が必要じゃんな。この商売がなくなるっちゅーことはねーら」

「は、はい。おっしゃるとおりで」

「ただ、今は政府のいうとおりにするしかねーけんな」

池田の言葉に社員の男はうなずく。

「ちょっくら出かけてくる。代行所に一緒に統合されるよそさんとも話さんといかんからな」

襟のついた国防色(カーキ色)の国民服姿の池田は立ち上がった。身長は一五六センチで小柄である。

第三十四代行所は、池田がかつて働いたヒツジ屋洋装店の東京店など八社が統合され、本部は日本橋小伝馬町二丁目に置かれる。

店を出ると、目の前の電車通りに面して、「堀江ボタン」「天ぷら」「板山自転車」といった看板の木造家屋や煉瓦造りの商店が軒を連ねている。しかし、かつてここを忙しく行き交っていた業者や丁稚《でっち》たち、荷台に大量の商品や古着を積んだ自転車や荷車の姿はもうない。近くのダンスホールは政府の命令でとうの昔に閉鎖された。

（希望のねえ時代だな。いつ戦争は終わるだか……）

池田は重苦しい気分で、炎天下の道を黙々と歩いて行った。

第二章　つぶし屋と三越

1

昭和二十四年八月——

敗戦から四度目の夏が訪れていた。

東京は一面の瓦礫《がれき》と焼け跡からしぶとく蘇り始めていた。闇市か地方への買い出しでしか空腹を満たすことができなかった食糧事情も改善し、去る六月には銀座、新宿、渋谷などに二十一のビヤホールがオープンした。

復興を後押ししたのが、米国の対日戦略の大転換だ。

東西冷戦が深刻化したため、日本を共産主義の防波堤にしようと、経済の再生に力を入れ始めたのだった。去る二月には、トルーマン大統領の命で、デトロイト銀行頭取ジョゼフ・ドッジが来日し、緊縮財政を柱とする急進的な経済改革「ドッジ・ライン」を吉田茂政府に命じた。

神田須田町二丁目と通りを一本隔てた東松下町十八番地の「池田商店」では、広い土間に続く畳の間で、社員たちが注文の電話を受けたり、そろばんを弾いたり、納品伝票を書き込んだりしていた。

昭和十九年頃から空襲のためにまともな活動ができなくなった既製服中央第三十四代行所に見切りをつけた池田定六は、郷里の山梨県に戻って、地下足袋や軍用のバンドを製造する工場でしばらく働いた。終戦から五ヶ月後の翌昭和二十一年一月に再び上京し、代行所時代の仲間八人とともに、池田商店を再興した。

「……いつも有難うございます。それでは、明日お届けということで、宜しくお願いいたします」

男の店員が、電話機に向かって頭を下げ、丁寧に受話器を置いた。

周囲では、何十個もの段ボール箱に商品が詰められ、次々と縄をかけられていた。部屋の一角には反物が積み上げられ、生地の裁断作業をしている者もいる。

店の表では、手縫いのワイシャツを着た二人の店員が、自転車の荷台に大きな荷物を載せようとしていた。

「ちょっとこれ、載るかな？」

「重心を、重心を上手く真ん中に持ってこないと……、おとととっ！」

二人が自転車の左右から抱えていたのは、大きな風呂敷で包んだ竹行李《たけごうり》で、中に婦人服と子ども服がぎっしり詰められていた。

付近の通りには焼け跡に建てられた木造の家々に、「三弥衣料」「中央繊維工業」「栃木既製服」といった看板が掲げられ、衣料品の問屋・小売り街が復活し、にぎやかに商いを行なっている。

南の小伝馬町から堀留町にかけては織物問屋街、浅草橋、馬喰《ばくろ》町、横山町にかけては作業衣、布《ふ》帛《はく》(織物生地)、メリヤス(ニット製品)等の問屋街が控え、一帯は東京の衣料品製造・販売業の中心地になっていた。そこから目と鼻の先には、伊藤忠、丸紅、東洋棉花（現・豊田通商）、日本綿花（現・双日）、江商《ごうしょう》（現・兼松）の「関西五綿」（繊維分野から発展した関西系五大商社）が、東京本社を構えている。

「どうも、こんにちはー」

細身の身体に洒落た砂色のスーツを着た中年の男が、店に入ってきた。

池田商店と取引がある大手商社の部長だった。

「あっ、これはどうも！　ようこそお越し下さいました」

畳の間で注文伝票を見ながら、商品の詰め込み作業の指示をしていた池田が頭を下げ、土間に下りてきた。

「池田さん、近くまで用事できたんで、様子を見に寄らせてもらいました。ますます盛況ですなあ」

「ええまあ、おかげさまで。『つぶし屋』も、世間様に用立てて頂ける時代になりました」

三十四歳になった池田は、日頃愛想がない堅物顔に精いっぱいの笑みを浮かべる。

この頃、既製服は和服や古着をほどいた生地で作ることが多く、品質もよくなかったので、「つぶし」という蔑称で呼ばれていた。衣料品業界の頂点に君臨していたのは、東洋レーヨン（現・東レ）、帝国人造絹絲（現・帝人）、東洋紡績（現・東洋紡）といった紡績や繊維メーカーで、こうした会社では東大出も珍しくない。彼らは学歴もない既製服業者を「つぶし屋」、ニッター（編み立て業者）を「メリヤス」と呼んで馬鹿にしていた。

「いや、池田さんのところは、品質もいいし、『つぶし屋』だなんて、とんでもない。だからうちもお取引きさせてもらってるんです」

「有難うございます」

池田は腰を曲げ、丁稚のようにお辞儀をした。

二人が話している間にも、社員、縫《ぬ》い物を請け負う下職《したしょく》、郵便や運送会社の配達人などが忙しく店を出入りしている。

「ときに御社は、三越さんとお取引がありますよね?」

小柄な池田が相手を見上げるようにして訊いた。

「ええ、ありますが。なにか?」

商社の部長は骨ばった浅黒い顔を池田のほうに向ける。

「実は、三越さんとお取引きできないかと前々から考えているのですが、まったくツテがないもので……。もしできることでしたら、御社から紹介状を頂けないかと思いまして」

池田商店の主な取引先は、亀戸宇田、錦糸町北村、浅草大和屋、赤札堂(上野、浅草、新宿)、横浜だるま堂、平塚十字屋といった洋品店で、百貨店にはまだ食い込めていない。

「ほう、三越さんとね! これはなかなか野心的ですな」

皇室御用達の三越は、押しも押されもせぬ百貨店業界の最高峰で、気位も高い。

「三越さんと取引ができれば、うちの商品に箔《はく》が付いて、販路も拡大すると思うんです」

池田は、「つぶし屋」の蔑称を撥ね返してやるぞと負けじ魂を燃やし、資金も物資も熟練した職人も乏しい中、「良いものは必ず売れるはずだ」と徹底して品質にこだわり、ものづくりと販路拡大に励んでいた。社員には愛情をもって接したが、さぼったり、まかないの食事を残したりする者には、容赦なく鉄拳を浴びせ、殴られたことのない社員はいない。

「ただ三越は品質にうるさいですよ。おたくの技術はいいとしても、選《よ》りすぐりの素材を使わないと」

「大丈夫です。素材は占領軍ルートで、いいのを手に入れますから」

「なるほど、占領軍ルートでね」

商社の部長は納得顔。

「分かりました。紹介状は、たぶん問題なく書かせて頂けると思いますよ。おたくの評価が上がるのは、うちにとっても結構なことだし」

「そうですか、有難うございます！　宜しくお願いいたします」

池田は深々と頭を下げた。

商社の部長が帰ると、社員が畳の間から呼んだ。

「社長、アメリカからお荷物が届いています」

「おう、そうか！」

池田は、小躍りするように畳の間に戻る。

太平洋戦争末期から途絶えていた外国郵便は昭和二十一年から復活していた。

畳の間に、紐がかけられた船便の荷物が置かれていた。筒形で、左右に取っ手が付き、口が花瓶のような形をした米国の牛乳用の缶であった。鉄製で、高さが数十センチある。

「うーむ、楽しみだ」

池田はあぐらをかき、上機嫌で缶の蓋を開ける。

中から封筒に入った一通の手紙と、たくさんの冊子が出てきた。

冊子は「ヴォーグ」、「セブンティーン」をはじめとする米国のファッション雑誌や、シアーズやメイシーズなど有名百貨店のカタログである。

サンフランシスコでクリーニング店を経営している親戚を頼って渡米した池田の兄と弟が送ってくれたものだ。

「なるほど……。アメリカでは、今こんなのが流行《はや》っているんか」

池田が雑誌の一つを開いてじっと見つめると、社員たちも寄ってきた。

「うわあ、きれいじゃんねえ！　お姫様みたい」

山梨出身の女性社員が感嘆の声を上げた。

瑞々《みずみず》しい若さに満ちた米国人女性が、腰のあたりがきゅっと締まって、裾の広がった明るい色のワンピースを着て微笑んでいた。写真の色彩も明るく、すべてが煤《すす》けて、薄汚れた占領下の日本とは別世界である。

「アメリカ人って、みんな本当にこんなきれいな恰好をしているのかねえ」

男の社員が感に堪《た》えぬといった顔でつぶやく。

「いや、アメリカだけじゃねーぞ。そう遠くないうちに、日本の女《おんな》しも、こういうのを着たいと思う日がくるはずだ」

池田が確信に満ちた口調でいった。

戦争中、高級織物禁止令によって綿のモンペ姿を強いられていた日本の女性たちは、進駐軍の米国人女性たちのファッションに触発され、洋装志向になった。モンペ姿は昨年あたりから減り、ブラウスとスカートが増えた。現在の流行はロングスカートである。ただし生地は「つぶし」(更生服)が大半だ。

翌月——

「いってらっしゃいませ」

「社長、頑張ってくりょーし」

残暑の季節だったが、池田定六は背広を着込み、自転車にまたがって、店先で社員たちの見送りを受けた。荷台には大きな風呂敷包みが紐で結わえ付けられている。

「そんじゃあ、行ってくる」

池田は、部下の男性社員とともに、自転車をこぎ始める。

取引先の大手商社から紹介状をもらい、三越の仕入部に商品の売り込みに行くところだった。荷台の大きな風呂敷包みは婦人服や子ども服を詰めた柳行李だ。

二人は、しばらく山の手線の線路沿いを走り、神田駅のそばで左折し、中央通りを南に下る。

馬車やボンネットのトラックが道を行き交い、英語の看板の下を進駐軍の男女の兵士が闊歩し、路上で古着が売られ、戦災孤児たちが靴磨きをし、白い着物姿の傷痍軍人が地面に両手をついて物乞いをし、「MP」の文字が入った白いヘルメット姿の米軍の憲兵が闇物資の取締りをしていた。

木々の梢ではアブラゼミが鳴き、どこかの煮炊きの匂いや煙がうっすらと漂ってくる。

「おお、相変わらず盛況だなあ」

ペダルをこぎながら、池田が一軒の家を見ていった。

木造の民家の窓の向こうで、二十代から四十代の大勢の女性たちが、机の上で生地を裁断したり、ミシンを踏んだり、黒板を使って説明する女性の先生の話を真剣な表情で聴いたりしていた。

「洋裁学校、流行ってますねえ」

並んで自転車をこいでいた男の社員がいった。

戦後の混乱が収まってきた頃から、雨後の筍のように洋裁学校が増え、たくさんの女性たちが学ぶようになった。戦争中刊行が中止されていた女性向けファッション誌の「装苑」が昭和二十一年に復刊されたほか、女性誌「それいゆ」も同年創刊、昭和二十三年には「美しい暮しの手帖」(のち「暮しの手帖」に改称)が創刊され、型紙付きスタイルブックを見て手縫いをする洋裁が大流行していた。

ただし、まだ戦後の物不足が続いているため、着物や羽織の裏地を利用したり、男物のコートを上着に作り替える更生服が主流で、色合いも黒っぽく地味なものが大半だ。

「いいか、今に見てろしよ。日本がいまちっと豊かになったら、既製服が更生服にとって代わるら。その時にゃー、俺ん等《とう》(俺たち)の時代だ。もう『つぶし屋』なんていわせねえぞ」

池田は、洋裁学校で学ぶ女性たちの姿に、将来の手ごたえを感じた。

三越本店は、日本橋室町一丁目にそびえる、ルネサンス様式の白亜の七階建てである。大正三年の竣工時には、日本初のエスカレーターを備え、「スエズ運河以東最大の建築物」といわれた。国会議事堂や丸ビルと並ぶ、首都を代表する建物で、中央ホールには大理石が敷き詰められ、凝った装飾の採光天井から外光が降り注いでくる。

二人は裏手に回ると、入り口で紹介状を差し出し、仕入部との面会を請うた。

その日、池田と部下は、商人溜まりのような控室で半日待たされ、今日のところは帰って出直そうかと思い始めた頃、ようやく呼び出され、仕入部の担当者と面会できた。

二人が固唾を呑んで見守る中、仕入部の担当者は、持ち込んだ五十点あまりの婦人服と子ども服を一つ一つ吟味し、四点だけを別の場所によけた。

（四点だけ採用か……。少ない点数でも、天下の三越に置いてもらえりゃあ有難い）

池田がそう思ったとき、仕入部の担当者が「この四点はお持ち帰り下さい。残りは見本として、引き取らせてもらいます」と、思いがけないことをいった。

池田と社員は驚きと歓喜で頭がくらくらしそうになった。

品質にこだわってものづくりをしてきた努力が認められたのだ。

ここに三越との取引が始まり、池田商店はその実績をテコに、大丸、松坂屋、松屋、高島屋、西武など、他の百貨店との取引を開拓していった。

2

二年後（昭和二十六年）の秋――

サンフランシスコで、日本の独立を回復する講和条約が調印されて間もなくの頃だった。

神田東松下町の店の畳の間で、Ｖネックのセーターにネクタイ姿の池田定六があぐらをかき、手にした一枚の生地の色艶や感触を吟味していた。

池田商店は、二年前に「オリエント・レディ」と社名を変え、従業員は二十人を超えていた。自転車六台、オート三輪の「ミゼット」二台、小型トラック「ダットサン」を二台保有し、関東周辺だけでなく、日本各地に販路を拡大しつつあった。

「……うーむ、これはいいぞ」

池田は、薄紫色の生地の感触を指で確かめながら、眼鏡の顔に嬉しそうな笑みを浮かべる。

大和紡績が開発した「エバーグレーズ」という生地だった。

「社長、これなら春夏ものの婦人服にぴったりですね」

丸いロイド眼鏡をかけた年配の男の社員がいった。戦時中、第三十四代行所でともに働いた腹心で、池田より六歳年長である。

「うん、まさにそうだな。光沢もあるし、汚れや色褪せも少なそうだ」

「高級婦人服のために登場したような素材ですなあ」

「よし、これでいこう。早速、大和紡績から買い付けてくれ」

前年六月に勃発した朝鮮戦争によって、日本は特需景気に沸き、「ガチャマン」、「コラセン」と呼ばれる「糸へん(繊維製品)ブーム」が沸き起こっていた。製品を作ればいくらでも売れ、機織《はたお》り機をガチャンと動かせば一万円単位の儲けが入り、女工たちをコラッと一喝すれば千円単位で儲かる黄金時代の到来である。

この年から、米デュポン社と技術提携した東レがストッキングや衣料品用のナイロンの生産を開始するなど、素材の質が急速に向上し、既製服時代の足音が聞こえ始めていた。

「ところで映画会社との交渉の具合はどうだ?」

「はい、順調です。大映、松竹がオーケーで、東宝も前向きに検討してくれています」

池田は、映画会社に所属している有名女優たちを使って、新商品を大々的に売り出そうと目論んでいた。

池田は一見地味で堅物だが、本質は行動派のアイデアマンで、戦時中に原材料不足でじり貧となったヒツジ屋洋装店の業績を支えるため、木工玩具を満州に輸出したこともある。

「有名女優といえど、いい洋服はまだ思うように手に入らないご時世ですから、映画会社も女優たちも、服をタダで提供するといったら、喜んで飛びついてきます」

「よし。世間をあっといわせてやろうじゃないか。既製服の時代の幕を開けるんだ」


翌年（昭和二十七年）六月――

好天に恵まれた甲府市緑が丘にある山梨県営陸上競技場で、高校生たちの歓声や応援の声がこだまし合っていた。

バックストレートのすぐそばに緑の小山が迫り、遠くには甲府盆地を取り囲む山々の初夏らしい姿が見えている。

「一高（甲府一高）、ガンバーッ！」

「そら、行けー」

声援を受けながら、色とりどりのユニフォームを着た男女の高校生たちが歯を食いしばり、汗を流し、土の四〇〇メートル・トラックにひかれた白線を縁取るように駆けていた。

競技場の周囲の木々は新緑に輝き、各校のチームが陣取る場所には、大きな校旗や部旗が風をはらんで翻《ひるがえ》っている。

「頑張れ、頑張れ！」

「にぃらぁさぁきぃー！（韮崎高校）」

ドンドンドンという応援の大太鼓の音も響く。

第四回の山梨県高校総合体育大会の陸上競技大会だった。

県高校総体は、二日間にわたって県内各地で開催され、男子は体操、陸上競技、相撲、バスケットボール、水泳、柔道など十三種目、女子は十一種目が行われ、各競技の得点を合計して総合優勝を争う。

フィールド内では、男子のやり投げが行われているところだった。

「……ゼッケン12番、田谷毅一！」

「はいっ！」

胸に大きなHの文字が入った紺色のランニングシャツに白いランニングパンツを身に着けた田谷毅一が、右手にジュラルミン製のやりを掲げ、三〇メートルほどの助走を開始する。

白線の直前で、筋肉質の右腕を後方に引き、やりに加える反動を大きくする。

「ぐおおーっー！」

獣が咆哮するような声を発して右腕をしならせ、宙にやりを投じた。

「いけーっ！」

「飛べーっ！」

グラウンドの周囲の土手の一角に陣取った、同じ高校の選手たちが一斉に声援を送る。

やりは太陽の光を銀色に反射しながら、離陸する航空機のように一直線に上昇し、ゆるやかな弧を描き、やがて上昇時より急な角度で落下する。

審判員たちが落下地点に駆け寄り、飛距離の計測をする。

田谷は助走路の端の白線の手前で両ひざに手をあて、見上げるようなしぐさで落下点に視線をやる。高校生にしては大柄で、腕や腿《もも》は太く、いかにも身体能力が高そうな身体つきである。

「ただ今の記録ーっ……」

審判員が記録を読み上げた瞬間、田谷の高校の選手たちからどっと歓声が上がった。

県高校新記録だった。

「うわあーっ！」

「やった！　やったぞぉ！」

田谷がにやりと不敵な笑みを浮かべ、拳を突き上げた。

田谷の母校は、男子四〇〇メートル、一一〇メートルハードルを大会新記録で制し、女子も砲丸投げ、円盤投げで優勝し、陸上競技の優勝に向けてばく進していた。

「よし、次は応援だ！」

やり投げの試技が終わると、田谷は同じ高校の選手たちが陣取っている場所に戻り、急いで学生服に着替え、つばが破れかけた学生帽を目深にかぶった。

あたりを払うような堂々とした物腰で、二十人ほどの応援団員たちの前に歩み出る。

「帽子を右手に高ぁーく！　光輝ある、山梨県立ーっ……」

声を張り上げ、校歌斉唱の音頭をとる。全身から種馬のような荒々しい生気が発散していた。

田谷と同じように、黒い学生帽を目深にかぶり、上着の裾が長い学生服を着た応援団員たちが、白い手袋をはめた右手に学生帽を握りしめ、振り上げ、振り下ろしながら校歌を歌う。

〽天地の正気　甲南に
　籠りて聖き　富士が根を
　高き理想と　仰ぐとき
　我等が胸に　希望あり

旧制中学時代の大正五年に制定された校歌は、凱旋歌のように威風堂々とした調べである。田谷が進んだ高校は、寛政年間に創設された甲府学問所（のちの徽典館《きてんかん》）の流れを汲み、明治三十四年に創設された旧制中学が前身だ。校訓は「質実剛毅」、気風はバンカラ。校舎は山梨市の南寄りに位置し、すぐ近くを笛吹川が流れている。

〽至誠の泉　湧き出でて
　流れも清き　峡東の
　水に心を　澄ましなば
　未来の春は　輝かむ

団員の一人が、ペンと剣を星の形に重ね合わせた校章と三本の白線を縫い込んだ紫色の大きな校旗を掲げ、それが風の中で翻《ひるがえ》る。ドンドンドンドンドンという腹に響く大太鼓の音に乗って、団長の田谷が「そらぁーっ」「おいっ」とかけ声をかけ、腕を大きく振り回して指揮をとる。

小学校時代、悪さの限りを尽くした田谷は、中学に入ると抜群の運動神経を生かしてスポーツに打ち込み、高校に進むと陸上部、ラグビー部、相撲部に所属した。リーダーシップと声の大きさを買われ、応援団長も務めていた。

陸上競技での母校優勝に貢献した翌日の県高校総体二日目、田谷はラグビーに出場し、決勝で甲府工業に敗れたが、チームを準優勝に導いた。

母校は総合得点二百二十点を上げ、二位の甲府工業、三位で前年度優勝校の甲府一高を抑え、念願の県高校総体男子総合優勝を果たした。

同じ頃――

オリエント・レディ社長の池田定六は、都内の百貨店の婦人服売り場を訪れていた。

三階にある売り場には、天井の丸い蛍光灯から明るい光が降り注ぎ、木とガラス製の陳列カウンターの周囲や平場で販売員たちが接客をしていた。

「うわぁ、きれい！」

「素敵だわねえ」

売り場の一角に展示されたドレスに、婦人客たちが見とれていた。

並んだマネキンは、白や淡い青や紫のドレスを着ていた。

腰のところがきゅっと括《くび》れ、裾の広い優雅なロングスカートが多いが、黒のタートルネックにチェックのワンピースという落ち着いたデザインもある。

「これ買うと、女優さんのサイン入りブロマイドも付いてくるそうよ」

「いいわねえ！　ブロマイドだけでも欲しいわ」

洋装や和装の婦人客たちは上気した顔で話し合っていた。

「池田さん、大成功ですな」

整髪料で頭髪を整え、仕立てのよい背広を着た百貨店の婦人服売り場の責任者が、少し離れた場所で、婦人客たちの様子を見ながらいった。

「御社のご協力のおかげです。誠に有難うございます」

背広姿の池田は、小柄な身体を折り曲げ、深々と頭を下げた。決して驕《おご》らず、「生涯一丁稚」がモットーだ。

「しかし、初めて見たときは、こんなハイカラなものが売れるのかと思いましたが……。よく思い切ってデザインされましたねえ」

「はあ、サンフランシスコにいる兄弟が、前々からあちらの雑誌を送ってくれてたもんで、いずれ日本でも、女性がこういうものを着るような時代がくると思っておりました」

池田は、米国の雑誌やカタログを見て思い描いていた婦人服を、満を持して「シネマドレス」というブランドで売り出した。

日本では相変わらず洋裁学校が盛況で、前年の時点で全国約二千四百校に三十六万人ほどの生徒が通っていたが、新素材の開発によって既製服の品質が飛躍的に向上したのを機に、新ブランドの売り出しに踏み切った。

「それにしても、よくこれだけ、名だたる女優さんたちを集めたもんですね」

各マネキンの前には同じ洋服を着た、有馬稲子、若尾文子、岸恵子、淡路恵子、北原三枝、浅丘ルリ子、南田洋子、山本富士子、香川京子、月丘夢路などのトップ映画女優のサイン入りポートレートが飾られていた。撮影したのは早田雄二や松島進ら、女性撮影の第一人者と呼ばれるカメラマンたちだ。

「やはり世間をあっといわせませんと、せっかくの商品も売れませんから」

オリエント・レディの「シネマドレス」は、デザインの斬新さ、素材のよさ、そしてインパクトのある宣伝によって、爆発的なブームを巻き起こした。

「これでオリエント（・レディ）さんも、百貨店業界に一気に食い込めましたなあ」

「はい、おかげさまで」

三越との取引をテコに大手百貨店との取引を始めてはいたが、まだ量は多くなく、会社全体の売上げの二割にも達していなかった。百貨店との取引を拡大することが、池田の念願であった。

同じ頃、神田東松下町のオリエント・レディの事務所では、一階と二階の畳の間をすべて使って、大わらわで「シネマドレス」の箱詰め作業が行われていた。それぞれの箱に、映画女優たちのブロマイドが同封されていた。

店先からは、商品の箱を満載した自転車、オート三輪、小型トラックなどが次々と発車し、界隈でもめったにない繁盛ぶりに近所の人々が目を丸くしていた。

この年、オリエント・レディは、前年同期比六七パーセント増という高い伸びを達成し、売上げは二億九千二百万円を記録した。

十二月――

山梨県の柿ノ塚村の「五反百姓」田谷家で、田谷毅一の父親が声を荒らげていた。

「……勝手に願書なんか出しやがって！　早稲田に受かったたって、誰が入学金を払うちゅーだ⁉」

野良着姿で仁王立ちになった父親は、険しい形相で毅一を睨みつけた。農作業と酒で肌が赤茶色に焼け、筋ばった手の指はタバコのやにで黄ばみ、爪には黒い土が詰まっていた。

「……」

田谷毅一は正座し、ほうぼうがささくれ立った畳を黙然と見つめていた。今しがた父親に殴られた左の頬が赤くなっていた。父親より身体が大きく、腕力も強かったが、じっと我慢していた。

薄暗い茶の間には、使い古した卓袱台《ちゃぶだい》や古時計、日めくりなどがあるくらいだが、部屋の一角に毅一が各種のスポーツで獲得したトロフィーや盾が燦然《さんぜん》と並べられていた。相撲では、のちに大相撲の小結富士錦になる甲府商業の渡辺章に勝ったことがあり、去る十月に福島県で開催された第七回国民体育大会にも出場した。

（クソッ、家がこんな貧乏じゃなけりゃ、大学に行けたのに……！）

勉強は特にできるほうではなかったが、できないというわけでもなく、英語などは好んで勉強し、教師にも可愛がられていた。しかし、実家は田畑を含めて売れるものはすべて売り払い、あちらこちらに借金をして、ようやく食いつないでいた。その借金も約束どおり返せないので、世間からは冷たい目で見られ、四面楚歌の状態である。

「毅一、お父さんのいうとおりだよ。せっかく甲府の建設会社に就職が決まったんだから、そこで真面目に働くのが一番じゃねーけ」

卓袱台のところで繕《つくろ》い物をしていた母親がいった。

まだ五十の手前だが、数年前に病気を患い、ほつれ気味の頭髪には白いものも増え、面《おも》やつれしていた。

「毅一、大学の勉強なんか、社会に出たら、なんの役にも立たんぞ。早く仕事の経験を積むのが一番だ。せっかくいい会社に入れてもらえるんだから」

父親がいった。

「おやじ……」

それまでじっと話を聞いていた毅一が口を開いた。

「俺、東京に行きてえんだ！」

思いのたけを吐き出すように、苦しげで真剣な表情でいった。

「東京に行って、自分の力を試してみてえ！」

働いて金を貯めれば、大学にも行ける可能性があると考えていた。そのためにも、大学が多い東京に行きたかった。通っていた高校は文武両道の名門校だが、家が貧しい者も少なくなく、そういう生徒たちは卒業して何年か働き、金を貯めて大学に進学している。

「東京に行って、なにをするっちゅーうだ、ああっ？」

父親が険しい目で毅一を睨む。

「働くよ。一生懸命働いて、家に迷惑はかけんよ」

「働くったって、お前……、どこで働くっちゅうだ?」

「これから探す。これから探すさ!」

「これから探すだとーっ……」

「お願いだ。俺を東京に行かせてくれ! このとおりだ!」

筋骨隆々とした身体を丸め、額を畳にこすりつけるように何度も頭を下げた。

心の中では、そもそもあんたらに甲斐性がねえから、大学にも行けねえのじゃんか、と悪態をついていた。

翌年(昭和二十八年)三月——

学生服姿の田谷毅一は、山梨から東京に行く鈍行列車に揺られていた。荷物は身の回り品を入れたズックのリュックサック一つだけである。

ガタタン、ガタタンと鉄路を踏み鳴らし、列車は東へ向かっていた。

進行方向右手の窓の向こうには、広々とした平野が開け、遠くに笛吹川が長い帯のように鈍い銀色の光を放っていた。彼方には、富士山が大きな姿を見せている。

これから山をいくつも越え、うんざりするほど多くのトンネルを抜けた先に東京がある。

戦後間もない山梨県は貧しく、長男以外は県外に働きに出るのが普通である。盆地特有の閉塞感もあり、若者たちは、あの山の向こうに幸せがあるという、憧憬と脱出願望に駆り立てられ、東京や神奈川に出て行った。

毅一は七人の子どもの中で唯一の男だったので、普通なら家業を継ぐところだが、「五反百姓」の猫の額のような田畑では、食うや食わずになるのは目に見えていた。

東京での就職先は、オリエント・レディである。父親が、すぐそばの池田家に頼み込み、神田東松下町にも出向いて池田定六に頭を下げた。毅一にとっては、当初内定をもらっていた甲府の建設会社と違って、どういう仕事をするのか見当もつかなかったが、他に選択肢はなかった。

ガタタン、ガタタンと鉄路を踏み鳴らす列車の窓から、毅一はじっと外を眺めていた。スポーツでは脚光を浴びたが、貧しいために辛い思いをしたり、人から冷たく扱われることも多かった。故郷に対しては、愛憎入りまじった気持ちで、すべてを捨てて東京に出ることに、せいせいした思いもある。

都会の仕事も暮らしも未知で、不安がないといえば嘘になるが、やればなんでもできるような気もしていた。人並み外れた身体能力が一番の自信の源だった。それがやがて、郷里を出たときには想像もしていなかった富と地位をもたらし、最後は自分を破滅させることになるとは、このときは知る由もなかった。

毅一は四時間近く鈍行列車の硬い座席で我慢し、ようやく東京に着いた。

初めて見た東京は、混沌とした風景の中で、人間の生命力が渦巻いているような街だった。

あちらこちらに闇市の跡が残り、黒ずんだ掘っ建て小屋が湧いたように蝟集《いしゅう》していた。埃《ほこり》っぽい道を、前部が突き出たボンネット・バス、オート三輪、キャデラックやポンティアックなどの大型外国製乗用車、前年に運行が始まった都営トロリーバス、路面電車、リヤカー付き自転車などが行き交い、銀座や丸の内には山梨では見たこともないような六、七階建ての百貨店やビルが並んでいた。道行く女性たちは、二年ほど前から流行り出したコールドパーマをかけ、洒落たヘアスタイルにしている。

学生服姿でリュックサックを背負った田谷は、国鉄神田駅で電車を降りると、通行人たちに道を訊きながら、東松下町十八番地のオリエント・レディを目指した。

駅から二〇〇メートルあまりの道を迷い迷いしながら、ようやく木造モルタルの二階建ての店に辿り着くと、社員や取引先が忙しく出入りし、オート三輪や自転車で荷物が搬出入されていた。

店内を覗き込むと、何人かの社員たちが集まって、土間に置いた段ボール箱を見下ろしていた。

「……まったく、ひでえことしやがるなあ」

「裏地の縫い目がちょっとほつれてるのが一着あっただけで、箱ごと商品を送り返してくるんだからなあ」

「デパートってのは、高慢ちきだよな」

「あいつら、平社員でも、取引先の社長を平気で待たせて昼飯に行くんだぜ」

そのとき、二階から眼鏡をかけた小柄な男が駆け下りてきた。

「この馬鹿者!」

ごんごんごんと、段ボール箱を覗き込んでいた社員たちの頭にげんこつをくらわせた。背の高い者には飛び上がるようにして殴る姿は、どこかユーモラスでもある。

「お前ら、こんな間違いをして、恥ずかしいと思わんのか⁉」

眼鏡の男は、三十八歳の社長池田定六だった。

「申し訳ありません！」

殴られた社員たちは、先ほどまでの態度とは打って変わって、気を付けの姿勢で頭を下げる。

「たとえほんのちょっとしたほつれであっても、決してあってはならない。縫った者も、箱詰めをした者も反省しろ」

「はいっ」

「オリエント・レディの商品は完璧でなくてはならん。信用を築き上げるのは何年もかかるが、失うのは一瞬だぞ」

「申し訳ありませんでした！」

「分かったらすぐやり直せ。もう一度全部点検するのだぞ。それが終わったら、俺が先方に届けて謝るから」

「はいっ」

男たちは急いで作業に取りかかる。

（これは、厳しそうなところだな……）

店内の様子を見ていた田谷毅一は、ごくりと唾を呑んだ。

もとより尻尾を巻いて帰るわけにはいかず、覚悟を決めて飛び込むしかない。

「あのう、すいません。柿ノ塚村から参りました、田谷毅一です」

太い声で遠慮がちにいうと、畳の間に上がっていた池田が振り返った。

「おう。田谷さんところの毅一君か。話はお父さんから聞いておる」

「はい。本日から宜しくお願えーします」

学生服姿の田谷は、元応援団長らしくきびきびと頭を下げた。

「うむ。じゃあ今日から早速働いてもらおう。……おい、誰か二階に案内して、荷物を置かせてやれ」

二階の畳の間は、生地の裁断作業などに使われているが、夜は倉庫兼寝泊まりの場所になり、五、六人の男の独身社員たちが、うずたかく積み上げられた反物や商品の間で寝起きしていた。

3

翌年(昭和二十九年)秋――

神田東松下町十八番地にあるオリエント・レディでは、いつものように従業員たちが、電話をしたり、帳簿をつけたり、荷造りをしたり、下職《したしょく》の縫製業者から商品を受け取ったり、商品を積んだダットサンのトラックやバイク、自転車で店から出発したりしていた。

土間の正面上の壁には、「春風をもって人に接し　秋霜をもって自ら慎む　よく汝の店を守れ　店は汝を守らん　信用は信用を生む」という墨書《すみがき》の額が掛かっている。幕末の儒学者、佐藤一斎《いっさい》と、米国の政治家で物理学者、ベンジャミン・フランクリンの言葉をもとに、社長の池田が作った社訓である。

「……それじゃあ、行ってきまぁーす」

午後、田谷毅一は、メリヤス(ニット製品)の婦人服の大きな包みを荷台に縛り付け、自転車にまたがった。

二十歳になって間もなかったが、少しでも大人に見られるよう、黒々とした頭髪をオールバックにしていた。

「ご苦労さん。伊藤さんにくれぐれも宜しくな」

店先にいた池田定六が田谷に声をかけた。

「はいっ！　行って参ります」

田谷は、衣料品の小売店や問屋が軒を連ねる狭い通りを、一〇〇メートルほど先の昭和通りに向かって太い筋肉質の足で自転車をこぎ、昭和通りに出ると左折し、北の方角を目指す。

埃っぽい通りを、車や馬車にまじって、都電二十一系統の路面電車が、水天宮と北千住の間を往復している。

空襲で一度焼け野原になった東京の街は、かなり遠くまで景色を見通せる場所が多い。間もなく、ラジオ部品の闇市から始まった秋葉原の街が現れ、無数の小さな電器店が、色づき始めた街路樹のイチョウとともに後ろに流れ去っていく。

通り沿いの映画館には、この年ヒットした『七人の侍』(三船敏郎主演、黒澤明監督)、『二十四の瞳』(高峰秀子主演、木下惠介監督)、『ローマの休日』(オードリー・ヘップバーン主演)などのポスターが張られている。

道行く人々は洋装が多い。特需景気をもたらした朝鮮戦争は前年七月に休戦になったが、日本経済は力強く高度成長への道を歩み始めていた。

既製服の時代に向かう変化も出てきていて、伊勢丹では、注文仕立てが普通だった婦人服のイージー・オーダーが昨年暮れから始まった。予め何種類か型を用意し、客の体型に応じて細部を調整し、仮縫いなしで仕立てるやり方だ。一方、関西系の大丸は、昨年十月にクリスチャン・ディオール(仏)と独占契約を結び、大阪、京都、神戸でショーを開催し、人々の購買意欲を刺激した。

「はっ……はっ……はっ……」

田谷は、リズムをとるように呼吸し、時おり、首に巻いた手ぬぐいで顔や首の汗を拭《ぬぐ》いながら、前傾姿勢で自転車をこぐ。

店を出て一・五キロメートルほどで、左手に上野駅が見えてきた。昭和七年に建てられ、戦災を免れた駅舎は、三階建ての飾り気のない洋風建築だ。駅前で何本もの道が交差し、アメ横と呼ばれる路地には食料品や衣類を商う店が並び、買い物客でにぎわっている。

時刻は午後三時になるところだった。

暑いくらいの日で、西に移動中の太陽が後方左手からじりじりと照り付けてくる。

上野駅から一キロメートルと少しで、「入谷の鬼子母神」こと真源寺が左手に見えてくる。

「へはーは(母)は、来ましーいたぁ、今日ぉも、来ぃたー。こぉの岸壁ぃにぃ、今日も来ぃたー」

自転車をこぎながら田谷は、この年大ヒットした菊池章子の『岸壁の母』を口ずさむ。

中国とソ連からの引揚者を乗せた興安丸を舞鶴港で待つ母の姿を歌ったものだ。朝鮮戦争の勃発で一時中止されていた大陸からの引揚げは、前年に再開され、悲喜こもごもの中、今も続いている。

店を出て四キロメートルほどで、明治通りと交差する大関横丁に差しかかった。ここから昭和通りは日光街道(国道4号)に名前が変わる。

(喉が、渇いてきちゃったな……)

道は隅田川のほうへと向かう下りになり、ペダルが軽くなる。

やがてアーチ型の橋桁を持つ千住大橋が現れる。橋の下に視線をやると、隅田川は流れが止まったかのような茶色い水を湛《たた》えていた。

橋をすぎると、道は右に左に小さなカーブを描きながら続く。

後方から茜色がかった陽の光が降り注ぎ、街が燃え上がるように輝いて見える。

「はっ……はっ……もうすぐだぞぅ！」

隅田川を越えて一・三キロメートルほどで、北千住駅に通じる十字路に差しかかった。

車の波に注意しながら右折して通りを横切り、駅まで七〇〇〜八〇〇メートル続く商店街に入ると、衣類、食料品など生活雑貨を並べた商店が軒を連ねている。

商店街に入って五〇メートルほどのところの左手に、木造二階建ての店があった。表に自転車が二台停まり、大きなビニールの庇《ひさし》がある店頭に、衣類や軍手などが積み上げられていた。二階部分の前面は大看板で、「ＹＯＫＡＤＯ」というローマ字と、「ヨーカ堂」という日本語で店名が表示されている。店は一階部分だけで、二階は店主一家の住居になっている。

田谷以上に大柄な男が、店先で商品を並べていた。

「伊藤さーん、メリヤス持ってきました！」

自転車を店先に停め、田谷が満面の笑顔でいった。

「おお、田谷君、有難う！　いつもすまんねえ」

のちに巨大チェーンストア、イトーヨーカ堂の社長になる伊藤雅俊であった。頬がふっくらとし、穏やかな人柄を感じさせる風貌で、年齢は田谷より十歳上の三十歳である。

店は、浅草山谷三丁目にあった伊藤の叔父の店を暖簾分けしてもらったもので、この頃は「羊華堂」といった。銀座にあった日華堂という繁盛店にあやかり、叔父が未《ひつじ》年生まれであったことや、洋品を扱う店であることが店名の由来だ。

「よう田谷君、いつもご苦労さん。おたくの商品、よく売れるんで助かるよ」

店内から、色が浅黒く、彫りの深い顔をした中年の男が姿を現した。伊藤雅俊の十三歳上の異父兄・譲《ゆずる》で、羊華堂の創業者だ。喘息の持病を抱えながら、一家の大黒柱として懸命に働き、自身は小学校しか出ていないが、弟の雅俊を横浜市立横浜商業専門学校（現・横浜市立大学）に行かせた。

「いつも有難うございます！　池田からもくれぐれもお礼を申し上げるよう、仰せつかっております」

田谷は伊藤兄弟に最敬礼し、商品の包みを差し出す。

この間にも、買い物客が二人、三人とやってきて、割烹着姿の伊藤の妻や、住み込みの店員たちが接客していた。店は繁盛しており、シャツ、下着、ベルト、ネクタイ、帽子などがうずたかく積み上げられ、天井から靴下や軍足《ぐんそく》が束になってぶら下げられていた。

北千住は、銀座や上野から見ると田舎だが、菓子、履物、雑貨などの町工場が集まり、国鉄常磐線、東武伊勢崎線で郊外の農村ともつながっているので、大きな消費地だ。夜になっても客足が絶えないので、羊華堂は朝九時に開店し、夜九時、十時まで店を開けている。

「ちょっと、お水頂いてもよろしいでしょうか？」

首に巻いた手ぬぐいで顔の汗を拭いながら、田谷が伊藤雅俊に訊いた。

「おう、どうぞどうぞ。好きなだけ飲んでくれ」

「有難うございます！」

田谷は店の裏手に回り、大きな手でポンプをガシャ、ガシャと動かし、井戸水をごくりごくりと美味そうに喉に流し込む。そばに中庭があり、トマト、ナス、キュウリなどが植えられていた。

「いやあ、ほんと悪いなあ。日に二度もきてもらって」

手ぬぐいで口の周りを拭《ふ》きながら戻ると、伊藤の兄がいった。

羊華堂は品物を現金で安く仕入れ、ぎりぎりの薄利しか乗せない正札販売なので、売れ残りを避けるため、前日に売れた分だけ仕入れるという手堅い商売のスタイルを貫いている。

この日はよく売れ、品物が足りなくなったため、田谷が北千住と神田を二往復して商品を届けた。

「あらあら田谷君、いつもご苦労様。よかったら晩御飯食べて行かないかい？」

眼鏡をかけた、品のよい初老の女性が店内から現れた。

帳場を預かっている伊藤兄弟の母親ゆきであった。

売れ筋の商品を迅速に届けてくれる田谷青年は、伊藤一家に可愛がられていた。

「有難うございます。でも、今日はまだ仕事がありますので、お気持ちだけで」

田谷はきびきびといって、頭を下げる。

「そうなの。じゃあ、これ持って行きなさい」

ゆきは、大福餅を二つ新聞紙にくるんで差し出した。

「有難うございます！　頂きます」

田谷は両手でそれを押し頂いた。

数日後——

日がとっぷり暮れた神田東松下町のオリエント・レディの店に、営業に出ていた男たちが帰ってきていた。

「今日は四十枚も売れたぞ」

「そりゃー、すごいなあ！」

「お前は何枚？」

「いや、今日は二十枚も売れんかった。わざわざ遠くまで行ったのに……」

若い社員たちはバイクや自転車から降りると、お互いにその日の成績を話し合うのが常である。

「ただ今戻りました」

筋肉で盛り上がった両腕で自転車のハンドルを摑み、サドルから降りた田谷毅一がいった。顔は埃と汗で汚れ、シャツから白い塩をふき出した姿は動物的な生命力を感じさせる。

「田谷、今日はどうだった？」

そばにいた先輩社員が訊いた。

「いや……今日は、あまり売れませんでした」

普段は誰よりも早く出かけ、誰よりも遅く帰ってきて、入社二年目にして、かなりの売上げを上げている男にしては、珍しく気落ちした様子である。荷台の荷物もあまり減っていなかった。

「行く先、行く先で断られて……はあーっ」

オールバックの頭髪を片手で摑み、ため息を漏らす。

この日は、相手の足にすがるくらいの必死な気持ちで商品を売り込んだが、「現金じゃなく手形ならなら買ってやる」「レインコートは三陽商会だよ」などといわれ、不首尾に終わった。

「三陽のレインコートなあ……。うちももうちょっと工夫せんといかんよなあ」

昭和十八年に東京・板橋区で創業し、銀座に本社を構える三陽商会は、昭和二十四年に第一通商（現・三井物産）を介して進駐軍から一万着のレインコートを受注したことをきっかけに飛躍したメーカーだ。同社はその年、吉田千代乃というデザイナーを起用し、地味なレインコートをお洒落着に変えた。

「まあ、こういう日もあるさ」

「はい……」

田谷が元気がなかったのは、昨晩、街で遭った愚連隊と喧嘩をして、今朝、「オリエント・レディの社員が街で喧嘩をするとは何事だ！」と池田に叱られ、げんこつをくらわされたことも理由だった。腕っぷしに自信があるので、子ども時代からの喧嘩癖が直らず、上京してからもたまにいざこざを起こしていた。

「しかしお前は、よく社長に殴られるよな」

先輩にいわれ、田谷は苦笑いするしかない。

商売に関しても池田に徹底して性根を叩き直されていた。特になにかをごまかそうとしたりすると、途端にげんこつが飛んできた。取引先や顧客には誠実を貫き、愚直なまでにものづくりに励むというのが池田の商売のやり方だ。ただし、「商売は我によかれ、あなたによかれ、我はあなたよりちとよかれ」ともいい、抜け目のなさも持っていた。

「よし、風呂入って、悪いツキ落として、ラーメン食おう」

若手の社員たちは、持ち帰った商品をしまい、回収してきた代金を会計係に渡すと、六、七人で近所の銭湯に向かった。

全部で四十人ほどの社員の中で、独身の若い男たちは会社の二階に寝泊まりしている。しかし、風呂がないので、入浴料一人十五円の銭湯で汗を流していた。

一同はぞろぞろと、商店、自転車修理店、カフェー、理髪店、神社などが並ぶ通りを歩いて行く。木造モルタルや波板トタンの家々が多く、壁には「伊豆椿ポマード」「づつうにノーシン」といった琺瑯《ほうろう》の看板が掛けられ、街路灯がオレンジ色の頼りなげな光を落としていた。商店の前には自転車やリヤカーが停められ、タバコ屋の店先には、電電公社（現・ＮＴＴ）が昨年から設置を始めた赤電話が置かれている。

風呂で汗を流してさっぱりすると、若手社員たちは近くの「栄屋ミルクホール」に立ち寄った。ミルクホールは、明治時代に日本人の体質改善のために政府が牛乳を飲むよう推奨したことから、牛乳を提供するための店としてできたが、その後、コーヒーや食事も出すようになった。

この神田の店は、戦災を免れた木造家屋の一階にあり、ラーメン、カレー、丼ものなどのほか、夏はかき氷やところてん、冬は汁粉や磯辺焼きを出す。

「うめえーっ！　こっ、こたえらんねえ！」

「美味いっすねえ、ラーメン・ライス！」

オリエント・レディの若者たちは、三十五円のラーメン・ライスを食べ、ビールを飲みながら、感激の声を漏らした。

体力を消耗する営業の男たちにとって、ライス付きのラーメンは、最高のご馳走だ。

「こんなラーメン、山梨じゃあ食えんかったなあ！」

オールバックの髪が濡れたままの田谷も、盛大な音を立て、貪《むさぼ》るようにラーメンをすった。

鶏ガラ、昆布、野菜で出汁をとり、麺は細いまっすぐな麺、具材は、メンマ、叉焼《チャーシュー》、ネギ、小松菜、なるとである。少し濃い醤油味で、黒っぽいスープの中に鶏ガラの細かい油が浮いていて、汗を流したあとの若い胃袋にうってつけだ。

（ああ、美味《うめ》え！　こんな美味えものを、腹いっぱい食べられるなんて！）

仕事は辛《つら》く、給料も安かったが、食べる物も満足になかった柿ノ塚村の実家に比べれば、天と地の開きがある。

店内の一角には、普及し始めた小型の白黒テレビが置かれ、力道山が空手チョップで外国人レスラーをやっつけていた。


十一月――

一日の仕事が終わり、社員が店の前を箒ではき、薄暗くなった通りを、帰宅するサラリーマンやお使い帰りの子どもたちが足早にとおりすぎていた。

池田定六は、整頓が行き届いた店内の畳の間の火鉢のそばであぐらをかき、目の前で正座した田谷毅一をじろりと見た。

「……夜間の洋裁学校に行きていだって？」

「はい。週に三回、洋裁学校で勉強していんです」

黒々としたオールバックの頭髪で、頬に少年の名残のような膨らみがある田谷が、真剣な表情で答えた。

「どうして洋裁学校に行きていんだ?」

手縫いのワイシャツに黒いズボン姿の池田が訊いた。

「デザインや裁断や縫製のことを一から勉強していんです」

「ふーむ……」

池田自身、戦前、ヒツジ屋洋装店で働いていた頃、日比谷の夜間の裁断学校に半年間通って、パターンや裁断の技術を学び、それによって頭角を現した。

「学校が代々木にあるんで、授業のある日は一時間ほど仕事を早く切り上げなきゃあなりません。もちろんその分のお手当は削って頂いてかまいません」

田谷は池田の目を見ながら、殊勝な面持ちでいった。

「ふむ……」

田谷に関しては、性格も仕事もまだまだ粗削りだが、エネルギーと向上心は並々ならぬものを持っており、育て方次第では、将来会社の大黒柱にもなりうると考えていた。

「分かった。手当は削らんでいい。その代わり、人より長く働くちゅうことだ」

「はいっ!」

「それから、一度始めたら、中途で投げ出すことは許さんぞ」

「はいっ!　必ず最後までやり抜きます!」

それから間もなく――

田谷毅一は代々木の洋裁学校で授業を受けていた。

すでに陽は落ち、天井の電球が、生徒たちの頭、木製の机、椅子、壁際に並べられた黒いJUKI（東京重機工業）のミシンなどにオレンジ色の光を降り注いでいた。

「……針目の大きさを具体的にいいますと、ミシンの縫い目は、鯨尺一寸（三センチ八ミリ）につき二十二針程度。まつりの針目は、同じ長さの間に、八針ぐらいが一番です」

手製の黄土色のスーツ姿の中年の女性教師が、黒板の前で話をしていた。

室内には作業台にもなる四人掛けの四角いテーブルが六卓置かれ、二十人ほどの女性たちが、教師の話を聞いていた。男は田谷ただ一人である。

「ここでポイントは、ヘム（裾上げ）を多めにとるということです」

毎日の営業で日焼けした田谷は、秋らしい色のフランネルの長袖シャツ姿で、太い指に鉛筆を握りしめ、食い入るような眼差しで教師の話を聞いていた。

「特に、子ども服の場合は、ヘムが多ければ、成長にしたがって丈を伸ばすことができるので、とても便利です」

生徒の女性たちが、「ああ、なるほどね」と声を漏らす。二十代、三十代が多く、三分の一くらいは、頭髪に流行《はや》りのコールドパーマをかけている。

それぞれのテーブルの上には、鋏、鯨尺、メジャー、針刺し、アイロンなどが置かれ、部屋の隅の書棚には「装苑」や「ドレスメーキング」などの雑誌が並べられている。

「それから脇のところにゆとりを持たせることを忘れないで下さい。きっちり縫うと、見栄えはいいんですが、電車で吊革につかまったりしたとき、袖に引っ張られて、上着が吊り上がってしまいます。……ですから、ここのところを、こんなふうに余裕を持たせます」

教師はカツカツカツとチョークで黒板に上着の絵を描き、脇の部分にどうやって余裕を持たせるかを示す。

窓の外からは、付近を行き交う山手線の電車が鉄のレールを規則正しく踏み鳴らす音が聞こえていた。

その日、授業が終わったのは、夜九時すぎだった。

田谷ら生徒たちが足早に代々木駅に向かう道すがらの草むらで、コオロギがピリリリリ、ピリリリリと鳴き、光に引き寄せられた蛾が街灯の周りを乱舞していた。

4

二年後(昭和三十一年)五月——

神田東松下町を、初夏の爽やかな風が吹き抜け、華やいだ雰囲気と、人々の拍手や笑い声が一帯にあふれていた。

家々や商店の軒先に注連縄《しめなわ》が張り巡らされ、提灯が吊るされ、大勢の人が通りに出て、車や自転車が人垣の間を縫うように走っていた。商店の前や車庫にテーブルを出して、飲み食いしている人々もいる。

「わっしょい、わっしょい!」

「わっしょい、わっしょい!」

商店や問屋が建ち並ぶ通りで、大勢の男たちが威勢よく掛け声を発し、笛や鉦《かね》の音が鳴り響き、汗が飛び散っていた。

人々の頭上で、金色《こんじき》の鳳輦《ほうれん》(鳳凰を頂いた神輿)が踊るように動き、そばで白い紙で作った御幣《ごへい》が揺れる。鳳輦は、極彩色の社《やしろ》と黒い漆塗りの屋根を持ち、鳳凰がその上に載っている。

「えいやえいや、えいやえいや！」

「せいやせいや、せいやせいや！」

鉢巻、半纏《はんてん》、白い半股引《はんだこ》に足袋姿の若い男たちが鳳輦を担ぎ、通りを練り歩いていた。

担ぎ手たちは、真剣な表情や、苦しそうな表情で口を大きく開け、叫ぶように掛け声をかける。

京都の祇園祭、大阪の天神祭とともに日本三大祭に数えられる神田明神の神田祭であった。

この日行われていたのは、明神様が乗った鳳輦や宮神輿などが平安時代の装束をまとった人々に付き添われ、氏子のいる各町内会を回る神幸祭《しんこうさい》だ。

「わっしょい、わっしょい！　わっしょい、わっしょい！」

「わっしょい、わっしょい！　わっしょい、わっしょい！」

間もなく二十二歳になる田谷毅一も、オールバックの頭に鉢巻を巻き、半纏に半股引姿で、元気よく鳳輦を担いでいた。顔がうっすらと赤みを帯び、身体は生気にあふれ、筋肉が盛り上がった太い脚が力強く地面を踏みしめ、山梨の土の匂いを発散していた。

鳳凰が金色の輝きを放つ神輿は、右に左に揺れながら、東松下町の通りを進んで行く。

「やあ、きたか！　めでたい、めでたい！」

十八番地のオリエント・レディの店先で、紋付に袴姿の池田定六が笑顔で扇子を使いながら、鳳輦を待っていた。池田の妻、九段の白百合学園に通う高校二年生の娘、従業員たちもいた。

通りには、紋付袴の老人たち、赤ん坊を抱いた若い父親や母親、割烹着姿の商店のおかみさんたち、浴衣姿の子どもたち、ヨーヨーをしながら眺めるスカートの女の子、制服制帽姿の男の子。

ピッピー、ピッピーという呼子笛の音、鉦や太鼓の音、横笛の雅な音、パパン、パパン、パパンという弾けるような拍子木の音、人々の話し声、香の煙、焼き鳥など食べ物の匂いと煙。

神田一帯にとって、年に一番のハレの日であった。

「そいやぁ、よいさ！　そいやぁ、よいさ！」

「そいやぁ、よいさ！　そいやぁ、よいさ！」

鳳輦は、オリエント・レディの前までくると、玄関前に立った池田の前で停まり、地面の上に降ろされた。

男の一人が、白い幣《ぬさ》を高く掲げ、頭《こうべ》を垂れた池田らの頭上で高く左右に振り、清めをする。田谷ら担ぎ手の男たちも周囲に勢揃いし、その様子を見守る。

やがて鳳輦は再び男たちによって担ぎ上げられ、次の家へと向かって行った。

その晩――

家々や商店の軒先に「神田祭」や「御祭禮」と太い文字で墨書きされた提灯が灯り、戸が開け放たれた茶の間や土間の電灯の下で、祭りの宴《うたげ》が開かれていた。

オリエント・レディの店内でも一階の畳の間に、池田の家族、社員、下職の縫製業者などが集まり、海苔巻きや稲荷寿司などを食べながら、酒を飲んでいた。

「今日は、年に一度のめでたいお祭りだ。みんな、存分に楽しんでくれ」

普段は愛想のない池田が、にこにこしていった。

池田は正面奥に座布団を敷いてすわり、山梨県出身の古くからの社員たちと、湯飲み茶わんで一升瓶に入った酒や山梨のブドウ酒を酌み交わしていた。

あぐらをかいた田谷毅一は、池田と年輩の社員の会話に聞き耳を立てていた。入社して三年が経ち、池田や古参社員の会話を聞いて、仕事の知識を貪欲に吸収するのが癖になっていた。

趣味を持たない池田は、こういう場でもたいてい仕事の話をしていた。この日は「オンワード」の「ホフマンプレス」について、「うちもああいう機械を入れんといけんなあ」としきりにいった。

（ホフマンプレス……）

田谷も取引先から、一、二度聞かされたことのある機械だ。

紳士服業界の大手、オンワード樫山（正式社名は樫山株式会社）は、昭和二十五年に八百万円という大金をはたいて米国から蒸気プレス機を輸入した。洋服を上下から挟んで一気にプレスするので、着崩れしない均一の品質を実現し、かつ生産スピードを数倍にし、既製服の大量生産に先鞭をつけた。

「おい、田谷、どうした？　一人で黙って飲んでて」

先輩社員がやってきて、田谷の湯飲み茶わんに一升瓶でブドウ酒を注いだ。

「有難うございます」

田谷も先輩の茶わんにブドウ酒を注ぎ返す。

つい先日、雨の夜も風の夜も週に三回、一年半通った代々木の洋裁学校を修了し、デザイン、裁断、パターン、縫製などの技術をしっかり身に付けた。仕事は相変わらず営業だが、裁断作業の人手が足りなければ鋏をふるい、縫製作業が遅れ気味のときは、女性たちにまじってミシンを踏むオールマイティの働きで、池田に重宝されるようになっていた。

「ところで吉村さん、今日は見えなかったですねえ」

湯飲み茶わんを手に田谷がいった。

吉村というのは、地方の営業を担当している中年の男だ。オリエント・レディは全国に販売網を広げ、吉村ら数人の営業マンたちが国鉄で出張して取引先を開拓していた。

「吉村さん、とうとう倒れたっちゅうぞ」

ブドウ酒で顔を赤らめた先輩社員がいった。

「えっ、倒れた⁉」

「おう。いつも週末に夜行列車で東京を出て、一週間とか二週間売り歩いて、二、三日東京に戻ったと思ったら、また週末の夜行で遠くに出かけて行くっちゅうだから、身体もおかしくなるら」

いわれてみると、吉村はいつも疲れた様子だった。

「しかも商品を売るだけじゃねくて、機屋《はたや》(生地メーカー)を回ったり、糸の買い付けをしたり、社長にこまごまとした用事もいいつけられて、たまったもんじゃねえぞ」

「代わりは誰がなるでえ?」

「今度はもっと体力のある人間を後任にするずらな。……まあ、お前は体力あるけど、さすがに若すぎて、白羽の矢が立つことはねえずらけどな」

翌月——

田谷毅一は、愛知県一宮市を訪れた。

愛知県尾張地方と岐阜県西濃地方を合わせた尾州《びしゅう》は、木曽川の豊かな水の恩恵を受け、奈良時代よりも前から織物が盛んで、日本の毛織物の生産量の約八割を占める。

一宮市は尾州織物の一大産地である。昭和二十年七月、二度にわたって米軍の空襲を受け、三日三晩燃え続けた。市街地の八割は灰燼に帰し、濃尾平野のほぼ中央に位置していることもあり、だだっ広い印象の土地である。

田谷は、名古屋から名鉄名古屋本線で名鉄一宮駅まで出て、そこで名鉄尾西線《びさいせん》の電車に乗り換えた。

日本で七番目に長い大河、木曽川が、愛知と岐阜の県境を縁取るように流れ、豊かな水を利用した水田が見渡す限り広がっていた。南東を除く三つの方角には、低くなだらかな山々が青みがかった写真のように連なっている。

田谷は十分ほど電車に揺られ、停車駅の一つで赤い電車を降りた。

ガッシャン、ガッシャン、ガッシャン、ガッシャン……

あたり一帯に、合奏するような機械の音が響き渡っていた。

(これは、織機《しょっき》の音ずらか……?　電車を降りただけでこんだけ聞こえるちゅうことは、そばに行ったら、どんだけけたたましいずらな?)

改札を出ると、書類やそろばんで不恰好に膨れた合成皮革の黒い鞄と商品の見本を入れた風呂敷包みを両手に提げ、取引先である古川毛織工業を目指して、曲がりくねった道を歩き始めた。

あちらこちらに独特の鋸形《のこぎりがた》の屋根の工場が建ち並んでいた。糸や布地の色を常に同じ明るさで見極めるため、直射日光が差し込まないよう、すべての窓を北向きに作ってあるためだ。

（あれは、女工さんずらな……）

お使いいかなにかに行くような風情で、白い半袖シャツの若い女性二人が、足早にすれ違った。年の頃はまだ二十歳前で、地方出身者と思しい朴訥とした雰囲気を漂わせていた。

ガッシャン、ガッシャン、ガッシャン、ガッシャン……

近く、あるいは遠くに聞こえる規則正しく絶え間ない音の中を、生地を満載したオート三輪が走り、反物ではない、なにかごつごつした品物を包んだ大きな風呂敷包みを背負った中年の男が足早に道を歩いていた。

（あれ、あそこにも……）

一軒の立派な家の門を、大きな風呂敷包みを背負った男が入って行った。

やがて田谷は、古川毛織工業近くの用水路までできた。

ガッシャン、ガッシャン、ガッシャン、ガッシャン……

徳川家康の時代に造られた用水路沿いに二十軒くらいの鋸形屋根の工場が建ち並び、けたたましい騒音を発していた。長靴でなにかを踏みつけているようにも、馬がいななきながら蹄《ひづめ》を踏み鳴らしているようにも聞こえる。

古川毛織工業は、立派な門の正面奥に、鋸形屋根の工場があり、その左右の家屋は瓦屋根・二階建ての大きなもので、旗本屋敷のように堂々としていた。

大正時代に創業された老舗で、商品（布地）の企画と販売も行う親機《おやばた》である。下請けに、たくさんの子機《こばた》(布地を織るだけの業者)を使っている。

「ごめんくださーい。オリエント・レディから参りました田谷毅一と申しまーす」

織機の騒音に負けないよう、精いっぱい声を出した。

「ああ、どうもいらっしゃいませ。こちらへどうぞ」

事務員らしい中年女性が現れ、田谷を迎えた。

敷地内には松の木が植えられ、瓦屋根の建物は、事務所、倉庫、社長一家の住まい、女工たちの寮などに使われている。

田谷は、事務所で壮年の社長に会い、池田定六の伝言を伝え、生地の端切れを束ねて冊子のようにした「バンチブック」(生地見本帳)を見ながら、買い付けの商談を済ませると、そろばんを鞄の中にしまって社長に訊いた。

「ところで、さっき道で、大きな風呂敷包みを背負った人を二人見かけたんですが、あれはどういう人たちなんですか?」

「ああ、そりゃあきっと骨董品屋だに」

痩せた身体の上に小さな頭が載った社長が、実直そうな笑みを見せた。

「骨董品屋?」

「うん。今、機屋《はたや》は景気がええもんで、作ればいっくらでも売れる。金の使い道に困っとる機屋が、骨董品を買うんだがね。風呂敷包みを背負って、このあたりを二、三時間まわりゃあ、みな売れてまうらしい」

「へえーっ、『ガチャマン』景気というやつですか?」

「『ガチャマン』だけでなしに、ほかのどの産業も、えらい景気がええもんで、そりゃあおそがい(恐ろしい)くらいだに」

日本は、造船、鉄鋼、海運といった重厚長大産業がけん引役となった神武景気(昭和三十年頃〜三十二年六月)の真っ只中にある。

「ようさん(たくさん)儲けた機屋の中には、家業は長男に継がして、次男、三男は医者にさすいう連中もおるがね」

「どうして医者なんですか?」

「まっと(もっと)儲けようちゅうわけだわ」

作業服姿の社長は、愉快そうに笑った。

「社長さんのところも?」

「いやぁ、うちはいかんですわ」

社長は渋い表情で首を振る。

「こないだ一千万円引っかかってまった。借金返すだけで、いっぱいいっぱいだで」

販売代金の回収ができなくなったということだ。

「それは大変ですね……。ところで社長、是非、工場を見学させて頂けないでしょうか?」

「工場を?　もちろんええけど、なんで?」

「はい。御社のお仕事を少しでもよく理解したいんです」

「ほう、えらい勉強熱心だな」

田谷は、倒れた吉村という地方担当の営業マンの代わりを志願してその後任になった。それは尾州、新潟、山形、浜松、泉州、桐生など、日本各地にある機屋、ニッター、原糸メーカー、染色整理加工業者などを訪れ、知識を蓄え、自分の武器にしようと考えたからだった。複雑な工程を経て作り上げられる婦人服のすべてを理解すれば、よりよい品物を作ることができ、顧客にも自信をもって売り込むことができる。

「ほんなら、行こまいか」

社長が椅子から立ち上がり、田谷はそのあとに従う。

工場は、天井が二階まで吹き抜けの鋸形屋根の建物で、出入り口には商品を置けるように簀《す》の子《こ》板が敷かれ、壁には「天皇陛下御献上」という表題の賞状が金色の額縁に飾られていた。昨年の第七回全日本紳士服技術コンクールで選ばれ、天皇陛下に生地が献上されたことを称《たた》えるものだった。

工場内に足を踏み入れると、モーターの熱で少し暑く、機械油の匂いが立ち込めていた。

ガッシャン、ガッシャン、カッシャン、カッシャン……

騒音のため、工場内では、大声で話さないと聞こえない。

油で黒光りする十台ほどの織機がずらりと並んだ風景は、大型船の機関室のように見え、頭上の北向きの窓から均質な外光が入ってきていた。

ときおりどこかの機械で、急に騒音が止《や》む。

糸が切れたりすると、自動的に機械が止まるようにできているのだ。

「これはシャトル式の『ションヘル』いう織機です」

一台の機械の前で、社長がいった。

「ションヘル……」

田谷が、ノートと鉛筆を手に、目の前の機械を見つめる。

手織りの織機の原理を動力化したシンプルな構造であった。最初に、ドイツのションヘル社(Schönherr GmbH)製のものが伝来し、その後、日本国内で製造されたものだという。

人の頭の高さぐらいある、横幅五メートルほどの織機が、ガッシャン、ガッシャン、カッシャン、カッシャンと、休みなく動き続けていた。

「この金串みたいなもんは、綜絖《そうこう》っちゅうんですわ」

織機の端から端までぶら下がった銀色の薄い金串のようなものを指さして社長がいった。

長さは四〇センチほどで、自転車のタイヤのスポークが無数にぶら下がっているように見える。綜絖《そうこう》は、経糸《たていと》を上下に動かして隙間を開いたり閉じたりし、開いたときに鰹節のような形の木製のシャトル(杼《ひ》)が左右に素早く走って、経糸に緯糸《よこいと》を絡めていく。けたたましい音は、機械がシャトルをハンマーで叩いて打ち出す音だ。

そばの別のションヘルでは、若い女工が、織り込む前の長い経糸を一本一本綜絖の穴に通していた。

「これで、何本くらいあると思う?」

経糸を綜絖の穴に通している女工のそばで、社長が訊いた。

「うーん……、三千本くらいですか?」

「六千本だに」

「六千本⁉」

「全部通すのに一日から三日かかる。綜絖通しの競技会なんかもあって、速さを競うてる」

田谷はうなずき、懸命にメモを取る。

「たとえば縦縞模様を入れよう思ったら、濃紺の経糸三十本ごとに白い経糸を二本入れる。ほうするると上着なんかに使う縦縞の生地ができるんやわ」

「なるほど」

「このションヘルの経糸の張りは、緩《ゆる》くて遊びがあるやろ？」

社長が通された経糸に指で触れ、少し押して見せる。

「そのおかげで、手触りが柔らこうて、伸縮性があって、弾性回復率も高い、手織りに近い風合いの生地が織れるんですわ」

「うーむ……」

「経糸は一度取り付けると変えられせんけど、緯糸の種類や密度を変えて、模様を変えとるわけだわね」

社長が、「綜絖通し」の作業を黙々と続ける女工を見ながらいった。

「太い糸、細い糸、いろんな糸があるんだわ。ほれをうまい具合にかけ合わせたら、複雑で風合いのある生地やら、手触りのええ生地やら、いろんなもんができる」

「設計図みたいなものは、あるんですか？」

社長はうなずき、女工の手元に置かれたデザイナーの指示書を田谷に見せた。

「意匠紙」というタイトルがつけられた細かい升目の方眼紙で、二種類の濃淡の鉛筆でデザインが描き込まれていた。糸の本数や完成品の長さと思しい数字も書かれているが、わりと簡単なものだ。

「この程度の指示書で、細かいところまでできるんですか？」

「これだけでは、全部は分からんです。あとはこっちが先方さんの意図を読むちゅうことだわね」

「うーむ、名人芸ですね……」

「うちのションヘルは、たいがい昭和の初めからずーと使っとる古い機械ばっかですわ。まー、本当にどえらい機械だがね」

社長は感じ入ったような口調でいった。

「細い糸を高密度に織って、皺ができにくい生地にしたり、撥水性《はっすいせい》のある生地にしたりもできるんだわ」

「そうなんですか」

「この綜絖の糸を通す穴を綜絖目いうてね。何年も使い込んどると接触面が柔らこうなって、細い糸をかけても、糸を傷つけんようなって、繊細な織物になる」

社長はずらりとぶら下がった綜絖の一本の真ん中あたりにある綜絖目を指さしていった。

「それにしてももの凄い音ですね」

「わたしんらあは生まれたときからこういう環境で育っとるもんで、慣れてまったわ、はっはっは」

ガッシャン、カッシャンという騒音は、朝六時頃から始まり、夜十時から十二時頃まで、あたり一帯で響き渡っているという。

「ところで女工さんたちは、どこからきてるんですか?」

十人ほどの若い女工たちは、綜絖に通す糸を巻き取ったり、綜絖通しをしたり、織機の手前に固定された筬《おさ》(櫛状の切れ目が無数に入った横木)に数ミリ間隔で綜絖通しされた経糸を、へら状の道具で通したりしている。

「うちんとこの子らは、島原と長野が多いんだわ。毎年、地元の中学校に行って、採用させてもらっとるんだがね」

長崎県の島原は、江戸時代に過酷な年貢米の取り立てに庶民が苦しみ、天草四郎に率いられた島原・天草の乱が起きた土地だ。明治から昭和の初めには、若い女性たちが「からゆきさん」として、上海行きの外航船の石炭庫に押し込まれ、南方の島々やシベリアに売られて行った。戦前の長野県も貧しく、生まれた赤ん坊を間引きする風習があった地区もあり、生きるすべを求めて満蒙開拓団に志願し、大陸に渡った人々の数は日本で一番多かった。

「この近くに起街道《おこしかいどう》っつう通りがあるんだけど……」

美濃路の宿場町に歴史がさかのぼる一宮市の西寄りにある繁華街のことだ。

「どえりゃあ田舎町なのに、映画館が三つもあるんですわ。日曜日になると買い物に出てきた女工さんたちがようさんいて、かき分けながら歩かなかんのですわ。はっはっは」


古川毛織工業で一時間ほどすごした田谷は、膨らんだ書類鞄と風呂敷包みを両手に提げ、きた道を駅へと戻った。

空は青く晴れ渡り、高い位置から太陽の強い光が照り付けてきていた。一帯では相変わらず、ガッシャン、ガッシャン、ガッシャン、ガッシャンという騒音が響き渡っていた。

駅の近くまできたとき、ふいに騒音が止んだ。

（あれ……？）

腕時計を見ると、正午になったところだった。

ションヘルの騒音は、昼休みと日曜日はぴたりと止むのだった。

5

翌年（昭和三十二年）八月――

北海道札幌市は、ポプラの緑の葉の間を爽やかな風が吹き抜ける季節を迎えていた。

空は高く、駅前には五階建てのビルもあるが、土地が広いせいかガランとした印象の街である。

道の真ん中を緑色の車体の市電、ボンネット・バス、バイクなどが走り、西の方角には標高二二五メートルの円山《まるやま》が、名前のとおりの丸い夏らしい姿を見せていた。

人々は短い夏を楽しむかのように通りを行き交い、道端では茹でたトウモロコシが売られていた。

田谷毅一は、市内中心部にある海猫百貨店の裏手で、横づけになったトラックから商品の入った段ボール箱を降ろす作業を手伝っていた。

海猫百貨店は地元資本で、丸井今井札幌本店（本州の丸井とは無関係）、札幌三越に次いで、市内では三番手だ。

「はい、それ頂きます」

ワイシャツを腕まくりした田谷が、トラックの荷台に載った二人の店員に声をかけた。

「重いぞ。大丈夫か？」

「大丈夫です」

太い指で衣料品の入った大きな段ボール箱を摑むと、肩に担いで、建物の中にある荷物用エレベーターの横まで運ぶ。

「あいつ、すごい力持ちだなあ！」

荷台に乗った男の店員二人が、田谷の後ろ姿を見送る。

「なんか運動やってたんだべ」

約十五分後、最後の一箱になった。

「よし、これが最後だぞ」

「はいっ！」

田谷は最後の段ボール箱を受け取ると、建物の中に入って行く。エレベーター脇には、田谷が一人で運んだトラック一台分の段ボール箱の山ができていた。

取引先の仕事の手伝いをして、気に入ってもらい、食い込んでいくというやり方を田谷は身に付けていた。特に体力を生かした手伝いは、得意中の得意である。

「田谷君、お疲れさん。助かったよ」

二人の店員は荷台から降り、礼をいった。

「とんでもありません。今後とも、オリエント・レディの商品をよろしくお願いいたします」

「おう、分かった、分かった。なるべくいいとこに並べとくわ」

「有難うございます！　是非マネキンに！」

マネキンに着せた服は、目立つのでよく売れる。

「ちょっと売り場を拝見して行っていいですか？」

田谷は二人に断り、背広の上着と書類鞄を抱えて、二階にある婦人服売り場に向かった。

階段を上がると、目の前にイージー・オーダーの売り場が広がっていた。大きな看板が掲げられ、大々的な宣伝ぶりである。

（相変わらずイージー・オーダー売り場は広いな。世は、イージー・オーダー全盛時代か……）

いろいろなポーズのマネキンが、服の見本を着て立っていた。

服は、ワンピース、ツーピース、スーツ、セパレーツなどである。買い物客たちがそれを眺めたり、そばにいた店員になにか訊いたりしていた。

（この上着は、ウーリーコットンか……。今年の流行《はや》りだなあ）

羊毛のような伸縮と風合いに仕上げた厚めのコットン（木綿）だ。最近は洗ってもあまり形崩れしない化繊も出てきているが、婦人服地の主流はまだ木綿である。

（こっちは折り目の感じを出したジャカードか）

フランス人発明家ジャカールが発明したジャカード織機で織った布で、ヨーロッパふうの複雑な模様が特徴だ。

（値段は……？）

田谷は書類鞄から手帳を取り出し、値段を書きとる。

ワンピースは千二百円から二千五百円、スーツやセパレーツは二千円から三千円台だった。注文仕立てだと、仕立て代だけで二千五百円くらいするので、それに比べるとはるかに安い。注文してできるまでは、五日から一週間である。

田谷は、手帳と鉛筆を手に、売り場を歩いて見て回る。

（やっぱり中高年向きが多いな……）

百貨店で買い物ができるのは一種のステータスなので、客はある程度金を持っている中高年が多い。

（プリントは、大柄のものが少しずつ増えているか）

昨年度（昭和三十一年度）の経済白書は「もはや『戦後』ではない」と書いた。社会が豊かになるにつれ、大きな柄で派手めのプリント地の婦人服が売れるようになっていた。ただし主流はまだ小さな柄の花模様、水玉模様、縞模様である。

売り場を一通り見終わると、既製服売り場を探した。

デパートでは売れ筋や季節によってレイアウトを変えるので、既製服売り場の場所もよく変わる。

（どこにあるんだ……？）

しばらく歩き回って、フロアーの壁際に設けられた既製服コーナーを見つけた。

イージー・オーダーの五分の一くらいの面積で、何体かのマネキンが置かれていた。

それ以外の服は、ハンガーにずらりと吊るされており、横から見ただけでは、どんな服なのかほとんど分からない。

（相変わらずこんな状態か……）

サイズは1と2の二つしかなかった。しかも、それがどれくらいの寸法を示しているのかすら客には分からない。

（1は、身長が一六〇センチ、ウエストが七一、二センチ、2は、身長が一五五センチで、ウエストが六五センチってところか……）

田谷はハンガーを持ち上げ、両目をじっと凝らし、服の寸法を見極める。

次に、既製服を着たマネキンの後ろに回る。

(やっぱり背中がつまんである！)

既製服でも、イージー・オーダーのように直さないと着られない商品がほとんどだ。

オリエント・レディではもう少し多くの種類のサイズを作っているが、百貨店や商店の既製服売り場が小さいのでは、意味がない。

(こりゃ、縫製もひでいもんだ……)

手にしたワンピースを仔細に検《あらた》めて、顔をしかめた。

注意して縫っていないため、あちらこちらが引きつれ、背の部分に皺ができていた。

(そもそも型紙からしておかしいいんじゃねえのか……？)

既製服の商品はタイトスーツやアンサンブルは少なく、どちらかというと若向きのワンピースが多かった。生地はイージー・オーダーとほとんど変わらないが、値段は三割くらい安い。

(今の流行は、ローウエスト、ギャザースカート、開いた襟元、白のカラーちゅうところか……)

商品を見ながら、売れ筋を摑んでいく。東京に帰るとすぐ池田に報告し、製品に反映させるためだ。


この頃、日本経済は、なべ底不況にあったが、間もなく脱し、翌昭和三十三年七月から戦後高度成長時代を代表する好景気「岩戸景気」に入った。神武景気(神武天皇以来の好景気)を上回る景気であることから、神武よりさらに遡り、天照大神が天の岩戸に隠れて以来ということで命名された。

若手サラリーマンや労働者の収入が増え、国民の間に中流意識が広まり、団地生活が人々の憧れの的になり、テレビや小型家電が普及し、生活や服装の欧米化が急速に進んだ。昭和三十三年には東京タワーが完成し、翌昭和三十四年には皇太子ご成婚で日本中が沸き、昭和三十五年には、実質経済成長率が一三・三パーセント、昭和三十六年には同一四・五パーセントを記録した。

しかし、活発な設備投資と生産増大で輸入が急増し、外貨準備が急減したため、政府は、昭和三十六年九月末に公定歩合の再引上げ(一回目は七月)、預金準備率引上げ、財政支出繰り延べなどの、本格的な引き締め策に転じた。これによって岩戸景気は終焉を迎え、翌昭和三十七年の実質経済成長率は七パーセントまで落ちた。

民間企業は資金不足に苦しみ、オリエント・レディでも資金繰りがひっ迫し、池田定六が会社でZ旗を掲げて全社員の奮起を促す一幕もあった。

やがて東京五輪の建設特需からオリンピック景気が昭和三十七年十一月から始まり、状況は徐々に改善していった。オリエント・レディも苦境を乗り切り、協力工場への謝恩行事として、有楽町にある東京宝塚劇場に観劇に出かけた。一方、田谷毅一は、この年(昭和三十七年)六月に亀戸野球場で開催され、四十六チームが参加した東京婦人子供既製服製造工業組合第七回野球大会に四番・サードで出場し、八割五分という驚異的な打率をマークしてオリエント・レディを優勝に導いた。

第三章　百貨店黄金時代

1

昭和三十七年十一月三日――

東京の街は高度経済成長の副産物のスモッグに覆われ、灰色の空から雨が降ってきていた。

背広姿の田谷毅一は手土産の紙袋を提げ、社長の池田定六とともに国鉄新宿駅の西口改札を出た。

「おお、すごい人だ！」

「うわぁー、並んでますね！」

二人は思わず声を上げた。

地下の改札から長蛇の列ができ、地上へと延びていた。

この日開店した小田急百貨店にやってきた人々の列で、制服・制帽姿の国鉄職員たちがロープを張って整理していた。

「こりゃあ、千人はいますねえ」

「さすが地上八階、地下三階の大型店だな」

新宿西口には、俗称「ションベン横丁」という闇市時代からの飲み屋街（現・思い出横丁）や、明治三十一年（一八九八年）に造られた淀橋浄水場などが残っているが、そこに現れた巨大な百貨店は、豊かな社会の到来を象徴していた。

日本経済の拡大で、百貨店の売上げは毎年二桁の伸びを見せ、この年は五千八百億円程度になる見込みだ。都内の百貨店の売上げは、①日本橋三越、②新宿伊勢丹、③池袋西武、④日本橋高島屋、⑤東横百貨店渋谷、⑥上野松坂屋、⑦大丸東京店の順だが、ここに小田急百貨店や再来年開業予定の京王百貨店などが参入し、競争は一段と激化する。

「行列に並んでるわけにいきませんから、通用口に行きましょう」

頭髪をオールバックにした田谷が人ごみをかき分けて池田を先導する。

二十八歳になった田谷は、首都圏のデパートを担当する課長になり、多少の貫禄が出てきていた。

オリエント・レディは、池田商店時代から社長の池田がすべてを差配してきたが、年商が十年前の五倍の約十六億円になり、従業員も百五十人という大所帯になったため、去る九月に部課長制を導入した。

田谷の課長抜擢に関しては、若すぎるとか、金に汚いとか、一匹オオカミ的なところがあるといった反対意見が出たが、池田が「やらせてみて、駄目なら替えればいいんだ」と鶴の一声で決めた。

二人は通用口から小田急百貨店に入った。

店内は客と店員でごった返し、入り口脇の案内デスクで、白い手袋をはめた女性の案内係がにこやかに接客していた。

「このたびはご開業、誠におめでとうございます」

オリエント・レディの二人は、婦人服売り場で担当の課長を見つけ、深々と頭を下げた。

「やあ、これは池田さんに田谷君、ご丁寧に恐縮です」

頭髪をきちんと整え、ダークスーツを隙なく着て、ぴかぴかに磨き上げた革靴をはいた若い課長が鷹揚に応じた。

二日前に八階大食堂で開かれた開業披露式には、池田も出席した。関係者や取引先二千五百人が招かれ、高松宮殿下がテープカットをする盛大なものだった。

「素晴らしいご盛況ぶりですね」

池田がもみ手をしながら精いっぱいの愛想笑いをする。

衣料品メーカーとの力関係は圧倒的に百貨店が上だ。

華やかな照明が降り注ぐフロアーで、白い襟の付いた制服姿の女性店員たちが接客し、カウンターで商品を次々に包装紙でくるんでいた。

「開業のために、新卒と中途採用合わせて千三百三十一人も採用しましたよ。ほとんどが未経験者だったんで、実習訓練も大変でした」

女性店員たちは、東横百貨店渋谷店(現・東急百貨店東横店)、白木屋(のちの東急百貨店日本橋店、現・COREDO日本橋)、大丸東京店の三店舗で現場実習をした。

「しかし、これだけのお客さんだと、店に入れるだけで大変でしょうねえ」

「ええ。開店前に四千人が並んで、開店一時間で早くも入場制限ですから、はっはっは」

小田急の警備員が百十人配備されたほか、警察官が三十人出動したという。

二人が話すのを聞きながら、田谷は売り場に鋭い視線を注いでいた。自社の商品が他社よりいい場所に置かれるよう、常に注意を払っていた。

「婦人服売り場としては、とにかく伊勢丹さんの牙城を崩さなくてはなりません。……それじゃあ、わたしはこれで」

課長は、田谷から祝いの品を受け取ると、女性店員たちを手伝うため、客でごった返すカウンターへと向かった。

小田急に限らず、各百貨店は高級化とファッション化戦略を追求し、最も力を入れているのが利益率の高い衣料関連の販売だ。売上げに占める衣料品の割合は各社四割から五割強と高い。

「やはり伊勢丹がファッションのリーダーだな。我々もしっかり食い込まんと」

課長の後ろ姿を見送りながら、池田がいった。

戦後、日本および周辺国の地図作成作業などの場所として連合国軍に接収されていた伊勢丹は、昭和二十八年に接収が解除されると、駅から離れた場所にある不利を撥ねのけようと、次々と独自の販売方法を打ち出し、業績を伸ばしていた。特に昭和三十一年に本館二階に開設した少女の体型に合わせた服飾専門店「ティーンエイジャーショップ」は大成功をおさめ、「ファッションの伊勢丹」として女性から絶大な人気を獲得した。売上げに占める衣料品の比率は五二・六パーセント（昭和三十六年）と百貨店業界の中でも高い。

池田と田谷は、小田急百貨店を辞すると、神田への帰途、銀座にある松坂屋に立ち寄った。

銀座六丁目の中央通り沿いにどっしりとした八階建てのビルを構える松坂屋銀座店（現・ＧＩＮＺＡ ＳＩＸ）は、大正十三年（一九二四年）に開業した老舗である。屋上庭園を持つクラシック・スタイルの百貨店で、かつては屋上動物園でゾウ、ヒョウ、ライオン、鳥などを飼育していた。戦前は八階に「星の食堂」という名前の大食堂があり、詩人の西條八十が『星の食堂の唄』という詩を作るほど、銀座の華やかさの象徴的存在だ。

〈今宵逢ひましょ　銀座の街で　名さへあなたを松坂屋
　昇降機《リフト》上れば、星かげ、灯かげ　空のサロンの朗かさ〉

松坂屋銀座店の婦人服売り場は、ガラスが多用され、銀座らしい高級感があった。

商品はオーダー・メードやイージー・オーダーが主流だが、既製服売り場も面積が増え、子ども服から大人用まで、サイズも増えていた。

「松坂屋さんは、有名デザイナーを何人も抱えて、オーダーやイージー・オーダーに力を入れています」

田谷がいった。

「イージー・オーダーの時代は、もうすぐ終わるよ」

「え、ええっ⁉」

池田があっさりいったので、田谷は驚いた。

「働く女性がこれだけ増えて、若い女性たちが自分たちのお金でお洒落をするようになってきてるんだから」

池田は、田谷の驚きを気にかけるふうもない。

日本では二年前に池田内閣が「国民所得倍増計画」を発表し、オリンピック景気も始まっていた。若手サラリーマンや労働者の収入が増え、電気冷蔵庫、電気洗濯機、白黒テレビの「三種の神器」が飛ぶように売れていた。働く女性が増えただけでなく、大学では女子学生が増え、「女子大生亡国論」がマスコミをにぎわせていた。

「既製服時代はもうすぐそこまできている。問題は、うちを含めて、どこのメーカーも技術がともなっていないことだ」

池田は厳しい視線で婦人服売り場を見渡す。

「アメリカのような服を作らなけりゃ、駄目なんだ……」

米国の百貨店の婦人服の売上げの実に九割が既製服だ。

これに対して日本では、既製服は三割程度にすぎない。残りはオーダー、イージー・オーダー、自家製で、婦人用スーツは四割がオーダー、スカートは四割強が自家製である。

翌年（昭和三十八年）六月――

池田定六は、文京区本駒込の自宅で朝食をとったあと、膳の前にあぐらをかき、朝刊を開いた。

以前は、神田東松下町の店の二階奥に住んでいたが、手狭になったため、数年前に引っ越した。

本駒込は、江戸時代に多くの武家屋敷があり、今は寺社や大邸宅が建ち並ぶ都内屈指の高級住宅地だ。徳川綱吉のお側用人、柳沢吉保が造った広大な大名庭園「六義園《りくぎえん》」や、アジサイの名所として知られる白山《はくさん》神社があり、谷中、根津、千駄木といった下町情緒あふれる一帯も徒歩圏内である。

池田の家は、石垣の上に建つ堂々とした一軒家だ。

目と鼻の先の文京区大塚には、白百合学園を出た一人娘が、社員の一人と結婚して住んでいる。女婿は池田文男《ふみお》という名で、婿養子として池田家に入った。栃木県の高校を出て以来オリエント・レディで働いており、仕事ぶりは地味だが、拾った百万円を誰にもいわず警察に届けるような実直さを池田は高く買っていた。年齢は田谷毅一より一歳上である。

「うーむ、レナウンも上場するのか……」

着物姿で読売新聞の経済面に視線を落とし、池田は独りごちた。

〈新公開株の横顔〉という囲み記事が「四年間で売り上げ倍増」という見出しで、来月に予定されているレナウンの東証・大証各二部への上場を報じていた。

レナウンは明治三十五年に、佐々木営業部として大阪で創業された古い会社だ。戦時中に国策による企業整理で商社の江商《ごうしょう》（現・兼松）に吸収合併される苦難期もあったが、戦後いち早く東京に本社を置いて再発足。メリヤス、肌着、靴下、セーターなどの販売から始め、現在は日本最大のアパレル・メーカーに上り詰めた。売上げはオリエント・レディの七倍だ。

（樫山も三年前に上場しているし、うちもいずれは上場を考えんといかんか……）

アパレル業界二番手の樫山（現・オンワード樫山）は、三年前に東京、大阪、名古屋の各証券取引所の二部に上場し、来年あたり一部に指定される。下着専業メーカーのワコールも来年上場予定で、売上げがオリエント・レディの一・五倍程度の三陽商会も上場を検討していた。

（うちも本社を建てなきゃならんし、これから金はいくらでも要る……）

従業員が増え、神田東松下町の本社では収容しきれなくなったため、付近の事務所をいくつか借り、分散して業務を行なっていた。

（ただ、上場のためには、株を手放さなけりゃならんというのは……）

池田は、新聞を広げたまま宙を仰ぐ。その顔に、うっすらと寂しさが漂っていた。東証二部に上場するためには、四百人の株主がいなくてはならない。それは手塩にかけて育ててきたオリエント・レディの株式を手放すことに他ならない。

2

晩秋――

神田東松下町十八番地のオリエント・レディを一人の中年女性が訪ねてきた。

外国ふうのあか抜けた雰囲気を身にまとい、当時の日本では売っていない、肩幅が広く、腰のあたりが締まって、かつ立体感のあるコートを着ていた。はいているストッキングは、日本でも二年前から売り出された、後ろに縫い目のないシームレスである。

「あのう、オリエント・レディという会社は、こちらでしょうか？」

コートの襟を立てた女性が、店の前で片膝をついて商品の箱に紐をかけていた五十歳くらいの男に訊いた。

「ええ、ここですよ」

眼鏡をかけた小柄な男が顔を上げて答えた。

「わたくし、百貨店の方のご紹介で参りました菅野《すがの》美幸《みゆき》と申しますが……」

「ああ、あなたが菅野さんですか。お待ちしていました。社長の池田です」

菅野は驚いて目を瞠《みは》った。目の前の地味な眼鏡の男が社長であるとは夢にも思わなかった。

菅野と池田、池田の腹心の山梨県出身の専務の三人は、畳の間の大きな火鉢の前で向き合った。

仕事をしていた社員たちは、いったい誰なんだろうと興味深そうな顔つきで三人の様子を窺う。

「菅野さん、わたしはあなたに、新しい血液をうちの会社に注いでほしいんです」

正座した池田が真剣な表情で切り出した。

「日本にもいよいよ既製服の時代が訪れようとしています。しかし残念ながら日本には技術がない。アメリカで技術を身に付けたあなたを、是非我が社に迎え入れたいんです」

菅野美幸は、二十四歳だった終戦の年に、四歳年上の銀行員の夫に先立たれた。その後、洋裁学校を経営して、二人の娘を育てた。娘たちが大学生になったのを機に、親戚を頼って単身で米国ロサンゼルスに渡り、現地の大手既製服メーカーで四年間にわたって、グレーディング（サイズ展開）を含むパターンメーキングやデザインの仕事をして帰国した。

「社長は、アメリカのどのような技術が日本の婦人服にとって必要だとお考えですか？」

菅野は池田を試すような気持ちで訊いた。

米国で身に付けた技術には自信を持っており、もしオリエント・レディが大した会社でなければ、就職はこちらから断ろうと思っていた。

「いうまでもありません。立体裁断とグレーディングです」

池田はずばりと答えた。

「シルエットが美しくて、身体にフィットする婦人服を作るには、平面裁断では限界がある。立体裁断を導入しなくてはなりません」

平面上で製図する平面裁断に比べ、スタン（洋裁用人台、ボディスタンドの略）に直接布地を当てて形をとる立体裁断は、人体によりフィットしたシルエットの服を作ることができる。

「それからグレーディングです。それも日本人女性の体型に合ったグレーディング技術が必要だ」

グレーディングは、デザイナーの絵型をもとにパタンナーが起こした型紙を、様々な体型の人に合うように、拡大・縮小をして、多数の型紙を作ることだ。米国では、グレーダーと呼ばれる専門の職人が機械を使って行なっている。

「日本では伊勢丹、西武、高島屋さんがようやく既製服のサイズを五号から十五号までの六種類に統一したところです。これからサイズの細分化が急速に進むと思います。ですから、うちのような既製服メーカーにとって、グレーディングは、今後、極めて重要な技術になります」

菅野は深くうなずいた。

菅野自身も、日本の婦人服製造に欠けているものは、立体裁断とグレーディングだと考えていた。

「あなたには技術顧問という肩書を用意し、役員に準じた待遇でお迎えしようと思っています」

「それは光栄です」

菅野は落ち着いた表情で答えた。

「ただわたしはアメリカでやってきた人間ですし、果たしてこちらの会社の方々と上手くやっていけるかどうか、若干自信がないのですが……」

オリエント・レディは見た目からも古い日本的な会社に思えた。

「そんなことは気にしなくていい。あなたはあなたのやり方でやればいいんです。うちの社員のやり方に合わせたり、気兼ねしたりする必要はまったくありません」

「でも……」

「あなたが入社すれば、社内で一騒動や二騒動起きることは百も承知ですよ」

「えっ⁉」

菅野は池田の大胆な物言いに驚いた。

「そんなことを気にしていたら、革命は起こせませんよ」

池田はにやりと笑った。

「わたしはあなたに革命を起こしてもらいたいんです。日本の婦人服業界を根本的に変える革命をね」

菅野は、あっけにとられたが、一方で小気味よさも感じた。

野暮ったい風貌とは裏腹に、池田は米国人以上の合理主義者で、いい意味で野心に満ちた人物だと分かった。

菅野も入社に前向きになり、しばらく三人で、日本の衣料品業界や会社の今後について話し合った。

「ところで社長さんはいつもああして梱包なんかをされているんですか?」

話が一段落したとき、菅野が訊いた。まさか社長が店先で荷造りをしているとは思っていなかった。

「ははは、わたしのモットーは『生涯一丁稚《でっち》』ですから」

池田が愉快そうにいった。

「社長業なんてものは、考えて方向性を決めるだけです。そんなに時間が要るもんじゃありません。

普段はみんなと一緒に働いています」

その言葉は、米国のデザイン事務所で、床に落ちている端切れを一人で片づけたり、待ち針を磁石で拾い集めたりしながら、一歩一歩這い上がっていった菅野に共感を覚えさせた。

翌年（昭和三十九年）三月――

神田東松下町にあるオリエント・レディ本社の畳の間で、何体かのマネキンに着せられた洋服を見て、田谷毅一が驚いた。

「こ、これは凄い！　これを菅野さんが作ったんですか⁉」

田谷は、マネキンが着た白いブラウスに手で触れる。

襟はボーイッシュな幅広のシャツカラーで、ヨーク（身頃《みごろ》の肩部分）の切替えを利用して、前後身頃にタック（布地のつまみ）が入っていた。

「これは着やすそうだ。しかもデザインが洒落ている！」

興奮した顔で、隣のマネキンのドレスに視線を移す。

「ううむ、こっちも今までにないファッション性がある。なによりも平面裁断の服みたいにぺたっとしていない」

それはノースリーブのワンピースで、立体裁断によって上半身部分にゆったりした膨らみを持たせ、腰にあしらわれたボウ（ベルト状の布の蝶結び）が上品さを醸《かも》し出していた。

「このカクテルドレスは、中年の婦人向きですね。これは品格がある！」

別のマネキンのカクテルドレスを見つめ、田谷がいった。

カクテルパーティーなどで着るフォーマルなドレスで、ウエストに優雅なドレープ（ゆったりとした襞《ひだ》）が入っていた。ドレープは立体裁断の大きな特徴だ。

「そっちの裾にアクセントがあるのは、若向きだろう？」

そばにいた池田がいい、田谷がうなずく。

似たようなカクテルドレスだが、裾にドレープが入っており、若々しい印象を与える。

「しかし、仮縫いをしないで、こんなオーダーみたいな服が作れるなんて……！」

「どうだ、百貨店で売れるか？」

「これは絶対売れますよ！　こんな既製の婦人服、今まで日本になかったですから。どのバイヤーも飛びつきますよ」

既製服が徐々に普及してきて、田谷は百貨店のバイヤーたちから売れる服を持ってくるよう強く要望されていた。

「これ、早速注文とっていいですか？」

「いやいや、ちょっと待て」

池田が制した。

「せっかくだから、この機会に、ファッションショーをやろうと思ってるんだ」

「ファッションショーを？」

「うむ。マネキンに服を着せて並べる展示会じゃないぞ。アメリカやヨーロッパみたいな、モデルが服を着て歩くやつだ」

東京では、戦後間もない昭和二十三年に、日本橋室町の三越劇場で、田中千代デザインルームとメリヤス登録卸商の佐々木営業部（現・レナウン）が婦人・子ども用のセーター、Tシャツ、イヴニングドレスなどのファッションショーを共催したことはあるが、メーカーによる既製服のファッションショーの例はほとんどない。

「バイヤーやマスコミを呼んで、派手にやるぞ。うちの製品で、世間の度肝《どぎも》を抜いてやる」

3

〽 ドライブウェイに春が来りゃ
イェイイェイイェ　イェイイイェイ　イェーイイェイイェイ！
プールサイドに夏が来りゃ
イェイイェイイェ　イェイイイェイイイェ
トレビアーン！
レーナウーン　レナウン　レナウン　レナウン娘が
オシャレでシックなレナウン娘が
わんさかわんさ　わんさかわんさ
イェーイ　イェーイ　イェイイェーイ！

翌年（昭和四十年）――

日本は先進工業国へとまっしぐらに突き進んでいた。前年十月に東海道新幹線が開業し、アジア初のオリンピックが開催された。東京の川、堀、一般道路の上やビルの間を首都高速道路が巨大な龍のように延び、大型のビルやホテルも続々と建設され、実質経済成長率は一三・一パーセントを記録した。

同年四月には平凡出版(現・マガジンハウス)が「平凡パンチ」を創刊し、若者にファッション、車、セックスなどの情報を提供し、アイビー・ルックの流行を後押しした。一方、桑澤洋子、森英恵、諸岡美津子、コシノジュンコといった新進気鋭の女性デザイナーたちも脚光を浴び始めた。アパレル・メーカーのテレビCMも盛んになり、レナウンは、この年、初来日したフランスの人気女性歌手シルヴィ・ヴァルタンに小林亜星作詞作曲のCMソング『ワンサカ娘』を歌わせた。明るいポップス調の曲は、高度成長期らしい若々しさにあふれ、爆発的に売上げを伸ばした。

同年六月――

どんよりとした梅雨空《つゆ》の東京は、夏の足音が聞こえ始めていた。

午後六時に営業が終わった都内のある百貨店の婦人服売り場に、婦人服メーカーの営業マンたちが勢揃いした。

ワールド、東京スタイル、イトキン、レナウンルック(レナウンの婦人服製造子会社)などの男たちは吊り上がった目で、売り場を片づける百貨店の店員たちの動きを追っていた。

婦人服売り場の模様替えが始まろうとしていた。

「いいか、絶対にオリエント・レディに食い込まれるなよ」

「田谷に気を付けろよ。あいつは力があるからな」

各社の営業マンたちが、囁き交わしながら、売り場の一角で腕組みして仁王立ちになった田谷毅一に視線をやる。

場所獲り合戦の台風の目は、常に田谷毅一だった。

その田谷が、鋭い目つきで売り場を睨みながら、かたわらにいる部下に囁く。

「イトキンの納品が遅れているらしい。狙いはイトキンだ」

「分かりました」

納品遅れで、十分な品物がないメーカーの場所は食い込みやすい。

百貨店の売り場の模様替えは季節や販売テーマが変わるごとに行われる。その際、少しでもエスカレーターに近く少しでも広い場所を獲得しようと、アパレル各社の営業マンたちはしのぎを削る。

間もなく売り場の片づけが終わった。

「よし、行け!」

営業マンたちが背広を脱ぎ、マネキンや商品をぶら下げたハンガーの束をかついで売り場に突進する。

各社がどこに品物を置くかは、百貨店の売り場責任者が事前に決め、各社に伝えられているが、少しでも自分の陣地を広げようと全員血眼だ。売り場責任者と事前に交渉するだけでなく、ハンガーの数を確保するため、百貨店の女子店員に取り入って、レジの下にたまるハンガーを優先的に回してもらったりもしていた。

「おい、なにしてるんだ!?」

ワイシャツにネクタイ姿で、ハンガーの商品をラックにかけていた営業マンの一人が、そばにいた他社の営業マンに怒鳴った。相手のハンガーが、こちらのハンガーに食い込んできて、吊るした商品の形を崩しそうになっていた。

「え、なんの話？」

怒鳴られた男がとぼけた顔で訊く。

「お前、こっち押したらつぶれるだろう！」

「押してねえよ。スペース越えて出てきてんのは、そっちだろう」

「なにいっ⁉」

一触即発の怒鳴り合いが、あちらこちらで繰り広げられる。

「ここはうちのスペースだ！　入ってくんな！」

「品物がねえのに、場所だけとってんじゃねえ！」

オリエント・レディの若い営業マンはイトキンのスペースにはみ出てマネキンを置き、相手といい合いになった。

夏らしい明るい色のワンピースを手にしていた田谷が、相手の身体めがけてぐいっと肩を突き出し、弾かれた相手がよろけて、ガラスのショーケースに手をつく。

「なにすんだ⁉」

「あ、わりい、わりい。触っちゃったかな？」

オールバックの肉付きのよい顔に不敵な笑みを浮かべる。

「ふざけんじゃねえ！　わざとだろう⁉　ショーケース割ったらどうすんだ⁉」

そばで見ている百貨店の男性社員たちはやれやれといった苦笑まじり、女性社員たちはこわごわの表情である。

「課長、これ見て下さい！」

　オリエント・レディの若手社員が田谷にいった。

「ボタンがとれてます」

「なに、ボタンが⁉」

　田谷が白いブラウスの袖を確かめる。

「これは引っかかってとれたんじゃねえな……」

　生地がねじれていて、誰かがボタンを引きちぎったのが明らかだ。

「あいつか……？」

　田谷が肩ごしに、血走った視線を他社の営業マンの一人に向ける。

　踵を返し、つかつかと相手に近寄る。

「おい、ちょっとこい」

「なっ、なにする⁉」

　田谷は大きな手で相手の右腕をわしづかみにし、フロアーの壁際に連れていく。

「お前、うちのブラウスのボタン、ちぎっただろう？」

　壁際に相手を押し付けて、もの凄い形相で睨みつけた。

「そ、そんなことしてねえよ！」

　相手は蛇に睨まれた蛙のように縮み上がった。

「ナメんじゃねえ！　こっちはお前のこと、ずっと見てたんだ。さっき倉庫に行っただろう⁉」

先日もオリエント・レディの商品がボールペンで汚されたことがあり、田谷は怪しいと思ったその男に注意を払っていた。

「お前、倉庫でボタンをちぎったんだろう⁉」

「……」

相手は不貞腐れた顔で、だんまりを決め込んだ。

「よーし、認めたな。借りはスペースで返してもらうからな」

田谷は突き放すように相手の肩を押した。

「おい、そこもうちょっと下げていいからな」

遠くから部下の男に声をかけた。

「分かりました！」

部下の若い男は、ボタンをちぎった男の会社のスペースにはみ出してマネキンを置いた。

その晩——

陣取り合戦で勝利を収めた田谷毅一は、神田駅のガード下にある一杯飲み屋の暖簾をくぐった。夫婦でやっている、間口二間（約三・六メートル）ほどの小さな店だった。

「こんばんはー」

引き戸をがらがらと開けて入ると、店内のテーブルの一つで池田定六と腹心の専務が飲んでいた。

神田駅周辺は、戦後の闇市から発展した飲食店街が広がっており、この一杯飲み屋は、池田商店時代から池田の行きつけだ。

「おお、こっちだ、こっちだ」

池田が笑顔で手招きした。

「どうだ、今日の首尾は？」

田谷がテーブルにつくと、池田はビール瓶を摑み、田谷のコップに注ぐ。

「はい。エスカレーターのそばに、今までの一・五倍くらいのスペースがとれました」

コップを両手で押し頂いて田谷がいった。

「ボタンをちぎった奴がいたんで、そいつのスペースも分捕りやした」

「そうか。よくやった！……しかし、油断も隙もあったもんじゃねえな」

「はい。納めた商品に針を入れる奴もいますから、納入前のチェックは入念にやって、なにかあってもうちのミスじゃねえと説明できるようにしています」

「うむ。そういう地道な努力が、売上げ増につながるっちゅうもんだ」

オリエント・レディは売上げを着実に伸ばし、年商は二十五億円近くになっていた。

立体裁断による春夏物新作約百点のファッションショーは、前年四月に千代田区平河町の「マツヤサロン」で開催し、百貨店や専門店の仕入れ担当者やマスコミの大反響を呼んだ。今年に入ってからも、菅野美幸が新たにデザインした型番「M-17」の紺無地のワンピースが飛ぶように売れていた。丸襟、ハイウエストで、腰を絞ったひざ丈のプリンセスライン（上半身はフィット感があり、ウエストから下はふわりとしたボリュームのある女性的なドレス）の夏物だった。

「菅野さんがきて、いろいろあったが、こちらの目論見どおり、革命を起こしてくれたじゃんな」

池田がイカの塩辛を口に運び、眼鏡の目を細める。

菅野が入社して間もなく、社内のデザイナーたちが、自分たちはもはや必要とされていないから辞めるといい出したことがあった。社内の営業部門が、製品にダーツ（身体の曲線に沿ってフィットするよう、生地をつまんでミシン縫いした部分）が入っていると、折り畳んで納品するとき皺になると苦情をいってきたり、練馬区の江古田駅近くにある古くからの縫製業者が、菅野がサイズごとに作ったパターンを無視して、Mサイズのものだけを作り、あとは袖や脇をつまんで大きさを調整するという昔からのやり方を押し通そうとして、菅野と激しいいい合いになったこともあった。

そのつど、池田、専務、菅野らが相手の言い分を聞いたり、説得したりしながら、米国並みの製品を作る体制を整えてきた。

「ところで田谷、この生地をどう思う？」

池田が足元の風呂敷包みから、白っぽい布地を取り出した。

「これは……テトロンですか？」

田谷は布地を手にとり、色合い、肌理《きめ》、手触りなどを確かめる。薄いカーテンのようなレースの織物だった。

テトロンは、帝人と東レが英国の化学メーカーＩＣＩと技術提携して開発したポリエステル系合成繊維だ。皺になりにくく、乾きが速いのが特性で、帝人のテと東レのトをとって名づけられた。

「そうだ。新潟の鈴倉《すずくら》織物が持ってきたんだ」

「鈴倉織物が？　直接ですか？」

池田がうなずく。

「しかし、あのあたりの生地は、産元《さんもと》の近藤商店が取り仕切ってるんじゃないんですか？」

産元問屋は、全国各地の織物やニットの産地にある問屋で、自ら原糸を手配して、機屋やニッターに織物やニット製品を作らせ、メーカー、商社、地元以外の問屋に卸す。

「うむ。掟破りずらな」

「大丈夫なんですか？　今は産元全盛時代じゃないですか」

新潟県見附市の近藤商店は、北陸一帯に強い影響力を有している。

「軋轢《あつれき》は当然あるらな。ただ、製品には絶対の自信を持っているし、販売を産元任せにしてたんじゃ駄目だと思っているようだな」

「なるほど……」

「鈴倉の社長は、長岡高等工業（新潟大学工学部の前身）の化学《ばけがく》を出たインテリだ。アパレル・メーカーへの直販だけでなく、撚糸《ねんし》から織り・後加工までの一貫生産とか、いろいろなことに取り組んでいるようだ」

改革者的な姿勢は、池田と通じるものがある。

「これは『エル・アート』という名前の生地だっちゅうぞ。テトロンをレースに編んでいる」

鈴倉織物がある新潟県の栃尾《とちお》は合成繊維の有力産地で、東レや帝人などの原糸メーカーは、新しい糸を開発すると、栃尾に投入して、どのような布地が織れるか試す。

「『エル・アート』……。よさそうな生地ですね」

田谷は、どのような製品にすれば百貨店の引きがあるか、思いを巡らせる。

「肌触りもいいいし、汗をよく吸収するっちゅうから、夏向きだな。菅野さんに相談して、どういうものができるか、いっぺん作らせてみるじゃんか」

池田の言葉に田谷はうなずく。

「よし、じゃあ、寿司でも食いにいくか」

池田のお決まりのコースは、この一杯飲み屋のあと、近所の「蛇の紋寿司」で腹ごしらえし、神田駅近くにある「ウルワシ」というキャバレーで、ホステスを侍《はべ》らせて飲む。これは部下たちを連れて行くときも、取引先を接待するときも変わらない。「ウルワシ」は戦後間もなく創業された大型キャバレーで、ダンス・フロアーとバンドを備えている。この頃、まだ「つぶし屋」と蔑《さげす》まれていた既製服業者の第一の夢はゴルフの会員権、二番目がキャバレーといわれ、ゴルフをやらない池田はもっぱらキャバレーだった。店では「不動産屋の奥田」と名乗り、「オーさん」と呼ばれていた。別のテーブルにオリエント・レディの社員たちを見つけると、ホステスに命じてビールを差し入れた。


それから間もなく――

スーツ姿の田谷毅一は、新潟県の長岡駅東口で、栃尾市行きの越後交通のバスに乗った。

(山梨みていだなあ……)

バスが走り始めると、前方彼方に、なだらかな夏山が見えた。道の左右は、米どころらしく水田が多く、水が張られた田に長さ二、三〇センチの苗が整然と植えられていた。

栃尾までの道のりは、約一三キロメートルである。

出発して十五分ほどで長岡商業高校前を通過し、バスは山の中に入る。猿でも出そうな雑木林を切り拓いた旧道だ。頭上の空には、灰色の綿雲が低空に垂れこめている。

「〽にいさんの学生服はテトロン、テトロン、か……」

田谷は昭和三十五年から双子の歌手、ザ・ピーナッツが歌ったテイジン学生服のCMソングを思わず口ずさむ。

栃尾に行くのは、鈴倉織物を訪問するためだ。同社が持ち込んだテトロン布地「エル・アート」で夏物の試作品を作り、百貨店のバイヤーに見せたところ、大好評だった。

いくつも峠を越えて栃尾に近づき、道が下り坂になるあたりには杉の木が多く、棚田、墓地、木造の民家などが現れては消える。

栃尾の町に入ると、名物の油揚げの看板があちらこちらにあり、店先の大きな油鍋の中で、切り豆腐がじゅうじゅうと泡を立て、キツネ色に揚げられていた。上杉謙信(元服名・景虎)が十四歳から十九歳まですごした地で、謙信の位牌を分祀した謙信廟や銅像がある。一級河川、刈谷田《かりやた》川とその支流の西谷川が流れ、木製のアーケードに沿って商店が軒を連ねる通りは昔の宿場町のようだ。人口は三万六千人ほど。うっそうとした低い山々に囲まれた盆地で、熊が出るため、小学生たちはランドセルに鈴を付けている。冬は日本海の水蒸気を含んだ大量の雪が町を埋《うず》め、それが解《と》けると織物業に適した清流と湿度を生み出す。

この狭い町に百五十以上の機屋と、ほぼ同数の撚糸などの関連工場があり、総生産の九割以上が繊維関係という織物の町だ。

栃尾の織物は、第十一代の垂仁《すいにん》天皇の皇子で、越後の国造《くにのみやつこ》に任じられた五十《い》日足彦命《かたらしひこのみこと》の妃が、春日山(現・守門岳《すもんだけ》)に登って天然繭を採り、紬《つむぎ》を創製したのが起源と伝えられる。その後、室町時代の天文《てんぶん》年間(一五三二〜一五五五年)に、上杉謙信の家臣、本庄慶秀が栃尾城主として織物を奨励したことで産業として成立した。

鈴倉織物の本社は、市街地の東寄り、刈谷田川にかかる出雲橋のそばにあった。

(こりゃあ、大《てい》した会社だ……)

川に沿って、鋸形屋根、平屋、二階建ての三つの工場、本社、倉庫など何棟もの建物が並び、一大コンプレックスを築いていた。出雲橋を渡った対岸には、百二十名収容の女子寮が二棟建っている。鈴倉織物は、約千人の従業員を擁《よう》し、栃尾では突出した存在だ。

田谷が本社受付で来意を告げると、副社長の鈴木七郎が出てきて、工場内を案内してくれた。おっとりとした人柄を感じさせる風貌で、年齢は三十代後半。東京工業大学の応用化学科を出て、社長の鈴木倉市郎の長女に婿入りした人物である。

「……うちは、撚糸、糸加工から織り、染色整理までを一貫体制でやるコンバーターです」

作業服に長靴姿で工場内を案内しながら鈴木がいった。

コンバーターとは、生地問屋のうち、自ら企画を行い、原材料の段階から手配し、製造加工までを自社のリスクで行う製造問屋のことだ。鈴倉織物は織物メーカーだが、同様の機能を持っている。

「やはり、いいものを作るには、一貫体制ですべてを自社でコントロールする必要があるというのが、我が社の考え方です。ですから設備は、こんなふうに大がかりで、毎年の投資も相当な額に上ります」

鈴木の説明にうなずき、田谷はそばの設備に視線をやる。

銀色のローラーに何反もの布地をかけ、洗剤で水洗いする機械や、染色用のドラム型の容器、工程を管理する人の背丈ほどもある箱型の機械などがずらりと並び、作業員たちが赤や青のランプの点滅を見たり、つまみをひねったりして操作していた。

織り上がったばかりの生機《きばた》は固く、手触りも悪く、そのままでは製品に使えない。機械油や汚れを洗い落とし、染色、蒸し(プレス)、起毛(毛羽立たせること)、毛羽取り、撥水性や消臭といった機能付与など、多数の工程からなる染色整理加工を経て、製品に使えるテキスタイルとなる。

「うちは今、『チョップ』と産元さん経由が売上げの九割くらいで、直販が一割です。この比率を逆にして、チョップ四、直販六くらいに持っていきたいと思っています」

チョップというのは、東レや帝人などの指示で、生地を作る下請けだ。出来上がった生地は、合繊メーカーの製品として販売される。

「チョップや産元さん経由だと思いどおりにものが作れないというのはもちろんあるんですが、販売も人任せじゃ駄目だと思い知らされた事件がありましてね」

鈴木は眼鏡をかけた学者ふうの顔に苦笑を浮かべる。

「事件？　どんな事件ですか？」

「生地の展示会があるっていうんで、前の日の夜遅くまでかかって品物を必死で作って、産元に届けたんです。ところが産元が麻雀をして、展示会に行かなかったんですよ」

「それはひどいですね！」

「ええ。だからやっぱり他人任せではいかんと」

工場内では、機械が動く騒音や蒸気が噴き出るシューーッという音が絶え間なく聞こえ、若い女工たちも働いている。

「これはこないだお持ちした『エル・アート』ですね」

ザザザザ、ザザザザという音を立て、白い布地を織り上げている高速織機を示して鈴木がいった。

「テトロンで目の粗い織物を作ろうとしたんですが、目が粗いとスリップしてなかなか上手くいきませんでね。そんなときに帝人さんが『タスラン加工糸』を開発してくれたんで、それと交撚して、スリップを防いだんです」

タスラン加工糸は、撚《よ》りをかけず、圧縮空気《エアー》の力で嵩《かさ》高く、ループ状に結束させた糸で、ふっくらとやわらかく、高級タオルやシャツなどに使われる。

「非常にいい布地ができたんで、社長の倉市郎も力が入りましてね。フランス語で空気を意味する『エル』と英語の『アート(芸術)』をかけ合わせて名づけました」

「鈴木副社長、うちは『エル・アート』を大量に取り扱わせて頂けないかと思っています。当面、三百反ぐらい売ってもらえないでしょうか?」

一反は幅一四八センチの布地五〇メートル分だ。

「三百反? それは有難いお話ですね。ただ、あれは非常に好評な布地で、レナウンさんや東京スタイルさんなんかからも強い引きがありますから……果たして、それだけの量を確保できるかどうか……」

「そこをなんとかお願いします!」

田谷は必死の思いで頭を下げた。

「うちは百貨店と強い結びつきがあります。うちの製品で、御社の『エル・アート』を全国の百貨店に広めたいんです!」

同じ頃——

住友銀行本店（大阪）調査第二部の西川善文（のち頭取）は情報収集のため、御堂筋に近い本町二丁目にある伊藤忠商事大阪本社を訪れていた。

「……尾州の機屋さんは、ここだけの話、過剰在庫がたまってて、要注意やで」

応接用のソファーで、羊毛部長がタバコをくゆらせていった。商社マンらしい抜け目のなさと、国際ビジネスの華やぎを漂わせた五十代の男性だった。

古いビルのフロアーでは部員たちが、羊毛相場を黒板に書き込んだり、そろばんを弾きながら取引先と黒電話で商談をしたり、テープ式のテレックス機のキーを叩いて、海外支店とやり取りをしたりしており、最前線のビジネスの鼓動が聞こえてくるような光景だ。

「うーん、やはりそうですか」

きりっとした上がり眉で、眼光の鋭い西川が、ノートと鉛筆を手に厳しい表情でうなずく。

奈良県高市郡畝傍《うねび》町（現・橿原《かしはら》市）の出身で、大阪大学法学部を卒業して住友銀行に入り、大正区支店で預金事務や外回りを三年間やったあと、昨年、調査第二部に異動になった。事なかれ主義を排した鋭い指摘と明快な文章で、上司や審査部から頼りにされている二十六歳の新鋭調査マンだ。

担当先は、紡績、毛織、衣服メーカーで、具体的には、尾州の機屋や地元の中小企業のほか、レナウン、樫山、柏屋、大賀、北川慶、メルボ紳士服、丸善衣料といった大手衣料品メーカーだ。

繊維産業は、糸、織り、製品別にメーカーがあり、長い独特の工程と季節性を持っているので、西川は、住友銀行がメインバンクのレナウン大阪支店にかよって業界の勉強をした。

「織物業は労働集約産業やから、どうしても人件費の安いところに流れるわね。たぶんこれから相当韓国にシェアを食われるのは間違いないやろね」

日本は経済成長で賃金が上昇している一方、輸出先である東南アジア諸国が繊維製品の自給化率を高め、先進国は自国繊維産業保護化の動きを見せている。また戦後二十年間、国交がなかった韓国とは、去る六月二十二日に日韓基本条約が締結され、人や物の行き来が盛んになりつつある。

「韓国の女工さんの賃金は一ヶ月三、四千円で、日本の三分の一以下やろ」

「そのようですねえ」

「日本の繊維産業は、今まで給料の安い中卒の女工さんが支えてはったけど、その年頃の人口が減ってるわね。しかもテレビやトランジスタ産業が伸びて、高い給料で女工さんをかき集めるようになったしねえ」

西川はうなずく。

「来年あたりから、尾州では機屋の倒産が結構出るかもしれへんね」

「そうですか。……どのあたりとか、噂みたいなもんはありますか？」

問題企業を早期に発見するのも調査部員の役割だ。

「いや、どことというのは、まだ聞いてへんけどね」

羊毛部長は口を濁した。伊藤忠商事は商社の中では尾州にもっとも食い込んでおり、どこが危ないかは摑んでいるはずだが、さすがに簡単には話してくれない。

「岩仲《いわなか》さんなんかは、どないですか？」

岩仲毛織（岐阜県輪之内町）は、尾州地域を代表する織物メーカーだ。

「まあ、あそこは業界の盟主で、モラルも高いし、商売のルールもきちんと守る会社やから。我々を含めて業界での信頼は高いですよ。技術革新や国際化にも積極的やしねえ」

「過剰設備、過剰人員ゆうことはないですか?」

「それはちょっとはあるでしょ。名声というか、世間体にこだわる会社やから」

岩仲毛織は、従業員を大切にしており、リストラをするようなこともない。そうした企業体質が、逆風下では仇になる可能性がある。

「まあ、朝鮮戦争勃発以来のガチャマン景気もいよいよ終わりっちゅうことやね」

「同じ繊維・アパレルでも、川上が不調で、川中と川下が好調ゆうのは興味深いですね」

川上は紡績メーカーや織物メーカー、川中は既製服など製品メーカー、川下は卸・小売りである。既製服メーカーは、百貨店の隆盛と歩調を合わせて売上げをぐんぐん伸ばしているが、織物メーカーは様々な問題を抱えている。

「ところで御社は、海外ブランドとの提携なんかは考えておられへんのですか?」

「そりゃあ考えてるよ。日綿《にちめん》さんの後塵を浴び続けるわけにはいかへんからねえ」

二年前、日綿実業(現・双日)が米国のスポーツ・カジュアル衣料のマックレガーとライセンス契約を結び、シャツ、ベスト、ジャケットなどを販売し、爆発的な成功をおさめた。中でも映画『理由なき反抗』でジェームズ・ディーンが着た赤いドリズラー(ジャンパー)は若者たちの心を捉え、ワンポイントマークの流行に先鞭をつけた。これは日本初の海外ブランドとのライセンス契約だった。

翌年には、鐘淵紡績(現・カネボウ)がクリスチャン・ディオールと日本における輸入・販売契約を結び、華々しく売り出した。

「既製服が伸びてきてるから、商社の繊維ビジネスも、生地の国内外の販売や、羊毛や綿花の買い付けから、ブランド・ビジネスに変わっていくやろね」

「ブランド・ビジネスだと、主な儲けは製品輸入ですか?」

「それと生産受託やね。アパレル(メーカー)さんから仕様書もらって、生地を探して、ボタンやファスナー探して、型紙作って、縫製工場に材料渡して発注して、出来上がった商品を納めるっちゅう商売やね」

「結構手間ですね」

「うん。手間やけど、儲けは結構あるし、まあ時代の要請や。そのうち羊毛部なんて、なくなるかもしらへん」

「まさか」

「いやいや、わからへんよ。時代とともに商売の形は変わるから。それを見通すのが銀行さんの仕事やないか。まあ頑張ってや」


その晩——

サウジアラビアの紅海沿岸の街、ジェッダの古いホテルで、四人の男たちが四角いテーブルの上に緑のフェルト地を敷いた即席の麻雀卓を囲んでいた。

ジェッダは、聖地メッカの西六〇キロメートルのところにある港町で、巡礼基地として繁栄してきた。厳格なイスラム教国であるサウジアラビアの中では、外国人に対しても開かれた町で、国一番の商都である。暑さをしのぐための細密な格子の出窓を持った古い家々が多く、火焔樹が鮮やかな朱色の花を咲かせ、ナツメヤシの木々には、納豆の束のように無数の実がなっている。

「……ロン！」

大手の合繊メーカーの課長代理が、手元の牌を倒し、三人に見せた。

「あー、そういうことですか！　これはやられた！」

丸の内に本社を構える大手総合商社、東西実業の繊維部門の課長が苦笑した。

接待する側なので、相手が勝ってくれる分には文句はない。

点棒をやり取りすると、四人はすべての牌を崩してじゃらじゃらかき混ぜる。

「しかし、厳格なイスラム教国っていうのは、さすがにきついですね」

牌をかき混ぜながら、合繊メーカーの主任がくわえタバコでいった。

一行は一週間前にパリ経由でサウジアラビアに入った。しばらく酒や遊びともお別れだというので、パリでは皆で二日間ほど飲み歩いた。

「気温が五十度くらいあるのは予想してたけど、こんなに湿気があるとはねえ！」

牌を取って、二段重ねで積み上げながら、合繊メーカーの課長代理がいった。

四人が泊まっているのは、商人宿のような安ホテルで、室内の天井にはヤモリが三匹這っていた。

一行は、生地を詰め込んだスーツケースを持って、市場《スーク》にある衣料品店を一軒一軒回り、行商をしていた。合繊メーカーの二人は二週間ほどで帰国するが、東西実業の二人は、このあとリビアや湾岸諸国を数ヶ月かけて回り、帰国するのは、十一月か十二月だ。東レや帝人などが作る日本の生地は、汗を吸収せず、服の下で汗が流れ落ちるので、べとつかず、アラブの民族衣装用として評判がよい。行商は大変だが、利幅が五割もあるので、商社にとっても旨みがあった。

「佐伯君は、二年目だっけ？　行商には慣れたかい？」

合繊メーカーの主任が、向かいにすわった佐伯洋平に訊いた。

「はい、なんとかやってます」

行商で日焼けした顔の佐伯洋平が、缶コーラを一口飲み、明るく答えた。

福岡県の修猷館《しゅうゆうかん》高校と慶應義塾大学を出て、一昨年、東西実業に入社した若手だった。ややふっくらした顔立ちだが、高校時代はラグビーの選手で、体格はよい。性格は明るくおおらかで、若いわりには大人《たいじん》の風格がある。

「佐伯君は将来なにをやりたいの？　一生中近東で行商ってわけでもないんだろ？」

「はい、できれば羊毛か綿花のバイヤーをやってみたいと思います」

チャッ、チャッと音を立て、目の前に牌を積み上げながら答える。

「最近の若いのは、みんな、羊毛や綿花のバイヤー志望なんですよ」

四十歳くらいの東西実業の課長が苦笑した。

「まあ、カッコいいですからねえ」

「相場でしくじって、円形脱毛症になって、靴墨塗って出社してくるバイヤーもいますけどね」

東西実業の課長の言葉に、三人は笑った。

各自十三個の手牌を並べると、一人がサイコロを振り、誰の山から牌を取っていくかを決める。

四人は左回りで順番に牌を取り、できそうな役を考えながら、要らない牌を捨てていく。

「うーん……」

「あー、これはよくない」

「あのへんに赤が入ってんな、絶対。赤がいっぱい入ってる感じがするなあ」

順番に牌を取り、緑のフェルトの上にころんと牌を捨てたりしながら、各人がつぶやく。

五萬、五筒、五索には文字や模様が赤で描かれた「ドラ」があり、これを持って上がると、点数が増える。逆に相手に行くと厄介な牌である。

「むむむ……」

「これ、ほんとに悩むなあ」

段々熱を帯びてきて、世間話はしなくなる。

「ロン、上がります！」

佐伯が突然いって、自分の牌を倒した。

「ハクドラドラです」

白が三枚でドラが二枚、三千九百点の役だった。

「やっぱり佐伯のところに赤があったか！」

「あかん、失敗！　またやっちゃった！」

点棒を事務的にやり取りし、再び全部の牌を崩し、じゃらじゃらかき混ぜる。

そばに置いた椅子の上には、灰皿、皿に盛ったナツメヤシやピーナッツ、缶コーラ、黒い点棒ケースなどが置いてある。

室内の壁は湿気で汗をかき、エアコンがブイーンと振動しながら、冷たい空気を吐き出していた。

暗い窓の外から、夜の礼拝(サラート・ル・イシャー)を呼びかけるモスクのアザーンが聞こえてきた。

4

秋──

伊勢丹新宿店は、新宿三丁目の新宿通りと明治通りの交差点に建つ地上七階・地下二階の大型ビルである。竣工は昭和八年で、当時世界的に流行ったアールデコ調の凝った装飾や、孔雀やブドウの模様が低層階の外壁に施され、その上に白亜の柱で垂直線を強調した上層部が載り、屋上には大きな丸の中に伊の文字が入った看板が地上を見下ろすかのように掲げられている。

田谷毅一は、技術顧問(役員待遇)の菅野美幸、デザイナー二人とともに、伊勢丹を訪れ、来年の夏物の商品についての打ち合わせに臨んだ。

会議用のテーブルの上には、菅野らのデザイン画や生地見本がところ狭しと並べられていた。

「……このドレスには、こちらのジャカードの布地なんかいかがでしょうか?」

ワイシャツ姿の田谷が、薄い藍色地に白い線でバラを描いた布地を相手に差し出す。

「これは、レーヨンですね?」

伊勢丹の商品研究室の男が手に取って見る。

「レーヨン五二パーセント、ナイロン四八パーセントです」

生地は田谷が桐生で仕入れてきたものだった。

群馬県桐生市は「西の西陣、東の桐生」といわれ、奈良時代から続く絹織物の産地だ。戦後は合繊の生産も盛んになり、世界中に輸出している。

「なるほど……。高級感があって、年輩の婦人向けにはよさそうですねえ」

伊勢丹のバイヤーが布地の感触を確かめる。

「それと、ヤング向けには、こちらの明るい色を使ってはいかがかと思います」

菅野が布地の一つを手に取って示す。

黄色に近い草緑色の地に、様々な太さの水色とオレンジ色の縞が織り込まれていた。

「こちらはレーヨン六三パーセント、ポリエステル三七パーセントで、手触りが非常になめらかで、かつ軽い素材です」

「確かに……。ただこれ、ちょっと安っぽくないかなあ」

「それは作り方次第だと思います。色が斬新なので、来年のテーマにもなり得るんじゃないでしょうか」

百貨店業界は、消費者に商品を訴えやすいように、特定の色をテーマにしたキャンペーンを昭和三十年代から始めた。昭和三十五年は三越が地中海ブルー、三十六年は伊勢丹がイタリアンブルー、三十七年は高島屋や西武がシャーベットトーン（パステルカラー）、前年の昭和三十九年は伊勢丹が歌舞伎カラーをテーマにした。

「これで、どんな服がデザインできると思います?」

「そうですね。安っぽく見えないように、ちょっとフォーマルな感じのワンピースなんかにしたら面白いと思います。こんな感じですかね……」

田谷はそばにあったデッサン帳にさらさらと鉛筆を走らせる。

その絵を見て、伊勢丹の男たちがのけぞりそうになった。

「た、田谷さん、あなた、絵をどこで習ったんですか？」

プロの画家やデザイナーが描くようなデッサンだった。

「昔、代々木の洋裁学校に行ってまして、その頃、見よう見まねでおぼえました」

「はあーっ、そうですか。……お見それしました」

田谷は見た目も仕事ぶりも肉体派なので、その男がこんな繊細なデッサンをするとは誰も想像していなかった。

「ところで、『ノーマ・タロー』の製造を、ぜひうちにやらせて頂けないでしょうか？」

夏物の企画の話が一段落したとき、田谷がいった。

伊勢丹はメルボルンの女性デザイナー、ノーマ・タローと提携し、同氏のデザインによる商品を売り出す計画を進めていた。

「うちは縫製もしっかりしていますし、他社に先駆けて立体裁断やグレーディング・マシーンを取り入れて、高い製造技術がありますから」

オリエント・レディはこの前年に、グレーディング・マシーンを導入し、多サイズ化に対応できる体制を作った。

「まあ、オリエント・レディさんの製品は作りがしっかりしている点は我々も認識しています。製造についてはこれからですが、手を挙げて頂いたことはおぼえておきましょう」

伊勢丹の商品開発室の男がいった。

「是非宜しくお願いいたします」

田谷は黒々としたオールバックの頭をテーブルにこすり付けるようにした。

打ち合わせが終わると、オリエント・レディの四人は池袋にある別の百貨店との打ち合わせに出向いた。

山手線の電車の中では、昨年、パリのデザイナー、アンドレ・クレージュが発表したパンタロン姿の女性や、この春のパリ・コレクションで披露され、日本でも大流行を始めたミニスカート姿の若い女性たちの姿が見られた。

日本人の洋装化とともに、パリ・モードをはじめとする外国のファッションが流入し、百貨店は高級イメージを高めるため、海外ブランドとの提携を活発化させていた。西武はテッド・ラピドス、高島屋はピエール・カルダン、松坂屋はニナ・リッチ、三越はギ・ラロッシュと提携し、広告やファッションショーで大々的に売り出した。

こうした外国ファッションの流入を手がけたのが総合商社で、これを「ブランド・ビジネス」と呼び、製品輸入や生産受託で大きな利益を上げた。

「……ちょっと店内を見て行きましょうか」

池袋の百貨店での打ち合わせが終わると、菅野美幸がいった。

「売り場を見て歩くと、いろいろ気付くこともありますから」

オリエント・レディの四人は一階から売り場を見て歩く。

館内では、増築工事やスプリンクラーの設置が行われているところだった。小売業界で唯一の大型店として君臨する百貨店は、毎年売上げを三〜五割伸ばす破竹の勢いで、各社とも積極的な設備投資に打って出ていた。

「……相変わらずデパートの屋上はにぎやかですねえ！」

最後に階段を上がって、屋上へ出ると、女性デザイナーの一人が声を上げた。

自動車の乗り物、ゲーム機、熱帯魚や金魚、小鳥、盆栽、ポップコーンや綿菓子の販売機、ゴルフクラブ、物置、墓石など、子ども用遊具や普通の売り場に置けない雑多な商品があふれ返っていた。

ベンチでは、親子連れ、仕事の途中らしい営業マン、失業者、休憩中のＯＬなどが冷たくなってきた風の中で菓子パンをかじったり、タバコを吸ったりしている。

「こんなのほしくないよ！」

ベンチで小学校一年生くらいの男の子が、不貞腐れた顔で父親を睨んでいた。

「そんなこといわんで、食べろ。美味しいから」

三十歳すぎの父親が、綿あめを子どもに差し出す。

「いらない！　食堂に行きたいよう」

ありとあらゆる料理を華やかにショーケースに陳列した百貨店の大食堂は庶民の憧れで、子ども向けのお子様ランチやパフェもある。

「まったく、しょうがないな……」

父親は悲しそうな顔でため息をつき、一人で綿あめを食べ始めた。

「あのお父さん、きっとなけなしのお金をはたいてデパートにきたんでしょうねえ」

二人の様子を見ながら、菅野美幸がいった。

「着ているものも、くたびれた感じだし」

菅野は、戦後、夫が急逝し、女手一つで二人の娘を育てた頃のことを思い出しているような表情である。

かたわらの田谷は、なにかを考えているような横顔で、ベンチの親子を凝視していた。

「日本も豊かになりましたね」

田谷が妙にさばさばした口調でいった。

「デパートには物があふれているし、食べたけりゃ、綿あめだって好きなだけ食べられるんですから」

その言葉は、苦い思い出を振り切ろうとしているかのようにも聞こえた。

「田谷君はどうして婦人服の仕事をしてるの？」

菅野が訊くと、田谷の横顔に一瞬、なにをいっているんだといいたげな激しい気配が浮かんだ。

「金のためですよ。仕事のえり好みなんかできるような境遇じゃなかったですから」


それから間もなく――

神田東松下町十八番地のオリエント・レディの本店で、社長の池田定六の怒声が響き渡った。

「この馬鹿者！　お前《まん》は、自分を何様だと思ってるだ⁉」

作業用の長袖シャツに黒いズボン姿の池田が、飛び上がるようにしてげんこつで田谷毅一を殴りつけ、大柄な田谷が衝撃でよろめいた。

「三十一かそこらの若造が金時計をして粋がるな！　五十年早い！」

怒りの原因は、田谷が金の腕時計を買ったことだった。

「生涯一丁稚」がモットーで、常々華美や驕りを戒めている池田にとって、たとえ自分が貯めた金で買ったものであろうと、許しがたい行為だった。池田はゴルフも贅沢であるとして社員たちに禁じていた。

土間の周囲や畳の間で働いている社員たちが、こわごわとした表情で、二人の様子を盗み見ていた。

「おい、誰か、金づち持ってこい！」

怒りで顔を赤くした池田が、怒鳴った。

すぐに社員の一人が金づちを持って飛んできた。

「こういうもんは、こうしてくれら！」

池田は田谷から奪った金時計を土間に投げ捨てると、金づちでバラバラに叩き壊した。

田谷の顔から血の気が引き、一瞬殺気立った目つきで池田を睨んだが、すぐにうつむいた。

「田谷、金時計を買う金があったら、田舎のお袋さんに仕送りでもするずら！」

身長一五六センチの池田は、自分より一五センチ以上高い田谷を見上げるように睨み付ける。

「申し訳ありませんでした」

殴られて左のこめかみのあたりが赤くなった田谷は、きびきびと頭を下げる。絶対権力者である池田に逆らえないことはよく分かっている。

「こんな下らんことを考える暇があったら、仕事のことでも考えろ！」

田谷は直立不動でうなだれ、池田は厳しい表情のまま、畳の間に上がる。

「ごめん下さい」

表の引き戸をガラガラと引いて、ぱりっとした背広姿の男二人が入ってきた。

池田が株式上場について相談をしている証券会社の男たちだった。

「いやあ、どうも御足労頂きまして恐縮です。どうぞ中へ」

先ほどの剣幕とは打って変わった笑顔で、池田は二人の証券マンを迎えた。

池田が襖《ふすま》を開け、二人の証券マンとともに奥の間に消えると、田谷は、土間に這いつくばって、バラバラになった金時計の破片をかき集めた。

第四章　株式上場

1

昭和四十四年初夏——

〽　フランシーヌの場合は　あまりにもおばかさん
フランシーヌの場合は　あまりにもさびしい
三月三十日の日曜日　パリの朝に燃えた命一つ
フランシーヌ

（新谷のり子『フランシーヌの場合』）

東大医学部の学生処分や日本大学当局の授業料使い込み問題に端を発した学生運動が燎原の火のように全国に広がり、一月には八千五百人の機動隊員が東大安田講堂に立てこもった全共闘学生を放水や催涙弾で強制排除し、二月には日大でも機動隊による封鎖の強制解除が行われた。

一方、GNP（国民総生産）で西ドイツを抜いて世界第二位に躍り出た日本には豊かな時代が到来し、グループサウンズが全盛で、若者たちの間ではヒッピー・ファッションやジーンズ、パンタロンなどが流行っていた。

オリエント・レディ社長の池田定六は田谷毅一とともに、千歳船橋駅で小田急線の電車を降り、住宅地の中の緩やかな坂道を上り始めた。

欅《けやき》の街路樹が多く、木漏れ日が道や道路わきの小公園に降り注いでいた。道は住宅街の中の一本道で、曲がりくねっており、城下町を歩いているような気分になる。小ぢんまりとした一戸建てが多く、安定した会社で課長くらいまで勤め上げれば、なんとか持てそうな感じの家々だ。

二十分ほど歩き、世田谷区船橋三丁目のちょっとした高台に到着すると、東京重機工業（ＪＵＫＩ）の中央技術研究所が現れた。五年前に竣工した鉄筋二階建て、建坪一〇六四平米の新しい建物で、広い緑の前庭を持っていた。

同社は、日中戦争が始まった翌昭和十三年に、帝国陸軍のための機関銃や小銃を製造するために設立された。戦後はパンを焼いて糊口をしのぎ、昭和二十二年に家庭用ミシンを売り出して、ミシンメーカーに転業した。最近では、超音波ボタン穴かがり装置を開発し、縫製の省力化に貢献している。

池田と田谷は研究室の一つにとおされ、新製品を披露された。

「……こりゃあすごい！　まるで魔法だ！」

目の前で、ジャンジャンジャンジャンという規則的な機械音を立てながら、厚手の布地を縫い上げてゆく一台のミシンを見つめながら、池田が感嘆した。

縫い終わると、ミシン針の下で小型の刃が一閃《いっせん》し、ガッチャンという音とともに自動で糸を切る。

「スピードがちょっくら遅くないですか？」

一緒に見ていた田谷毅一がいった。

金時計を壊されたあとも、忠実に働き、百貨店向け売上げを着実に伸ばし、昨年、全国の百貨店との取引を統括する第一営業部長に抜擢された。

池田の叱り方は厳しいが、その場だけのからっとしたもので、田谷も田谷で、いちいちいじけたりしない精神的なタフネスを持っていた。ただし内心の恨みは深かった。

「いえ、もちろん高速でも縫えますよ。起動、停止、変速、糸切りはすべてペダルで操作するようになっています」

作業服姿の技術者がいい、別の布地をセットする。

今度は、ダダダダダダダダッ、と一気に縫い、最後にガッチャンと糸を切る。

「おおーっ！」

池田と田谷が歓声を上げる。

「おい、こりゃあ既製服業界に革命が起きるぞ！」

リムの上部が黒縁の眼鏡をかけた池田が顔を上気させる。

「このミシンを使って頂ければ、今の三倍のスピードで製品を作れると思います」

ＪＵＫＩの技術者が誇らしげにいった。

普通のミシンの場合、必要な部分を縫い終わると、いったんミシンを止めて針を上げ、両手で布地を引き出し、次に鋏《はさみ》を手にとって、糸を切らなくてはならない。背広を一着縫う場合は、二百回程度の糸切りが必要で、縫う時間の倍を要する。

「一台十万円という値段も採算ラインずらな」

池田が納得顔でうなずく。

「オンワード(樫山)がパフ(西ドイツのミシン・メーカー)の自動糸切りミシンを去年入れたっちゅうんで、話を聞いてみたら二十万円もするっていうじゃんか。しかも性能もそれほどよくねえちゅうど」

池田もパフ社製のミシン導入を考えたが、コストや性能の点から見送った。二十万円は、銀行の大卒初任給の約六倍で、オルガンなら五台が買える。

「早速板橋の工場で使ってみましょう」

オリエント・レディは、七年前に東京都板橋区に自社の縫製加工工場を開設し、来年、福島県の須賀川市にも同種の工場を開設する計画である。

秋——

オリエント・レディで三人の新任取締役が選任された。

一人は池田定六の甥で山梨県出身の三十七歳の男、もう一人は三十六歳の池田の女婿・池田文男、そして最後の一人が田谷毅一で、最年少の三十五歳である。

彼らの上に五十四歳の社長の池田、明治生まれの六十一歳の山梨県出身の専務、常務、三人の取締役の合計六人がいるが、これまで一番若い取締役でも大正八年生まれの五十歳だったので、大幅な若返りだ。社長の池田は「社会状況は目まぐるしい変動を続けており、企業の優劣はここ二、三年で決着がつく。会社の発展のためには若いエネルギーが必要だと考え、決断した」と述べた。

三人の新役員は、それぞれ製産部門、管理部門、百貨店営業を管掌することになった。池田の甥、同女婿、営業の実力者ということで、いずれも将来の社長の座を争ってもおかしくないが、三人の中では池田文男が本命と見られた。

すでに前年、東神田二丁目に鉄筋コンクリート造り・地上八階・地下二階・延べ床面積約五〇〇〇平米の近代的な新社屋が完成し、約四百人の社員が働いていた。売上げは過去三年間で倍増し、五十億円を突破した。

工場に導入されたＪＵＫＩの自動糸切りミシンは、導入後、電気回路が熱でショートしたり、電気制御系の接触不良があり、メーカーがいったん製品を回収して部品を交換する一幕があったが、その後は順調に稼働し、増産に大きく寄与した。

同じ頃――

ロンドンは街路の大きなスズカケノ木々が黄金色に色づいていた。

三陽商会の社員二人と、太十縫製の社長と技術スタッフがロンドンのバーバリー本社で話し合いをしていた。茨城県那珂湊市にある太十縫製は、長年、三陽商会のコートの縫製を引き受けてきた会社だ。

労働党のハロルド・ウィルソン政権下にある英国では、労使紛争が多発し、国有化政策で企業の経営改善努力も減退し、経済不振で「ヨーロッパの病人」と呼ばれている。

一方で、ビートルズ、ミニスカート、ツイッギー、マリー・クヮント、ヴィダル・サスーン、ジェームズ・ボンドなど、ロンドン発の流行が世界を席巻しており、「スウィンギング(いかす)・ロンドン」と呼ばれる活気にあふれていた。

バーバリー本社は、ピカデリー・サーカスから南のテームズ川方向に坂道を下った、ヘイマーケット(Haymarket)十八〜二十一番地にあった。創業者のトーマス・バーバリーが一九一二年に建てた、どっしりとした三階建ての石造りの建物で、外壁のドーリア式列柱、二階部分のアーチ形の窓、建物正面の社名入りの金色の時計などが特徴である。

「……やっぱり、このラグラン袖をしっかりプレスする機械と接着機が要りますね」

技術研修を受けている作業用の部屋で、作業台の上に広げた試作品のトレンチコートの袖の部分を示しながら、太十縫製の二十代の技術者がいった。

ラグラン袖は襟ぐりまで切れ目なく続いている袖で、鎖骨から腋窩《えきか》にかけて斜めに縫い目が入る。

「それと貫通ポケットを作るためのプレス機と、二本針ミシンも要ると思います」

貫通ポケットは、コートを着たままジャケットやズボンにまで手が届くようになっているポケットで、トレンチコートの特徴だ。

「うーん、そうだなあ」

太十縫製の社長がうなずく。

二人のやり取りを三陽商会の二人の社員が真剣な表情で見守っていた。

四人は、来年の生産開始を目指し、必要な技術を懸命に吸収しているところだった。

三井物産の仲介で、バーバリーとの提携の話が持ち込まれたのはこの春のことである。

三井物産を窓口として交渉が始まり、契約期間、ロイヤリティ、商標・特許権の使用、守秘義務など、契約の細部が詰められていった。バーバリー社がこだわったのが、高い品質の維持で、「試作品の出来が悪ければ、提携はしない」と予め念を押された。三陽商会の技術スタッフは、太十縫製の工場に泊まり込み、試作品を作った。先方のピーコック社長らがそれを吟味し、「とても高い水準だ」と満足した。十月一日には提携が決定し、この四人が技術研修のためにロンドンに送り込まれた。先般の試作品はバーバリー社から渡されたサンプルと型紙だけを頼りに作ったもので、技術の細部や生産方式については、ロンドン本社や英国中部キャッスルフォード市の工場などで研修を受ける。また、日本市場で求められる仕様や生産方法も考えなくてはならない。

2

翌年（昭和四十五年）秋——

田谷毅一は、取引先である百貨店を訪問するため、部下と一緒に都心を歩いていた。

アジア初の万国博覧会が三月十五日から九月十三日まで大阪府吹田市の千里丘陵で開催され、東京では美濃部亮吉知事のもと、銀座、新宿、池袋、浅草で毎日曜日歩行者天国が始まった。「昭和元禄」が本格化し、豊かさとともに、ファッションに対する関心が急速に高まっていた。

「おっ、ワールドのオンリーショップじゃないか！　こんな都心にもできたのか⁉」

田谷が広い通りに面した一軒の洋品店の前で立ち止まった。

数体のマネキンが、黒と白の大胆なチェック柄のトップスに白のパンタロン、白のニットシャツにすみれ色のカーディガンとミニスカート、黒いタートルネックのシャツにゆったりした砂色のジャケットとパンタロン、幅広のベルト、といったインパクトのある着こなしで陳列されていた。

「おい、塩崎、よく見てみろ」

田谷は顎で店を示す。池田の前では相変わらず大人しくしているが、部下の前では傲然とふるまうことが多くなった。

「はっ、かしこまりました！」

両手に商品見本の入った風呂敷包みをぶら下げ、田谷の半歩後ろを歩いていた背の高い若者が、紺色のスーツの裾をひるがえし、ショーウィンドーの前に駆け寄る。

二年前に法政大学を卒業して入社した塩崎健夫《たけお》だった。オリエント・レディは、三年前から大卒の採用を始め、二期生の塩崎は田谷の鞄持ちとして修業をしていた。

「取締役、わたくしごときが僭越ですが、確かに魅力的に見える感じがいたします」

神戸市三宮発祥のワールドは、婦人ニット（メリヤス）卸商として昭和三十四年に創業された後発だが、欧米のコーディネートという発想をいち早く取り入れ、帽子、バッグ、ベルト、アクセサリー、靴なども含め、少し高めで品質のよい婦人服を組み合わせて売るやり方で業績を伸ばしてきた。

当初は、コーディネートに馴染みがない小売店に、セーター、ブラウス、スカートなどを単品で、しかも他社製品と一緒に陳列されて苦戦したが、小売店を自社の製品だけを扱うオンリーショップ（専門店）にすることで打開した。東京には五年前に進出し、オリエント・レディと同じ東神田に東京事務所を構え、市場を開拓している。

「うちの取引先でも、ワールドのオンリーショップにならんかと、口説かれた先がだいぶあるようだな」

田谷がショーウィンドーを見ながらいう。

「そうでございますか……。しかし、どうやって口説くのでしょうか？　ワールドの商品だけを扱うというのは、それなりにリスクがあると思いますが」

塩崎は恐る恐る訊く。入社三年目の若者にとって、取締役の田谷は雲の上の存在だ。

「畑崎（廣敏）の弟の重雄が、切り込み隊長で東京に乗り込んで、商品を納めるだけじゃなく、陳列、棚卸し、掃除に至るまでなんでも手伝って、必死で食い込んでるそうだ」

畑崎廣敏は、現社長の木口衞《まもる》とともにワールドを創業した男で、現在は専務。兵庫県立洲本商業高校（現・県立洲本実業高校）卒で、負けん気が強く、大学に行った同級生と社会で勝負したいと、猛烈な営業活動で会社を引っ張ってきたところは、田谷によく似ている。

「もちろん、小売店にとって、儲からんと話にならん。ワールドはトータル・コーディネートを教えるだけでなく、西ドイツから陳列（ディスプレイ）の専門家を招いて、陳列専門のセールスコーディネート・セクションまで作ったらしい」

オンリーショップに対しては完全な買取り販売で、小売店側に売れ残りリスクはあるが、高い利益率を提供している。

「（東京）オリンピックのあと、郊外のショッピングセンターやファッションビルができたおかげで、専門店街が衰退して、ワールドも楽じゃないはずだが……なかなかしぶといな」

この頃の年商は、レナウン三百六十一億円、樫山（現・オンワード樫山）二百七十八億円、三陽商会百二十一億円、イトキン百二十億円、オリエント・レディ七十三億円、ワールド三十五億円である。

「レナウンはアーノルドパーマーで大当たりをとったし、うちも新機軸を考えんといかんな」

前年、レナウンは空前のゴルフブームを背景に、米国の著名プロゴルファーの名前を冠した日本独自のブランドを立ち上げた。赤黄白緑の四色の傘をマークにしたトータルファミリーブランドで、アーノルド・パーマー自身をＣＭに起用し、戦後最大といわれる爆発的ヒットとなった。


それから間もなく――

東神田二丁目にあるオリエント・レディの近代的な本社ビルの会議室で、池田定六ら経営陣が話し合っていた。

「……なに、民青同盟までできただと⁉」

会議用のテーブルの中央にすわった池田定六が驚いた顔をした。

民青同盟（正式名称・日本民主青年同盟）は共産党系の学生・青年組織だ。

「はい、社員の一部が加入して、労働組合を作ろうとしています」

管理部門担当役員を務めている池田の女婿・文男がいった。小柄で眉が濃く、いかにも実直そうな風貌である。

「全繊《ぜんせん》同盟だけじゃなく、民青も入ってきましたか……。これは面倒なことになりましたなあ」

額が禿げ上がり、分厚い眼鏡をかけた明治生まれの専務がぼやく。

最近、繊維業界の企業別労働組合を束ねる全国的組織、全国繊維産業労働組合同盟（略称・全繊同盟）が、自分たちの組織拡大のためもあって、オリエント・レディの役員や職員に組合結成を働きかけていた。この日の会議はその対応策を話し合うためのものだった。

「御用組合を作って、両方の動きを封じ込めるっていうのはどうでしょうか?」

恰幅が一段とよくなってきた田谷毅一がいった。

「いやいや、ちょっと待て」

池田がいった。

「経営の近代化のためには、ちゃんとした労働組合を作らにゃいかんら」

意外な言葉に役員たちは驚いたが、過激なほどの合理主義者である池田らしい考え方だった。

「役員の眼と、社員の眼っていう複眼で経営全般を見て、初めて近代経営ができるというもんだ」

池田は、この場にオブザーバーとして呼んだ東西実業の佐伯洋平に視線を向ける。

「佐伯さん、あんた、どう思う?」

「まあ、共産党系に組合を作られたら厄介なことになるのは確かですが、全繊同盟ならいいかもしれませんね」

大きな身体に大人《たいじん》ふうの雰囲気を漂わせた佐伯は単刀直入にいった。

中近東で数年間生地の行商をしたあと、丸の内にある本社で婦人服メーカーとの取引を担当するようになっていた。まだ二十九歳の若さだが、一流企業の社員ならではの見識があり、物言いも率直なので、池田ら経営陣から信頼を得ていた。

「全繊同盟は、昭和二十五年に総同盟(日本労働組合総同盟)の左傾化を嫌って脱退したことからも分かるように、労働運動の中では右派です。要は、会社寄りです」

総同盟は、労働組合のナショナルセンター(全国中央組織)で、支持政党は日本社会党である。

「東レや帝人なんかの紡績大手の労組はだいたい全繊同盟の創立メンバーですし、イトーヨーカ堂の労組も九月に加盟したそうです」

「ほう、伊藤さんのところも入ったんか！」

池田は、イトーヨーカ堂の伊藤雅俊社長とは昔からの馴染みで、互いに信頼し合う仲だ。

北千住にあった洋品店、羊華堂では、経営者だった伊藤譲が昭和三十一年に喘息の発作のため四十四歳の若さで急死した。社長は弟の雅俊が引き継ぎ、昭和三十六年にスーパーマーケット・チェーンになるという方針を打ち出した。同年、赤羽店（売場面積三七一平米）を出店し、翌年以降、北浦和、小岩、立石、蒲田、大山（売場面積三三〇〇平米）などに進出。昭和四十二年には本部を港区麻布十番の近代的なビルに構え、翌年には十六店舗を有し、年商二百五十億円で、百貨店を含め全国第二十二位の小売業者となった。

「うちの労組が全繊同盟に加入したら、民青はどうなりますか？」

田谷が訊いた。

「まあ、モチはモチ屋で、彼らに共産党系を抑えてもらうのが一番でしょう」

佐伯の言葉に一同がうなずく。

「よし、分かった。その方向でいこうじゃないか」

池田が決断し、オリエント・レディは、全繊同盟傘下で労働組合を作ることになった。


二ヶ月後（十二月二十日すぎ）――

田谷毅一は、東神田二丁目の本社ビルの中にある第一営業部のフロアーのデスクで、電話をかけていた。

「……はい、明日は、十人ほど手伝いに行かせますんで。……いやいや、ご遠慮なく。伊勢丹さんは、弊社にとってナンバーワンのお取引先ですので、はっはっは」

黒々とした頭髪をオールバックにした田谷は、受話器を耳にあて、役員らしい貫禄を漂わせて笑う。

相手は、伊勢丹の婦人服売り場の責任者だった。暮れのボーナスシーズンのかき入れ時に、オリエント・レディは、営業だけでなく、デザイナーや管理部門の社員たちも総出で、デパートの応援に行くのが慣例だ。

「それじゃあ、十人分のバッジを用意しておいて下さい。……はい、宜しくお願いいたします。失礼いたします」

田谷は見えない相手に頭を下げて受話器を置くと、すぐに次の番号をダイヤルする。

目の前では、第一営業部の男たちが一心不乱に仕事をしていた。田谷は部下に仕事中の私語を一切禁止している。

「……ああ、どうもー。オリエント・レディの田谷でございます。いつもお世話になっております」

相手は別の百貨店の婦人服売り場の責任者だ。

「明日の応援ですが、うちのほうから六人行かせますので。……はい、バッジのほう、何卒宜しくお願いいいたします」

応援に行った社員たちは、その百貨店のバッジを着け、あたかも百貨店の社員のように接客する。

「おい、明日の応援のリストはできたか？」

電話を終えると、目の前に机を並べて仕事をしている男たちの一人に大声で訊いた。

「はっ、はい！　できております！」

部下の一人が立ち上がり、資料を掴んで、田谷の前に駆け付けた。

翌日――

伊勢丹新宿店は、クリスマスの飾り付けがされ、高い天井から八角形のヨーロッパふうの角灯が下がる新宿通り側のメインエントランスを入ると、ショーケースに金銀の宝飾品が陳列され、店員たちが接客をしている。女性店員の数は多く、ジャケット姿が高級感を醸し出している。

田谷毅一は二階の婦人服売り場で、他の社員たちと一緒に接客をした。

「いらっしゃいませ！」

「いらっしゃいませ！」

宝石のような照明が降り注ぐ中で、伊勢丹の店員、「マネキン」と呼ばれる販売員、アパレル各社の応援の社員たちが、上りのエスカレーターから次々と流れ出てくる来店客たちを迎えていた。ごった返す店内には、季節にふさわしい音楽も流され、華やぎを一層増していた。

「いらっしゃいませ。フォーマル・ドレスでございますか？」

真っ白なワイシャツで大柄な身体を包み、伊勢丹のバッジを着けた田谷は、五十歳くらいの女性の接客をする。楕円形の眼鏡をかけ、茶色のウールのコートを着た、裕福なマダムふうである。

「そうなのよ。パーティーなんかに着て行かれるようなのが一着ほしいんだけど……。なんかたくさんありすぎて、迷っちゃうわね」

売り場には、二十〜三十のハンガーがぶら下がった車輪付きの「ハンガーラック」にあふれ返るほど、コートや婦人服が陳列されていた。

婦人用スーツとスカートに占める既製服の比率はそれぞれ四三・二パーセントと六九・三パーセントになり、イージー・オーダーの八・四パーセントと二パーセントを大きく引き離した。

去る四月には、ＪＩＳ(Japanese Industrial Standards＝日本工業規格)が、工業技術院による体格調査にもとづいて「既成衣料呼びサイズ」を定め、既製服の寸法を統一した。

「さようでございますか。こちらなどはいかがでしょうか?」

田谷は愛想よくいって、ハンガーラックからドレスを一着取り出す。

「そうねえ。ゴージャスは、ゴージャスだけど……ちょっと、あたしに似合うかしらねえ?」

「もう少しシンプルな感じでしたら、こういったものもございます」

田谷は別のドレスを手に取って見せる。両方ともオリエント・レディの商品だ。

「うーん、こちらのほうがしっくりくるかしらねえ」

「シンプルなほうが長く着られますしねえ。……ちょっとお召しになってみますか?」

田谷は婦人客を試着室へ案内する。

「いかがでございますか?」

少し経って田谷が訊くと、試着室のカーテンが開いて、ドレスを着た女性が姿を現した。

「ああ、よくお似合いでございます!」

「そう。じゃあ、これ頂こうかしら」

女性客は満足そうにいった。

「でもちょっと袖と裾が長いのよ」

「お直しでございますね。かしこまりました」

田谷はポケットからメジャーを取り出し、てきぱきと採寸し、直しの箇所にピンを入れる。

「あなた、慣れてるわねえ！　昔、仕立て屋さんで働いていたの？」

「ははは、まあ、そのようなものでございます」

黒々としたオールバックの田谷は愛想笑いを浮かべる。

「ところでお客様、こちらのドレスに合うコートなどはいかがでしょうか？」

採寸が終わると、田谷がいった。

ワールド流のコーディネート販売を取り入れ、オリエント・レディでも着こなし方を提案し、セット販売による売上げ増を目指している。

「コート？　うーん、今のところ買う予定はないんだけれど」

「実は、ちょうど今、こちらのドレスに合いそうなコートがお安くなっておりまして。ご覧になるだけでもいかがでしょうか？」

田谷は抑揚たっぷりに力説する。コートは値が張るので、利幅も大きい。

「あら、そう。じゃあ、見てみようかしらね」

「有難うございます。こちらでございます」

採寸が終わったドレスを素早くそばにいたオリエント・レディの社員に渡し、女性客をコート売り場に案内した。

その晩——

オリエント・レディ本社の第一営業部でこの日の売上げの報告が行われていた。

「……3番のウールジャケットが五枚、14番のスカートが三枚、『サザーク』が二枚、8番のドレスが二枚……」

首都圏で百貨店を担当している営業マンたち十人ほどが、会議室のテーブルを囲み、自分の担当店の売上げを報告していた。

室内にはタバコの灰色の煙がうっすらと漂っていた。

「よし、次」

テーブル中央の席に陣取った取締役第一営業部長の田谷毅一が、太い声で命じる。

時刻は午後九時半すぎである。

この日は全員が百貨店の応援に行き、会社に戻ってきたのは、午後八時すぎだった(この頃の百貨店の営業はだいたい午後六時まで)。

会議室の窓の向こうでは馬喰町、小伝馬町から日本橋方面のビルの灯りやネオンが瞬《またた》いている。

「はい。池西《いけせい》(西武百貨店池袋本店)ですが、2番のジャケットが二枚、3番が三枚、17番のドレスが三枚、『サザーク』が二枚……」

オリエント・レディでは、商品型番は124-55003のように付けられている。12がブランド番号、4がシーズン番号(春、夏、秋、冬)、55がアイテム番号(ニット・スカートなど)、最後の003がその商品の通し番号だ。124-55003という型番なら、「オーキッド」というブランドの冬物のジャケットの003番という意味だ。さらに色については、カラーは1A(オフホワイト)、5A(赤)、7B(青)のように番号とアルファベットで表す。A、Bは色の濃淡である。7B－Mであれば、青色のMサイズを意味する。

各シーズンの売れ筋はだいたい十品番程度なので、営業マンたちは空でおぼえている。

「うーむ、『サザーク』の初動が今一つだな……。なにが原因だ?」

「サザーク」は英国のコート・メーカー、サザーク社と提携して売り出したコートだ。厚めの生地で、オリエント・レディには珍しく、ミリタリー調の商品である。ポスターには「シンプルだからわたしは映える」というキャッチコピーを使った。

「取締役、やはり、これは……色が原因ではないでしょうか?」

営業マンの一人、塩崎健夫が恐る恐るいった。

「色?　なにが問題なんだ?」

田谷がじろりと視線を向ける。

「色が、明るすぎるように思います。日本の婦人たちは、まだここまでの色を受け入れる段階にはきていないのではないでしょうか」

「サザーク」は英国メーカーの助言にしたがって、多少渋めではあるが、黄色という大胆な色で売り出した。

「色か……。マネキンさんたちは、どういってるんだ?」

マネキンとは、販売員派遣会社の斡旋で、オリエント・レディなどアパレル・メーカーの契約社員として百貨店で働いている女性たちだ。ファッション好きが多く、売れ筋に関する嗅覚は鋭い。

働くにあたっては、その百貨店で研修を受け、バッジも制服も百貨店のものを身に着ける。

「はっ、はい。マネキンさんたちも同じような意見です」

背広姿の塩崎は、若干しどろもどろでいった。

「お前、本当にマネキンさんに訊いてるのか？」

「はっ、はい、それは……もちろんです！」

雷を落とされるかと思って、塩崎は首をすくめ、テーブルについた他の男たちも緊張する。

少しでも努力が足りないと、田谷は容赦なく怒声と罵声を浴びせた。

「ふん、そうか。まあ、情報収集が若干足りないようだが……」

田谷がマッチで別のタバコに火を点け、じろりとした視線を塩崎に注ぐ。

タバコを吸っているのは田谷一人だ。営業マンたちはいつ質問が飛んでくるかもしれないので、喫煙する余裕はない。

「とにかく、日頃からいってるようにだな、マネキンさんと意思疎通をよくして、売れ筋や問題点に関する情報を吸い上げるのがお前らの仕事だぞ」

威嚇効果十分と見て、あえて雷は落とさない。

営業マンたちの強張った顔に、ほっとした気配が漂う。

「『サザーク』に関しては、なにが問題なのか、どうすれば売れるのか、マネキンさんに訊いて、お前ら自身も考えて、明日もう一度全員が報告しろ」

「かしこまりました！」

全員が叫び、必死になって手帳にメモを取る。

「それから、冬物の結果は春物の売れ行きにつながるのを忘れるな。どの春物がいけそうか、今のうちに見極めるんだ」

「はい！」

「よし、次！」

「はい。新宿京王（京王百貨店）ですが、4番のジャケットが二枚、16番のドレスが二枚、8番のニットが五枚、『サザーク』が……」

くわえタバコで報告を聞きながら、田谷はパチパチとそろばんを弾き、品番ごとの売上げを集計していく。

このあと売れ筋を取りまとめ、売り逃しがないように製造部門に発注をかける。一方、製造部門では、あらかじめ売れ筋の予想を立て、生地メーカーや縫製工場の生産余力を見ながら、必要に応じて彼らをスタンバイさせている。店頭での売れ行きから増産・補充までのレスポンス・タイムを最小にするのが田谷毅一の営業スタイルだ。

杉並の自宅に戻るのは、毎日午前様だ。四年前に池田定六の紹介で社外の女性と見合い結婚し、娘も二人もうけたが、家庭生活は早くも崩壊しかけていた。

3

三年後（昭和四十八年）――

パリの街路樹のプラタナスはすっかり葉を落とし、枝に丸い実がぶら下がっていたが、日差しには春の気配が感じられた。

社長の池田定六、ぶ厚い眼鏡をかけた腹心の専務、技術顧問(役員待遇)の菅野美幸ら、オリエント・レディの一行七人はパリのメトロ(地下鉄)に揺られていた。

大半の路線が第二次大戦前に開業したメトロは老朽化し、ギシーッ、ゴーッと線路を軋ませ、手動式のドアは開閉するとバタン、バタンと大きな音を立てる。

白人、黒人、アジア系など雑多な人種で混み合う車内で、中年の流しがアコーディオンを奏でていた。『枯葉』『エリーゼのために』『パリの空の下』といったよく知られた曲だ。

「ありふれた曲ですけど、不思議と心に沁みますね」

コートの襟を立てた菅野美幸が、流しの男を見ていった。

ベレー帽にくたびれたジャケット姿で、アコーディオンの鍵盤は黄ばんでいた。

「そりゃあ菅野さん、ここがパリだからだよ」

ウールの黒いコートを着込み、マフラーで襟元を固めた池田がいうと、一同はうなずいたり、微笑したりする。

オリエント・レディの七人は、一度電車を乗り換え、ファッションショーの会場へ向かうところである。渡航一回分の外貨持出し制限が三千ドルで、パリ中心部のホテルの宿泊料は高いので、オペラ駅から数駅離れた場所の三つ星ホテルに泊まっていた。

池田と腹心の専務が初めて欧州視察に出かけたのは、民間人の海外渡航が初めて許された昭和三十九年(外貨持出し制限五百ドル)だった。その後、会社のデザイナーなどを積極的に海外に派遣した。

オリエント・レディの一行は、高田賢三のショーが行われる会場に到着すると、招待券を提示し、ランウェイの両脇に設けられた席にすわった。

観客は主にバイヤーとメディア関係者だ。

高田は一九七〇年にパリに店を開いて以来、若い世代から圧倒的な支持を得て、ファッション界に旋風を巻き起こした。

間もなく音楽が始まり、白熱したスポットライトに照らし出されたランウェイに、秋冬物の新作を身にまとったモデルたちが姿を現した。細い身体で人形を思わせるモデルたちは、肩を左右に軽く揺するようにして、ランウェイを行ったりきたりする。

「今年は、フォークロア(民俗)調ですね……」

メモ帳とペンを手にした菅野がつぶやく。

短いつばの丸い帽子、東欧の農民を思わせる色鮮やかな模様が入った大きな上着、ゆったりとした花びらのようなスカートにブーツ。

「ルーズフィットのビッグ・ルックだな」

池田がいった。

「ニットが流行るかもしれんな」

ショーは、最後に十数人のモデルたちが一列に並んで拍手を浴びながらランウェイを行進し、彼女たちが袖に消えると高田が現れて手を振り、一礼して終わった。

観客たちは立ち上がり、会場を後にする。

パリ・コレクションのこの時期、市内で数多くのブランドの新作ショーが開催され、バイヤーやメディア関係者は、ショーからショーへと飛び歩く。

翌年（昭和四十九年）五月四日――

神戸はやや雲の多い穏やかな晴天で、日中の最高気温が二十一・八度というすごしやすい日だった。

同市東灘区魚崎は、「灘の生一本《きいっぽん》」で知られる灘五郷《なだごごう》の一つで、酒造りの歴史は鎌倉時代末頃まで遡る。海に近く、明るく開放的な雰囲気の土地で、六甲山の麓から流れ出て大阪湾に注ぐ清流、住吉川が酒造りを支えている。

私立灘中学校・高等学校の校舎は、魚崎北町八丁目にある。地元の酒造家、「菊正宗」の嘉納治郎右衛門、「白鶴」の嘉納治兵衛、「櫻正宗」の山邑太左衛門によって、昭和二年に旧制灘中学校として創立された中高一貫教育の男子校だ。

住吉川から東の方角に坂道を四〇メートルほど下ったところに赤茶色の太い石の門柱が対になって立ち、桜、松、モミジなどが植えられた前庭の奥に、鉄筋コンクリート造りの本館が建っている。万年筆のペン先を思わせる縦長五角形の窓を持つ砂色の洋風建築で、のちに国の登録有形文化財に指定される個性的なデザインである。

前日から文化祭が行われており、本館二階の大講堂では、午前中、演劇部による『ひかりごけ』（武田泰淳脚本）の上演、ブラスバンド部の『ロミオとジュリエット』『ロシアより愛をこめて』の演奏、グリークラブの『十一月にふる雨』『雨の日に見る』などの男性合唱、午後に入って高校三年有志による演劇『試験に出る劇』などが披露された。

午後二時すぎ、大講堂に、灘中・高の生徒や保護者たちが集まり、正面の壇上の男の話に耳を傾けていた。八百人から千人を収容できる講堂は満席で、人いきれでむせ返るようだった。

「……わたしがいた頃の灘校はですね、いわば金持ちのぼんぼんの学校でしたね。服装は坊主頭に制服でした」

額が広く、リムの上の部分が黒い眼鏡をかけた痩身の男は『海と毒薬』や『沈黙』を書いたベストセラー作家の遠藤周作で、文化祭の特別企画の講演だった。

「今日、こちらにくることを、勝山先生に話しましたら、『きみのいた頃の灘と、今の灘とは別の学校やと思ってくれ』と。そういわれました」

灘中・高校長の勝山正躬《まさみ》は、昭和十一年に京大文学部を卒業後、国語教師として灘中学に着任し、遠藤も教わった。昭和二十三年に教頭、同四十六年に校長となり、東大至上主義へと舵を切って、灘を日本屈指の進学校に押し上げた。

卒業生の進学先は、一学年約二百二十人のうち、上位二十人くらいが東大理Ⅲ（医学部）、それ以外の二十人が京大・阪大の医学部、百五十位くらいまでが東大理Ⅰ、理Ⅱ、文Ⅰ、旧帝大や慶応の医学部、東京医科歯科大学など、百五十～二百位くらいが私立の医学部や旧帝大の文系学部、二百位以下が早稲田や慶應の文系学部に行くというイメージだ。

「わたしは兄が大秀才だったもんで、弟もそうだろうということで、旧制の灘中（五年制）に入ったときは、成績が一番いいA組に入れられたんです。ところが毎年、一クラスずつ落ちまして、四年と五年のときは、どんじりのD組になってしまいました」

着席した生徒たちは私服姿である。灘中・灘高とも制服は廃止され、〝ショーケン（萩原健一）世代〟らしく、長髪、パンタロン、VANのベストやセーター、リーバイスやリーのジーンズが目立つ。これらは梅田の阪急ファイブ(現・HEP FIVE)などで買う。お洒落への関心は高く、ラングラーやエドウィンのジーンズはダサいと見なされている。

ただし中学校は「馬糞帽《ばふんぼう》」と呼ばれる、その名のとおり馬糞色の昔ながらのデザインの制帽が残っている。阪神間の受験生の憧れで、街や電車の中で「俺は灘やでぇ」とアピールするのに恰好のアイテムである。

「わたしは理数系が苦手でしてね、特に数学なんてまったく分からない。答案は白紙でしたよ。兄にその白紙の答案を見つけられて、『周作、お前、白紙はいかんぞ、白紙は。とにかくなんか書け』っていわれて」

遠藤の兄・正介《しょうすけ》は、四修(五年制の旧制中学を四年で修了)、一高、東大法学部卒で、戦前の高等文官試験に合格して逓信省に入り、現在は電電公社の総務理事という要職にある。

「次の試験のとき、答案になんか書こうと思うんだけど、まず問題の意味からして分からない。『……を証明せよ』『……を証明せよ』って、それだけは分かるんだけど、その前に書いてあることが全然理解できない」

話を聞く生徒たちの中に、耳が大きく、目がぎょろりとした中学三年の村上世彰がいた。釣りが趣味で、成績は真ん中よりやや下だが、明るくひょうきんな性格で、同級生たちからは名前の音読みの「せしょう」の愛称で呼ばれている。出身は大阪市の心斎橋界隈の商業地区で、市立道仁小学校の同級生のほとんどが商家の子どもだった。村上の家も、帰化した台湾人の父親が貿易業を営んでいる。

「しょうがないから、『そうである。まったくそうである。僕もそう思う』って書いた。それから一週間くらいして、先生に、三角定規だったか、出席簿だったか、もう憶えてないけれど、ばかーんちゅって叩かれてね」

もともと口下手で、二十代後半のフランス留学中に肺結核にかかり、片肺を切除した遠藤の話し方は、ぼそぼそしている。

「で、今わたしが教師だったらばだ、『そうである。まったくそうである。僕もそう思う』って書いた子には、(百点満点で)五点をあげますね」

会場から笑いが湧く。

「数学の観点からいったら、それは零点ですよ。しかし、視点を変えて、『そうである。まったくそうである。僕もそう思う』って書くことを思いついた才能っていうのがある。諸君は笑いますけどね、そういうものが熟してきて、小説を書くときの着想なんかに影響するんです」

講堂を埋め尽くした生徒や保護者たちは、冗談とも本気ともつかない話に耳を傾ける。

「それで昭和十五年に、灘高を百八十三人中百四十一番目の成績で卒業しました。そこから三年間の浪人生活です。父親が医者になれってんで、日本医科大の予科、慈恵医大の予科などを受けましたが、すべて不合格」

遠藤は、慶應義塾大学文学部の予科に補欠で合格し、アルバイトをしながら昭和二十年四月に仏文科に進み、フランスのカトリック文学に傾倒した。在学中の昭和二十二年に、『神々と神と』という評論が認められて、角川書店の文学誌「四季」第五号に掲載され、その後、「三田文学」の同人となって、柴田錬三郎、原民喜、丸岡明、山本健吉、堀田善衞などの知遇を得た。

「そんなわけで、わたしは旧制灘中時代から劣等生人生を送ってきたわけです。ただ作家となった今はね、弱者の立場に立ってものを書けるという利点がありますね。小説というものは、常に弱者の視点が必要ですから」

話を聞く生徒たちの中に、のちに野村証券を経て村上ファンドに参画することになる丸木強もいた。丸いフレームの眼鏡をかけ、いつもにこにこして、温厚で面倒見のよい性格である。バレーボール部に所属し、勉強の成績もまずまず。村上同様、実家が商売をやっていて、大阪の江坂駅近くのマンションに住んでいる。

「皆さんはね、将来日本を背負って立つエリートで、いわば社会の強者になるわけですね。けれども、弱者の立場を慮《おもんぱか》る人間になって頂きたいと、これはお願いしたいですね。リーダーが弱者の視点を持っていないと、大変なことになりますからね」

遠藤周作の講演が終わると、質疑応答に入った。

何人かの生徒が手を挙げ、そのうちの一人にマイクが渡される。

「遠藤先生は、先ほど弱者の立場に立ってものを書いておられると話されましたが、先日、ある雑誌で拝見しましたところ、先生の年収は一億五千万円であるとか」

会場から失笑と、驚きのため息が漏れる。

「これだけの年収がある方が、社会の弱者といえるのでしょうか?」

質問した生徒はにやにやし、他の生徒たちは「おい、やばいぜ!」と顔を見合わせながら、興味津々で遠藤の言葉を待つ。

「ええ、あのう、自分の年収がいくらあるかは、よくおぼえてないんですけどね、ほとんど税金で持ってかれますから」

予期せぬ鋭い質問を浴びせられ、遠藤はやや不機嫌そう。

「ですから、税務署に対してはわたしは弱者でしてね。そういう意味で、相変わらず弱者の視点に立てると、こういうことでしょうか」

別の生徒が手を挙げた。

「先生は『白い人』で芥川賞を受賞され、本格的な作家活動に入られたと伺っております」

壇上の遠藤がうなずく。

「わたくしも、ものを書くことには興味を持っておりまして、ついては芥川賞の〝傾向と対策〟を教えて頂けないでしょうか？」

「なにぃ、芥川賞の〝傾向と対策〟だと？……もういっぺんいってみろ！」

遠藤が気色ばんだ。

「文学を舐めるな！　東大受験とは違うんだぞ！」

普段はとぼけた雰囲気の眼鏡の顔が、怒りで紅潮していた。

生徒たちは「やべえー」と苦笑いしてうつむく。

「なんという学校だ、ここは⁉　もう質問は終わりだ！」

かんかんに怒って壇上から降りてしまった。

同じ頃――
千代田区紀尾井町の小高い敷地に建つ赤坂プリンスホテルのティールームで、若者向けの新進ファッション・ブランド、BIGI《ビギ》のデザイナー、菊池武夫が、歌手で俳優のショーケンこと萩原健一に会っていた。

ホテルは二階建ての白亜の洋館で、日本の皇族に準じた扱いを受けていた大韓帝国最後の皇太子の邸宅だったものだ。

「……タケ先生、今度やる日テレのドラマで、是非BIGIの服を使わせてもらいたいんです」

間もなく二十四歳になる萩原は、菊池の顔を下から窺うようにして、長めの前髪をかき上げる。

元グループサウンズ「ザ・テンプターズ」のボーカルで、二年前に俳優に転身し、石原裕次郎が主演した日本テレビの『太陽にほえろ!』のマカロニ刑事役で人気を博し、映画『青春の蹉跌』で、キネマ旬報の最優秀主演男優賞を獲得した。照れたような笑顔が人懐こさを感じさせるが、そうやすやすと相手を立ち入らせない壁のような雰囲気もまとっている。

「そりゃあ、いいけど。それってどんなドラマで、あなた以外は誰が出るの?」

ぎょろりとした目で口髭をたくわえ、流行の先端をゆくデザイナーらしい派手で華やかな柄の服装をした三十四歳の菊池が訊いた。萩原とは、港区赤坂にあるディスコ「ビブロス」で知り合い、その後、飯倉にあるイタリアン・レストラン「キャンティ」などでもよく飲んだり、食事をしたりする仲だ。互いに人がやっていない世界で、人とは違う生き方を追求していたので、ウマが合った。

「探偵ものです。主演は俺で、相棒は水谷豊って若い役者です」

水谷は『太陽にほえろ!』で萩原と共演し、マカロニ刑事に捕まる犯人役をやった。

萩原らは、元々、火野正平を相棒役に起用しようと考えていた。しかし、前年のNHKの大河ドラマ『国盗り物語』で準主役の羽柴秀吉を演じて大当たりした火野は、多忙でスケジュールが取れなかった。監督の恩地日出夫も、火野より水谷のほうが役柄に合っていると考えた。

「ドラマのイメージは、『真夜中のカーボーイ』のジョン・ヴォイトとダスティン・ホフマンのキャラクターみたいな感じです」

作品づくりも任されている萩原が、勢いこんでいった。

『真夜中のカーボーイ』は、五年前に公開された米国映画だ。社会の底辺でうごめく若者のやるせなさを描き、アカデミー作品賞を受賞した。

「で、予算は、どれくらいあるの？」

「いや、予算はあんまりないんです」

萩原が眉根を寄せ、泣き笑いのような顔でいった。

「金さえかけなければ、なにやってもいい、視聴率が取れなくてもいいっていわれてますから。でもそういうときって、かえっていいドラマができたりするんですよ」

萩原の隣にすわった日本テレビのプロデューサーは苦笑を浮かべて聞いている。

「俺は『太陽にほえろ！』の頃から文句ばかりいってて、『いつか違うドラマをやろう。こんなのとはまったく違う、世間をあっといわせるものを』って、日テレの人たちとよく話してたんです」

「いや、それは分かるけど……しかし、服を作るには金が要るぜ」

「特別に作ってもらわなくていいんです。すでにあるやつで」

「えっ⁉……はあー、そうなの」

「俺、タケ先生の服に、着やすいってイメージがあるんですよ。『なんか普段着でもいけるな』っていうか。今、服でもなんでも、サイケデリックとか流行ってるじゃないですか。でもタケ先生の服は、普通にちゃんと着れて、それでいて流行の最先端にいられるって感じで、すげえなって思うんですよ」

萩原は熱をこめて話し、菊池も悪い気はしなかった。

「タケ先生、夢の島で焼くくらいなら使わせて下さいよ」

この頃の若者向け新進ブランドは、ブランド価値を守るため安売りはせず、売れ残り品は江東区の夢の島で焼却処分していた。

「既製服でいく、か。そうねえ、それだったら手間はかからないか……」

菊池は顎に手をあて、どんな服がいいか、思いを巡らせ始めた。

4

翌年（昭和五十年）春――

〽　パラパーッ、パラッパー、パラパラパラパパーッ……

井上堯之バンドの軽快なサックスの音が、躍るようなピアノの伴奏とともにテレビ画面から流れていた。

代々木駅前にある雑居ビルの屋上のぼろなペントハウスで目覚めた木暮修《こぐれおさむ》を演じるショーケンこと萩原健一が、頭にヘッドフォーン、額にアイマスク代わりの水泳用のゴーグルを着けたままごそごそと起き上がり、冷蔵庫からトマトを掴み出し、塩を振りかけて思い切りかぶりつく。続いてクラッカーを口に放り込み、コンビーフを齧り、ソーセージを貪《むさぼ》る。

岸田今日子が演じる探偵社の社長に「お腹空いてんでしょ、修ちゃん？　あなたにぴったりの仕事があるの。命の保証はしないけど、報酬ははずむわよ」といわれ、嫌々ながらヤバい仕事に手を染める下請け調査員の挫折と怒りと優しさを描いた日本テレビのドラマ『傷だらけの天使』だ。

〽　パーッパラパラッ、パーッパラパラパパパーッ……

金も力もなく、都会の底辺であがく若者の朝食風景だが、服装だけは洒落ている。

白のTシャツの上に、襟の大きなオフホワイトの長袖シャツ、その上に艶やかな焦げ茶色の革ジャン、ジーンズ姿で、若さと不良っぽさの中にシャープで洗練された雰囲気が漂っていた。

（確かにこのデザイン、魅《ひ》きつける……）

田谷毅一は、戦災を免れた木造家屋があちらこちらに残る神田多町《たちょう》の小料理屋のカウンターでビールを傾けながら、店内の一角に置かれたテレビ画面に見入る。

前年十月から放映された『傷だらけの天使』は、若者たちに強烈なインパクトを与え、ショーケンが着ている服やトレンチコートが飛ぶように売れていた。引き締まった身体に尖った雰囲気をみなぎらせた若きショーケンは、ボマージャケットに革のバギーパンツであれ、ゆったりと優雅なベージュのスーツであれ、なにを着ても様になっていた。

背後で、ガラガラと引き戸が開く音がした。

「いらっしゃいませ！」

女将の声に迎えられて入ってきたのは、東西実業の佐伯洋平だった。

田谷は情報収集のため、時々佐伯を呼んで飲んでいた。若いわりには経験豊富で、仕事熱心な佐伯と話すと、必ずなにかしら収穫があった。お互いにスポーツマンで、ウマも合い、学歴コンプレックスのある田谷にとって、慶應出の佐伯は一目置かずにはおれない存在だ。

「おっ、ちゃんと『衣裳デザイナー・菊池武夫、衣裳協力・ＢＩＧＩ』って入ってますねえ。抜け目ないなあ！」

佐伯は、田谷の肩ごしにテレビ画面を覗き込む。

菊池武夫が萩原健一の要望に応え、ＢＩＧＩ（株式会社ビギ）が番組に衣装を提供していた。五年前に会社が創業されたＢＩＧＩでは、菊池武夫と稲葉賀恵《よしえ》がデザイナー、カメラマンの大楠祐二がマネージメントを務めている。

予算が限られているので、制作スタッフがＢＩＧＩの倉庫に行って衣装を探したり、時間のあるときは菊池自身が衣装を選んだりしていた。全国ネットのテレビ番組の宣伝効果は抜群で、ＢＩＧＩでは作っても作っても、生産が売れ行きに追いつかず、助けたつもりが、大いに助けられる結果になった。

「オリエント・レディさんも、ラジオの二秒コマーシャルとか、心斎橋のネオンとか、バスの車体の看板みたいな地味なやつばかりじゃなく、こういう宣伝をやったらいいんじゃないんですか？」

佐伯は七歳年長の相手に遠慮のない口調でいい、田谷の隣の席に腰を下ろした。体重九〇キロの巨漢なので、肉体派の田谷以上の迫力だ。

「うちは、こういうのはいいんだ」

田谷が苦笑した。

「まあ、御社の池田社長は『生涯一丁稚』で、ものづくり一筋ですもんねえ」

佐伯はビールを田谷のグラスに注ぐ。

オリエント・レディは、レナウンやBIGIのような派手な宣伝はやらないが、細部まで行き届いた品質管理、生産と物流の効率化、百貨店への重点仕入れ・重点販売といった手堅い手法でぐんぐんと業績を伸ばしていた。

「最近、社長は、いかがですか？　最大の関心事は、やっぱり株式上場ですか？」

佐伯が、付き出しのつぶ貝の煮物に箸をつけて訊いた。

「ああ、お察しのとおり、今、社内は上場一色だ。年内には実現するスケジュールで進んでるよ」

田谷は、タバコに火を点け、灰色の煙をくゆらせる。

オリエント・レディは、株式上場に向け、ここ十年ほどの間、毎年一〜三回の増資を行い、四百万円だった資本金は、五億七千六百万円になった。二年前には、社員持ち株会も発足し、希望する社員には社内融資を行なって、積極的に株を買わせている。

それ以外の東証二部上場の条件についても、三年前に上場プロジェクト・チームを発足させ、払い込み済み資本の額（三億円以上）、株式数（六百万株以上）、不動株主数（千人以上おり、彼らが二百万株以上かつ全体の一五パーセント以上を保有）、純資産の額（八億円以上）、直近三年間の純利益（最新期二億五千万円以上、前期一億五千万円以上、前々期一億円以上）、利益配当（直近一年間有配かつ上場後一株当たり五円以上を継続）、利益配当（直近二年間有配かつ最新期一〇パーセントっている。

以上)といった基準をほぼクリアし、現在は、上場申請書の提出について、東証と事前折衝を行な

「田谷さんも、だいぶ株を買ったんでしょ?」

「そりゃあ、取締役だからなあ」

田谷はタバコの煙を吐く。「社長や証券会社にも買うようにいわれて、ずいぶん買ったよ」

田谷ら一番下の役員三人は、各人一パーセント(約十六万株)を持つよう命じられた。

「そうですか。まあ、上場すれば買った値段の倍くらいにはなるでしょうから、いいんじゃないんですか」

「ふん。借金を返したら、たいして残らんよ」

テレビ画面では、萩原健一がBIGIのスーツ姿で東京の街を疾走し、ポマードで頭をリーゼントにした子分役の水谷豊が「あにきぃ〜」と鼻声で呼びながら追いかけてゆく。当初、プロデューサーにあまり期待されず、「人気が出なかったら三、四回目で殺しちゃえばいい」といわれていた水谷は、この役が大当たりとなった。

一方の萩原は、襟の大きなベージュのダブルの上着に、ズボンは腰まわりがゆったりで裾幅が広いバギースーツ姿。若さとアウトローの香りにあふれ、見る者を強烈に魅きつける。

のちにDC(デザイナーズ・アンド・キャラクターズ)ブランドと呼ばれる、若者向けの個性的なファッションが、BIGIの二人のデザイナー、「ニコル」の松田光弘、「コムデギャルソン」の川久保玲、「ワイズ」の山本耀司、三宅一生、高田賢三などの活躍で台頭してきていた。

商品の販売は、直営店やフランチャイズ店で自社ブランドのみを売り、この点ではワールドと同

じだ。BIGIやニコルがブティックを開いた原宿では、マンションの一室をアトリエにして彼らに続こうとする「マンション・メーカー」が数多く生まれ、若者向けファッションの聖地になった。

「今、アラン・ドロンに対抗できる日本人は、ショーケンぐらいじゃないですか?」

「まあ、そうかもな。婦人服じゃないから、うちには関係ないが」

三十五歳前後の都会のビジネスマンをターゲットに、着やすく洗練されたスーツ「ダーバン」を売り出したレナウンは、世界的俳優、アラン・ドロンをCMに起用し、「ダーバン、セ・レレガンス・ドゥ・ロム・モデルン(ダーバン、現代を支える男のエレガンス)」と囁かせ、大当たりをとった。イメージダウンを懸念して日本のCM出演を断ったことがあるドロンに対しては、広告代理店の電通が、映画『レッド・サン』で共演中だった三船敏郎に依頼し、「俺もチャーリー(チャールズ・ブロンソン)も日本のCMに出ている。イメージダウンになる心配はない。俺が保証する」と口説かせた。

「そういえば、光文社が、今度こんなのを出すらしいですよ」

佐伯が、足元に置いた書類鞄の中から一冊の雑誌を取り出した。

「ほう、『JJ』っていうのか……」

二重瞼の眼差しが印象的なモデル、ケレン吉川が表紙に使われ、大きな赤い文字で「JJ　別冊女性自身」と雑誌名が入っていた。下のほうには、〈初夏のビューティ大特集〉〈特集ニュートラ〉〈吉備路・山陽路の魅力〉といった特集のタイトルが並んでいる。

「これは試作品で、正式な刊行は五月だそうです」

「anan(アンアン)、non-no(ノンノ)とは、どう違うんだ?」

田谷が受け取って、ページをめくる。

五年前に平凡出版(現・マガジンハウス)がファッション誌「anan」を創刊し、創刊号は六十万部を売る爆発的ヒットとなった。翌年、集英社が「non-no」を創刊し、発行部数では「anan」を抜いた。両誌とも、若い女性のファッションと生活に大きな影響を与え、それら雑誌を手に全国の観光地を闊歩《かっぽ》する「アンノン族」が現れた。

「『JJ』はコンサバ系で、女子大生がターゲットだそうです」

「なるほど」

化粧テクニックの特集では、日本人離れした顔立ちの二十二歳の歌手、夏木マリがモデルを務めていた。

「ところで今年は、いよいよ三陽を抜けそうですか?」

四年前に東証二部に上場した三陽商会の年商は約二百八十億円で、オリエント・レディは三十億円差まで詰め寄っていた。

「抜けるかなあ……。あちらにはバーバリーがあるからなあ」

三陽商会は、英国バーバリー社と五年前(昭和四十五年)に、十年間のライセンス契約を結び、バーバリーのコートを日本で積極的に売り出した。売れ行きは猛烈で、コート市場における三陽商会のシェアはあっという間に全国の二割に達した。

「しかし、コート頼みの一本足打法っていうのも、冬だけ忙しい蟹工船みたいなもんですから、経営陣は夏場対策に頭を抱えてるみたいですね」

三陽商会は、総合アパレル・メーカーへ脱皮しようと、ミッシー(二十代後半から三十代前半のヤング・ミセス)やミセス向けカジュアル衣料「パルタン」を売り出したり、元プロ野球選手の長嶋茂雄をCMに起用した低価格帯のスーツ「ミスター・サンヨー」を展開したりしている。

「おい、腹がへってきたな。ラーメンでも食いに行かないか?」

しばらく話をしたあと、田谷がいった。

「ラーメン?　またですか⁉　役員なんだから、もっといいもの食べたらどうなんです?」

「この近所に、美味い醬油ラーメンを食わせる『栄屋ミルクホール』っていう店があるんだ。ほら、行くぞ」

将来も見えなかった若い頃、しょっちゅう食べていたしょっぱいくらいに醬油が入っているラーメンとライスが、田谷にとって今もなによりのご馳走である。

秋――

「田谷部長、社長がお呼びです」

本社の営業本部で仕事をしていた田谷に秘書が告げた。

「ああ、そうか」

田谷はデスクから立ち上がり、肉付きのよいがっしりした身体に背広の上着を着て、上の階にある社長室に向かった。

「田谷です。失礼いたします」

社長室のドアを恭《うやうや》しくノックした。

「おう、入れ」

中から池田の声がして、田谷はドアを開けた。

「まあ、すわれ」

室内の後方にある大きなデスクから池田が立ち上がって、田谷にソファーを勧めた。

一方の壁には、神田東松下町時代からの「春風をもって人に接し　秋霜をもって自ら慎む　よく汝の店を守れ　店は汝を守らん　信用は信用を生む」という墨書《すみがき》の額が飾られていた。

「田谷、今度お前に常務になってもらおうと思う」

「はっ、そうですか。有難うございます！」

多少驚いたが、もとより悪い話ではなく、池田の命令は絶対だ。

「専務も来年で退任するし、お前には今まで以上に責任を持ってもらおうと思う」

「はっ、かしこまりました！」

明治生まれで、池田の長年の腹心である山梨県出身の専務は六十七歳で、退《しりぞ》いてもおかしくない高齢だ。

「ところで、ちいと意見を聞きたいんだが……」

タバコに火を点けて池田がいった。

「知ってのとおり、うちはこの年末に東証二部に上場する予定だ」

上場手続きは着々と進んでおり、正式な上場申請書も提出された。東証による池田と監査役の面接も先日行われ、来月から大蔵省と関東財務局の上場審査が始まる。

「それでな、今、総会屋の連中がちょくちょく来始めてるちゅうことなんだが」

池田が悩ましげな顔つきでいった。

「総会屋ですか……」

　企業の株を十株とか二十株買って、株主総会に出席し、経営に難癖をつけたり、総会を混乱させたりして、賛助金という名目で金をせびり取るのを生業としている輩《やから》だ。暴力団とつながりのある者も多く、企業のほうは金を払って厄介払いしたり、総会屋に株主総会を取り仕切らせたりしている。大物総会屋の小川薫あたりになると、アサヒビール、中国電力、日本航空、第一勧銀、富士銀行、三菱重工といった名門企業を〝与党〟として総ナメしている。

「うちのような客商売の会社で、株主総会が荒れたりしたもんなら信用を失っちゃうじゃんな」

　池田はやや心細そうな表情。

「だから総会屋に金を払って、議事進行に協力してもらうちゅうのが得策だと思うけんど、お前はどう思う?」

　与党総会屋は、株主総会で企業を擁護する演説を大声でぶったり、集団で会社の提案に賛成する発言をしたりして、会社の思惑どおりに総会を運ぶ。

「いや、そりゃあ、やっぱりよくないと思います」

　田谷が厳しい表情でいった。

「ああいう連中は、一度気を許したら最後です。ダニのように喰らいついて、永遠に離れないと思います」

「まあ、そうかもしれんが……。だけど、どうやって連中の妨害に対抗するだ?　簡単なことじゃねえぞ」

「わたしの同級生に弁護士や上場企業の幹部がいます。なにかいい策がないか、相談してみます」

田谷が卒業した山梨県の高校は文武両道の名門で、社会で活躍している同級生は多い。

数日後——

田谷は驚いた。

(え、俺一人が常務になるんか……⁉)

社内で情報収集をすると、常務昇格の内示を受けたのは田谷一人だった。てっきり同じ時期に取締役になった池田の甥と女婿の文男も一緒に昇格するものと思っていた。

(どういうことずら……?)

池田は元々口数が少なく、人事についても多くを語らない。

真意は分からないが、もしかすると文男に発奮させようと目論んでのことかもしれない。

(けど、もしかしたら……)

田谷の両目に鋭い光が宿る。

池田の親族ではない「外様」のひけ目から封印していた野心に火が点った。

十二月——

兜町は、地下鉄茅場町駅の北側から日本橋川にかけての一帯で、「しま」とも呼ばれ、約百三十の証券会社が密集している。石造りや鉄筋コンクリートの大手証券会社や木造二階建ての地場証券会社などに挟まれた路地には、飲食店、喫茶店、書店などが軒を連ねている。

オリエント・レディの社長、池田定六は、株式上場プロジェクト・チームの責任者を務めた総務部長とともに、上場の主幹事を務める大手証券会社の本社株式部の一角にあるソファーにすわっていた。

広いフロアーの一方の壁に何百という企業の株価を示す電光掲示板があり、値段が上昇している株には赤、下落している株には緑のランプが点いていた。

ずらりと机を並べた男たちは頭にヘッドフォーン型のレシーバーを着け、顧客と電話で話したり、場電《ばでん》と呼ばれる直通電話で立会場の担当者と連絡をとったりし、フロアーじゅうに独特のやり取りが飛び交っていた。

「数はどうなってる？」

「四円であと三十万買う」

「もう少し揉《も》め」

電光表示の株価ボードには、真新しい文字でオリエント・レディの名前もあり、公開価格より三百円ほど高い気配値がオレンジ色の光で示されていた。

「なんとも、異様な世界だねえ……」

玉露の茶をすすって、池田が漏らした。

眼前の光景は、金と欲望の坩堝《るつぼ》のようで、強い違和感があった。

道すがらの書店でも、証券マンや投資家たちが血眼で情報誌や株価チャートを貪り読んでおり、さながら金の亡者の群れだった。

「確かに、我々の生きる世界とはずいぶん違いますね」

隣にすわった総務部長の顔には、疲労と安堵感が交錯していた。

総務部長は、この日まで、主幹事証券会社、関東財務局、東証、安定株主工作として株の買い付けを依頼した生保や銀行などへ靴底がすり減るほど足を運び、数年間にわたる折衝に神経を尖らせてきた。

師走も押し迫ったこの日、オリエント・レディは東証二部に上場し、慣例にしたがって、社長の池田は主幹事証券会社を訪れた。

つい先ほどまで別室で、証券関係の業界紙や雑誌のインタビューを受けた。市場関係者たちがよく読んでいる新聞や雑誌で、自社の製品や戦略について語るという内容だ。株価に直結するため、主幹事証券会社の引受部の担当者が立ち会い、事前にアドバイスをしたり、必要に応じて池田の言葉を補ったりした。

「……池田社長、順調に進んでおります。この分でいくと、ストップ高で初値がつきそうです」

株式部長がやってきて、池田と総務部長に「手口《てぐち》」のメモを見せた。どの証券会社が何株の売りと買いの注文を入れてきているかの表で、池田も総務部長も初めて目にするものだ。

「今、こんな感じで、買い注文が売り注文の十倍くらいありますが、御社に用意して頂いた値付け玉《ぎょく》がありますので、それらを最終段階まで温存して、ストップ高にもっていきたいと考えております」

ガラガラ声の株式部長は、愛想よく相場の状況を説明する。

株式の売買は売りの数と買いの数が一致して初めて成立する。一致しない場合は、片方が按分(比例配分)となる。主幹事証券会社は、市場に出す買いの数を抑え、売り一に対して買いの比率を二以下にして、初値を成立させようとしていた。

池田らと話している最中にも、そばの男たちが、全国の支店から新たにオリエント・レディの買い注文が入ってきていることを告げ、実務を取り仕切る株式課長が「よっぽど重要な客のやつ以外は明日だ」、「明日は、株価に勢いがつくよう、買いが多いほうがいい」などと答えている。

「初日に初値がつかないこともありますが、できたらこのおめでたい日に、いい価格で取引を成立させたいところです」

株式部長の言葉に、池田と総務部長がうなずく。

同じ頃、近くの東京証券取引所の立会場で、主幹事証券の男たちが、手口の表と相場の動きを睨みながら、オリエント・レディの株価を作ろうとしていた。

東証は日本橋川寄りに建つ、七階建ての欧風建築だ。円筒形をした本館の背後に延びる長方体の棟の中に立会場があり、巨大な体育館のような空間に「場立ち」と呼ばれる男たちがひしめき、壁際に並ぶ証券各社のブースに独特の手サインで売買の気配を伝えている。

パッ、パッ、パッ、パッと、電光が閃《ひらめ》くように繰り出される手サインは、片手の指の形で数字を表し、左右に振ったり握ったりして千や万の単位を表す。手のひらを自分に向けていれば「買い」、ブースのほうに向けていれば「売り」だ。

「八円カイ、八円カイ」

「二カイが二十万、三が十五万！」

威勢のよい言葉が場内で飛び交い、取引が成立すると、拍手とともに撃柝《げきたく》(拍子木)が打ち鳴らされる。

オリエント・レディの株は、主幹事証券会社の思惑どおり、時間を追うごとにじわじわと気配値が上昇し、売り注文の数も増えていった。

主幹事証券会社は、なるべく多くの売買を成立させ、手数料を稼ぐとともに、オリエント・レディにも満足のいく初値をつけようとしていた。

「差し引き八十六万四千(株)!」

後場が終了する午後三時少し前、主幹事証券の本社株式部でオリエント・レディの株を担当する社員が、売りと買いの株数の差を叫んだ。

「オリエント・レディ、ストップ高!」

ひときわ高い叫びが株式部のフロアーに響き渡り、拍手が湧いた。

無事、初値がついた。千九百六十円だ。

「おめでとうございます! ストップ高で初値です。公開価格を三百八十円上回りました」

株式部長や次長、課長たちが次々とやってきて、池田と総務部長に祝いの言葉を述べる。

「有難うございます」

証券市場の独特なやり方は池田たちには馴染みのないものだったが、関係者の思惑どおりに上場が成功したことだけは理解できた。最大の株主で、約九十六万株を保有する池田個人の持ち株は十九億円近い価値を持つに至った。

「おめでとうございます!」

フロアー全体から地鳴りのように拍手が湧き起こり、池田を祝福した。

その晩――

池田は赤坂の料亭で、主幹事証券の接待を受けた。

名の通った老舗料亭の部屋は広々とした贅沢な造りだった。

廊下に面した障子の下半分はガラスがはめ込まれ、その向こうに石灯籠や竹林が配置された風雅な庭が見える。

「……このたびは、誠におめでとうございます」

座卓の下座にすわった法人本部長を務める常務が頭を下げ、左右に控えた引受部長と課長もそれに倣《なら》う。証券会社で上場を取り仕切るのは引受部だ。

「有難うございます。おかげさまでいい形で上場をさせて頂きました」

床の間を背に、ひじ掛けのある座椅子にすわった池田も頭を下げる。左右に、明治生まれの専務と総務部長が控えていた。

「失礼いたします」

女性の声がして、襖が開けられ、二人の仲居が酒と料理を運んできた。

「相場の地合いもここのところようございましたので、お会社の上場は非常にいいタイミングでしたなあ」

脂ぎって精力的な雰囲気を発散する五十代半ばの常務が太い声でいい、冷酒を傾ける。

四年前に米国のニクソン大統領が金とドルの交換停止を宣言した「ドルショック」で一ドル＝三百六十円の固定相場が崩れ、さらに二年前には第四次中東戦争が勃発して「オイルショック」が起き、トイレットペーパーなどの買いだめ騒動や狂乱物価と呼ばれる高インフレをもたらした。この間、世界を覆う不況色で、日経平均株価は三千円台と四千円台を行ったりきたりの展開だった。

「ここ三ヶ月ほどは日経平均も四千三、四百円ほどで落ち着いておりましたんで、わたしどももある程度自信を持ってはおりましたが……ただ、それでもお会社のように好業績でないと、なかなか思ったとおりには参りません」

常務は「御社」を「お会社」という証券業界独特の表現でいう。

「いやいや、それほどでもありません」

リムの上部が黒縁の年寄りじみた眼鏡の池田が謙遜する。

ニクソンショックやオイルショックで、尾州、桐生、栃尾といった織物の産地は壊滅的な打撃を受けた。しかし、「川中」のアパレル・メーカーは、既製服化とファッション・ブームの追い風を受け、業績を伸ばし続けていた。オリエント・レディも、ここ四年間で年商が三倍になる快進撃だった。

「池田社長も、上場を成し遂げられて、一段落というところでございますなあ」

株式担当常務が相好を崩していった。

「まあ、そういったところでしょうか」

淡々と応じる池田の表情に、一抹の戸惑いと寂しさが漂っていた。

上場のために、かつて会社の株の大半を握っていた池田の持ち分はわずか六パーセントにまで低下した。ここ数年間は、手塩にかけて育てた我が子を手放すことに懊悩する日々だった。

5

翌年（昭和五十一年）――

日本ではロッキード疑獄の嵐が吹き荒れた。

きっかけは二月に米上院の多国籍企業小委員会で、航空機メーカー、ロッキード（現・ロッキード・マーティン）社のコーチャン副会長らが複数の国で工作資金をばら撒いたと証言したことだった。事件は直ちに日本に波及し、小佐野賢治国際興業社主、若狭得治全日空社長、檜山廣丸紅会長らが国会に証人喚問された。ロッキード社の窓口となったフィクサー、児玉誉士夫は入院先で東京地検特捜部の取り調べを受け、前首相、田中角栄が近々逮捕されると噂されていた。

二月末に上場後初の決算を迎えたオリエント・レディは、新緑香る五月に第一回の株主総会を開いた。

東神田の本社の大会議室で出席者の受付が始まると、角刈り、紋付羽織に袴、ダブルの派手な背広姿といった、見るからに柄の悪い男たちがぞろぞろと姿を現した。

総会屋たちは、入場票を提示して会場に入ると、議長席に向き合った最前列の席へと向かった。議長席前にずらりと陣取って議事を牛耳るのが彼らの常套手段だ。

しかし、前方の席は、すべてオリエント・レディの社員株主たちによって、黒っぽい背広姿一色で固められていた。

「お前ら、どけ！　ここはわしらの席じゃ！」

総会屋たちが社員の男たちに向かってすごんだ。

「お断りします。わたしも株主ですので」

背の高い第一営業部の塩崎健夫が着席したまま平然と答える。

「お前らは社員だろうが！」

「社員ですが、株主ですので」

少し離れた場所から田谷毅一がやり取りを見守っていた。

社員株主たちは、鉄の結束の「田谷軍団」の営業マンたちだ。この日まで、何度もリハーサルを重ね、総会屋に対抗する使命を帯びていた。

受付が終わり、弁護士と総務部員が出席株主数とその株数の確認を終えると、池田定六が正面の演壇の前に立った。

「社長の池田でございます。株主の皆様方には、ご多忙の中、本総会にご出席を賜り、誠に有難うございます。本日は、わたしが議長を務めさせて頂きます」

リムの上部が黒い眼鏡をかけた池田は、マイクを前に、小柄な身体をやや前屈みにして話す。

「了解！」

「了解！」

社員株主たちが一斉に声を上げ、盛大な拍手をした。

「なんなんだ、こいつらは？　まるで総会屋じゃないか……」

社員たちとのいい合いに負け、会場後方の席にすわらざるを得なくなった総会屋の一人が顔をしかめた。

「現在、当社の発行済み株式総数は千六百万株、株主総数は四千二百十九人のところ、本日ご出席の株主数は二百八名、この株式数は五百四十八万二千七百六十六株、なお委任状共のご出席株主数は……」

池田が委任状を含めた出席者の株式総数について述べ、株主総会が適法に開催され、議案を決議できると述べた。

「では、ご審議を願うに先立ちまして、当社第二十八期の営業の概況をご報告……」

「議長！　おい議長！」

大声が会場後方から飛んだ。

「お前、株主を高い席から見下ろすとは、どういうことだ⁉　株主を馬鹿にしてるのか⁉」

総会屋の一人が立ち上がり、池田を指さして叫んだ。

演壇の下に高さ一〇センチほどの台が置かれ、池田はその上に立って話していた。

「そうだ！　お前は株主を軽視している！　そういう態度は許さんぞ！」

数人の総会屋たちも同調する。

「議事進行！」

「議事進行！」

「つまらんいちゃもんは止めろーっ！」

百人以上の社員株主たちが何倍もの声で浴びせかけ、その数の多さに総会屋たちは驚いた顔つき。

「池田、てめえーっ、その態度を改めろ！」

総会屋の一人が立ち上がり、議長席の池田に詰め寄る。

ダブルのダークスーツ姿の田谷毅一が、演壇の左右に設けられた役員席からさっと立ち上がり、背後の池田を守るように、男の前に立ちはだかった。

「席へお戻り下さい」

見るからに屈強そうな田谷が、総会屋を見下ろすようにいった。

「なんだと……!?」

「株主総会は話し合いの場です。席へお戻り下さい。戻って頂けない場合は、退場して頂きます」

若い頃から喧嘩慣れしている田谷の迫力に押され、総会屋は鼻白んだ顔つきになった。

「クソッ、なんなんだ、この会社は……!?」

小声で悪態をつき、渋々席に戻る。

「それでは、改めまして、営業報告に移らせて頂きます」

池田が手元の資料に再び視線を落とす。

「前期の我が国経済は、オイルショック後の物価高騰も沈静化の兆しを見せ、四回にわたる公定歩合の引き下げなど、金融、財政両面より積極的な景気浮揚策が講じられ……」

オリエント・レディは、消費者ニーズに合致した商品企画、販売の効率化、全国的な営業網の構築などにより業績を伸ばし、売上げは約三百十三億円、当期利益は十三億円強で、それぞれ前期比約二六パーセント増、同約四五パーセント増という好成績を収めたと報告した。

「これもひとえに、株主各位ならびに取引先各位のご支援の賜物と、衷心より感謝申し上げる次第であります」

会場から割れるような拍手が湧いた。

「では、第一号議案の営業報告書、その他の決算書類につきまして採決いたします。本議案にご異議はございませんでしょうか？」

「異議なし！」

社員株主たちが拍手とともに声を上げる。

「動議！　動議！」

総会屋の何人かが叫んだ。

「各議案について、書面による採決を求める！」

「少々お待ち下さい」

池田が後ろを振り向き、弁護士や田谷毅一と話し合う。

「委任状を含め、株主の意見多数ということで、第一号議案は承認可決されました」

池田がいうと、社員株主たちから盛大な拍手が湧く。

「こんな議事進行があるか！」

「やり直せ！」

総会屋たちが叫んだが、彼らを取り囲んだ社員株主たちが「議事進行！」、「採決方法は議長が決めるもんだろ！」、「株数が少なきゃ動議はとおんないよ！」と、嵐のような野次を浴びせた。

「続きまして、第二号議案の取締役三名の件に移りたいと存じます」

ぶつぶついい続ける総会屋たちを振り切るように、池田がいった。

「三名の新取締役候補者につきましては、お手元の資料に記載のとおりでありますが、選任方法はいかがいたしましょうか？」

「議長！　議長！」

最前列に陣取った塩崎健夫が右手を勢いよく挙げた。入社九年目になり、田谷軍団で最も忠誠心の高い若手と自他ともに認めていた。

「議長！　わたくし、はなはだ僭越ではありますが、議長の許可を得て、動議を提出いたします。第二号議案の新任取締役三名の選任については、選挙と同一の効力のもとに、議長に一任したいと存じます」

塩崎は高らかに宣言するようにいった。

「異議なし！」

「異議なし！」

総会屋たちは戦意を喪失し、声もあまり上がらない。

オリエント・レディからは賛助金がとれそうもないと諦め、早々と退場した者もいた。


冬――

池田定六は、社長室で田谷毅一と話し合っていた。

「……なに、花咲が危ないだと⁉」

応接用のソファーで田谷から報告を受けた池田が険しい顔つきになった。

花咲というのは、池田が昔奉公した甲府のヒツジ屋洋装店を前身とするアパレル・メーカー、花咲株式会社のことだ。約五百三十人の従業員で婦人服と子ども服の製造を手がけ、この年二月期の年商は百九十億円で、オリエント・レディの六割である。昭和三十三年に山梨から東京に本社を移し、同社の社長、天野久彌は池田が奉公した頃、ヒツジ屋洋装店の主人だった。オリエント・レディの営業部門では「花咲さんにはこちらから挨拶してもよいが、他のアパレル・メーカーは、向こうから挨拶してくるまで頭を下げるな」と教えられていた。

「商社筋の情報です。過剰在庫で、資金繰りがかなりえらくなって、帝人、トーメン、市田（呉服問屋）あたりに支援を打診しているようです」

先日、会社のナンバー・ツーである専務に昇進し、一段と貫禄がついた田谷がいった。

「拡大路線が仇になったか……」

花咲はオイルショック（昭和四十八年）後の不況にもかかわらず、年商を五百五十億円にする五ヶ年計画を打ち出し、去る四月には、他社が人員縮小を検討するような状況下で百四十人という大量採用を行なった。

「ヴァン（VAN）と同じこんですね」

アイビー・ルックで一世を風靡し、昨年二月期に四百五十二億円の年商を上げた株式会社ヴァンヂャケットは、過剰な拡大路線による不良在庫増に苦しんでいた。商社や鐘紡に支援を仰ぎ、近々、リストラも始まるという噂である。

「楽観的な拡大策と甘い在庫管理のツケっちこんだな」

石橋を叩いて渡る池田にとって、考えられない事業のやり方だ。

「花咲とヴァンは、新商品の開発も今ひとつですしね」

「うむ。ヴァンはアイビー一点張りだし、花咲もこの頃はうまい商品が出なくなったしな」

元々花咲は業界随一といわれる商品企画力を持っていたが、最近は老舗という地位に安住し、肝心のボリュームゾーン（量販品価格帯）でもいい新商品が出ていない。

「世の中は日々変わり、消費者の好みも変わっていく。我々はそれに合わせて新商品を作り続けていかなくちゃーならんな」

日本では、ファッションの個性化・多様化が進み、アパレル・メーカー各社は消費者の心を摑もうと、しのぎを削っている。若者たちの間では、Tシャツ、自動車修理工が着るようなジャンプ・スーツ（つなぎ）、ヨットパーカーなどが流行し、フェミニン志向の女性たちは、チュニック（丈の長い上着）、チューブライン（身体に隙間なくフィットする服装）、レイヤード・ルック（重ね着）、ブーツなどを好んで身に着けるようになった。また、ルイ・ヴィトン、サンローラン、ディオールなどの小物、バッグ、スカーフなどが急速に普及していた。

オリエント・レディは、この年、フランスの男性デザイナー、ギー・ポーランとの提携によるファッショナブルでスポーティな製品や、女性らしい落ち着きと洗練を強調したフォーマルな製品など、四つのブランドを世に送り出した。

第五章　社長交代

1

昭和五十二年二月――

雪に埋もれた北海道札幌市の大通公園に近い西十五丁目にある「揚子江」という中華料理店のテーブルで、二人の男女が、目の前に並べた半券をじっと見つめていた。

「……ねえ、藤岡君、ここからなにが読み取れると思う?」

黄色い縮れ麺の味噌ラーメンをほお張って、烏丸薫《からすまかおる》が訊いた。赤の細いフレームの眼鏡をかけた小柄な女性で、海猫百貨店で婦人服売り場を担当している。年齢は二十六歳。

「うーん、そうですねえ……」

細いフォークで毛蟹の脚から白い身をかき出しながら、ふっくらした童顔の藤岡真人《まさと》が半券を凝視する。昨年海猫百貨店に就職した二十三歳の新人で、最近、婦人服売り場に配属された。

二人が見つめていたのは、商品が売れたとき、値札からミシン目に沿って外す半券で、色、サイズ、型などが表示されている。

「昨日はこんな感じだったのよね」

烏丸は、上着のポケットから別の一摑みの半券を取り出した。昨日の売上げの分だった。

道内の短大を出て海猫百貨店に就職して以来、婦人服売り場で働いている烏丸は、よく仕事のあと半券を睨みながら、商品の補充や次のシーズンの売れ筋を予想していた。

「色は、意外と白が多いのよねえ。あと赤も結構あるなあ……」

そういいながら、テーブルの上に半券を並べてゆく。

売れるものはなんらかの理由があって売れている。それは色なのか、スタイルなのか、素材なのか、着心地なのか、宣伝なのか、それとも別の要因か？　烏丸は、理由を徹底的に追究し、仮説を立てて検証し、仕入れや売り場の展開に反映させていた。

「やっぱり、はっきりした色の物ですかね？」

藤岡が半券を覗き込むようにしていった。

「でも、今日売れたからって、明日も売れるわけじゃないべさ」

「揚子江」の店内では、仕事帰りのサラリーマンたちが食事をしながら飲んでいた。近くに札幌地裁、高裁、家裁、簡裁があるので、弁護士など法律関係者の利用も多い。一応、中華料理店だが、寿司、海鮮、ラーメン、洋食などなんでも食べられ、夜は居酒屋として利用されている。

「今年は、どんな波がくるんかしらねえ……」

烏丸は隣の椅子の上に置いたトートバッグの中から、一冊の大学ノートを取り出して開く。「婦人画報」「ミセス」「ａｎａｎ」「ｎｏｎ‐ｎｏ」などからの切り抜きを貼ったノートで、やはり売れ筋の予想に役立てていた。

「烏丸さん、この『ハマトラ』って、どう思います？」

藤岡が、あるファッション誌の記事を烏丸に見せた。

ポロシャツの襟を覗かせたトレーナー、ピンで留めたチェックの巻きスカート、長めのソックス姿の女子大生の写真が掲載されていた。女子大生をメインターゲットにする「ＪＪ」が紹介して広めたファッションで、「ハマトラ」は「横浜トラディショナル」の略。

「うーん、これねえ、きっとくると思うわ」

烏丸の眼鏡の両目に光が宿る。

「日本人もお金持ちになってきてるから、そろそろヒッピー・ファッションとか、アメカジとか、バギーパンツとか、ゆるいのに飽きて、かちっとしたトラッドに回帰する気がするのよね。特に、ニューヨークっぽいやつに」

「やっぱり？　札幌でもこの頃、ちらほら見かけますよね」

札幌は、流行を先取りする土地柄だ。

「烏丸さん、お電話が入ってます」

中年のウェイトレスに呼ばれて烏丸は立ち上がり、店内に備え付けられたピンク電話へと向かう。

藤岡は、華奢な身体に黒っぽいジャケットを着た後ろ姿を視界の端で見送り、生ビールのジョッキを口に運びながら、ファッション誌のページを繰る。

ぱっと目をひく、派手な感じのフレアスカート姿の若いモデルの写真が掲載されていた。

（「ジョリュー」か。……これは、派手だなあ）

大阪の新興アパレル・メーカー、ＫＡＮＳＡＩクリエーションが発表した新ブランドだった。明るい色を大胆に使い、身体の線を強調した個性的なデザインで、DCブランド的である。ブランド名は、日本語の「女流」をブランドふうにしたものだ。

KANSAIクリエーションは、戦後まもなく大阪の船場で創業した生地問屋で、昭和三十年代に婦人服製造業に進出した。現在の経営者は創業者の長男で、大学卒業後に船場の繊維問屋で五年間の丁稚奉公をしたあと入社した北浦修造だ。勝子と礼子という二人の娘がおり、勝子は東京の服飾デザイン専門学校で勉強中で、礼子は関西にある私立大学の商学部に通っている。

「お待たせ」

藤岡がファッション誌を見ていると、烏丸が戻ってきた。

「オリエント・レディですか?」

「そうなのよ。田谷専務が東京から電話してくるかもしれないから、売れ筋の情報をくれって」

「あいかわらず、こんな時間にねえ」

藤岡が腕時計に視線を落とすと、午後九時になるところだった。

「ちゃんと答えられないと、滅茶苦茶罵倒されるらしいわ」

田谷軍団の鉄の規律は業界に鳴り響いている。

「あの会社の人たち、商品の型番や色だけじゃなく、どんな人たちが何時頃、何枚くらい買っていったかとか、他社の製品ではなにが売れているかとか、ほかのデパートではなにが売れているかとか、ものすごく細かく訊いてくるのよね」

オリエント・レディの営業マンたちは、どのアパレル・メーカーの営業マンたちより、売れ行き状況を詳細に把握するよう教育されている。最短のレスポンス・タイムで売れ筋を納品し、売り逃しを防ぐためであり、売れない商品を余分に作らないためでもある。売れ筋を欠品なく補充していけば百貨店からの信頼も高まり、売り場の拡大にもつながる。

数日後——

雪が降りしきる夜、烏丸薫は自ら軽トラックを運転し、藤岡真人とともに、「揚子江」から歩いて二分ほどの場所にあるオリエント・レディ札幌支店に乗り付けた。

烏丸の実家は北空知《きたそらち》の北竜《ほくりゅう》町の稲作農家で、帰省したときは、軽トラックを運転して家業を手伝っている。

いつものようにオリエント・レディの札幌支店は煌々と輝く不夜城と化していた。四階建ての自社ビルで、屋上とオフホワイトの外壁に大きな社名の看板が掲げられている。

海猫百貨店の二人が、階段で二階の営業部のフロアーに上がると、蛍光灯の光とタバコの煙の中で、十数人の営業マンたちが仕事の真っ最中だった。取引先に電話して納品を依頼したり、明日以降の補充の手配をしたり、「必ず回して下さいよ。これ、百貨店側からきつく頼まれてるんですから」と本社のコントローラー（商品配分担当者）に電話で懇願したり、電卓を叩いたりしている。

「あっ、烏丸さん、どうも」

小柄な身体をフード付き防寒ジャケットで包み、スノーブーツをはいた烏丸が姿を現すと、海猫百貨店を担当している八木沢徹という名の営業マンが驚いた顔つきで立ち上がった。

旭川の出身で、高校時代は野球部でキャッチャーをやっていた入社一年目の男だ。

「すいませんけど、例の14番（型番）のコート、あと十五枚くらいほしいんだけど」

烏丸は、八木沢にいった。

「烏丸さん、あれはもう、ちょっと在庫がなくて……」

中背で引き締まった身体つきの八木沢が困った顔をした。

「そうなの？　じゃあ、倉庫見せてよ」

勝手知ったるオフィスで、烏丸は三階にある商品倉庫へとずんずん階段を上って行く。

「烏丸さん、ちょ、ちょっと待って下さい！　そんな勝手に行かれても……」

烏丸は構うことなく倉庫の中に入って行く。

無数の商品が移動式ハンガーにずらりと吊るされていて、食肉卸業者の倉庫か林の中に迷い込んだようだ。

「あっ、あるじゃない！　なにこれ、丸井今井、三越、東急百貨店って⁉　あのコートはうちが一番売ってるのに！」

烏丸は、ビニールカバーに付けられた納品先名の札を勝手に剝がし、五着ほどのコートを抱え込む。売れ筋商品を絶対逃すまいという気迫に満ちていた。

「ちょっと烏丸さん、勘弁して下さいよ！　これもう納品先が決まってるんで……」

八木沢が泣きそうな顔になる。

売れ筋商品は、百貨店同士、百貨店と営業マン、あるいは営業マン同士で取り合いになる。

「藤岡君、あんたも持てるだけ持ちなさい」

赤縁眼鏡の鋭い視線を藤岡に向けていった。

「はっ、はい！」

藤岡も七着ほどのコートを肩にかつぐ。

「これもらってくから。納品伝票、ちゃんと切っといてね」

「いや、それはちょっと……」

八木沢は、今にも膝から崩れ落ちそうな表情。

「それとあそこにある去年の売れ残りのワンピース、ひと固まり全部、バーゲン用にもらうから、明日届けて」

少し離れた場所のハンガーに下がった十数着のワンピースを顎で示す。

「掛け率はいつもどおりでね」

通常、商品の仕入れ値は、上代《じょうだい》(デパートでの販売価格)の六五パーセント前後の掛け率だが、バーゲン品は上代が半額程度になるので、掛け率は少し上がる。

「したら、よろしく!」

二人は、大量のコートを肩にかつぎ、雪が降りしきる戸外に去って行った。

その姿は、狸小路で売っている鮭をかついだ木彫りの熊そっくりだった。

夏――

〽 He calls me cookie face.
He loves my cookie face.
Spending the summer days with his cookie face.

Well, I'm his cookie cookie coo-coo-cookie face.

英国の女性ディスコ歌手、ティナ・チャールズのパンチの効いた歌声とともに、夏目雅子の切れ長の目と小麦色の肌が日本を席巻していた。

カネボウ化粧品のファンデーション「サンケーキ」のCMは、十九歳の夏目の弾けるような若さを全面に押し出し、人々に強烈なインパクトを与えた。

日本経済は「全治三年」といわれたオイルショック(昭和四十八年)からほぼ回復し、繊維・生地メーカーの苦境をよそに、一番手のレナウン、二番手の樫山(現・オンワード樫山)、三番手のイトキンをはじめとするアパレル各社は急成長を続けていた。

オリエント・レディの専務兼営業統括本部長の田谷毅一は、北海道の札幌ゴルフ倶楽部輪厚《わっつ》コースにきていた。札幌から国道36号を南に四十分ほど走った北広島市輪厚にある名門ゴルフコースだ。

田谷はここ数年、夏休みになると営業部門の幹部らを引き連れて札幌に避暑にやってきて、取引先である地元の百貨店の幹部とゴルフをし、夜は、主任クラスの販売員の女性たちと懇親の夕食会をするのが慣《なら》わしになっている。

「……さすがに北海道の空気は、いい香りがしますなあ」

多少贅肉がついていたが、筋肉質の身体を縦縞のゴルフシャツに包み、つばの付いたサファリハットふうの帽子をかぶった田谷が、ゴルフクラブを手にいった。

目の前に、きれいに刈り込まれた芝のコースと緑の木々が広がり、朝方雨が降ったので、白樺が強く香り、鼻腔や肺を心地よく刺激していた。

札幌ゴルフ倶楽部輪厚《わっつ》コースは、日光カンツリー倶楽部や那須ゴルフ倶楽部を設計したゴルフ場設計の巨匠、井上誠一が手がけた北海道屈指の名門コースだ。昭和四十八年に始まった全日空札幌オープン（現・ANAオープン）ゴルフトーナメントの会場にもなっており、前年の大会では村上隆がトータルスコア二百八十五で優勝し、ジャンボ尾崎こと尾崎将司が二位だった。

「それじゃあ、お先に行かせてもらいます」

同じ組の丸井今井の役員や札幌三越の幹部らにいって、田谷がティーグラウンドに立つ。

クラブハウスの目の前にある一番ホールは、パー4で四一一ヤード。左二五〇ヤードのところにバンカーがあり、そこからゆるい左ドッグレッグで、一打目は打ち下ろし、二打目は打ち上げる。コース左手には黒々としたカラマツが屛風のように連なり、右手には、カシワ、カラマツ、トドマツ、白樺などが植えられている。

田谷が、太い腕でびゅっとクラブを一閃した。

カシーンという快音とともに、白球が青空に舞い上がり、フォローの風に乗って、バンカーの少し先のフェアウェイに落ちた。

「うおー、ナイスショット！」

プロ級の飛距離と正確なショットに、見ていた丸井今井の役員らが思わず声を上げる。

「さすがハンデ8ですなあ」

「いやいや、それほどでもありません」

田谷は、いかつい顔をほころばせて謙遜した。

元々力もあり、運動神経がいい上に、レッスンプロについて熱心に練習していた。洋裁での成功体験から、何事も自己流でやらず、専門家に徹底して習うのが流儀だ。

やがて残りの三人が第一打を終え、一同はキャディーを引き連れて第二打の場所へと移動する。

コースは、広大な石狩平野の中にあるので、周囲に山影は見えない。

木々の梢では、エゾゼミが控えめに鳴いている。

「田谷氏は相変わらずプロ級ですな」

丸井今井の役員と談笑しながら歩いて行く田谷のがっしりした後ろ姿を見ながら、残り二人の同伴者が言葉を交わす。

「しかし、あれだけの力量があるのに、ズルをしてまで勝とうとする気持ちが分かりませんな」

田谷は勝とうとするあまり、人が見ていないところで落下地点をごまかしたり、ロストボールに代えて密かに持参した同じマークのボールをプレースしたりしていた。

「まあ、勝ちにこだわって、がむしゃらに今の地位を手にした人らしいですからね」

「ゴルフはその人の性格がよく出るといわれますが、そういう育ちなんでしょうな」

2

翌昭和五十三年春――
都内のホテルの会議室で、池田定六と西武百貨店社長が覚書に調印するのを二十人ほどの人々が見守っていた。

二年前に西武百貨店がラルフローレン・ウーマンズウェア社(本社・米国ニューヨーク市)と結んだライセンス契約にもとづき、オリエント・レディがラルフローレンの婦人服を日本国内で製造・販売するサブライセンシーとなる契約だった。

ラルフローレンは典型的なアメリカン・トラッドで、紳士服は「ポロ」、婦人服は「ラルフローレン」のブランドで商品展開している。トラッド・ファッションに対する根強い人気を背景に、日本でも指折りの外国ブランドである。

「有難うございます」

「宜しくお願いします」

調印を終えると、池田と西武百貨店の社長は立ち上がり、握手をして、覚書を交換した。

専務の田谷毅一やラルフローレン・ウーマンズウェア社の米国人幹部ら、詰めかけた関係者から拍手が湧いた。

眼鏡をかけた池田の顔が、心もち上気していた。

日本ではヨーロッパ・ファッションに代わって、ニューヨーク・ファッションが猛烈に伸びてきており、ラルフローレンは喉から手が出るほどほしいブランドだった。

オリエント・レディは、初年度の売上げとして二十億円程度を見込んでいた。これは会社全体の売上げの約五パーセントに相当する額である。

四月六日――

ヤング・ファッションの草分けであるヴァンヂャケットが、東京地裁に会社更生法の適用を申請し、経済界に衝撃を与えた。負債総額は約五百億円で、繊維業界では昭和四十九年に倒産した阪本紡績(大阪府)の六百四十億円に次ぐ、史上二番目の大型倒産となった。

その十八日後の四月二十四日、山梨のヒツジ屋洋装店を前身とする婦人服製造大手、花咲も東京地裁に会社更生法の適用を申請し、事実上倒産した。負債総額は約七十六億円だった。同社は一昨年十月に帝人の元販売部長を新経営者として迎え入れたが、時すでに遅かった。


一方、池田定六は、毎年の増収増益決算に安住せず、着々と経営の近代化へ布石を打った。本社を思い切って長年住み慣れた神田から千代田区九段南の皇居を望む七階建ての新しいビルに移し、物流や顧客情報を管理するコンピューター・システムの開発に着手した。また西新宿と大阪市西区に倉庫を備えた大型の営業センターを開設し、毛織物やニットのコンバーター(生地製造問屋)を買収し、全国各地に支社や縫製工場を作った。

海外ブランドとの提携による新商品も矢継ぎ早に世に送り出し、社員たちに欧米のファッション産業を学ばせるため、毎年五十~九十人を八日間程度の日程で、パリ、ミラノ、ニューヨークなどに派遣した。


それから間もなく——

オリエント・レディの新宿営業センターは、新宿駅南口から歩いて十分ほど、西新宿三丁目の国道20号沿いという好立地に建つ真新しいビルだ。

一階から三階が倉庫兼物流センター、四階が百貨店第一部と第二部、五階が百貨店第三部と量販店部、六階が検品部、七階が社員食堂になっている。

百貨店第一部は、伊勢丹、三越、高島屋など、第二部は松坂屋、西武、そごうなど、第三部は、東北、関東、北信越、東海地方の百貨店、量販店部はイトーヨーカ堂や西友ストアー（現・西友）などを担当している。

朝、デスクでその日の準備をしていた百貨店第一部の新人、堀川利幸《としゆき》は、先輩社員から声をかけられた。

「……おい、トシ坊、行くぞ」

「はっ、はい」

スーツ姿の堀川は立ち上がり、先輩を追う。

二人は、ビル裏手の駐車場に停めてあった営業用の白い小型車に乗り込み、堀川がハンドルを握って車を発進させた。

時刻はまだ午前八時で、出勤するサラリーマンたちが新宿駅へ黙々と歩き、車道を走っている車はトラックが多い。

「先輩、一つ教えてほしいんですけど……」

「ん、なんだ？」

後部座席で、納品実績表を食い入るように見ていた二十代後半の先輩が顔を上げる。

「うちの製品はどうしてみんな裏地がキュプラ一〇〇パーセントなんですか？」

キュプラは、綿花を採集したあと綿実《めんじつ》の表面に残っている二～六ミリの密生した繊維「コットンリンター」（綿のカスの部分）から作られる高級生地だ。旭化成が「ベンベルグ」として商標登録しており、世界シェアの九割以上を握っている。

「他社はだいたいポリエステルですよね。裏地なんかお客さんはあんまり見ないから、キュプラなんか使う必要はないいんじゃないんですか？」

「あのなあトシ坊、キュプラは吸湿性がいいんだ。それに静電気も起きにくいから、冬になってもパチパチしなくて、着心地がいいんだ」

「はあー、そうなんですか」

「うちはな、お客様に満足して頂けるよう、見えない部分とかお洒落に関係ない部分でも努力してるんだ。それがオリエント・レディのものづくりなんだ」

やがて二人が乗った小型車は、日本橋にある大手百貨店の一つの駐車場に入り、二人は車から降りる。

「お早うございます！」

「いつもご苦労様です！」

二人はビル裏手にある通用口のそばに立ち、出勤してくる社員たちに挨拶をする。

すらりとした体型で、普通のスーツ姿でもあか抜けた雰囲気を漂わせた堀川利幸は北九州の出身で、都内の私立大学に通っていた頃からファッションに興味があり、アルバイトをしては、よく池袋のパルコで買い物をしていた。

最先端のファッション専門店が集まるパルコは、「新しいぜいたく」(昭和四十六年)、「死ぬまで女でいたいのです」(五十年)、「ファッションだって真似だけじゃダメなんだ」(同)といった刺激的なコピーと前衛的なグラフィックアートの宣伝で新しい時代の風を吹かせていた。

堀川もそういう世界で働きたいと思い、オリエント・レディに就職した。ただし最初は全員営業で、仕事は厳しいというのは聞いていた。入社直後の赤城山(群馬県)での一週間の新人研修では、社会人としてのマナーを洗脳レベルまで叩き込まれ、声が嗄《か》れるまで挨拶や返事の訓練をさせられた。

「あっ、係長、お早うございます！」

先輩社員が、婦人服売り場を担当している係長を見つけて、駆け寄る。

「あっ、またきみか！　まったくご苦労さんだねえ」

百貨店の係長は苦笑する。

「あのう、昨日お電話しましたブラウスの納品書なんですが、ご印鑑を頂きたいと思いまして」

アパレル・メーカーと百貨店の取引は委託販売で、とにかく品物を納め、店頭に並べてもらわないと始まらない。

「えっ、もう持ってきたの!?　来週くらいだと思ってたのに……ったく、しょうがねえな！　じゃあ、ハンコつくから、とにかく入りな」

「有難うございます！」

二人は、相手に続いて通用口を入る。

事務所で納品書に印鑑をもらうと、婦人服売り場に行って、商品を並べたりして、開店準備を手伝う。

「いらっしゃいませ！」

「お待たせいたしました！」

開店すると、二人は百貨店の店員や販売員たちと一緒になって、婦人服売り場で働く。

入社して日が浅い堀川の仕事は、主に寸法直しと入金だ。販売員から直しのピンを打ち込んだ商品を受け取り、少し離れた直しのコーナーまで走って行き、直しが終わると商品を包み、入金作業をする。

正午すぎに、二人は百貨店の係長から声をかけられた。

「今日はちょっと暑いせいか、おたくのカットソーがよく出るんだよなあ。あのボートネックのやつ、急ぎで十枚くらい補充してもらえないかなあ」

そういって少し離れた場所のハンガーの商品を顎で示した。

襟ぐりの広いマリーン・タイプで、色は生成りとブルー系の二種類があった。

「かしこまりました！　すぐ取ってきます！」

二人は急いで駐車場に走り、白の小型車に乗り込む。

新宿営業センターにとって返すと、倉庫の中に駆け込んだ。

天井に取り付けられた長い銀色のバーに、ビニールカバーを被せられた商品が見渡す限りハンガーでぶら下がっていて、鏡の間に迷い込んだようだった。

「よし、あった！　トシ坊、抜けっ！」

目指すカットソーを見つけ、先輩が叫んだ。

「先輩、抜けって……でもあれ、納品先にほかのデパートの名前が付いてるじゃないすか！」

各商品をどの取引先にどれだけ配分するかは、コントローラーの権限だ。

「いいから抜け！」

「ええーっ⁉ ……じゃあ、三枚くらい、ですか……？」

「馬鹿っ！　少しだけ抜いたらかえってバレるだろ！　全部抜け、全部！」

「ぜ、全部……⁉　は、はいっ！」

堀川は仕方なく、十数着のカットソーをすべてバーから外し、二人で担いで車に運んだ。

走る車の中で、先輩は、ほかの百貨店の名前が付いた札を剝がし、納品書を書く。

「おお、よく持ってきてくれた！　有難う、有難う！」

百貨店に戻ると、係長に感謝された。

「お安い御用です。うちは即断即決ですから。いつでもお申し付け下さい」

二人はハンカチで汗を拭いながら笑顔で答える。

あとで本来の納品先の担当者と揉めるかもしれないが、そのときはそのときだ。


夕方、二人は百貨店での仕事を終え、新宿営業センターに戻った。このあと、販売員の女性たちを新宿の居酒屋で接待する予定だが、田谷軍団では直帰などという甘っちょろいやり方は認められていない。必ず一度職場に帰って、売上げの報告や翌日以降の商品の補充の手配をしなくてはならない。

二人が四階の百貨店第一部に戻ると、例のカットソーが本来納品されるべきだった百貨店の担当営業マンが「誰だぁー、俺のカットソー、持ってった奴はぁー⁉」と血眼になって訊き回っていて、二人は首をすくめて自分の席にすわる。

フロアー中央近くのスチールデスクの一つでは、塩崎健夫がもの凄い剣幕で電話をしていた。

「……うちは貸衣装屋じゃねえんだ！　おたくはいったい、どういう社員教育をしてんだ⁉」

田谷軍団の若頭格の塩崎は、三十代半ばで百貨店第一部の次長という要職に就いていた。

「キズものになった商品を、平気で返品伝票切って、送ってくんじゃねえ！」

電話の相手は、渋谷の大手百貨店だった。

百貨店は委託販売なので、売れ残った商品はアパレル・メーカーに返品できるが、陳列して皺になったり汚れた商品はちゃんとクリーニングして返し、照明で焦げたりしたものは返品しないのが礼儀だ。伊勢丹などは良識的にやってくれるが、西武や松坂屋は、店舗や担当者にもよるが、平気で返品してくる。しかも送料は着払いだ。


夏――

猛暑の日本では、タンクトップや肩ひものないベアトップが女性たちの間で大流行し、男たちをどぎまぎさせていた。

田谷毅一は、池田定六の甥で、生産部門担当常務から渋谷区円山町の料亭に夕食に呼ばれた。

道玄坂上から京王井の頭線神泉駅にかけて広がる円山町は明治時代から続く花街で、三十軒あまりの料亭が集まっている。路地には打ち水がされ、黒塀の向こうから三味線の音が聞こえてくる。

「……社長も六十三歳になったし、最近はちょっとお疲れのようだ。東証上場を花道に、会長になって頂くのもいいんじゃねえかと思ってね」

道玄坂地蔵近くの料亭の空調が効いた離れで、面長でそこそこ男前の池田定六の甥が、さりげない口調で切り出した。銀座や料亭遊びが好きで、堅い社風の会社の中でやや異端の存在である。

「会長に……？」

田谷は驚きのあまり、冷酒のグラスを手から落としそうになる。

オリエント・レディの役員や部長クラスが飲むのは、もっぱら創業の地である神田、繊維街の馬喰町や横山町、あるいはそこから遠くない日本橋界隈だ。わざわざ円山町の料亭に呼び出されたとき、なにか秘密の話だと直感したが、まさかクーデターの相談とは思わなかった。

「うちもますます規模が拡大してるし、もう『生涯一丁稚』の時代じゃねえら？」

田谷より二歳上の池田の甥は、八の字眉の下の両眼に、妖しい光を湛《たた》えていった。

「しかし……社長は辞めようなんて、まったく考えてねえでしょう？」

「まあ、辞めて頂くっちゅうじゃあなく、会長として、日常の雑事から離れて、大所高所から会社を見て頂くということですよ」

池田の甥は、獣じみた眼差しで猪口の日本酒を口に運ぶ。

（いったいなにを考えているずら……？）

池田の甥は、日頃、口うるさい池田を煙たがり、上場企業の重役らしく自由にふるまいたいと思っている節はあるにはあった。しかし、創業者で、絶対的な存在の池田を社長の座から本気で引きずり下ろそうというのは、驚天動地の野望だ。

「田谷さん、あんたが今、本気になれば、オリエント・レディを獲れるっちゅうこんだよ」

「え？　わたしが本気になれば？」

田谷は訝る。

「オリエント・レディの取締役は十人じゃんな」

「そうですね」

「あなたとわたしで二票だ」

十人の取締役は、社長の池田、専務の田谷、常務が三人、平取《ひらとり》が五人である。

「それから、あんたの息のかかった営業部門出身の平取が四人いるら」

その言葉に、田谷ははっとなった。

高度経済成長の追い風を受け、オリエント・レディは毎期増収増益を続けている。その原動力が営業部門で、ここ数年で、幹部が次々と役員に取り立てられた。四人の平取はそれぞれ、百貨店向け企画担当(元第三営業部長)、経営統括本部付(元第四営業部長)、グレード(量販店)営業統括、百貨店向け販売担当を務めている。

「二票プラス四票で六票。これで天下を獲れる」

池田の甥は、雷に打たれたような顔つきの田谷に、にっと嗤《わら》いかけた。

秋――

オリエント・レディの取締役会で、田谷毅一が社長交代の提案をした。

池田の甥との共同提案だったが、職位が上の田谷が内容を説明することになった。

「……池田社長は、創業以来、我が社を力強くけん引され、今日の社業の隆盛は、ひとえに池田社長の手腕と、ご指導の賜物であります」

提案内容を読み上げる田谷の全身が、じっとりと汗ばんでいた。

池田に対する畏怖と、権力が自分の掌《てのひら》に転がり込んでくるかもしれないという興奮がないまぜになって、身体の中で嵐のように渦巻いていた。

「しかしながら、六十三歳になられた社長に、拡大を続ける社業を一身に担うというご苦労をおかけするのは、わたくしどもとして、はなはだ心苦しく……」

会議用テーブルの真向かいにすわった池田が、大きなフレームの眼鏡で田谷を射るように見つめていた。

数日前、田谷と甥が社長交代の提案をすると聞かされた池田は、怒り心頭に発したが、間もなく冷静さを取り戻した。二人が票を固めた上で動いていることも察知した。

「……今後は、取締役会長として、より大きな視点からわたしどもをご指導頂きたく、本提案をさせて頂く次第であります」

そういって田谷は説明を終えた。全身が汗でぐっしょり濡れていた。

「なにか、意見のある方は？」

議長役の池田が冷静に訊き、役員たちを見回す。

田谷と池田の甥は緊張でやや青ざめ、四人の営業部門出身の平取は無言でうつむいていた。常務の一人である池田の女婿・文男は元々大人しい性格で、社長と専務・常務が会社を二分して対峙するという未曽有の事態に、声を発することもできない。

「それでは、本件は、会社の将来に大きな影響を与える提案なので、この場で採決はとらず、次回の取締役会であらためて議論することにしたいと思います」

その言葉に池田の甥が、苛立ったような目配せを田谷に送り、採決を求めるよう促した。

しかし田谷は、蛇に睨まれた蛙のように動くことができなかった。

その晩――

池田定六は、文京区本駒込の自宅の座敷に、長年の腹心で、今は監査役を務める明治生まれの元専務を迎えた。

「……池田さん、あの二人を解任したらどうずらね？　銀行筋の支援を取り付ければ、あんな奴ら、簡単に追い出せるらに」

額が禿げ上がり、分厚いレンズの眼鏡をかけた七十歳の元専務が、憤然としていった。

「まったく、なんちゅう犬畜生にも劣る恩知らずだ！」

そういって猪口の熱燗を呷《あお》るように飲み干す。

「まあ、今が勝負どきと思ったずらね」

藍色の亀甲絣《きっこうがすり》の大島紬《おおしまつむぎ》を着てあぐらをかいた池田は淡々といって、座卓の上の徳利を手酌で傾ける。

「役員の入れ替えで、今後、営業出身者が減ったりするとまずいから、乾坤一擲《けんこんいってき》の勝負に出たっちゅうこんだね」

そういって池田は猪口の熱燗を口に運ぶ。

「銀行筋に話して、役員を入れ替えるじゃんか（入れ替えましょう）」

オリエント・レディの筆頭株主は池田で、全株式の六パーセントを握っている。次がこの元専務で二・四パーセント。それ以外の大株主は、増資を引き受けた三和、東海、住友、富士をはじめとする銀行や伊勢丹など百貨店だ。

「いや、みっともないことはできんね。そういうことは会社のためにならない」

「しかし……」

「今回、こういうことがあって、あらためて考えてみたけんど、そろそろ自分も退《ひ》きどきっちゅうこんかもな」

「そんな……まだ六十三じゃねえですか」

「いや、さすがに俺も少しくたびれてきたよ。十五で働き始めて、もう五十年近く丁稚をやってきたからねえ」

苦笑を浮かべ、小皿に盛った小女子《こうなご》の佃煮に箸を伸ばす。その表情は、戦前からの波乱万丈の日々を思い浮かべているようだった。

「しかし……次の社長は、どうするっちゅうこんで？」

「そりゃあ、田谷しかいんじゃんな」

「しかし、娘さんの……」

常務である池田の女婿・文男も次期社長の選択肢だ。

選択肢というより、そちらを選ぶのが世間では普通で、新潟の鈴倉織物なども社長の女婿である鈴木七郎が後継者に内定している。

「あいつにゃあ無理だ」

池田はにべもなくいった。「真面目すぎる。商売っちゅうもんは、時には荒っぽいこともできなきゃ駄目だ」

「はあ……」

「それに会社は個人の所有物じゃねえ。私利私欲や好き嫌いで経営者を選べば会社は滅びる。アメリカの会社は、皆そうしてるじゃねえか」

「社長、そこまで……！」

元専務は一瞬絶句する。

「しかし、田谷は人間的にはどうずらね？　金に汚いとか、よくない話も多いけんど」

田谷は、付き合いのある証券マンに「オリエント・レディと仕事がしたければ、（発行後すぐに値上がりする）転社《てんしゃ》（転換社債）や新規公開株を俺によこせ」と要求し、役員報酬では買えないような豪邸を品川区高輪に建てた。

「確かにあいつは金に汚いし、商売に限らず、異様なまでに勝つことにこだわる。子ども時代の貧しさゆえの業《ごう》ずらね。衣食足りて、少しは直るかと思ったけんど……」

座敷の窓の向こうには、住宅街の夜空に白い十六夜《いざよい》の月が浮かんでいた。

「あいつの実家は本当に貧しかったぞ。その上、作物の出来が悪いっちゅう年もあるし、母親が病気になったこんもあったしな。いつなんどき不幸に襲われるかもしれん恐怖と頼れるのは金だけだっていう思いが骨の髄まで染み込んでるずらな」

「そりゃあ、悲しいこんですねえ」

「ああ。……ただ仕事じゃあ、奴の右に出る者はおらん」

「まあ……確かに」

「オリエント・レディは、これからますます業容が拡大する。他社に負けん近代経営が必要だ。それには奴の商売のセンスとエネルギーが要る」

度の強い眼鏡をかけた元専務は不承不承といった感じでうなずく。

「ここで内紛を起こせば、客先、仕入れ先、社員のすべてに迷惑をかけて、社名に傷が付く」

「うーん、それはそうだけんど……」

元専務は、やはりまだ納得していない顔つき。

「とにかく、俺も取締役会長として会社に残るから。将来なにかあったら、それこそ銀行筋に支援してもらって、改革に乗り出すさ」


数日後、池田は田谷を呼び出し、自分は取締役会長となり、社長の座を譲ると告げた。

田谷はただひたすら畏《かしこ》まってそれを受けた。


ここ一年ほど、疲れたといって時々会社を休んでいた池田は、その後、週に半分ほどしか出社しなくなった。会社に行かない日は、自宅座敷の炬燵で一人麻雀をしてすごした。

薄日が差し込む座敷で、自分の分だけ目の前に牌《はい》を並べ、牌を引いたり、緑のフェルトの布にコロンと捨てたりしている丸い背中は、無限の悲しみをこらえているようだった。


十一月上旬――

東京の木々が赤や黄色に色づき、師走の足音がそろそろ聞こえ始める頃、オリエント・レディの新宿営業センター四階の百貨店第一部で、五人の若手が課長に呼ばれた。

「……あー、お前らも知ってのとおり、あいつがこれんなっちゃったもんだから、誰か後任を探さなきゃならなくなった」

黒々とした頭髪をオールバックにした三十歳すぎの課長が、首に手刀をあてていった。

つい先日、伊勢丹新宿店の特選婦人服売り場「オーキッドプラザ」を担当していた営業マンが一着三十万円くらいするコートを二十着以上質屋に持ち込んで現金化していたのが発覚し、懲戒免職になった。新宿や渋谷の違法カジノのブラックジャックで金をすって、サラ金に返済できなくなり、倉庫の窓から商品をトラックに積んで犯行に及んだのだった。

「誰か、自分からやりたいという奴はいないか？」

中背の痩せ型で、子どもっぽさを残す風貌のわりには、妙に堂々とした話し方をする課長が、周りに椅子を持ってきて集まった五人の若手を見回す。

しかし、五人ともうつむいたままである。

「先輩、独り立ちするチャンスじゃないですか。男気見せて下さいよ」

堀川は、隣にすわった一年上の先輩を肘でつつく。サーフィンが趣味で、見た目もなかなか恰好よく、いつも「商売は気合いだ、気合いだ、気合いだ！」と堀川にいっている男だった。

「ば、馬鹿！　あそこはお前、伊勢丹の中で一番難しい売り場だし、しかも鬼の湊谷《みなとや》バイヤーがいるんだぞ」

伊勢丹新宿店は日本の婦人服売り場の最高峰で、要求も他の百貨店より厳しく、アパレル各社とも特別待遇をしている。下代《げだい》(仕入れ価格)は、他の百貨店の場合、上代(小売価格)の六〇～七〇パーセントだが、伊勢丹はそれより五～一〇パーセント低い。しかも婦人服のバイヤー、湊谷哲郎《てつろう》は、抜群の目利きで、商売にシビアな、超一流の百貨店バイヤーとしてその名が轟いている。

「誰もいないのか？」

課長が五人を見回すが、五人とも相変わらずうつむいたまま。

「まあ、あの売り場は、お前らも知ってのとおり、一番難易度が高い売り場だよな。誰がやっても上手くいかないだろ」

堀川たちは、内心でうなずく。

「課長の俺がやっても上手くいかないと思うよ。……ということは、誰がやってもおんなじってことだよな」

（な、なんかすごい理屈だな……！）

堀川はやや啞然としながら聞く。

「堀川、九州のお母さんは元気か？」

課長が唐突に訊いた。

堀川は北九州の出身で、幼い頃に父親を病気で亡くし、母一人、子一人で育った。

「え？　は、はあ、元気ですが……」

「そうか、九州のお母さん、元気か。……どうだ、堀川。お前、担当してみないか？」

「えっ⁉」

堀川は耳を疑った。まさか一年生の自分が、難しく、重要度も高く、しかも鬼のバイヤーがいる売り場の担当になることはないだろうと思っていた。

「堀川、お前、やってみろ。上手くいかなくたって、怒られることはないし。もし上手くいったら、お前、お母さんがお喜びになるぞ。成功体験、積んでみろ」

課長は、もう決めたとばかりに迫ってきた。

堀川は堀川で、「利幸ちゃん、よく頑張ったわね」と喜ぶ、優しい母親の顔がなぜか瞼に浮かび、思わず「やらせて下さい！」と返事をしていた。


翌日――

堀川は伊勢丹新宿店に出向き、バックヤード（売り場の壁の裏側）で湊谷哲郎に会った。

三十代後半の湊谷は、田谷毅一のような悪相ではないが、紳士然とした風貌にどこか近寄りがたい雰囲気を持った男だった。日本で指折りの辣腕バイヤーらしいオーラも漂っていた。

「……新しい担当の堀川でございます。宜しくお願いいたします」

高級スーツの足を組んで椅子にすわった湊谷の前で、直立不動で頭を下げ、両手で名刺を差し出した。

「ふん」

湊谷は面白くなさそうな顔で名刺を片手で受け取ると、ぽいっと横に捨てた。

（あれっ、どういうことだ⁉　なにかの間違いか……？）

堀川はわけが分からず、床に落ちた名刺を拾い、手で汚れを払う。

「オリエント・レディの堀川でございます」

再び頭を下げ、両手で名刺を差し出すと、湊谷はまた片手で受け取り、また床に捨てた。

（いったいなんなんだ、このおやじは⁉）

内心むっとしながらまた名刺を拾い、汚れを払って、差し出そうとする。

「いらねえよ、お前の会社の名刺なんて」

湊谷が吐き捨てるようにいった。「前辞めたのが、命かけて作った商品を横流ししたんだろ？　そんな腐った奴がいるメーカーの商品なんて要らねえよ」

（あ、やっぱりバレてたのか！）

「後釜は要らん。名刺も要らん」

「そうおっしゃらずに。なにとぞ宜しくお願いいたします」

堀川が必死の思いで頭を下げ、名刺を差し出すと、今度は受け取った。

「おまえは、どこの大学なんだ？」

「はい、わたくしは……」

堀川が大学名をいうと、湊谷は「なんだ、早稲田じゃないのか」とつまらなそうにいった。

あとで聞いたところでは、伊勢丹は慶應閥が強いが、湊谷は早稲田卒で、同窓の人間に親近感を感じているということだった。湊谷の下のアシスタント・バイヤーも早稲田大学出身者だった。


約三週間後――

「おい、竹槍《たけやり》、ちょっとこい」

堀川は伊勢丹新宿店で湊谷に呼ばれた。

堀川は「オーキッドプラザ」以外にもブラックフォーマルとカラーフォーマルの売り場を担当し、一年生でろくに商談もできないので、カタログ片手に「買って下さい、納品させて下さい」とバイヤーたちを追いかけ回していた。その姿を見た湊谷が、堀川を竹槍戦法の「竹槍」というあだ名で呼ぶようになった。ある意味で、可愛がられており、堀川は、二十代後半のアシスタント・バイヤーとも仲良くなっていた。

「例のな、前任の馬鹿に頼んであったやつ、来月のメインで十二月の第一土曜日に出すから、来週納品してもいいぞ」

雑然としたバックヤードの椅子にすわり、注文の控えのファイルを開いて、湊谷がいった。

「もう商品は上がってんだろ？　お前、いつも納品したい、納品したいっていってるじゃないか。だったらすぐに納品しろ」

「はっ、かしこまりました。直ちに納品いたします！」

前任者が突然懲戒免職で辞めたため、引き継ぎをまったく受けていない堀川は、なんのことかさっぱり分からなかったが、とにかく最敬礼した。十二月の第一土曜日は、日本で一番冬物のコートが売れる日なので、相当重要な注文だというのは分かった。

急いで新宿営業センターに戻り、伊勢丹からの発注伝票を確認すると、上代で一着三十六万円もするピュア・カシミヤの超高級婦人物コートの注文だった。

（こっ、これは、ものすごい注文だ……！）

発注伝票を見て、堀川は興奮を抑えられない。

七号、九号、十一号、十三号のサイズごとに各十枚、合計四十枚で（上代）総額千四百四十万円の注文だった。伊勢丹は他の百貨店と違い、無駄な在庫は徹底して持たない方針なので、普通であれば、「二・三・三・二」（各サイズ、二枚、三枚、三枚、二枚）という感じで注文してくる。しかし今回は、まさに冬物のメインとして並々ならぬ力の入れようだ。しかも、追加の伝票もあり、電卓を叩いてみると、上代で総額約五千万円の大量発注だった。

（商品は、どうなってるんだ……？）

堀川は社内の納品リストのページを繰る。

（あれっ、ない！　どうしてだ？）

堀川は何度もページを繰って、納品リストを隅から隅まで舐めるように確認した。

しかし、超高級ピュア・カシミヤ・コートはどこにも記載がない。

（おかしいなあ……）

怪訝に思い、本社のコントローラーに電話をかけた。

「あのう、すいません。百貨店第一部の堀川ですが。……はい、どうも。例のピュア・カシミヤ・コートの納品についてお訊きしたいんですけど」

「ああ、あれ？　あれは少し前に生産中止になったけど。知らなかった？」

コントローラーの男性は、あっさりいった。

「ええっ、生産中止⁉」

堀川は真っ青になる。

「ほ、ほんとですか⁉　ど、どうして生産中止になったんですか⁉」

「なんか、生地不良があったらしいよ」

件《くだん》のピュア・カシミヤ・コートの生地は、北イタリアの織物の名産地、ヴィエラのメーカーが作ったものだった。しかし、織りにムラがあって、プレスすると皺が入ったりしたという。素人が見ても分からない程度の皺だが、品質に厳格なオリエント・レディは受け付けなかった。

「生地不良……！」

堀川の全身から汗が噴き出す。

慌てて本社の商品企画部に電話をかけ、事の真偽を尋ねると、確かに生地不良で生産中止になったという。

堀川はショックで頭がくらくらしそうになった。

「せ、先輩。このピュア・カシミヤ・コート、生産中止になったって、聞いてます？」

そばの席にすわっていた営業マンに訊いた。都内の別の百貨店を担当している男だった。

「おお、聞いてるよ。今年の冬の目玉だったから、みんな、参ったなあって頭を抱えたぜ。……あれっ、お前、知らなかった？」

「はっ、はい、知りませんでした。いつ頃、生産中止って決まったんですか？」

「あれは確か、十一月の頭くらいじゃなかったかなあ」

堀川の前任者が懲戒免職になる前後のごたごたした時期だ。

堀川は真っ青な顔で伊勢丹新宿店に戻った。

最重要顧客である伊勢丹の売上げに五千万円の穴を開けるという、未曾有の事態である。

「オーキッドプラザ」に行くと、白いワイシャツにネクタイ姿の湊谷がいた。

「おい、竹槍。もう納品したか？」

一瞬ぐっと詰まったが、次の瞬間、口から嘘が飛び出した。

「はい。今、三光町に向かっていると思います」

新宿の三光町（現在の歌舞伎町一丁目と新宿五丁目の一部）には、伊勢丹の納品所がある。

（俺、なにいってるんだろ……）

堀川は、自己嫌悪にさいなまれる。

「そうか、よろしく頼むぞ。十二月のメインの商品だからな」

湊谷の言葉に、胃がきりきりと痛んだ。

その日は気持ちが悪くなって、早退した。


翌日——

朝、行こうか行くまいか迷いながら、伊勢丹新宿店に出向くと、湊谷から呼ばれた。

「竹槍ぃ、商品が三光町にきてないじゃないか。どうなってんだ？」

湊谷は不機嫌そうだった。

「輸送ルートのどっかで、つっかえてんじゃないか？　見てこいよ」

「はい、見てきます！」

堀川は駆け足で売り場を出た。生産中止といえず、もうどうしようもなかった。

暗い顔でそのまま新宿営業センターに戻ると、同期の営業マンがいたので、事情を相談した。

「……やっぱりこれって、ヤバいよなあ？」

「お、お前、それ、ただじゃ済まないぞ！」

山形県の百貨店のオーナー一族の息子で、オリエント・レディで修業している同期の男は、堀川の恐怖が伝染したように青くなった。

「湊谷バイヤーにそんな嘘ついて、メインの商品に穴を開けたって……お前、洒落にもなんねえぞ。

とにかく明日、朝一で、課長と謝りに行けよ。もうそれしかねえよ」

翌朝――

堀川は、新宿営業センターに出社すると、席にすわっている課長のところに行った。

「課長、ご相談がございます」

長身を折り曲げ、頭を低くしていった。

「堀川、気分の悪い話じゃねえだろな？」

頭髪をオールバックにした、やや童顔の課長は、朝から機嫌が悪そうだ。

「めちゃくちゃ気分悪いと思います」

「朝から気分の悪い話なんて聞きたくねえよ！」

とりつく島のない口調で一喝された。

「分かりました。それでは、後ほど」

堀川は引き下がるしかない。

悄然として伊勢丹新宿店に出向くと、湊谷哲郎がかんかんに怒っていて、バックヤードの事務室に連れて行かれた。

「竹槍、お前、なにやってくれたんだ⁉　商品どうなったんだ⁉　納品したんじゃないのか⁉」

「申し訳ございません！　わたくし、嘘をついておりました！」

直立不動の姿勢で頭を下げた堀川の両目から涙がぽろぽろこぼれ落ちた。

「あのコートは、生産中止になりました。誠に申し訳ございません！」

堀川は泣きながら土下座しようとした。

「馬鹿野郎！　土下座なんか要らねえよ！」

厳しい声で一喝され、悄然として気を付けの姿勢に戻る。

「ったく、なんてことやらかしてくれたんだ！　俺はお前を殴りてえよ！」

湊谷は顔を真っ赤にして、こぶしを握り締め、わなわなと震えた。

「この馬鹿野郎！」

そばにいたアシスタント・バイヤーの男を磨き上げた革靴で思いきり蹴飛ばし、アシスタント・バイヤーは吹っ飛んで、床の上に這いつくばった。

さすがに他社の人間には手を出せないと思ったようだ。

「申し訳ございません！」

堀川は、なおも蹴ろうとする湊谷から、アシスタント・バイヤーを庇《かば》おうとする。

「いいよ、ほっとけよ！」

普段は仲良くしていたアシスタント・バイヤーからも冷たい言葉を浴びせられる。

「『冬のオリエント・レディ』が、冬物でコケてどうすんだ⁉」

湊谷が両手のこぶしを握り締めたまままいった。

「申し訳ございません！」

堀川は涙で濡れた顔で、頭を下げ続けるしかない。

オリエント・レディは冬物のコートには定評があり、冬物だけならバーバリーを擁する三陽商会に負けていない。

「お前んとこは、もう取引停止だ！」

堀川はうつむいたまま、その言葉を聞く。

取引停止になっても仕方がない大失態である。

「だけど、悔しいけどな、お前んとこのコートがなかったら、うちの売り場の来年二月までの商品ラインナップに穴が開くんだ」

湊谷の声が多少落ち着きを取り戻していた。

「だから商品の納入は続けてくれ」

「はい」

「その上で、二月末日をもって春物シーズンの立ち上がりなし。口座は抹消して取引解消。そう上司にいっとけ」


新宿営業センターに戻って、上司の課長に事の次第を報告すると、課長は驚いて「なんでもっと早くいわなかったんだ⁉」と怒った。

（なんでって、あんたが気分の悪い話は聞きたくないっていったからでしょ！）


翌日、朝一番に、百貨店第一部次長の塩崎健夫、課長、堀川の三人で伊勢丹に謝りに行ったが、アシスタント・バイヤーからけんもほろろの扱いを受け、湊谷には会えなかった。その次に、百貨店第一部長、塩崎、課長、堀川の四人で出直したが、やはりけんもほろろだった。社長の田谷毅一を引っ張り出すわけにもいかないので、本社の営業担当役員にかけ合ったが、田谷のイエスマンにすぎない役員は、修羅場にしり込みして出てこなかった。

堀川は自分一人が悪いとは思わなかったが、なんとなくその場の勢いで辞表を書き、課長に差し出した。課長は「お前はいいよな、気楽で。お前は辞めたら済むかもしれないけど、売り場があるんだろ、二月まで。売り場は誰がやるんだよ？」といった。本気で辞めるつもりだった堀川が「いやぁ、誰ですかね？」というと、課長は「お前、やれよ。ちゃんと二月末までやって、それから辞めればいいじゃないか。これは一応もらっとくけど」といって、辞表を机の引き出しにしまった。

堀川にとって二月末まで三ヶ月間、針の筵《むしろ》の日々が始まった。売り場で湊谷やアシスタント・バイヤーに会って「毎度有難うございます」と挨拶をしても、返事をしてもらえなくなった。伊勢丹では約五十社の婦人服メーカーの営業マンたちが入り乱れて仕事をしており、新入社員の堀川は、実力的にまったく敵ではないと思われていたせいか、他社の営業マンたちに優しく付き合ってもらっていた。しかし事故のあとは、湊谷の命令にしたがって、一切口をきいてくれなくなった。オリエント・レディの三人の女性販売員たちも、誰にも口をきいてもらえなくなったので、いたたまれなくなって、皆「辞める」といい出した。それを堀川が「二月末までは売り場がありますから。それまではなんとかお願いします。二月末には自分も辞めます」と必死で引き留めた。

堀川は、穴を開けた伊勢丹の売上げ約五千万円をなんとかして埋めようともがき苦しんだ。

そして店外催事に目を付けた。これは京王プラザホテルなどを会場に、伊勢丹のお客様限定で開かれる特別販売会だ。堀川はそこに商品を安く提供して、売上げを穴埋めしようと考えた。もちろん商品が売れれば、であるが。

オリエント・レディでは、月曜から金曜まで出荷価格はコンピューター管理され、一定の仕切り価格以下では出荷できない。しかし、土日はコンピューターが止まり、課長のサインと印鑑さえあれば、仕切り価格より低い値段でも特例で出荷できる。営業マンたちは、闇出荷をするために、課長のサインを真似、堀川も先輩たちに教えられて、必死で課長のサインの練習をした。

十二月のある金曜日の晩――

堀川は一人で残業をしていた。闇出荷をするため、値引きした値札を作り、全員が帰宅したあと、下の階にある倉庫に入って商品に値札を付け、トラックに積み込もうと考えていた。

「おい、堀川。残っているのはもうお前だけだよな。俺はもうさすがに帰るぜ」

がらんとしたオフィスで、課長がいった。

堀川が伊勢丹で針の筵で苦しんでいることも、なんとか売上げを取り返そうともがいていることも感づいていた。

「俺は帰るけど、一緒に飲みに行かないよな?」

「まだ仕事がございますので」

「そうか。……俺、なんかちょっとつぶやきたい気分なんだよな」

「は……?」

「俺は帰るけど、俺のハンコはさ、机のこの右上の引き出しに入ってるんだよな。俺の大事なハンコだけど」

堀川は、いったいなにをいい出すのかと思う。

「お前ら悪い営業はさ、俺のサインを真似して、ハンコ捺《お》して、よくインチキしてるよな？」

「は、はあー……」

否定も肯定もできない質問だ。

「お前ら、このハンコが喉から手が出るほどほしいだろ？　サインは偽造できるけど、ハンコは偽造できないからな」

「め、滅相もございません！」

「俺はもう帰るけど、ハンコはこの引き出しの中にあるからな。普段は鍵かけて帰るけど、もしかしたら今日は鍵かけるの忘れたかもしれねえな」

そういって課長は帰って行った。

（今のは、いったいなんなんだ……？）

堀川は訝りながら立ち上がり、課長の席に近づいて右上の引き出しに手をかけた。

鍵はかかっておらず、引き出しはスッと開き、そこに課長の黒い印鑑があった。

（こ、これは⁉……闇出荷をやってもいいってことか⁉）

新入社員で、社会人の機微にまだ疎い堀川にも、課長の意図がようやく分かった。

その日から、課長は毎週金曜の晩、机に鍵をかけずに帰宅するようになった。

堀川は、通常上代の六五パーセントの仕切り価格割れや、場合によっては、同約三〇パーセントの原価割れで、どんどん闇出荷した。オリエント・レディの商品は伊勢丹の店外催事で飛ぶように売れ、たちまち約五千万円の穴を埋めた。商品が売れると現金なもので、挨拶も返してくれない湊谷がやってきて、「おい竹槍、また納品を頼むわ」とか、冷たくしているのでバツが悪いのか、「悪いけど、また来週追加納品を頼むわ。よろしくな」と照れたようにいったりした。

翌昭和五十四年二月下旬――

冬がすぎて、東京の日差しは明るく、暖かくなった。

伊勢丹新宿店では、あと一週間ほどで売り場が春物に衣替えし、売れ残った冬物を引き揚げる時期になった。

堀川はバックヤードの事務室にいた湊谷のところに挨拶に行った。

「バイヤー、今月いっぱいでうちの売り場がなくなりますが、本当にお世話になりました。三ヶ月間、大変失礼いたしました」

椅子にすわった湊谷の前で、深々と頭を下げた。

「春物は、どうするんだ？」

湊谷が訊いた。

「えっ⁉……いやバイヤー、展示会にもきて下さらなかったし、うちの口座も抹消されますから、春物は立ち上げようがないですよね？」

季節ごとに開かれる展示会には、百貨店のバイヤーたちがやってきて、仮注文を出す。

オリエント・レディの春物の展示会は、昨年十一月中旬に開かれたが、湊谷は、堀川の前任者が商品を横流ししたのをけしからんと考えたようで、顔を見せなかった。

「いいから立ち上げろよ」

「いやいや、そうおっしゃられても、注文も頂いてませんし、準備もしてませんし、そもそもわたし、二月末で会社を辞めますから」

「なんで辞めるんだよ？　辞めるなよ」

「いやそうおっしゃられましても……」

会社を辞めて北九州に帰るつもりだった堀川は、困惑するばかり。

「これやるから」

湊谷が注文伝票を一冊差し出した。

受け取って見ると、まったくの白地で、湊谷の印鑑だけが捺してあった。

（な、なんだ、これは⁉）

伊勢丹は注文伝票に細かく記載し、一枚一枚渡すのが普通だ。

「それやるから、お前が好きなように書いて納品しろ」

「いや、それは……」

堀川は驚きのあまり絶句する。

「そんなことは、できません」

「いいからやれ。春物、立ち上げろ。まあ、お前んところは、しばらく売れないと思うけどな。冬までは」

堀川は、新宿営業センターに戻ると、課長に事の次第を報告した。課長は「じゃあ、春物立ち上げろよ」といった。堀川が「自分は今月末で辞めるつもりでいるんですが」というと、「辞めるなよ。辞めなくていいよ。実は、湊谷さんからもうちの会社の上のほうに、お前を辞めさせるなって電話があったんだよ」という。課長は、「これはもう要らないから、捨てとくぞ」といって、机の引き出しから堀川の辞表を取り出し、びりびり破いて、ごみ籠に捨てた。

3

三月——

伊勢丹新宿店で、オリエント・レディの春物売り場が立ち上がって間もなく、千代田区紀尾井町にあるホテルニューオータニの宴会場で、田谷毅一の社長昇格と池田定六の会長就任の披露パーティーが開かれた。

会場は、皇居宮殿内の一室かと見まがう豪華で格調の高い内装の大広間で、千人以上の来客が詰めかけた。

田谷と池田が挨拶し、来賓が祝辞を述べたりしたあと、立食パーティーになった。

「……いやあ、田谷さん、今日はわたしまでお招き頂いて、恐縮です」

痩せた身体の上に小さな頭が載った七十歳半ばの老人が、好々爺然とした笑顔で田谷に話しかけた。尾州の古川毛織工業の社長だった。

「古川さん、遠いところから有難うございます。いかがですか、景気は？」

〈社長田谷毅一〉と書かれた大きな紅白のリボンをモーニングの胸に付けた田谷が、水割りのグラスを手に相好を崩す。

「一時はもう駄目かと思いましたが、ここ何年かで、ようやく最悪期を脱したっちゅうところですわ」

尾州の織物業者は、伊藤忠商事の羊毛部長が予想したとおり、昭和四十年代前半に過剰在庫で三分の一が倒産し、日韓国交正常化による賃金の安い韓国への生産シフトやオイルショックが追い打ちをかけ、機屋の数は激減した。ただ最近は、バブル到来の前触れともいうべき日本全体の好景気の恩恵を受け、多少息を吹き返している。

「昔、三月の終わりんなると、一宮の駅前に、中学や高校の制服姿の集団就職の女の子たちがずらっと列を作って、機屋の人たちが出迎えにきてたもんですけどねえ」

田谷は、地方回りをしていた頃に見た光景を思い出す。

「もうそういう風景もなくなりましたなあ。うちとこも、女工さんの寮に使っていた建物は今は倉庫ですわ」

「まあ、栃尾も似たような状況ですよ」

かたわらから声がした。

田谷と古川が視線をやると、白髪にきれいに櫛を入れ、高級スーツを隙なくまとった痩身の男が微笑していた。

「これは鈴木社長、今日はお運び下さいまして、誠に有難うございます」

田谷が深々と頭を下げた。

大学教授然とした男性は、古稀をすぎた鈴倉織物の創業社長、鈴木倉市郎だった。長岡高等工業学校（新潟大学工学部の前身）応用化学科卒のインテリ社長だ。

「栃尾は鈴倉さんの一人勝ちのようじゃないですか」

「いや、そんなこともないですがね」

鈴木は苦笑した。

「ただ、皆さん、特織法《とくせんほう》に飛びついて、借金が返せなくなって、ばたばたつぶれましたね。……残念なことですが」

織物業界の不況に機屋の規模拡大で対処しようと、通産省が音頭をとり、昭和四十三年から、特定織維工業構造改善臨時措置法にもとづく融資が行われた。これは新鋭機械を導入する業者に期間十二年（二年据え置き後十年返済）、金利二・二六パーセントの長期低利融資を供与する制度だった。

栃尾は、元大蔵大臣で、同年十一月から自民党幹事長に復帰した田中角栄の地元なので、織物業者たちは、いざとなったときには泣きつけばなんとかしてくれると考え、連帯保証で融資を受けた。その後、オイルショックなどで苦境に陥った業者たちは、目白の田中邸に詣でて返済軽減を陳情したが、さすがの田中も「借金は返さんばならん」というしかなく、昭和五十一年まで返済猶予を認めるのが精いっぱいだった。

一方、鈴木倉市郎は、「構造改革は自らの汗と論理とイノベーションで成し遂げるもの」として借り入れはせず、「大手の利己主義」「機屋が一貫工場なんて、天に唾するもの」という地元業界の非難を浴びながら、自社の利益で設備投資を行い、死屍累々の栃尾でただ一社隆盛を誇っている。

「ところで、イランのホメイニ革命はどうなるんでしょうなあ。ちまたでは第二次オイルショックなんていうてますが」

古川毛織工業の社長が小首をかしげた。

先月、イランの親西欧政権のパーレビ朝が倒れ、ホメイニ師が主導するイスラム政権が発足した。内政の混乱で同国の原油生産が中断したため、イラン原油を大量に輸入していた日本では石油製品の供給がひっ迫した。

「まあ、第一次のオイルショックのときから省エネも浸透していますし、イランもいずれ生産を再開するでしょう。たぶん、六年前のようなひどい状況にはならないんじゃないでしょうかねえ」

鈴木の言葉に、古川と田谷がうなずいた。

混雑する会場の別の一角で、東西実業のアパレル第三部の課長になった佐伯洋平が池田に話しかけていた。

「池田さん、大盛況ですね」

「おお、きみか。……うん、おかげさまでね」

そういって池田定六は、満足そうに会場を見回す。

イトーヨーカ堂の伊藤雅俊社長、伊勢丹の小菅丹治社長、高島屋の飯田新一社長、丸井の青井忠雄社長、そごうの水島廣雄社長、三和銀行の赤司俊雄頭取、野村証券の田淵節也社長など、著名財界人たちの姿があちらこちらにあった。田谷が高校時代に相撲をとった元小結富士錦(のち六代目高砂親方)も駆けつけ、花を添えていた。

「錚々たる顔ぶれですね。もはや『つぶし屋』なんて誰もいえませんね」

佐伯も財界人たちに視線を向ける。

婦人用スーツとスカートに占める既製服の比率は、それぞれ八七・八パーセントと九六・四パーセントになり、完全に既製服の時代となった。

「有難う。だが、これからは新しい時代だ。『生涯一丁稚』の『つぶし屋』は去るのみだ」

池田の眼差しの中で達成感と寂しさが交差した。

第六章　ジャパン・アズ・ナンバーワン

1

一年五ヶ月後（昭和五十五年八月）――

東京の都心では、燃えるような太陽が照り付け、地上に近い風景が陽炎で揺れる中、人々が日傘をさしたり、流れ落ちる汗をハンカチで拭《ぬぐ》ったりしながら、黙々と通りを歩いていた。

地下鉄千代田線の乃木坂駅から歩いて三分の青山葬儀所（港区南青山二丁目）に、黒と白の幕が張り巡らされ、石造りの正門から緑色の屋根の葬儀所まで延びる緩やかなスロープに、喪服姿の人々が長蛇の列を作っていた。

南無喝囉怛那《なむからたんのー》　哆羅夜耶《とらやーやー》
南無阿唎耶《なむおりやー》　婆盧羯帝《ぼりょきーちい》……

葬儀所のさらに先にあるホール（式場）で、僧侶たちの読経の声が天井の高い空間に響いていた。

正面奥に白菊で飾られた大きな祭壇が設けられ、中央に黒いリボンのかかった池田定六の遺影が飾られていた。眼鏡をかけ、口を真一文字に結び、やや上を向いた顔は、常に時代に挑み続けた事業家らしい表情である。

池田は、年明け頃からひどい疲れを訴えるようになり、五月に倒れて意識不明になった。聖路加国際病院で精密検査をしたところ、重度の肝硬変と食道動脈瘤が発見された。その後、同病院に入院し、夫人が献身的に看護したが、動脈瘤が破裂して亡くなった。六十五歳だった。

社員たちは「長年の激務と酒のせいずらな」「ああ。まったく。企業戦士の死ってこんだな」と話し合った。

式場には礼服姿の百数十人の来賓が詰めかけていた。前列左端には三越の岡田茂社長、真ん中あたりに三和銀行の川勝堅二副頭取がすわっていた。イトーヨーカ堂の伊藤雅俊社長は通夜にも焼香に訪れ、これら以外にも著名財界人がずらりと顔を揃えた。河本敏夫経済企画庁長官、永野重雄日本商工会議所会頭、小寺新六郎日本紡績協会会長などからは弔電が届いた。

読経が終わると、葬儀委員長の田谷毅一が立ち上がり、遺影の前に進んだ。

「本日ここに株式会社オリエント・レディ取締役会長、故池田定六殿の社葬を執り行うにあたり、葬儀委員長田谷毅一、謹んでご霊前に弔辞を捧げます」

黒い礼服姿の田谷は、祭壇のマイクの前に立ち、巻紙に墨で書かれた弔辞を読み始める。

「……顧みまするに、あなたは六十五年のご生涯のほとんどすべてを婦人服業界のために捧げ、国民生活の向上に寄与された功績は絶大なるものがあり……」

弔辞を読む田谷の後ろ姿に、厳しい視線を注ぐ人々がいた。

池田の家族や腹心の元専務で、田谷が謀略によって池田から社長の座を奪ったことが、死を早めたと考えていた。

田谷は、棘のような視線を分厚い背中で撥ね返そうとするかのように、淡々と弔辞を読み上げてゆく。

「……池田会長、あなたの多年にわたるご指導に心から感謝申し上げますとともに、社業を一層隆盛させることをお誓いし、お別れの言葉といたします」

田谷は弔辞を折り畳んで祭壇に置き、池田の遺影と会葬者たちにそれぞれ一礼して自分の席に戻る。

続いて、友人代表の徳末知夫帝人社長、日本百貨店協会会長を務める古屋徳兵衛松屋会長、東京婦人子供服工業組合理事長を務める戸賀崎繁男東京ブラウス社長らが弔辞を読んだ。

昭和三十年代後半から池田と二人三脚で日本の婦人服業界に数々の革新をもたらし、今はデザインの総責任者を後任に譲ってアドバイザー的な仕事をしている菅野美幸は、社員席で弔辞を聞きながら、退社の意思を固めた。


数日後——

千代田区九段南の本社社長室で、田谷毅一は総務部長を呼びつけた。

「社長、お呼びでしょうか?」

風貌も人柄も地味な総務部長は、大きな社長のデスクの前で畏《かしこ》まった。

室内は空調が快適に効き、白いブラインドごしに夏の明るい日差しが差し込んできていた。

「あの額を外してくれんか」

田谷は顎をしゃくり、室内の一方の壁を示した。

そこには、「春風をもって人に接し　秋霜をもって自ら慎む　よく汝の店を守れ　店は汝を守らん　信用は信用を生む」という墨書《すみがき》の額がかかっていた。

「えっ、あれを外すんですか⁉」

神田東松下町時代から池田定六が大切にしてきた社訓で、社内では戦前の御真影のように神聖視されてきた。

「そうだ。すぐに外せ」

田谷が有無をいわせぬ口調で命じた。

その左手首には、文字盤に十個のダイヤモンドをはめ込んだ、ロレックスの金時計が巻き付けられていた。池田の目の前では決してしなかった贅沢品だ。

「はっ……はい。かしこまりました！」

総務部長は急いで部下を呼び、二人ががりで額を外し始める。

「社長、この額はどういたしましょうか？」

外した大きな額を手に、総務部長が恐る恐る訊いた。

「そうだな……。今すぐ捨てると、化けて出るかもしれんな。倉庫にでもしまっておけ」

「かしこまりました」

二人が退出すると、田谷はデスクの引き出しの一つを引き、じっと視線を落とす。

引き出しの中には、小さなビニール袋に入れたガラスや金属の破片が入っていた。

東松下町時代、首都圏のデパートを担当する課長だった三十一歳のとき、池田に金づちでバラバラに叩き壊された金時計の破片だった。

（俺の天下がきた！）

田谷は血走った眼をかっと見開き、宙を睨んだ。

たとえ社長になっても、創業者で最大の株主である池田がいる限り、いつなんどき地位を追われるか分からなかった。

しかし、その池田は永遠に姿を消した。

池田亡きあとも、オリエント・レディの業績は順調に推移した。この年（昭和五十五年度）は、売上げ五百二十八億円（前年比一一パーセント増）、経常利益は七十四億円（同二三パーセント増）で、自己資本比率は七割を突破した。

しかし、売上げは、レナウン（二千五十八億円）、樫山（千五百四億円）、ワールド（七百八十億円）、イトキン（六百二十六億円）、三陽商会（五百八十一億円）に後塵を拝し、相変わらず業界六位だった。五年前に、売上げでオリエント・レディにいったん抜かれた三陽商会は、盤石のコート販売に加え、「ミスター・サンヨー」やバーバリーの紳士服、コート以外の婦人服、輸出などに注力し、再逆転した。この年（昭和五十五年）、同社は、バーバリー社とのライセンス契約を更改し、期間二十年、かつ商品の全アイテムが対象という異例の好条件を獲得した。

一方、収益性の指標である売上高経常利益率（経常利益÷売上げ）では、オリエント・レディが一四パーセントと群を抜いて高く、ワールドとほぼ肩を並べ、樫山（八・五パーセント）、レナウン

（五・七パーセント）、三陽商会（四・九パーセント）を大きく引き離した。

それから間もなく――

オリエント・レディの営業マン、堀川利幸は、夕方、名古屋の名鉄百貨店本店の婦人服売り場で、地方の百貨店営業を担当している塩崎健夫を迎えた。

田谷軍団の若頭格の塩崎は、三十代半ばすぎという若さで部長に抜擢され、三年後くらいには役員になるといわれていた。一方、堀川は、伊勢丹新宿店の三つの売り場を軌道に乗せたあと、不振だった名古屋地区のテコ入れのため、先日、百貨店第三部に異動し、同地区担当の発令を受けた。

名鉄百貨店本店は、昭和二十九年、名鉄名古屋駅の真上に開店した老舗で、松坂屋名古屋店、名古屋三越栄店、丸栄とともに「４Ｍ」と呼ばれる名古屋を代表する百貨店だ。

日曜日の閉店間もない時刻で、販売員や百貨店の担当者が売上げを集計したり、乱れたディスプレイを直したりしていた。

「おい、どうだった、今日のラルフの売上げは？」

塩崎は姿を現すと同時に堀川に声をかけた。

ラルフローレンは、オリエント・レディにとって喉から手が出るほどほしかったブランドで、二年前のサブライセンス契約以来、最も力を入れて販売している。

「すいません……今日は、売上げを落としてしまいました」

すっきりした風貌の堀川はうなだれた。

「あれー、お前、売上げ落としたのお？」

塩崎は痩せぎすの口元を歪めて嗤《わら》い、つかつかと歩み寄る。

「この馬鹿野郎！」

パシーンという派手な音がして、長身の堀川がよろめき、そばにいた販売員の女性や百貨店の社員たちが目を丸くした。

「お前、名鉄さんがどれだけ力を入れてラルフを販売して下さってると思うんだ⁉　名鉄さんに謝れ！」

「申し訳ございませんでした！」

堀川は気を付けの姿勢で、そばにいた売り場担当の係長に頭を下げた。

「松坂屋(名古屋店)さんのほうは、昨日今日と、物凄く売上げを伸ばしてんだぞ！　お前、恥ずかしくないのか⁉」

「申し訳ありません！」

びんたをくらった頰は、それほど痛まない。塩崎のびんたは多分にパフォーマンス的である。百貨店の担当者と営業マンを親しくさせるため、二人を一緒に呼びつけて「百貨店の売り方が上手くないんじゃないのか」と怒ったりすることもある。

「よし、今日はもう帰るぞ」

ひとしきり堀川に説教し、自らも売り場主任に謝罪すると、塩崎は踵を返した。

堀川は売り場主任や販売員たちに頭を下げ、あとを追う。

名古屋駅に着くと、松坂屋名古屋店などを担当している別の営業マンが合流し、三人は東京行きの新幹線に乗った。

塩崎は部長なのでグリーン車に乗れるが、使うのはいつも普通車だ。

「おい、ビール何本ある？」

女性販売員がカートを押して通路をやってくると、塩崎が訊いた。

「ええと、八本あります」

販売員の若い女性が答えた。

「そうか。それ全部くれ」

塩崎は金を払い、缶ビールを八本買うと、並んですわった堀川ら二人に手渡す。

「じゃあ、飲むぞ。……お疲れさん！」

「お疲れ様でーす！」

三人は乾杯し、缶ビールをぐびぐび飲む。

「なあ、仕事は大変だろうが、うちの会社の将来は、お前たちにかかってるんだからな」

「はいっ！」

「しっかり頑張れよ」

「はいっ！」

堀川は缶ビールを一本飲むと、席から立ち上がった。

デッキに行き、備え付けの公衆電話に百円玉を入れ、番号ボタンをプッシュする。

「ええと、名古屋から午後七時前の新幹線に乗りましたんで、……はい。あと三十分かそこらで、静岡に着くと思います」

電話の相手は、静岡の百貨店を担当している先輩の営業マンだ。

やがて列車が静岡に到着すると、先輩が乗り込んできた。

「おう、ご苦労。ビールでも飲め」

塩崎が声をかけ、堀川が缶ビールを差し出す。

社内販売のカートがやってくると、塩崎はまた「何本ある？」と訊き、ありったけのビールを買った。

小田原からも、連絡を受けた営業マンが合流した。


列車が東京駅に到着したとき、時刻は午後九時近くになっていた。

「ようし、これから新宿に飲みに行くぞ」

改札口の一つを出たところで、塩崎がいった。

とっぷりと暮れ、ビル街の明かりが灯るタクシー乗り場で、一行は二台のタクシーに分乗した。

新宿歌舞伎町に着くと、最初に居酒屋で飲み、次にカウンターバーで飲み、その後、ゴールデン街で飲んだ。

飲んでいる最中も、営業マンたちは時々立ち上がって、店の備え付けのピンク電話や近くの公衆電話から、馴染みの店で飲んだりしている百貨店のバイヤーに電話を入れる。バイヤーたちと飲みに行ったりしたとき、店のマッチ箱やライターに印刷されている電話番号をメモして、連絡がつくようにしておくのだ。店内のピンク電話でかけている営業マンは、「すいません、月末なんで、なんとか数字を作らないといけなくて、……はい、ええと、四百万ほど足りなくて、……そこをなんとかお願いします！　お願いしますっ！　頑張って売りますんで！……えっ、掛け率ですか？

……うーん、分かりました。五十でやります！」と必死で頼み込む。商品の納入価格は、上代(小売価格)に対する掛け率で決まり、通常六五パーセント。営業マンが勝手に値引きすることはできず、課長の承認が必要である。しかし、切羽詰まったときは、夜、オフィスの照明が落ちたあと、課長の机からハンコを勝手に出して伝票に捺す。新人の後輩に、「大丈夫なんですか、そんなことやって⁉」と訊かれれば「みんなこうやって偉くなったんだ。商品さえ出しゃ、こっちのもんだ」とうそぶいた。

店を出ると、営業マン四人は塩崎に率いられ、酔っ払いがうろつく路地を抜け、花園神社へと向かった。

一行は、ゴールデン街の出口にある四谷警察署花園交番前の二十二段の石段を上がり、左右に「花園神社」という提灯が下がった小さな石の鳥居をくぐる。

花園神社は、倉稲魂神《うかのみたまのかみ》、日本武尊《やまとたけるのみこと》、受持神《うけもちのかみ》の三柱を祀り、徳川家康の江戸開府(一六〇三年)以前から新宿の総鎮守だ。敷地内で定期的に開かれる各種劇団の催し物や十一月の酉の市などで知られている。

時刻は午前二時をすぎ、人影はほとんどない。暗い境内は、大きな欅《けやき》やイチョウの木々でうっそうと覆われ、神々しくもあり、不気味でもある。

「ほら、お前ら、しっかりお詣りしろ」

朱塗りの立派な社殿の前で、賽銭箱にチャリン、チャリンと硬貨を投げ入れ、塩崎が部下たちに命じた。

白い紙の紙垂《しで》が付いた注連縄が張り巡らされた社殿の正面には、「雷電神社」「花園神社」「大鳥神社」という三つの額が掛かり、賽銭箱の上に五つの鈴が縄でぶら下がっている。

「なんてお詣りしたらいいかなあ？」

堀川が隣に立った同僚に小声で訊く。

「そりゃあ、お前、ラルフの返品が減りますように、だろ」

「あっ、なるほど！」

堀川は賽銭を投げ入れ、目の前の縄を引っ張って鈴をがらがら鳴らし、柏手を打つ。

（どうかラルフの返品が減りますように……）

「こら、お前ら、もっと頭下げんと、神様は聞いてくれんぞ！」

塩崎に一喝され、一同は慌てて深々と頭を下げる。

「じゃあ、お前ら、今日はこれで寮に帰れ」

境内を出て、元きた石段を下りると、塩崎が財布から一万円札を出した。

「有難うございます！」

営業マンの一人がそれを押し頂く。

四人の若手営業マンは、靖国通りでタクシーを拾って、高円寺の独身寮まで帰った。

ワイシャツもスーツもくたくたで、汗をたっぷり吸いこんで、饐《す》えた臭いを発していた。


翌日——

四人は朝一番に、新宿営業センター五階の百貨店第三部にデスクを構える塩崎のところに行き、

「昨日は有難うございました！」と頭を下げ、タクシーの領収証と釣銭を返した。

「ご苦労さん。今日も頑張れよ」

労《ねぎら》う塩崎の両目も、酒と寝不足で充血していた。

そのときデスクの電話が鳴り、塩崎は条件反射のように呼び出し音一回で受話器を取った。

「はい、塩崎です。……はい、かしこまりました！　直ちに参上いたします！」

素早く、しかし丁寧に受話器を置くと、急いで背広の上着を着て、営業センターをあとにし、九段南の本社に向かった。

「失礼いたします」

塩崎は本社に到着すると、エレベーターで七階に上り、社長室のドアをノックした。

「おう、ご苦労」

田谷は、デスクでクイック（日経新聞グループの株価・金融情報端末）を叩いて株価を見ていた。

百五十五億円もある会社の余資を運用するのに力を入れており、株や債券に関しても半端ではない知識を持っていた。百五十五億円のうち百億円は現預金、五億円は松下電器（現・パナソニック）やシャープの株式、五十億円は国債、公債、社債、金融債などで運用している。株や債券を買う見返りに、証券会社から転換社債や新規公開株の提供を受け、私腹も肥やしていた。

「実は、MD《エムディー》を一人増やそうと思うんだが、営業の若いのによさそうなのはいるか？」

マーチャンダイザー（略称・MD）は、アパレル・メーカーの生命線である商品企画を担う仕事だ。市場のトレンドや消費者の嗜好を収集・分析し、新商品を企画し、展示会を開いてバイヤーの反応を見極め、最終デザインや生産数量を決定し、新商品を市場に投入する。その後は、当該商品の売れ行きや生産量を管理し、販売促進を行う。

オリエント・レディには、二十五くらいのブランドがあり、それを三十〜三十五人のMDが担当している。

「それでしたら、三年目の社員で、堀川利幸というのがおります。今、名古屋の百貨店を担当してますが、ファッションに対するセンスや売れ筋の見通しも確かです」

新入社員は全員営業に配属され、その後、適性に応じて異動になる。塩崎は田谷からの下問に備え、日頃から若手営業マンの特性を見極めるよう心がけていた。

「ほう、堀川っていうのか。根性はあるのか?」

「ガッツはすごいです。それに人柄が明るいので、コミュニケーション能力も優れていると思います」

マーチャンダイザーは、デザイナー、パタンナー、生産部門、営業部門、宣伝部門など、多くの人々と連携しながら仕事を進めるため、コミュニケーション能力も重要である。

「そうか、分かった。人事部長にいって、発令しよう」

ただし結果が出なければ、即クビ(解任)だ。マーチャンダイザーは、会社の業績を直接左右する要職で、仕事の結果は毎回数字で厳しく出る。

「かしこまりました」

塩崎はきびきびと頭を下げる。

「ところで、社長……」

一転して躊躇《ためら》いがちに切り出した。

「ラルフのロイヤリティの件なんですが……あれは、あのう、大丈夫なんでしょうか?」

オリエント・レディは、ラルフローレンの売上げを三割程度過少申告し、ロイヤリティの支払い額をごまかしていた。

「ロイヤリティ? 大丈夫に決まってるだろう。あれがどこから分かるっていうんだ?」

田谷は歯牙にもかけぬ表情。

「はあ、しかし……、担当営業マンは全員売上げを把握しておりますし、どこかから漏れないとも限りませんので……」

ラルフローレンの売上げは、西武百貨店池袋本店を担当する係長が正しい数字を取りまとめ、全国でラルフローレンを担当している営業マン一人一人に知らせていた。田谷はその数字を勝手に減らし、ロイヤリティの支払額をごまかしていた。

「んなもん、漏れるわけないだろ! つまらん心配する暇があったら、一着でも商品を売るんだな」

田谷がぎろりとした視線を向ける。

頭にあるのは、レナウンや樫山に迫り、ワールド、イトキン、三陽商会を蹴散らすことだけだ。

「だいたい、KANSAIクリエーションみたいなぽっと出に、伊勢丹の売り場をちょろちょろされてどうすんだ⁉」

三年前に「ジョリュー」を発表したKANSAIクリエーションは、その後も「イエロー&ベティ」「ナタリー」などの売れ筋を着実に出し、ニコル、BIGI、バツなど、強豪DCブランドが出店する伊勢丹新宿店一階にスペースを確保した。

「はっ、はい！　申し訳ございません！」

必死で頭を下げながら、塩崎は胸中から不安を拭いきれない。

ラルフローレンの婦人服に関するサブライセンス契約には、相手がオリエント・レディの帳簿を見ることができる査察条項も入っている近代的な内容だ。しかし、契約に関する田谷の感覚は、いまだに昭和二十〜三十年代のままで、ごまかせるものはごまかすのが当たり前だと思っている。

2

三年後（昭和五十八年）――

米国マサチューセッツ州の州都ボストンは、ニューイングランド地方の中心地で、一六三〇年に英国から渡ってきた清教徒によって築かれた。市内には古い教会やレンガ造りの建物が多く、歴史と趣のある街並みである。東側は大西洋に面したウォーターフロントで、夕暮れ時はひと際美しい。大ボストン都市圏内には、ハーバード大学、ＭＩＴ（マサチューセッツ工科大学）、ボストン大学、ノースイースタン大学、エマーソン大学など、百以上の総合・単科大学があり、東部の一大学術都市になっている。

市内を東西に流れるチャールズ川の近くにある総合大学のカレッジストアの店舗を、三十代半ばの日本人の男がぶらりと訪れていた。

（大きな店舗だな……。学生数は早稲田のほうが多いが、早稲田の生協とは比べ物にならない豊富な品揃えだ）

中背で痩せ型の男は、興味深げな表情で、並べられている本や店内のシステムに目を凝らす。

柳井正という名前で、山口県宇部市で「メンズショップ小郡《おごおり》商事」という洋品店を経営している一家の長男だった。早稲田大学政経学部を卒業し、ジャスコ（現・イオン）に一年弱勤めた後、小郡商事に入社し、社長である父親から経営を任されていた。

（二階は、人文系の専門書に一般書か……。おっ、コーヒーハウスもある）

二万八千人の学生数を擁する大学のカレッジストアは、市内中心部のバックベイ地区をチャールズ川に沿って延びるビーコン・ストリートに面していた。付近には、ボストン美術館、ボストン交響楽団の本拠地であるシンフォニーホール、一八七七年に建てられたロマネスク復古様式のトリニティ教会などがある。

カレッジストアの建物は、灰色の鉄筋コンクリート造り、地上六階・地下一階建てのビルで、地下一階から五階までが店舗になっている。

地下一階は家庭用品、電気製品、文房具、タイプライターなど、三階はカメラ、ビデオ、レコード、旅行サービス、銀行など、四階と五階は教科書と専門書の売り場である。

店にきている学生たちの服装はあか抜けていて、ファッショナブルだ。四年前にソニーが売り出して世界的ヒットになった「ウォークマン」で音楽を聴きながら買い物をしている学生もいる。

柳井は、一般書、レジャー、文学、歴史、児童書などが、棚にぎっしりと並べられたフロアーを見て歩く。

（さすがボストンだけあって、英国的で落ち着いた雰囲気だなあ）

カリフォルニアのスタンフォード大学やＵＣＬＡなど、これまで見た米国のカレッジストアは明るく軽やかな雰囲気だった。しかし、この大学の店舗は、オーク調の木目の書棚が整然と並び、天井にはシャンデリアが燦《きら》めき、英国の名門大学の古い図書館を彷彿させる高級感が漂っている。

柳井は二階を一通り見終えると、階段で一階に降りた。

一階は、最も関心がある衣料品などの売り場だ。

ビーコン・ストリートに面した入り口を入った正面のゴールデンスペースに「ニューヨーク・タイムズ」で紹介された本の陳列棚があり、その左手が女性用衣料品、右手が肌着を含む男性用衣料品のコーナーになっていた。

その先に時計とアクセサリー類のショーケース、その左手に女性用のバッグやシューズのコーナーがある。衣料品はジーンズなど、カジュアルウェアが中心だ。

フロアーの奥は、大学の校名がスクールカラーの赤で入ったシャツ、トレーナーなどの衣料品とギフト商品、奥左手にスポーツシューズと靴下のコーナーがある。奥右手はエスカレーターで、そばの棚で雑誌やボストンの地図、ガイドブックが売られている。

大きめのフレームの眼鏡をかけ、商家の跡取りらしいノーブルな雰囲気を細面に漂わせる柳井は、フロアーを見回す。

小郡商事の経営を任されて以来、三年間に一店舗ぐらいのペースで、下関、小倉、小野田、広島などに、紳士服とカジュアルウェアの店を出していたが、いまだ名もない地方の衣料品販売店に留まっていた。柳井は、成長への新機軸を見出せないかと思って米国視察にやってきた。

（やっぱりこのフロアーも店員が少ないなあ……。しかし、悪い感じはしない）

この大学に限らず、米国のカレッジストアは、従業員数は最小限で、接客はせず、客が好き勝手に商品を選んで、レジに持ってくるスタイルだ。各フロアーにマネージャーが一人おり、作業をしているのは大半が在校生のアルバイトだ。店内の数ヶ所にインフォメーションデスクがあり、ベテラン職員が問い合わせに対応している。

各大学のカレッジストアとも、中古の教科書を販売し、UCLAでは、経営主体である生協が優秀な学生と契約して、講義ノートのコピーを販売しているのが面白い。

(品揃えと在庫量は、ここも非常に豊富だな……)

だいたいどの店舗でも、商品の欠品がなく、買いたいと思う客をがっかりさせないようになっていた。また、書籍などはサブジェクト(項目)ごとの分類がきちんとし、すみずみまで気配りされた陳列ぶりで、見た目も美しい。

(やはり、これは面白い! 日本で、カジュアルウェアをこんな感じで売ったら、人気が出るんじゃないだろうか?)

雑誌やレコード店のように気楽に入れて、買わなくても気楽に出て行ける店が思い浮かんだ。求められない限り接客はせず、その代わり、客がほしいと思う商品を欠品しないように揃える。

(メインターゲットは、流行りのDCブランドの服は高くて手が出せない十代の若者だな。こういう人手をかけないやり方なら、価格競争力も出るはずだ)

米国の大学のカレッジストアの粗利益率は三割から五割と非常に高い。

米国ではザ・リミテッドやGAPなど、売上げが数千億円から一兆円規模のカジュアルウェア店やメーカーが現れ、巨大スーパーやディスカウントストアなど、セルフサービスの店が台頭してきている。柳井は、そうした業態が日本で現れてもおかしくないと直感した。

3

翌年（昭和五十九年）六月上旬――

札幌の海猫百貨店で、婦人服売り場を担当している若手社員、藤岡真人《まさと》が、閉店後にその日の販売分の半券を集計していた。

「……おかしいなあ、こんなに少ないかなあ？」

レジのそばで半券を数えながら、ワイシャツにネクタイ姿の藤岡が首をかしげる。

「なにか変なことでもあるの？」

小柄な身体にグレーのスーツを隙なく着込んだ売り場主任の烏丸薫が、いつものせかせかとした足取りでやってきて、赤いメタルフレームの眼鏡ごしに藤岡の手元を覗き込む。

「いや、この『アデリーヌ』のワンピース、もっと売れてたような気がするんですけど」

「アデリーヌ」は大手婦人服メーカーがフランスのデザイナーと提携して作ったブランドで、ヨーロッパふうの洗練されたスタイルが三十代から五十代の幅広い年齢層の女性たちから支持を集めていた。

「ほんとだわね。今日は十枚くらいは出てたと思うけど」

烏丸は少し考えて、「アデリーヌ」の販売員の女性を呼んだ。

「半券が足りないんですけど、持ってたりしません？」

烏丸は、女性販売員に単刀直入に訊いた。

「ええと……あのう……少しなら」

海猫百貨店の制服を着た販売員は、躊躇《ためら》いがちにいった。年齢は三十代で、手堅い印象を与える。

「出してもらえます?」

販売員の女性は、観念したような顔つきで、制服のベストのポケットから、ワンピースの半券を一枚出した。

「もう少し、持ってたりしない?」

烏丸が、二重瞼の絡みつくような視線を投げかける。

「うーん……もういいじゃないですか。目標達成したんだから」

販売員の女性は眉根を寄せ、いやいやをするように身体をよじる。

烏丸らは、重点商品の「アデリーヌ」のワンピースの販売に関して、「今日は何枚売りましょう」と目標を立て、この販売員と協力しながらセールスをしていた。

「いや、でも、今日の売上げの分は今日整理しておかないと」

素直な性格そのままの風貌の藤岡がいった。

海猫百貨店は近々POS(Point of sale = 販売時点情報管理)システムを導入する予定だが、それまでは衣料品の販売実績については従来どおり半券で管理している。

「でも、明日売れなかったらどうするんですか?」

販売員の女性が反論する。

「今日はたくさん売れたから、明日売れなくても、週で考えたら、目標達成じゃないですか」

藤岡はなだめようとする。

「いや、わたしはそう思わないんです」

「そう思わない、って？」

「わたしは、毎日ちゃんと目標を達成したいんです」

（やっぱり、そうきちゃうか……！）

烏丸は、内心ため息をつく。

仕事熱心な販売員は、日々の販売目標を達成することを糧に、自分を奮い立たせている。

「分かりました。でも今日の分にするか、明日の分にするかは別として、何枚売れたかはきちんと把握しておきたいんです」

烏丸にいわれ、販売員の女性は渋々ベストのポケットから残っていた半券を摑んで差し出した。開いた掌《てのひら》を見て、烏丸と藤岡は驚いた。

（げっ、三枚も⁉　こりゃ、ちょっと保険の掛けすぎだべさ！）

売り場の業績は、販売員にいかに機嫌よく仕事をしてもらうかにかかっている。しかし、手綱を締めるべきときは、締めなくてはならない。

「じゃあ、一枚だけもらいます」

いい終わらぬうちに、烏丸はさっと手を伸ばし、かるた取りのような素早さで半券の一枚をつまんでとった。

「残り二枚は明日の分にしましょ」

販売員の女性が諦めてうなずいたとき、別の婦人服メーカーの営業マンがあたふたとやってきた。

「かっ、烏丸さん、今、お客さんからクレームの電話がありまして……」

ワイシャツの胸に海猫百貨店の名札を着けた若い営業マンは慌てた様子でいった。

「えっ、クレーム⁉」

「はい。スカートの裾の直しが間違ってるって、かんかんで、説明にこいと」

「どこのお客さん？」

「小樽です」

「小樽？……とにかくなにがあったか、説明してもらえます？」

「三日前にうちの商品のスカートの裾の直しを販売員に依頼されたそうなんですが、頼んだのより三センチくらい短くて、とても着られないという苦情でして……」

販売員からも話を聞くと、烏丸は営業マンと一緒に、札幌駅に向かった。苦情処理は早ければ早いほどよい。

二人は地下通路を走り、ホームへの階段を駆け上がって、発車寸前の列車に飛び乗った。

電車は傾きかけた夕陽の中を走る。この季節の北海道の日没は午後七時すぎだ。

進行方向の右手には石狩湾が広がり、線路際の海岸に白い波が打ち寄せている。

四十分ほどで小樽に到着した。

小樽駅の正面出入り口を出ると、駅前から一キロメートル弱にわたって、大きな通りがスロープのようにまっすぐに延びている。その先に、青い海と停泊している船が見え、ため息が出るような絶景だ。

二人はタクシーで客の家に向かった。

「……このたびは、誠に申し訳ございませんでした」

烏丸は座敷の畳にぴたりと両手をついて、思い切り深く頭を下げた。

販売員が裾上げを間違ったとは思えず、ピンを打ち込むときに客がスカートを下げ気味にしていたのではないかと推測されたが、ここはとにかく謝るしかない。

「売り場主任さんねえ……」

五十代と思しい女性は、烏丸が渡した名刺を眺める。

「あなたも海猫百貨店の人なのね？」

「いえ、あのう、わたしは……」

隣にすわった営業マンは一瞬口ごもった。客は、海猫百貨店の人間が二人できたと思っている。

（嘘つかないでね。下手に嘘ついてバレると、話がややこしくなるから……）

烏丸は頭を下げた姿勢のまま心の中で祈る。

「実は、わたくしは、こちらのスカートを作ったメーカーの者でして……」

営業マンの答えに、烏丸は内心ホッとする。

「あら、そうなの？」

客の女性は多少驚いた表情。

「でもまあ、海猫百貨店さんが、メーカーの人とやってるんなら安心ね」

予想とは裏腹に、満更でもない顔つきである。

（これなら大丈夫かも……）

「実はわたしもねえ、思ってたより裾が短くなってたんで、ついカーッとなって電話しちゃったけど、もしかしたら、わたしのお願いの仕方が悪かったのかしらと思うのよ」

「いえ、そんなことはございません！　仮に万々が一そうだとしましても、仕上がりのときにきちんと確認しなかったわたしどものミスでございます」

烏丸は頭を低くし、畳みかけるようにいう。職業柄、謝り方は完璧である。

「これは直ちにお直しして、お届けいたしますので」

そういって営業マンも頭を下げる。

「そう、分かったわ。そこまでいって下さるなら」

相手は大いに満足の表情。

「やっぱり海猫さんは、しっかりしてるわね。電話をしたら、こんなにすぐきてくれて、ちゃんと対応してくれて」

（はー、よかった……！）

なんとか丸く収まり、二人は問題のスカートを受け取って、客の家を辞した。


小樽駅に戻ったとき、あたりは薄暗くなり始めていた。

昭和九年に建てられた駅舎は、その二年前に建てられた上野駅とほぼ同じ建築様式の二階建てで、中央ホールが吹き抜けになっている。外壁は薄い褐色のタイル張りで、港町らしい洒落た雰囲気を漂わせている。

中の売店で売られていた週刊誌には、来月から始まるロサンゼルス五輪で活躍が期待される柔道の山下泰裕やマラソンの宗兄弟、瀬古利彦らの特集記事のほか、去る一月から「週刊文春」が「疑惑の銃弾」として九回のシリーズで報じ、日本中に反響を巻き起こした、元輸入雑貨販売業者、三浦和義が妻・一美をロサンゼルスで謀殺したのではないかという事件の続報が掲載されていた。

烏丸と営業マンは、雪除け用の屋根が付いたホームから、札幌方面行きの列車に乗った。

「……烏丸さん、なにを読まれてるんですか？」

走り始めた電車の四人がけの席で、書店のカバーがかかった本を読み始めた烏丸に、営業マンが訊いた。

烏丸はカバーを外して、本の表紙を見せる。

「へえ、『なんとなく、クリスタル』ですか」

三年前の一月に発売された小説で、著者は一橋大学法学部五年生だった田中康夫である。

主人公は由利という名の英文科の女子大生で、モデルもしており、父が商社マンで、幼稚園までイギリスで暮らしたという設定だ。彼女を取り巻く男女学生の生き方をとおし、都会の比較的裕福な若者たちの風俗とファッションを描き、瞬く間にミリオン・セラーになった。

「面白いですか？」

「DCブランドの洪水で、頭がくらくらするわ」

烏丸が苦笑した。

「ただ、仕事の勉強にはなるわね。……見る？」

烏丸が本を差し出し、営業マンが受け取ってページを繰る。

〈向かい側のマンションから、ムッシュ・ニコルの袋を持って、髪形をサイド・グラデェイションにきめた男の子が、アーシーな色のレイン・ブーツをはいて出てくるのが見えた。雨は、当分の間

やみそうにもなかった。〉

〈キサナドゥは、ウイークデーだというのに、相変らず混んでいた。マンシングのシャツを着て、ダブル・ニットのパンツをはいたゴルフ坊やみたいな男の子や、ファラ・フォーセットのような髪をしたエレガンスや、サーファー・スタイルの女の子で一杯のこのディスコは、江美子のお気に入りだ。〉

〈クレージュの夏物セーターを、クレージュのマークのついた紙袋に入れてもらう。そのスノッバリーを大切にしたかった。甘いケーキにならエスプレッソもいいけれど、たまにはフランス流に白ワインで食べてみる。〉

「……クレージュって、札幌でも結構売れてますよねえ」

ざっと見て、本を烏丸に返しながら営業マンがいった。

クレージュ(COURREGES)は、フランス出身のデザイナー、アンドレ・クレージュが一九六一年に興したブランドで、スポーティで機能的なものが多い。日本では昭和三十九年からパンタロンを流行させ、最近は、AとCのロゴが付いたアクセサリーやバッグも人気だ。

「今どきの大学生って、ほんとにこんな生活してるんかしらねえ?」

短大時代も農繁期には北竜町の自宅に帰り、泥や藁にまみれて田植えや稲刈りを手伝っていた烏丸には信じられない。

「まあ青学、立教、慶應、成蹊、成城の学生の一部じゃないですか。彼らを真似したい若者たちの願望が、流行を生み出すってことだと思いますけど」

同じ頃——

広島市中区袋町では、若者たちが何重もの人垣を作って、商店の一つに群がっていた。場所は、元安川を挟んで平和記念公園の向かい側にある商店街の一角で、人が多く集まる市内中心部ではあるが、家賃の安い裏通りだ。

マンションの一階と二階を使った一〇〇坪の店だった。通りに面した部分が全面ガラス張りで、正面出入り口の上の白い壁に、「UNIQUE CLOTHING WAREHOUSE」(ユニークな衣料品の倉庫)と店名がくっきりと赤い文字で表示されている。

店内は、その名のとおり、倉庫のような無造作な造りだ。映画の撮影に使われるようなスポットライトが天井に取り付けられ、右手には非常階段ふうの階段が二階へと延びている。それが若い客に、ロンドンかニューヨークのブティックのようなイメージを与える。

「……すごい盛況ですねえ！　おめでとうございます」

店の前で、経営者の男がラジオのインタビューを受けていた。

「有難うございます。開店前は果たしてお客さんがきてくれるか、心配だったんですが」

意志の強そうな太い眉に、大きめのフレームの眼鏡をかけた小郡商事の専務取締役、柳井正は、おちょぼ口にこらえきれない笑みを滲ませる。

昨年訪れた米国のカレッジストアをヒントに開いた店が大当たりし、日に何度も入場制限をする騒ぎになっていた。

「成功の原因は、なんだったとお考えですか？」

「そうですね……。『低価格のカジュアルウェアが週刊誌のように気軽に、セルフサービスで買える店』というコンセプトが、お客さんが潜在的に求めていたものと合致したんだと思います」

「なるほど」

「それから、商品を千円と千九百円という、手ごろで分かりやすい値段を中心にしたのもよかったと思います」

「お客さんへのメッセージはなにかありますか？」

「いや……、申し訳ないのですが、並んでも入店できないこともあると思うので、しばらくは、ご来店されないほうが、いいかもしれません」

数日後——

オリエント・レディのＭＤ（マーチャンダイザー）になって五年目の堀川利幸は、新宿西口で、東西実業の佐伯洋平と昼食をとった。

　建てられて十年になる三井ビルは、黒い外観が落ち着いた印象を与える五十五階建ての高層ビルだ。ビルの前には赤レンガふうのタイルが敷き詰められ、木々が植えられ、ヨーロッパを思わせる洒落た中庭《パティオ》になっている。三十卓あまりのテーブルが整然と並べられていて、中庭に面したベーカリーからサンドイッチや飲み物を買って食事をすることができる。

「……ここにくると、流行のトレンドが分かるよねえ」

　体重一〇〇キロ近い巨体で、洗い立てのワイシャツの袖をまくり上げ、ネクタイの襟元を緩めた佐伯が、周囲に視線をやっていった。四十三歳になり、現在はアパレル第三部の次長である。オリエント・レディとは、社長の田谷から今年三十歳になる若手の堀川まで、幅広い層と付き合っている。

「確かに。洒落た人たちが集まる洒落た場所で、定点観測にはいいところですね」

小エビとレタスを挟んだサンドイッチをつまみながら、堀川がいった。

最先端のファッションに身を包んだ若い女性たちが周囲のテーブルで食事をしたり、お茶を飲んだりしていた。

「今の流行りは、女子大生、マヌカン、ボディコン、ってとこですか」

ブローしたヘアで、襟元が開いた半袖シャツを着、身体にぴったりの裾が広めのスラックスをはき、ブランド物のバッグを肘にかけた『なんとなく、クリスタル』から抜け出てきたような女子大生、ボーイッシュなショートヘアで、肩パッド入りの黒いニットに、膝から下が広がった細めの黒のスカートを身に着けたマヌカン（DCブランドの販売員）、ソバージュのロングヘアに、身体の線を強調するワンピースを着て、小ぶりな茶色い革のハンドバッグを胸に抱えたボディコン・スタイルなどの女性たちだ。

「今や、DCブランド全盛だなあ」

「anan」の六月一日号の特集「'84年春人気ブランドベスト10」では、BIGIが一位で、以下、ニコル、メルローズ、ピンクハウス、コムサ・デ・モードと続き、KANSAIクリエーションの「ジョリュー」が初登場で、八位に食い込んだ。

「男のほうは、テクノカットに、銀行マン、証券マン、地上げ屋ですか」

している。

若い男性の間では、もみあげを切り落とし、後頭部の襟足を刈り上げる「テクノカット」が流行している。

五年ほど前には六千円前後だった日経平均株価が一万円の大台に乗り、銀行マンと証券マンが忙しく駆け回り、所有者に不動産を手放すように迫る「地上げ屋」と呼ばれる職種も現れた。

「ところで、今年の冬のコートなんですが、ファー(毛皮)とかカシミヤで勝負してみようかって考えてるんですけど、どう思います?」

ブルーのワイシャツに、渋い紺のネクタイの堀川が訊いた。

「ファーとかカシミヤで?……へーえ、新機軸じゃない」

それまでの流行はウールやカジュアルなものだった。

「二、三ヶ月前からリサーチしてきたんですが、景気もいいし、今年は、高級品に消費者の目が向くんじゃないかって気がするんです」

堀川の口調に密かな自信が滲む。

MDになって五年目で、ほぼ毎年ヒット商品を出し、社内でも一目置かれるようになっていた。

「それ、いけるかもなあ」

そういって佐伯は、足元に置いた書類鞄の中から、A4サイズの資料を取り出す。

「これさ、最近、うちの調査部からもらった東北六県の物税の統計なんだけどさ……」

資料を堀川のほうに向け、並んでいる数字を見せた。

物税は、物の所有・取得・製造・販売・輸入や物から生ずる収益に課される租税で、この動向を見れば、世の中の動きが分かる。

「昨年度（昭和五十八年度）、東北六県の消費に関する物税で最も伸びたのが、ゴルフ用品と毛皮のコートなんだよな」

同年度の東北六県の消費関連の物税額は千七百六十七億円で、内訳は物品税、ガソリンに対する揮発油税、電力消費に対してかけられる電源開発促進税などだ。

「ゴルフ用品に対する課税は、前年比九倍ですか……」

堀川は興味深げに資料の数字を追う。

「まあ、これは山形県を中心にゴルフクラブの製造業者が増えたからなんだけどね」

「でもそれだけ日本でゴルフ需要があるってことですよね？」

日本はのちに「バブル」と呼ばれる時代の入り口に差しかかり、ゴルフブームが起きていた。

「そういうこと。……で、ここ見てくれ」

佐伯は、表の一ヶ所を指さす。

「ほーう、毛皮製品に対する物品税が前年比三一・四パーセントの増加ですか」

金額は七億八百万円となっていた。

「これはもちろん、毛皮のコートだ」

「なるほど。流行は、地方から火が点いたりしますからねえ」


翌月（七月上旬）――

オリエント・レディの本社会議室で、「全国コート会議」が開かれた。

机が口の字形に並べられ、営業や商品企画担当の取締役たち、関係各部の部長、ＭＤやデザイナーなど商品企画部門のスタッフ、営業部門の幹部など、五、六十人が出席した。

室内中央に置かれたハンガーラックには、百着ほどの冬物のコートの試作品がずらりとぶら下がっている。

「……うーむ」

フロアーの中央で、肉付きのよい身体を真っ白な木綿のワイシャツに包み、高級感のあるエルメスのネクタイを締めた田谷毅一が、若い女性デザイナーが着た試作品のコートにじっと視線を注ぐ。社長六年目で、獅子のような威圧感を漂わせた田谷の一挙手一投足を、周囲のテーブルの出席者たちが固唾を呑んで見守る。

「ウールのフォックスカラーか……。しかし、襟もベルトも今一つあか抜けとらんなあ」

田谷は、コートを着たデザイナーに近づいたり、離れたり、首をかしげたり、しゃがんだりしながら、いろいろな方向から試作品を吟味する。

コートは重衣料(ほかにスーツ、ドレスなど)を代表するアイテムで、値段が張るので値幅も大きく、売れ行きは会社の業績を左右する。そのため毎年特別に「コート会議」を開いて、デザインや商品を決めている。

「よし、じゃあ、次」

田谷が命じ、デザイナーの女性が、ハンガーラックから別のコートを外して着る。

「ん?　なんだこれは⁉」

田谷が、むっとした顔で片方の眉を上げた。

「これはおとといのデザインの焼き直しじゃないか⁉　誰だ、こんなもん出してきた奴は⁉」

田谷が、商品企画担当者たちがすわった一角に鋭い視線を注ぎ、コートを企画したMDが顔を引きつらせてうつむく。

「お前は、何度いったら分かるだっ⁉　この世界の売れ筋は、時々刻々と変わってるちゅうに！　アバンギャルド（前衛的）くらいじゃねえと駄目ずら！　それを、よりによって、おとしの焼き直しとは！」

田谷は常々「ファッションは先駆的でないといけない」、「ミセスのための無難な商品ばかり作ってたんじゃ、いずれ客に飽きられる」、「菊池武夫や川久保玲に伍していくぐらいの気概がないと駄目だ」と話し、誰かがカラオケで『昔の名前で出ています』を歌っただけで怒り出す。

「お前はもうクビだ！　MDクビだ！　今すぐ出て行け！」

出席者の誰もが凍り付く中、そのMDが悄然《しょうぜん》として立ち上がり、ドアの向こうへと姿を消した。

室内は、異様な沈黙に支配された。

（社長自身、焦りがあるんだろうな……）

二年前に取締役となり、百貨店向けの営業を担当している塩崎健夫は、険しい形相で怒鳴る田谷を見つめる。

田谷の側近として仕えてきた塩崎は、田谷が「オリエント・レディは、山梨の会社から脱皮できないんじゃないか」とか、「なんでも手堅く地味にやってりゃあ、いいってもんじゃねえずらなあ」とぼやくのを聞いていた。

（しかし、うちはデザイナーの遺伝子を持ってる会社じゃないしなあ……）

ＢＩＧＩやコムデギャルソンといったＤＣブランド、あるいはクリスチャン・ディオールやラルフローレンのような海外の有名ブランドは、デザイナーがこんなものを着たい、作りたいという創造欲から出発した会社だ。これに対し、オリエント・レディなど日本の大手アパレル・メーカーは、戦後の衣料の西洋化という社会的変化に押されて業容を拡大してきた。そのためクリエイティビティ（創造性）よりも営業に重点が置かれてきた。

「今の試作品はすぐに焼き捨てろっ！　まったくけしからん！」

異様な沈黙を田谷の声が突き破った。

「次だ、次っ！」

田谷に命じられ、デザイナーの若い女性が、別のコートを着る。

「ん？　このトレンチコートは、バーバリーみたいじゃないか」

薄茶色のウールのトレンチコートで、ボタンはダブル。ブリティッシュ・トラッドのデザインだった。

「はい、あのう……バーバリーのコートの売れ行きを見ておりますと、やはり抜群ですので、やはり、うちも消費者に支持されるようなものを作るべきかと……」

担当したＭＤが恐怖に顔を引きつらせていった。

コート市場では、バーバリーを擁する三陽商会、「オンワード」の樫山、それにオリエント・レディが三つ巴の首位争いを繰り広げている。オリエント・レディは特に冬物に強く、冬物だけなら他社に負けない。

「うちが三陽の真似をしたって駄目ずら！」

オールバックの田谷の顔が赤鬼のように紅潮した。

「うちにはうちのテイストを支持してくれる客層がある！　独自の物を作らなけりゃ、お客さんががっかりするし、会社として生き残っていけんぞ！」

しかし、その会社のテイストを十分に確立できていないのが、オリエント・レディの弱みだ。

「申し訳ございません！」

担当したMDやデザイナーが顔面蒼白で頭を下げる。

「まったく、なんだこのザマは⁉……次だ！」

デザイナーの女性が次にハンガーラックから外して着たのは、襟の周りに毛皮が付いた重厚感のあるコートだった。

「ほう、これは……！」

田谷が興味を惹かれた顔つきになる。

「肩から胸にかけてアクセントをつけたのか……」

ヨーロッパふうの植物模様のようなパターンが入った生地が胸から肩にかけてショールを巻いたように施され、上流階級が着るような高級感のある仕上がりになっていた。

「これはカシミヤだな」

田谷がコートの袖に手を触れてつぶやく。

生地は獣毛混で、ウールに三割のカシミヤを織り込み、柔らかさと光沢を出していた。

「これを企画したのは？」

田谷が企画担当者たちのほうを振り返ると、青いワイシャツにネクタイ姿の堀川利幸が長い手を挙げた。

「堀川か……。お前、これをいくらで売るつもりなんだ?」

「上代(小売価格)で十七万八千円を考えています」

室内からどよめきが湧いた。

一般的なコートの二、三倍の値段だ。

「そんな値段で売れると思うのか?」

「売れると思います。諸統計その他を勘案しますと、今年の冬は、高級コートに消費が向かうはずです」

「ふん、相変わらず自信がありそうだな」

面白い、とでもいいたげに、田谷がにやりとした。

仕事のできない社員には冷酷だが、これと見込んだ社員には大きな信頼を寄せ、対応も丁重である。

「確かに、クラシックとニューリッチのトレンドが来始めてるから、方向性としては悪くないかもしれんな」

再びコートを着たデザイナーのほうを向くと、鋭い視線を注ぐ。

「肩はパッドを入れて、丸みをつけたほうが、女性らしさと高級感が出るだろうな。それと素材が若干重い。ウールを薄めの梳毛《そもう》(細く、毛羽が少なく、真っすぐな糸)にして、もう少し軽くて羽織れるような商品にしたらどうだ。丈はまあこの程度の長めでいけるか……」

試作品のあちらこちらに触れたり、めくったり、引っ張ったりしながら、襟の形やボタンの種類・位置、生地、縫製、丈の長さなどを仔細に点検してゆく。社員たちが「田谷チェック」と呼ぶ、完璧を目指すための作業である。

二ヶ月後(九月初旬)――

北の街、札幌には早くも秋風が吹いていた。

海猫百貨店では、いつものように昼食の時間が訪れていた。社員食堂は、来店客には見えないバックヤードにあり、掲示板には社内販売や住宅ローンの案内ポスター、労働組合からの連絡事項などが張られ、顧客紹介カードが入った袋などが画鋲で留められている。

食事をしているのはスーツ姿の外商部の男性社員、白い厨房着姿の総菜売り場の販売員、頭巾に和服・袴姿の煎餅売り場の販売員、白い制服にトリコロールのスカーフをしたフランス菓子売り場の女性、パイロットのような肩章が付いたワイシャツ姿の駐車場係の男性、濃い化粧に黒いスーツの化粧品売り場の女性、羽織袴の呉服売り場の男性、バンダナキャップを被ったベーカリーの若い女性販売員など、まるで学芸会の楽屋で、デパートが夢を売っている場所であるのがよく分かる。

婦人服部門の売り場主任、烏丸薫はテーブルの一つで、小柄な背中を丸め気味にしてラーメンをすすっていた。

「すいません、烏丸さん。ちょっとご相談が……」

八木沢徹という名のオリエント・レディ札幌支店の営業マンがやってきて、目の前の椅子にすわった。旭川の出身で、高校時代は野球部でキャッチャーをやっていた三十歳すぎの男である。

「実は、冬物コートで、こちらを二十枚くらい仕入れて頂けないかと思いまして」

中背で筋肉質の身体に紺のスーツを着た八木沢が、カラー刷りの冊子を差し出した。

「……へーえ、ファー(毛皮)の襟付きねえ。こんなのやるんだ」

烏丸がラーメンをもぐもぐ噛みながら、渡された冬物のコートの商品カタログに視線を落とす。毛皮の帽子をかぶった白人女性がコートを着て、物思いにふけるような表情で佇み、それを斜め前から写した写真が掲載されていた。堀川利幸が企画した高級コートだった。

「色は、ネイビー、ブラック、キャラメル(茶色)、スカーレット(赤に近い濃いオレンジ色)、ローデン(深緑色)の五種類の予定です」

「オリエント・レディさんにしては、かなりの高級路線ねえ」

「今年は、ファーや獣毛混が売れると睨んでまして」

「確かに、夏物・秋物も、ニューリッチ感覚の商品が予想以上に売れたのよね」

烏丸はコップの水を飲みながら、冊子のページを繰る。

「新聞や雑誌なんかでも、新ぜいたく主義っていう感じの記事や広告をよく見るようになりましたから」

「要は、テスト販売ね?」

札幌は、流行に敏感な消費者が多く、しかも冬が一足先に訪れるので、アパレル・メーカーは冬物の新商品をまず札幌に投入して、反応を確かめる。売れ行きがよければ、生地の確保に走る。

十月中旬——
札幌は、冬の気配を感じさせる冷たい風が吹き、大通公園のサトウカエデ、ナナカマド、ヤマモミジなどが赤に、ライラックの葉は黄色に色づき、澄んだ秋空に赤いテレビ塔がすっくと立っていた。

烏丸薫は、いつものように営業中の婦人服売り場に立っていた。

商品が陳列されている部分の床はフローリングだが、人が歩く通路は薄茶色がかったオフホワイトのタイル張りだ。四角いフロアーに対し、通路が斜めに延び、上から見るとひし形になっている。これは昭和五十三年頃に松屋銀座本店が取り入れたといわれる、客が売り場ではまっすぐ歩かない習性を利用した「斜め導線」の法則にもとづいている。

「いらっしゃいませ」

「冬物のコートですと、今、カルバン・クラインのピーコートと、オリエント・レディのものがお薦めです」

ピーコートは、元々英国海軍の軍人が船の甲板で着た頑丈な腰丈のダブルのコートで、寒風が吹き付ける向きによって、左前にも右前にもできる。

「あのオリエント・レディのファーの襟付きコート、よく売れてるわねえ」

烏丸が、コートのコーナーに視線をやっていった。

「はい。ミセスだけじゃなくて、若い人も財布から万札を摑み出して、買ってくんですよね」

かたわらに立った藤岡真人が、驚きを隠せない表情でいった。

好景気による金余り現象で、百貨店では高級家電品、貴金属、絵画などが売れ始め、新聞にはゴルフ会員権や新築住宅や別荘の広告が数多く掲載されている。

「あのう、すいません。このコートは置いてないですか？」

年輩の婦人客が烏丸に話しかけてきた。

「こちらのコートでございますね?」

赤いメタルフレームの眼鏡をかけた烏丸は、ぱっと笑顔を作り、婦人が手にした新聞に視線を落とす。

(うわ、全国紙に全面広告を打ったんだ!)

東京の大手百貨店が、オリエント・レディのファーの襟付きコートの広告を一面全部を使ってカラーの大きな広告を打っていた。〈この冬は、グラマラスなカシミヤとファーで、特別な日常をすごしたい〉というキャッチコピーが躍っていた。

十月の東京は、残暑がぶり返す日もあるが、伊勢丹、西武、阪急、高島屋などは、冬の流行を作ろうとするかのように、コートの広告を打つ。

(これは売れるわ……!)

烏丸は興奮を覚えながら、「あちらに置いております」と、年輩の婦人客をコートのコーナーに案内する。

「烏丸さん、このファーの襟付きコート、もうネイビーの九号(Mサイズ)が売り切れちゃったんで、至急仕入れて頂けないですか?」

コートのコーナーに行くと、オリエント・レディの販売員に真剣な表情で頼まれた。

「えっ、もうなくなっちゃったの?」

「はい。お客さんが次々買ってくので」

(これは、新たな「一分間コート」の出現だわ!)

二年前に、東京スタイルが「オディール・ロンソン」というフランスのブランドのコートを売り出したところ、コンテンポラリー(現代的)なデザインが好感されて、飛ぶように売れ、接客に一分間を要しない「一分間コート」の異名をとった。

烏丸はすぐに売り場の裏手にある事務所に駆け込み、八木沢徹に電話をかけた。

「八木沢さん、あのファーの襟付きコート、すごい勢いで売れてるのよ」

「えっ、ほんとですか!?」

「ほんと、ほんと！　嘘ついてる場合じゃないべさ」

「そりゃ、よかった！　すぐ社長に報告します」

「でね、あとネイビーの九号を三十枚と、キャラメルとスカーレットを二十枚くらいずつ入れてもらえない?」

烏丸は無理を承知で頼む。

「いや、あれはテスト販売ですし、まだあんまり作ってないんで……」

「でも丸井(今井)や三越の分はあるんでしょ?」

地元で、丸井今井や札幌三越に負けたくないというのが、烏丸の意地だ。

「うーん……分かりました。とりあえず持って行けるだけ、持って行きます」

三週間後――

東京は十一月に入り、冬物商戦が幕を開けていた。

烏丸薫は上京し、西新宿三丁目にあるオリエント・レディの新宿営業センターに向かった。

札幌支店の八木沢から、ファーの襟付きコートを追加で納品してもらったものの、売れ行きに到底追い付かないので、直談判にやってきた。

「……分かりました。そこまでおっしゃるなら、倉庫をお見せしましょう」

五階にある百貨店第三部のフロアーの商談用デスクで、同部の次長がいった。かつて百貨店第一部で堀川の上司の課長だった男性である。

烏丸に「商品がないならないで仕方がないけれど、倉庫くらい見せてほしい」と食い下がられ、観念した様子である。

「どうぞ、こちらです」

中背で痩せ型の次長が烏丸を、階下の倉庫兼物流センターに案内した。

中に入ると、ビニールカバーを被せられた商品が何列にもなってぶら下がっていて、さすがは日本最大の消費地、東京の倉庫とうならせられる。

「例のコート、一つもないわねえ」

烏丸が、天井に取り付けられた銀色のバーに、冷凍倉庫の肉のようにずらりとぶら下がった商品の下をあちらこちらと歩き回りながら、首をかしげた。

「あれはまあ、まだそんなに多く作っていませんから」

黒々としたオールバックの風貌に子どもっぽさを残す次長がいった。

烏丸が振り返ってじっと顔を見ると、どことなく視線に落ち着きがない。

「ん？　あの扉は？」

烏丸が倉庫の奥に扉があるのに気づいた。

観音開きの大きな扉で、鉄製の取っ手が付いていた。

「あっ、そこは全然関係ないところです！　掃除用具とか、備品が入ってるだけですから！」

烏丸は構わずずんずん進み、銀色の取っ手に両手をかけ、力いっぱいに開けた。

「あーっ、そこは……！」

背後で次長が絶叫する。

「こっ、これは……あのコート！」

喉から手が出るほどほしいファーの襟付きコートが、何百着も天井からぶら下がっていた。

誰も触《さわ》れないよう、白いテープでひとまとめにされ、「伊勢丹新宿店様」という納品先名を記した大きな紙が貼り付けられていた。

幻のような光景に、烏丸は一瞬棒立ちになった。

「これ、全部伊勢丹に納品するの⁉」

血走った目で次長を振り返る。

「ええ、まあ……そういうことです」

次長は気まずそうな表情。

「いくらかでもうちに回してもらえませんか⁉　わざわざ北海道から出てきたんですから！」

「申し訳ないんですが、これはもう伊勢丹さんとも決まった話なので」

「くっ、悔しい！」

烏丸は両の拳を握りしめる。

「伊勢丹とじゃ、格も力も段違いなのは分かるけど、こんなに扱いが違うなんて……！」

「あのう、じゃあ、五枚くらいならなんとかしますが」

次長は申し訳なさそうな表情で、涙目の烏丸にいった。

「五枚？　伊勢丹が何百枚なのに、うちは五枚⁉……く、悔しい！」

その日の晩、烏丸は、情けをかけられた屈辱と五着分の納品書の控えを持って、羽田空港から千歳空港行きの飛行機に乗った。夜の千歳空港は雪がしんしんと降り、烏丸の胸の中にもやりきれない悔しさがしんしんと降り積もった。


翌年（昭和六十年）一月――

札幌は雪に埋もれ、路面は凍り、日によって吹雪いたりしていたが、地下鉄大通駅を起点に東と南へ延びる地下街「オーロラタウン」と「ポールタウン」は、好景気で人出も多かった。

二つの地下街から遠くない市内中心部にある海猫百貨店では、烏丸薫が、いつものように婦人服売り場に立ち、社員、販売員、アパレル・メーカーの営業マンたちと一緒に接客をしていた。

オリエント・レディの人気商品、ファーの襟付きコートは追加生産され、海猫百貨店にもなんとか回ってくるようになった。

「……有難うございます！　十八万円お預かりいたします」

藤岡真人はレジに立って金を数え、入金作業をしていた。

一万円札の肖像画は、昨年十一月に、聖徳太子から福沢諭吉に変わった。

「烏丸さん、オリエント・レディのファーの襟付きコート、スカーレットの十一号（Lサイズ）とブラックの九号が切れたんですけど」

販売員の女性がやってきて、烏丸にいった。

「えっ、また⁉　参っちゃうなあ。……すぐに電話するわ」

烏丸は事務所にとって返し、オリエント・レディ札幌支店の八木沢に電話を入れる。

「八木沢さん、例のファーの襟付きコート、またスカーレットの十一号とブラックの九号が切れたのよ。至急送ってよ」

「烏丸さん、すいません。今在庫が全然なくて……」

「えーっ、そうなの⁉　困るなあ！　ローデン（深緑色）の七号（Sサイズ）とか十三号（LLサイズ）ばっかり送ってこられても、しょうがないのよね」

「ほんとにすいません！　製造が間に合わないもんで」

「製造が間に合わないいんじゃなくて、みんな伊勢丹に行ってるんだべさ？」

「いや、そういうことは、ないと……思いますけど」

八木沢は、歯切れが悪い。

「とにかくあのコート、今が旬なのよ。売れ筋は旬のときに売らないと」

「おっしゃることは、ごもっともです」

「買いたがってるお客さんがいるのに、色欠けやサイズ欠けで売れないって、本当に悔しいのよね」

「いや、それは……僕だって悔しいです」

八木沢の声にもやり切れない思いが滲んだ。

三週間後――

「……烏丸さん、お世話になっております」

スーツ姿の八木沢徹が、海猫百貨店の事務所に姿を現した。手には納品書を持っていた。

「あれっ、八木沢さん！　今日、なんか納品あったっけ？」

書類や事務用品で雑然とした小さなデスクで仕事をしていた烏丸が立ち上がった。

客からは見えない壁の裏側のバックヤードにある事務所は窓が少なく、小さめの机、椅子、キャビネットなどが押し込まれたように並べられている。

「例のファーの襟付きコート、九号を五十枚、十一号を四十枚持ってきました」

「えっ、そんなに⁉」

烏丸の顔がぱっと輝く。

客からの需要は相変わらず根強いのに、色欠け・サイズ欠けで販売に苦労していた。

「こちらが納品書です」

八木沢が頭を下げ、両手で納品書を差し出した。

丁重すぎる態度に、烏丸は違和感を覚えた。

「えっ、下代がいつもの半分⁉　……これ、なに？　セールってこと？」

納品書に書かれた数字を見て、烏丸が険しい顔つきになる。

「はい、申し訳ありません。東京の百貨店さんは、実はもう、半額で販売を始めてまして」

「えーっ、そんな！　ちゃんと定価で売れるのに！」

よその百貨店がセールをしていたら、販売価格はそれに合わせなくてはならない。

「要は、伊勢丹が抱えていた在庫を持ちきれなくなって、返品してきたってこと？」

赤のメタルフレームの眼鏡ごしに、二重瞼の目でじっと見る。

「はい、……おっしゃるとおりです」

百戦錬磨の烏丸に睨まれ、八木沢はうな垂れる。

「やっぱり、そうなの⁉　なんでよ⁉　ちゃんと定価で売れるのに！　この世は、伊勢丹を中心に回ってるんかい⁉」

烏丸は小柄な身体をぶるぶると震わせる。

「……く、悔しい！」

「僕だって……悔しいす！」

八木沢も涙目だった。


八ヶ月後（九月二十二日）――

ニューヨーク・マンハッタンの五番街に建つプラザホテルに、日、米、英、仏、西独の蔵相と中央銀行総裁が集まり、ドル高を是正する「プラザ合意」を結び、世界に激震を走らせた。円の為替レートは一ドル＝二百四十円だったのが、四ヶ月後には二百円を割り込み、円高不況が懸念された。

しかし、日銀が連続して公定歩合を引き下げ、円高に歯止めをかけたため、不況は回避された。

日経平均株価も一年間で約千六百円上昇し、年末には一万三千円台に入った。

日本の対外純資産額は、千二百九十八億ドル（約二十六兆円）の世界一と判明し、日銀の低金利政策の副作用によって、日本経済はのちに「バブル」と呼ばれる時代に突入した。

4

翌年(昭和六十一年)一月――

日本では、グルメブームや外車ブームが起き、一月一日の地価公示価格は、千代田区、中央区、港区の都心三区で前年比五三・六パーセントという急騰ぶりを示した。

新宿駅南口に近いオリエント・レディの新宿営業センターでは、いつものように午前八時前には営業マンたちが全員出勤し、仕事を始めていた。

矩形の室内は、実務一点張りの殺風景さだ。唯一、営業マンたちがすわっている側の壁一面に灰色のスチールキャビネットがあり、そこにモデルが着た製品の案内がべたべたと張られている点が、ファッションを扱っていることを窺わせる。

もう一方の壁には四角い壁時計があり、その下に営業マンごとの大きな成績表が張り出されている。室内に並べられている執務用の机は、裁断や縫製作業もできる大きな二〜四人掛けの四角い天板のものである。

「ちょっと、みんな、聞いてくれ」

四階の扇の要の位置に陣取った百貨店営業担当取締役の塩崎健夫が呼びかけた。塩崎は本社役員室にも席を持っているが、営業の現場にいることが多い。

「今日、九時すぎに社長がくるから、みんな席にいてくれ。それから(百貨店)三部とグレード(量販店部)の連中にもくるようにいってくれ」

それを聞いて、営業マンたちは意外そうな表情になった。

社長の田谷毅一が営業所にくるのは、決算期などで、普通は一週間以上前から告知され、あらかじめ執務エリアや倉庫の整理整頓をするのが慣例だ。

「社長からみんなに直接大事な話があるから」

営業マンたちは一斉に「はい」と返事をする。

「いったいなんだろうな？」

「いやあ、ちょっと想像つかんなあ」

営業マンたちは小声で言葉を交わし、小首をかしげる。

塩崎のほうを見ると、普段より淡々と仕事をしているように見えた。

午前九時すぎ、田谷毅一が、経営統括部の鹿谷保夫《しかたにやすお》をともなって部屋の出入り口に姿を現した。

「お早うございます！」

戦場で総大将を迎える鬨《とき》の声のような挨拶が一斉に上がった。

田谷につき従っている鹿谷は入社十年目。オリエント・レディでは珍しく旧帝大系の国立大学卒で、高卒という学歴に引け目を感じている田谷に目をかけられ、花形の百貨店営業のあと、経営管理という枢要な仕事についている。しかし、計数や会社の状況の把握は中途半端で、田谷のイエスマンにすぎないと社内で軽んじられている。

田谷は、百貨店の社員たちと対等に付き合えるよう、高学歴の社員を採用したがっていたが、仕事がきつく、給料も高くないオリエント・レディに入る国立大や早慶の卒業生はあまりいない。

「みんな……」

高級スーツ姿の田谷が、整列した三十人ほどの営業マンたちに呼びかけた。

次の瞬間、田谷の両目から涙がこぼれ落ちたので、営業マンたちは驚いた。

「誠に申し訳ない！　ラルフローレンを、オンワード（樫山）に持っていかれた！」

そういってオールバックの頭を深々と下げた。

「えっ⁉」

「うえーっ……！」

営業マンたちの間から悲鳴や呻《うめ》き声が上がった。

八年前に、婦人服の製造・販売のサブライセンス契約を獲得したラルフローレンは、押しも押されもせぬ会社の稼ぎ頭だ。

「すべては会社の責任だ。日頃、販売増に努力してくれている諸君らには、お詫びするしかない。このとおりだ！」

田谷は再び深々と頭を下げ、営業マンたちは、突然の事態に、茫然と立ち尽くした。

「我々のサブライセンス契約は二月で切れる。その後は、オンワードがラルフローレン用に作ったインパクト21という会社がサブライセンシーになる」

田谷は、涙の筋も乾かぬ顔で、きっと歯を食いしばる。

「我々のライバルはオンワードだ。この借りはきっと返す。諸君らには一丸となって努力してもらいたい」

「はいっ！」

営業マンたちから一斉に声が上がった。

上司から命じられたときは、たとえわけが分からなくても、元気よく返事をするのがオリエント・レディ流だ。

田谷は本社に戻ると、ＭＤの堀川利幸を呼び出した。

「お呼びでしょうか？」

細身の身体にスーツを着た三十歳の堀川は、多少緊張した面持ちで社長室に現れた。

「どうだ、忙しいか？」

社長の大きなデスクにすわった田谷が訊いた。先ほどとは打って変わって、傲然とした態度である。

大きな窓の向こうには、清水門から日本武道館があるあたりまでの皇居の石垣や緑の杜が一幅の絵画のように見える。

「はい、普通に忙しいです」

堀川は臆することなく、自然体で答える。

田谷は、年齢にかかわらず、仕事のできる社員を大切にするところがあり、堀川もそうした一人だった。

「お前に、一つ新しいブランドを作ってほしいんだ」

「はっ。どのようなブランドでしょうか？」

「ラルフローレンに代わる正統派トラッドだ。もちろん、コンテンポラリー（現代的）で、優雅さも感じられるようなやつがいい」

「ラルフは、どうなるんですか？」

「残念ながら、二月で契約が切れたあとは、オンワードに持っていかれることになった」

「えっ、そうなんですか⁉」

「まあ、いろいろあってな……。だから、お前に、ラルフに対抗できるような、国産のブランドを作ってほしいんだ」

「分かりました」

「もちろん、ただのコピーじゃ駄目だぞ。うち独自のブランドとして、長く売れるものを作ってくれ」


その晩——

「……おい、今日は、課長以上で飲みに行くぞ」

午後八時すぎ、まだ全員が残業をしている新宿営業センターの四階で、取締役の塩崎健夫がいった。

塩崎、百貨店第一部と第二部の部長、二人の次長、四人の課長は、三台のタクシーに分乗して、六本木に向かった。

「おお、不夜城みたいだな！」

「相変わらず、景気がいいなあ」

六本木交差点から飯倉方向に延びる外苑東通りでタクシーを降りたコート姿の九人は、冷たい夜風の中で感嘆の声を上げた。

通りの左右に建ち並ぶビルの最上階までが色とりどりのネオン、照明、看板で宝石のように燦《きら》めき、地上はごった返すほどの通行人であふれていた。

赤いテールランプを灯したタクシーや乗用車が切れ目なく通りを流れ、右手の先に「ＲＯＩ（ロア）」という赤いネオンの文字が壁に付いたどっしりとした四角いビルが見える。

そばに停まった黒塗りのセダンからは、ゴルフ帰りの広告代理店マン、テレビ局の担当者、スポンサーと思しい男たちが降り立ち、高級イタリアン・レストランに入って行く。

「さすが六本木！　ワンレン・ボディコンの聖地だなあ」

通りを歩く女性たちを見て、百貨店第二部の課長がいった。

「ワンレン」はワンレングス（フロントからうしろまでを同じ長さに切り揃えたヘアスタイル）の略で、長い頭髪を頭のサイドで分け、片方を肩の前に垂らすのが流行《はや》りだ。クラシックでフェミニンなイメージの「ＪＪ」的なニュートラッドである。このヘアスタイルに、パッドでいかり肩にし、ウエストを絞り、短めのスカートをはいて、ボディラインを強調する「ボディコン」（「コン」は「意識的《コンシャス》」から）を組み合わせたものが「ワンレン・ボディコン」と呼ばれる。

「ジュンコシマダにヴァレンティノのカシミヤコート、ノーマカマリのボディコンに、サンローランの口紅か……」

連れ立って歩く女子大生らしい四人を見て、課長の一人がいった。銀座マダムも顔負けのリッチでゴージャスな雰囲気を漂わせている。

「あっちはシャネルに、テンポイントダイヤのロレックスと……どっから金が出てくるのかねえ」

別の車から降りるクラブホステスふうの女性を見て、別の課長が嘆息した。

羽織ったコートの下には、ノーカラーのシャネルのスーツ。胸元のネックレスと金色のチェーンベルトがアクセントのコンサバリッチで、前髪をトサカのように立て、きりりと化粧をし、夜の戦場に向かう緊張感を漂わせている。

「今日は、久しぶりにステーキでも食うか」

塩崎がいい、オリエント・レディの男たちは、外苑東通りからビルの谷間に延びる細い通りに入る。

左手の先には、「ギゼ」「チャクラマンダラ」「サンバクラブ」といった有名ディスコがひしめく十階建てのランドマーク、スクエアビルが夜の闇の中で輝き、ガラス張りのエレベーターの地上入り口前に入場希望者の長い列ができていた。

ステーキ・しゃぶしゃぶで有名な瀬里奈本店は、三階建ての大型店舗で、店の前には黒塗りの高級車がずらりと停まっていた。店内には、テーブル席、鉄板焼きカウンター、個室、バー、ラウンジなどがあり、ビジネスマン、外国人、和服姿の水商売の女性たちなど、多数の来店客でにぎわっていた。

オリエント・レディの九人は、周囲に三十人ほどがすわれる大きな円形の鉄板焼きのテーブルにすわり、ビールで乾杯して食事を始めた。

「……塩崎取締役、今朝の件は、どういうことなんですか?」

香ばしく焼けたサーロインステーキをナイフとフォークで口に運びながら、百貨店第一部長が訊いた。

「ああ、あれなあ……」

塩崎はほかの客に聞こえないか、周囲を一瞥する。

「……ロイヤリティのごまかしが、バレたんだ」

「ええっ、そうなんですか⁉」

「いつかはこうなると思ってたんだよなあ」

そういって塩崎は赤ワインを不味そうに飲む。

「社長に一度恐る恐るいってみたんだが、まったく取り合ってもらえんかった」

「いったい、どこからバレたんですか？」

「どうも、うちが売上げに入れてなかった専門店の数字が、なにかのきっかけで西武とラルフの耳に入って、これはどういうことなんだ、ってなったらしい」

「なるほど、そうでしたか……」

「先々週、西武とラルフから社長に呼び出しがあったそうだ」

「社長にですか⁉」

「うむ。慌てて飛んでって、平謝りに謝ったらしいが、到底赦してもらえる話じゃないからな」

「そりゃあ、そうですねえ」

六人は浮かない表情で高級ステーキを黙々と食べた。

同じ頃——
瀬里奈と六本木通りを挟んで反対側の防衛庁檜町庁舎に近い寿司屋で、東西実業アパレル第三部次長の佐伯洋平が、部下数人を連れて夕食をしていた。

カウンター席が十席ほどの小さな店だったが、ネタケースはその上に載せた大きな氷の塊でしっかり冷やされ、並べられている食材も高級品ばかりで、一見して普通の寿司屋でないことが分かる。一方の壁の半分はガラス張りで、その向こうは料亭にありそうな竹林ふうの庭になっている。

「……それじゃあ、お疲れ様！」

部下たちとともにカウンターにすわった佐伯がビールのグラスを掲げた。

「お疲れ様でーす！」

二十代から四十代の男女の部下たちも乾杯する。

旧財閥系の一流商社の社員らしく、皆、華やいだ雰囲気をまとっている。

「わたし、『纏鮨《まといずし》』にくるのが長年の夢だったんです」

二十代の女性社員が嬉しそうにいった。

昨今はここにこられるのが一つのステータス・シンボルになっている。客は、作家の田中康夫や読売巨人軍の江川卓など、著名人、芸能人、プロ野球選手、クラブホステス、地上げ屋、証券マンなど、札束の匂いがしてきそうな人たちが大半だ。常連がしばらく顔を見せないと、逮捕記事が新聞に出るというジョークもある。

「喜んでくれて嬉しいね。みんな、今日はぞんぶんに楽しんでよ」

佐伯は笑顔でいって、あわびの焼き物に箸をつける。

佐伯が率いるチームは、この年、外国のファッション・ブランドの製品やイタリア産の生地の輸入で莫大な利益を上げた。今日は社費での慰労会で、この店は、飲み物も含めると一人五万円はするので、夕食だけで三十万円ほどかかる。もちろん二次会にも繰り出す予定である。

「佐伯次長、お疲れ様でした」

隣にすわった課長が佐伯のグラスにビールを注ぐ。

二人は北イタリアのフランス寄りにある織物の産地、ヴィエラで開かれた展示会から帰ったばかりだ。アパレル・メーカーなど、日本のバイヤーたちを連れて行き、大量の輸入契約を成約した。

「やっぱり、『フェルラ』『レダ』『カルロ・バルベラ』あたりは、もの凄い人気ですね」

いずれもヴィエラにある名門生地メーカーだ。

「日本人は舶来物が好きだからなあ。最近は、プラートのものまで買い漁ってるし」

プラートはフィレンツェの近くにある生地の産地で、ヴィエラほど高級ではない。

「しかし、一回のＦＯＢ（船積み）で三億（円）、四億の成約がばんばんあるって、とんでもない時代ですよね」

「うん。いつまでこんなことが続くかねえ……。ちょっと恐ろしい気もするね」


翌月――

オリエント・レディ本社のデザイン・ルームは、女性が大半の職場で、壁には最新の流行色の見本や、社内外の新作のポスターが張られ、作業用の大きなテーブルでは、デザイナーの女性が三十六色の色鉛筆を使ってデザイン画を描いたり、型紙を作るパタンナーやワイシャツ姿のＭＤと打ち合わせをしたりしている。

ＭＤの堀川利幸は、デザイン・ルームで、亘理《わたり》夕子という社内デザイナーから、あるファッション誌の特集ページを見せられた。

「堀川さん、ラルフに代わるブランドを探してるんですよね？　これなんかどう思いますか？」

ふっくらとした身体つきで、黒いショートヘアの亘理が雑誌のページを開いて見せた。三十歳の堀川とほぼ同年輩で、新進気鋭のデザイナーだ。

ページに掲載されている写真を見た瞬間、堀川ははっとなった。

「おっ、これ、いいですね！　亘理さんも、いいと思ったんですか？」

「ええ、わたしも、これいいなあと思いました。女性はやっぱり、こういうきれいな服を着たいっていう究極的な願望があるので」

それは甲賀雪彦という男性デザイナーの作品だった。

トラッドというより、お嬢様服に近く、細身のスーツやワンピースは、襟のところに上品なリボンや蝶ネクタイでアクセントが施してあった。オフホワイトのツーピースは、首周りと袖口に紫暗色で縁取りがされ、フロントラインにも同じ色の縁取りと上下にリボンがあしらわれている。ブラウスやスカートはシースルーに近い柔らかい素材である。色づかいが美しく、非常にフェミニンで、攻撃的なワンレン・ボディコンとは対極にある。

「しかし、この人、名前は聞いたことがあるけど、今までそんなに目立ってないですよね？」

「元々あまり派手な活動は好まないらしくて、『まぼろしの雪彦』と呼ばれてるそうです。ただ一部の女性たちからは熱狂的に支持されてますね」

「磨いたら輝くダイヤの原石みたいなもんですか……。いずれにせよ、これ、ちょっとやってみたいなあ。部長に話してみます」

堀川が上司の商品企画部長に雑誌を持って行って話したところ、「俺もいいと思う。やってみろ」といわれ、早速、表参道にある甲賀雪彦のブティック兼事務所を訪ねた。

大きめのレンズの眼鏡をかけた甲賀雪彦は三十代半ばで、作品どおり繊細な雰囲気の男性だった。一方、甲賀の妻はスレンダーな美人の姉さん女房で、事務所の社長として、世知に疎い甲賀の世話をあれこれと焼いていた。また甲賀の弟が副社長で、数字に強く、頭の切れる人だった。

堀川は、オリエント・レディは新たなプレタポルテ（既製服）のデザイナーズ・ブランドを創りたいと考えており、今年の秋・冬物をターゲットに、アイデアとデザインを出してほしいと依頼した。大手アパレル・メーカーから声をかけられ、甲賀側も大いに乗り気になった。

間もなく、甲賀から企画案が出された。〈昭和六十一年　秋冬物商品企画原案〉という表題で、A4判で三ページのコンセプトにたくさんの絵型が添付されていた。コンセプトは、現代の価値の多様化と格差社会に対する、万人に共通する「幸せ」という概念を重視し、ソシアルでフォーマルな商品になるよう、色や形を先鋭化させ、服のアクセサリー化にまで踏み込んで、非日常的なものにするというようなことが書かれていた。非常に難解で、堀川らは甲賀のいわんとするところの解釈に四苦八苦した。しかし、添付された絵型は、ヨーロピアン・エレガンスを思わせる、どれも素晴らしいものだった。

オリエント・レディは、プロジェクトのデザイナーに亘理夕子、パタンナーにも実力のある女性パタンナー二人を起用し、商品化を開始した。

春――

堀川は、できあがった商品化案を持って、商品企画部長、亘理夕子とともに、甲賀雪彦の事務所を訪問した。

「……ふーん、いやあ、いいんじゃないんですか」

堀川らが持参したデザイン画を見て、甲賀雪彦が満足そうにいった。

繊細そうな細面に大きめのフレームの眼鏡をかけ、音楽家のような雰囲気を漂わせている。

「わたしの考えた色やデザインも十分生かされてるしねえ」

商品化にあたっては、甲賀の考えた色はそのまま採用し、デザインは、絵型の多少デフォルメされた部分をパターンに落とせるよう修正を加えた。生地やボタンは、甲賀が指定した色や形に合うものを、商品企画部長と堀川が、ボタン屋や生地屋を回って探し、それでもない場合は、メーカーや機屋に特注することにした。

「コンセプトは『センセーショナル・エレガンス』ですか……。インパクトがあって、いい響きですね」

事務所の副社長を務める甲賀の弟がいった。物言いがはっきりしており、芸術家肌だが、話すのは得意ではない兄の代弁者的存在だ。

「この、七号と九号しか作らないというのは、どういう意味があるんですか?」

商品化案の書類を見ながら、甲賀の妻が訊いた。スタイルがよく、都会的な雰囲気を漂わせた女性である。

婦人服は普通、五号(小柄)、七号(細身)、九号(普通)、十一号(やや太め)、十三号(もっと太め)というふうに作る。しかし堀川らは、七号と九号しか作らないと提案した。

「甲賀先生のお作品は美しいですから、作品が映える人にだけ着てもらって、『着る人を選ぶ服』というコンセプトで売り出したいと思っています」

「着る人を選ぶ服」というコンセプトは、甲賀の妻を見て、こういう美しい人が着たら一番似合うと思って考えたものだ。商品企画部長と二人だけのときは「デブには着せない」と話していたが、さすがに女性たちがいる前では、そこまであからさまにいえない。

「この一地区一店舗というのも、そういうことですか？」

オリエント・レディの提案は、一地区につき一店舗でのみ販売するというものだった。

新宿はもちろん伊勢丹、池袋は西武、梅田は阪急、札幌は丸井今井、北九州は井筒屋、福岡は大丸などを予定していた。

「そうです。簡単には買えない服っていうイメージを作ろうと思っています。もちろんセールもやりません」

商品企画部長がいった。

四十代で、やや太めの体型だが、FIT（ニューヨーク州立ファッション工科大学）を出ており、仕事のセンスがあるだけでなく、酒、麻雀、歌など、なんでも器用にこなす。

「そういうやり方をすると、逆に購買層を狭める結果になりませんか？」

甲賀の弟が訊いた。

「もっともなご質問です。もちろんこのやり方は諸刃《もろは》の剣《つるぎ》です。ただ、我々としては、甲賀先生のお作品を大衆的な服ではなく、着る人を選ぶ特別な服というコンセプトで売り出してみたいと思っています」

堀川がいうと、甲賀雪彦ら三人がうなずいた。

秋——

堀川らは、満を持して甲賀雪彦のブランドを「YUKIHIKO KOHGA センセーショナル・エレガンス」と銘打ち、スーツ、コート、ワンピース、ツーピース、ジャケット、スカート、ブラウスなど二十七品目を売り出した。価格は、スーツが七万九千円から八万九千円、コートが十二万九千円、ジャケットは六万八千円、ブラウスは二万六千円から三万九千円など、高級DCブランド並みにした。カタログの写真には、細身でノーブルな顔立ちの若いモデルを起用した。撮影場所は、横浜の老舗ホテル、ニューグランドなどを使い、しっとりと上品な雰囲気を打ち出した。

商品を置けない店を担当している営業マンから苦情がきたり、海猫百貨店の烏丸薫から文句をいわれた八木沢徹が「先に商談が成立しましまして。一地区一店舗なもので」と平身低頭で謝ったりしたが、堀川らは方針を貫いた。田谷毅一は、ブランド・ビジネスはよく分かっていないので、特になにもいわず、好きにやらせてくれた。甲賀のデザインと堀川らのマーケティングは的中し、秋から冬にかけての四ヶ月ほどで、下代（オリエント・レディの卸売価格）で約三億円を売り上げた。

この年、日経平均株価は、年初の一万三一三六円から年末には一万八七〇一円へと四二パーセント上昇した。

翌昭和六十二年には、一万八八二〇円から二万一五六四円へと一五パーセント上昇。十一月に、NTT（日本電信電話株式会社）の政府保有株式の第二回目の放出（百九十五万株）が実施されると、個人投資家が争うように応募した。人々はありとあらゆるブランド品を買い漁り、海外旅行に出かけ、新聞はリゾート物件の広告であふれ返った。

甲賀雪彦のブランドを立ち上げた堀川は、しょっちゅう表参道の甲賀の事務所を訪れ、甲賀が新たにデザインしたものについて意見交換をし、デザイナーの亘理夕子、二人のパタンナーと話し合って商品化し、春物、夏物、秋・冬物と、次々と新作を発表していった。甲賀のデザイン力は天才的で、堀川は、仕事をするのが楽しくて仕方がなかった。甲賀も堀川との仕事を楽しみ、ミーティングの最中に得意のデッサンで堀川の似顔絵を描いたりした。二年目の売上げは約六億円に達した。

昭和六十三年の九月後半になって、天皇陛下の容体悪化が明らかになると、全国的に祝賀行事やイベントなどが自粛されたが、熱病のような景気は変わらなかった。日経平均株価は、同年十二月七日に、史上初めて三万円の大台に乗せ、年末には三万一五九円を付けた。

翌昭和六十四年正月には、自粛ムードの中、「福袋」は「福」の字を取って「迎春袋」や「お年玉袋」に名前が変わったが、三越本店がルノワールの絵画『花帽子の女性』とピカソの『マリー・テレーズ』を入れた「お楽しみ袋」を五億円で売り出すと、約二十件もの購入希望が殺到した。

一月七日、昭和天皇が八十七歳で崩御し、元号は平成に変わった。

昭和天皇が崩御して間もなく――

堀川は、突然、経理部担当役員に呼び出された。

「……おい、甲賀雪彦の今期の売上げはいくらだ？」

頭髪がだいぶ薄くなった役員は、自分のデスクの前に立った堀川に訊いた。

田谷毅一に命じられるまま、良心のかけらもなく会社の決算を操作し、イエスマンと社内で陰口を叩かれている男だった。

「十八億円です」

堀川が答えた。

初年度は約三億円、二年目は約六億円で、昨年は三倍の約十八億円に増えた。

「ロイヤリティはいくら払うんだ？」

煮ても焼いても食えなさそうな、サラリーマンの権化のような役員が訊いた。

「下代の五パーセントですから、九千万円ですね」

甲賀雪彦には、下代の五パーセントを払う契約になっており、昨年は約三千万円を払った。

「九千万円!?　お前、気は確かか？」

「はあーっ？……でも、契約はそうなってますから」

「お前、もっとよく考えろ」

（よく考えろ、って……いったいなにを考えろっていうわけ？）

相手の意図することが想像もつかない。

「甲賀雪彦のブランドは何番だ？」

「十番です」

十番というブランド番号で売上げなどがコンピューター管理されていた。

「お前に七十九番をやるから、それでやれ」

七十九番は、ずいぶん昔に廃止になったアマルフィというブランドの番号だ。

「いや、それは無理です。もう雪彦先生で手がいっぱいですから」

てっきりアマルフィというブランドを再度立ち上げろという意味だと思って、堀川はいった。

「そういう意味じゃない。……甲賀雪彦のセールはいくらあったんだ？」

甲賀雪彦ブランドはセールをしないのが基本方針だが、昨年はよく売れたこともあり、かなりの在庫が残ったので、例外的にセールをやった。

「セールは約八億円です」

十八億円のうち、通常で売れたのが十億円、セールが八億円だった。

「じゃあ、その八億を七十九番につければいいじゃないか」

「えっ⁉　それは……！」

相手の意図がようやく飲み込めた。十八億円のうちセールの八億円を別勘定にして、十億円についてだけロイヤリティを払えというのだ。

「いいか、これは誰にもいうなよ」

「いや、しかし……、それはまずいんじゃないんですか？　契約違反じゃないですか」

「堀川、大人になれ！」

経理部担当役員は、厳しい口調で一喝した。

堀川は、経理部担当役員から二重帳簿をつけろといわれたことを上司の商品企画部長に相談した。部長は「あのイエスマンの役員が、自分の一存でそんなことをいい出すはずがない。社長の命令だろう」といい、堀川もそう思った。「ただ、社長の命令なら、そうするしかないよ」というので、

（この人も、仕事はできるんだけど、こういうときは迎合するんだなあ！）と、天を仰ぎたい心境だった。

振り返ってみると、甲賀雪彦のブランドが話題になり、繊研新聞などの業界紙やファッション誌から取材の申し込みがあったとき、会社から一切取材に応じるなといわれた。それはたぶん、話の内容から売上げがばれるとまずいと田谷が考えていたからだった。

結局、独裁者の田谷、経理部門担当役員、商品企画部長の意向の前には、三十三歳の一介のＭＤになすすべはなかった。


数日後――

堀川は、商品企画部長、デザイナーの亘理夕子と一緒に、表参道にある甲賀雪彦のブティック兼事務所を訪れた。この数日間悶々として、顔には疲労が滲んでいた。

「……今期の売上げは、いくらだったんですか？」

会議室のテーブルで、オリエント・レディの三人と向き合った甲賀雪彦が訊いた。堀川がいつも一生懸命やってくれるので、眼差しは温かく、信頼に満ちている。

左右に、事務所の社長を務める甲賀の妻と、副社長の弟がすわっていた。

「今年は、十億（円）でした」

堀川が躊躇《ためら》うようにいった。

「えっ⁉」

甲賀側の三人が驚く。

「堀川さん、十億ということはないでしょう？　前の年が六億だったんですよね。まあ、三倍はいかないかもしれませんけど……」

甲賀の弟がいった。

（さすが、いい勘してるなあ！　まさに三倍なんだよなあ）

この一年間、甲賀雪彦の商品は飛ぶように売れた。関係者は、三倍程度の売上げがあったことは肌で実感していた。

「いえ、十億で間違いありません」

商品企画部長がうつむき気味でいった。隣の亘理はいたたまれなくて、完全にうつむいている。

その様子から甲賀側は、十億円という数字は本当ではないと感じ取った。

「堀川さん、本当のことをいって下さい。わたしは契約書のことはよく分かりません。ただ自分のブランドがどの程度評価されたのか、知りたいだけなんです」

細面に大きめのフレームの眼鏡をかけた甲賀が、思いつめた表情でいった。

「……」

堀川は、返事ができずにうつむいた。

「堀川さん、どうなんですか？」

甲賀の弟の口調が厳しくなる。

「じゅ……」

堀川は十八億という言葉が、喉元で出かかる。「……十億です」

「お願いします。本当のことをいって下さい！」

甲賀の声が悲痛な響きを帯びる。

うつむいた堀川の両眼から、ぽろぽろと涙がこぼれた。

「……十億、です……ぐすっ」

顔を涙で濡らし、洟をすすりながら、やっといった。

誰の目から見ても、嘘をついているのが明らかだった。

商品企画部長と亘理夕子は、相手の顔を見ることができず、うつむいたまま。

「そうですか。……分かりました」

甲賀の弟が怒りのこもった口調でいった。

甲賀雪彦は悲しげに、かたわらの妻は不信感もあらわな表情でオリエント・レディの三人を見ていた。

「今後、オリエント・レディさんと、どうお付き合いするかよく考えて、あらためてご連絡します」


翌日——

甲賀雪彦事務所から、オリエント・レディとの取引を解消すると通告があった。

堀川は、もはやこういう会社では仕事ができないと考え、辞表を書き、商品企画部長に提出した。作品に惚れ込んで、手塩にかけて育てた唯一無二のブランドを土足で踏みにじられた思いだった。

その晩、営業マン時代の上司だった営業担当役員の塩崎健夫が「久しぶりに飲みに行くか」と誘ってきた。仕事はスパルタ式だが面倒見がよく、なにかあると飲みに誘い出し、優しく話を聞くのが塩崎流だ。

二人は、新宿ゴールデン街の店に出かけた。

「いろいろあるなあ……。でも堀川、辞めるなよ」

年輩の女性が一人でやっている古い店のカウンターで、塩崎は少し上を見上げるような表情でいった。

「堀川、辞めて甲賀さんのところに行こうって考えてるんじゃないのか？」

「いや、そういうことは……」

否定はしたが、図星だった。甲賀が受け入れてくれるなら、商品企画担当者として一緒に作品づくりを続けたいと思っていた。むろん甲賀にはまだ話してはいない。

「気持ちは分かるが、止《や》めといたほうがいい。……会社につぶされることになる」

「どういう意味ですか？」

「オリエント・レディの力で、生地を買えなくされて、甲賀さんもお前もつぶされるってことだ」

「……」

田谷毅一の生地の仕入れは、品質や納期に関してとびきり厳しいが、月末締めの翌月末現金払いという破格の好条件だ。そのため、どんな生地屋（機屋）でも取引を希望し、生地屋に対して絶大な影響力を持っている。

「しかし、四千万をケチって、十八億の売上げをふいにするってんだから、馬鹿な話だよな」

塩崎は、あきれた口調でいった。

「ラルフでしくじったのに、性懲りもなくまた同じことをやるんだから」

甲賀雪彦の作品は利益率が高かったので、セールを考慮に入れても、十八億円の売上げがあれば、粗利《あらり》は六億円程度になる。

「社長の金に対する異様な貪欲さには、俺もついていけなくなるときがあるよ」

そういって塩崎はグラスの水割りを喉に流し込んだ。

「ただ大きな舞台でファッションの仕事を続けたいなら、オリエント・レディにいたほうがいいよ、堀川」

「……」

「今回のことは、さすがに社長もまずかったと思ってるようだしな」

「そうですか?」

「うむ。利益もそうだし、売上げの面でも大きかったからな」

オリエント・レディの今期の売上げは約六百三十五億円で、そのうち十八億円が甲賀のブランドだった。

「堀川、これからお前のブランドは、三ヶ月ごとに、売上げの数字を客に渡せ」

「えっ!?」

「そうすれば社長だってごまかせないだろ」

「そんなこと……できますか?」

「お前が勝手にやればいいんだよ。契約書に書いてもいい。ほかのMDならいざ知らず、ヒットメーカーのお前には、社長も手出ししないだろう」

堀川は、目の前の水割りのグラスを見つめ、考え込む。

「もし手出ししたら、そのときに初めて辞めればいいんだ」

5

平成元年夏――

六年前に東大法学部を卒業し、通産省の産業政策局民間活力推進室長補佐を務める村上世彰は、十日間の夏休みを利用して『滅びゆく日本』という小説を執筆した。

四百字詰め原稿用紙換算で約三百五十枚の作品は、平成二年の衆議院選挙で社会革新党(社会党がモデル)が第一党となり、連立政権を組むところから物語が始まる。

主人公は、村上自身が多分に投影された連立政権の官房長官で、アクの強い大阪弁で話し、金儲けと女が好きで、日本を動かすロマンを持った男である。東大時代からの友人が成功した投資家として登場し、不動産や有価証券の含み益があり、簿価(ないしは解散価値)が株式の時価総額を上回る会社の株を狙っていくくだりは、後年の村上ファンドの投資スタイルそのものだ。

村上は、主人公を通じて、不動産の評価額を時価に近づければ、固定資産税率を多少下げても大幅な税収につながり、証券会社が儲けすぎている株式の委託手数料を下げて投資家の負担を減らせば、有価証券取引税を引き上げて税収を増やすことができるという持論を展開する。

小説の後半では、主人公が暴漢に刺されて死亡したあと、日米貿易交渉が失敗して、米国がスーパー三百一条(不公正な取引慣行に関する貿易相手国との交渉・制裁に関する規定)を発動し、第五次中東戦争が勃発してホルムズ海峡が封鎖され、原油価格が急騰し、ソ連が日本の漁船八十八隻を拿捕し、函館港やむつ港をソ連の軍事港として開放するよう要求してくる。一種のパニック小説で、物語を通じて、農産物輸入自由化の必要性、原子力発電の必要性、日米安保条約の重要性などが訴えられる。

作品は、株や不動産に対する強い関心と、通産官僚の国士的思想が滲み出ており、村上の興味のありかや考え方をよく表している。村上は実名での出版を希望したが、たとえ小説の形であっても、一介の若手官僚が国家の政策を論ずる文書を発表すれば、物議を醸すのは必定で、結局、同省幹部の説得でお蔵入りとなった。

秋——

愛知県と岐阜県にまたがる織物の産地、尾州では、いつものように住宅地や水田を渡って、ガッシャン、ガッシャン、ガッシャン、ガッシャンと、規則正しい織機の音が近く、遠く鳴り響いていた。

古川毛織工業の二代目社長、古川常雄は、仕事の合間を縫って、会社の近くの喫茶店で年輩の同業者に会っていた。

窓が大きく明るい店で、近所の人たちや、名古屋からセールスにやってきた証券マンなどが、テーブル席でコーヒーを飲んでいた。

「……『ちゃん、リン、シャン』か。なかなか上手いことを考えるもんだわな」

毛織工業組合の行事の打ち合わせを終え、書類を茶封筒にしまいながら、年輩の同業者が、店内の壁に張られたシャンプーのポスターを見ていった。

若者や中高生の間で、朝、出勤や登校前に髪を洗い、リンスやトリートメントをする「朝シャン」が流行っており、資生堂や花王などの化粧品メーカーがそれ用の商品を開発し、ブームに拍車をかけていた。

「ちゃんリンシャン」は、「ちゃんとリンスしてくれるシャンプー」の略で、ライオン株式会社が発売したリンス成分を配合した「リンスインシャンプー」のキャッチコピーだ。若手人気女優、薬師丸ひろ子のテレビCMでヒット商品になった。

「ところで古川さん、あんたんところは、設備投資はせんのかね?」

コーヒーをすすって、年輩の同業者が訊いた。

二人とも連日の長時間労働で目の下に隈ができ、全身に疲労感をまとっていた。

「どえりゃあ注文が増えても、子機《こばた》の高齢化で、急には対応できんでよ。昔だったら考えられんかったような柄の間違いとか初歩的なミスも多いし。ましてや技術の向上なんて、考えてもおらんわ」

尾州の中心である尾西《びさい》毛織工業協同組合には約二千九百五十社の機屋が加盟している。そのうち、商品企画・糸の確保・販売まで手がける親機《おやばた》は百五十社ほどにすぎない。それ以外は農家の裏庭のバラックに織機を一台から数台置いているような家族経営の下請けの子機だが、後継者難で廃業するところも多い。尾西地区では、十五年前に比べると、組合員数、織機台数とも四分の三に減った。

一方、バブル景気でウール地の注文が急増しており、数年前からどの機屋も一日十二時間から十四時間労働で対応している。それでも生産は追い付かず、本来は綿織物の産地である大阪府の泉州(泉佐野、貝塚地区)、滋賀県の高島地区、兵庫県の播州(西脇地区)などに注文が流れている。

「こうなったらもう、親機が自分の工場を拡張してやるしかしゃーないで」

消費者の高級志向によって、サイジング（毛羽立たないよう、織る前の糸に糊付けする作業）など、精度の高い準備工程が必要になり、その上、商社などからの注文が小口化し、納期も短くなった。

「まあ、おっしゃりてゃあことは、よう分かりますけど……。ただうちは、三年前に四千万も引っかかって、とてもそんな余裕はないんですわ」

古川常雄は、冴えない表情で小倉トーストを口に運ぶ。名古屋圏の特徴で一日中モーニングサービスをやっており、コーヒーを頼むと、小倉トースト、サンドイッチ、茹で卵などが付いてくる。

「親父は一千万、息子は四千万で、まったく情けない話ですわ……」

昭和一桁生まれで五十代後半の古川は自嘲的にいった。

今は八十歳をすぎ、隠居した初代社長に似た、痩せて朴訥とした職人らしい風貌である。

「そんなの、このご時世、銀行にいえば、いくらでも融資してくれるがね。引っかかりなんて、儲けでカバーすればいいだわ。今どき、親機で設備投資をやらん会社なんてないがね」

尾州一帯では大設備投資ブームが起きていた。

新たに導入されているのは、ションヘル織機の三、四倍の速度で生地を織り上げていく革新織機や、同六〜九倍の高速織機だ。具体的には、レピア織機（二つの細長い金属の棒あるいはバンドが織物中央で緯糸《よこいと》を受け渡すつかみ式が主流）、ウォータージェット織機（水の噴射で緯糸を飛ばす）、エアジェット織機（空気の噴射で緯糸を飛ばす）などである。

「岩仲《いわなか》さんも中伝《なかでん》さんも大規模な設備投資をやったし、みんな攻めの経営に打って出とるがね」

尾州屈指の大手、岩仲毛織（岐阜県輪之内町）は、約五万平米の敷地に二十億円を投じて新工場を建設中だ。新工場では約二百人が働き、敷地内には、食堂、野球場、テニスコートも備える。別の大手、中伝毛織（愛知県尾西市）は、すでにある高速織機百二十台に加え、鉄筋二階建ての新工場を建設し、エアジェット織機四十八台を導入した。

「あと、橋本さん、野田さん、中外《ちゅうがい》さんなんかもやっとるでいかんがね（やってるじゃないかね）」

紳士服地大手の橋本毛織（愛知県一宮市）は三年前に七千万円を投じて高速織機を八台導入、高級婦人服地を生産する野田健毛織（同）は高速織機を十六台から二十台に増やし、九十八台の織機を持つ大手、中外国島《くにしま》（同）も高速織機を八台導入したほか、糸巻機など周辺設備も更新した。

「古川さん、オートバイと自転車が競走したら、どっちが勝つかは、はっきりしとるわ。今、決断せんでどうするの」

「うーん、しかし……」

古川は首をかしげる。「（年商）十億の企業は五十億、三十億の企業は百億を目指すような設備拡張をやっとるのですわな？　みんながそんなことをしたんじゃ、いずれ供給過剰になるんじゃないですか？」

「それはだから、外注さん（子機）の生産を肩代わりする分があるし、景気もますますようなっとるし、そんなに心配することないんだわ」

年初に三万二四三円で始まった日経平均株価は、八月に三万五〇〇〇円を突破し、四万円を窺う勢いだ。

「うーん、そうなんですかね……。しかし、ウールは生き物だからなあ」

化学繊維と違ってウールは、毎年素材の品質が違う。同じオーストラリアの高級品、メリノウールであっても、その年の気象条件や風土の影響を受け、毛の長さ、太さ、クリンプ（縮れ）、弾力性、色、艶などが微妙に違ってくる。それを的確に見分け、最高の生地にすることに古川はやりがいを見出しており、心情的にも高速織機による大量生産は好きになれない。そもそも多品種少量生産が尾州のお家芸だ。

「まあ、おたくは先代から、ションヘル一筋の頑固もんだでいかんわな」

年輩の同業者は苦笑いし、ひとまず説得を諦めた。

「さあ、そろそろ仕事に戻りますか。五分、十分でも無駄にできないご時世だでよ」

二人は椅子から立ち上がった。好景気のおかげでやるべき仕事は、お互い山ほどある。

それから間もない十一月九日、東ドイツと西ドイツを隔てていたベルリンの壁が崩壊した。

十二月三日には、マルタ島で首脳会談を行ったジョージ・H・W・ブッシュ米大統領とゴルバチョフソ連最高会議議長（共産党書記長）が、第二次大戦末期のヤルタ会談から始まった東西冷戦の終結を宣言した。

日経平均株価は上昇を続け、平成元年の最後の立会である大納会《だいのうかい》（十二月二十九日）で史上最高の三万八九一五円を付けた。

第七章　カテゴリーキラー台頭

1

四万円乗せは時間の問題と見られていた日経平均株価は、平成二年に入った途端、下落を始めた。さらに四月に大蔵省(現・財務省)が導入した総量規制(金融機関の不動産業向け融資の抑制指導)が、地価下落の引き金を引いた。八月二日には、イラクがクウェートに侵攻し、世界経済の先行き不透明感で、日経平均株価は八月だけで三万一〇八六円から二万五九七八円へと急落した。年末の大納会の終値は二万三八四八円で、一年間で約四割の価値が消失した。

翌平成三年八月下旬――

東京は、お盆の頃に落ち着いた蒸し暑さがぶり返し、三十度を超える日が続き、時おり雨が降る不安定な天候だった。

オリエント・レディのＭＤ堀川利幸は、社長の田谷毅一から呼び出しを受けた。

「……どうだ、忙しいか？」

社長室の大きなデスクで、各支店からの売上げ報告に目を通していた田谷が訊いた。

黒々としたオールバックの顔に一段と貫禄と渋みがついていた。社長になって十二年が経ち、取締役会は自分の息のかかった役員で固めて盤石の体制を築き、社長になったきっかけのクーデターを画策した池田定六の甥は三年前まで副社長、現在は監査役として遇し、完全に牙を抜いた。

「はい、普通に忙しいです」

三十六歳になった堀川は、普段どおり物怖じせずに答える。

甲賀雪彦事件以来、田谷に対しては警戒感を持っていたが、表面的には淡々と接していた。自分の扱うブランドの売上げ実績を三ヶ月ごとに客に渡していたが、塩崎が予想したとおり、田谷はなにもいわなかった。しかし、ほかのＭＤのブランドでは、相変わらず売上げのごまかしをやっているという話である。

「そうか。悪いんだが、もう一つ担当してくれ。新しいブランドだ」

「はっ、分かりました」

田谷の下命にノーは許されない。

「フランスのローランド・デュレと提携してやる」

ジャクリーン・ケネディ・オナシスやマリリン・モンローといった歴史的アイコンからインスピレーションを受け、一九七〇年代初頭にパリで創業したブランドだ。シンプル＆シックでスーパー・フェミニンなスタイリングは、キャリアウーマンの間で人気が高い。

「来年の春物ですか?」

堀川の問いに、田谷がうなずく。

「それでな、十月二十二日に展示会をやることに決めたから。それに間に合うように企画してくれ」

その言葉を聞いて、堀川の全身の毛穴から緊張感で汗が噴き出す。生地を作り、パターンを作り、新商品を作るには、二ヶ月では到底足りない。

「どうだ、できるな？」

田谷がじろりとした一瞥をくれる。

できないなら、ＭＤはクビだと顔に書いてある。仕事のできる社員には寛大だが、できない社員には冷酷だ。

「はい」

堀川は全身を冷たい汗で濡らし、返事をした。

「それで、なにを作るか決まってるんですか？」

「売れればなんでもいい。好きに作ってみろ」

ブランドを育てるより、営業重視の日本のアパレル・メーカーの社長らしい言葉だ。

「なんでもいいが、アクアスキュータムに負けないようなやつを作れ」

田谷の両目が闘争心でぎらついた。

アクアスキュータムは、英国王室御用達の老舗ブランドで、昨年、レナウンが年商の一割近い約百九十億円を投じて買収した。ブランド名はラテン語の水（アクア）と盾（スキュータム）を合わせ「防水」を意味している。クリミア戦争時に英国が将校用のコートを同社の生地で作ったことで知名度が飛躍的に向上し、俳優のハンフリー・ボガートやサッチャー前首相などが愛用している。

「先方と相談して、とにかくなんでもいいから、アクアスキュータムを蹴散らせるようなものを作れ。いいな?」

バーバリーと提携している三陽商会に続き、ライバル社が海外の有力メーカーを手中に収めたことに田谷は焦りと負けん気をかき立てられていた。

翌週――

パリ市は発祥の地、シテ島を中心として渦巻き状に二十区に分けられている。

ローランド・デュレの本社は、市内中心部の商業地区である二区にあった。敷地はニューヨークにあるような細い二等辺三角形で、四車線のレオミュール通り(rue Réaumur)に面している。東に向かってまっすぐ流れる一方通行の通りの彼方には、なにかの尖塔が二つ見える。近くには、列柱を持った砂色の石造りのどっしりとしたパリ証券取引所(現・ブロンニャール宮殿)が建っている。

ローランド・デュレの旗艦店兼本社は、植物の装飾が付いた柱が並ぶ七階建ての砂色のビルだ。地上階(日本でいう一階)がショールーム、一階から上がオフィスになっている。

(なるほど、こんな感じか……。フランス流トラッドだな)

堀川は、ビルの外側に佇み、大きなガラスのショーウィンドーに陳列された服を眺める。

品がよく、フォーマルな感じの服が多いが、色づかいはフランスらしく鮮やかで多彩だ。シャツやブラウスは、赤、ピンク、薄いオレンジ、薄紫などの柄物である。

(ふーん、紺ブレか……)

色鮮やかなシャツやブラウスに、高級そうな紺や茶のブレザーやコートが組み合わされ、キャリアウーマン的な香りを醸し出していた。

「ボンジュール」

堀川が店内に入ると、売り子の若いフランス人女性が、軽やかな声で挨拶をした。

堀川はショールームを一通り見て歩き、売り子の女性の一人に、オリエント・レディからミーティングにやってきた者であると自己紹介した。英語はMDになってからカセット・テープ付き教材と実務で習得した実戦英語だ。

「プリーズ、カム・ディスウェイ（こちらへどうぞ）」

売り子の女性が、フランス訛りの英語で、堀川を正面入り口を入って右手にある目立たないドアへと案内する。

白いドアを開けると白い階段があり、やはり白い壁にROLANDE DURETという文字がレリーフで入っていた。

「ウェルカム・トゥ・パリス！」

一階（日本でいう二階）に上がると、ファッション業界で働く人々らしい華やいだ雰囲気を漂わせた三十代から四十代と思しい男女三人が待っており、握手の手を差し出した。

まっすぐな廊下の両側がオフィスになっており、開け放たれたドアの向こうで、ファッション・メーカーらしく、マネキン、ハンガーラック、服の見本、ポスター、材料の布地などがあちらこちらに置かれ、パリらしい明るさと華やぎを感じさせる空気の中で、社員たちが働いていた。

翌日――

ローランド・デュレとのミーティングを終えた堀川は、シャルル・ド・ゴール空港二番ターミナルからエールフランス1330便に乗り込んだ。東西実業のミラノ事務所などで、イタリアのファッション動向を聞くためだった。

堀川が乗ったエアバスA310型機は、午後の早い時刻に離陸し、一時間ほどで、万年雪を頂いたアルプスの山々を越えた。やがて眼下に緑豊かなロンバルディア平原が広がり、機長がフランス訛りの英語で「フィフティーン・ミニッツ・トゥ・ランディング(十五分後に着陸します)」とアナウンスした。

機は定刻どおりミラノ・マルペンサ空港に到着し、堀川は空港ビル前に停まっていたタクシーを拾ってホテルに向かった。

(この日差しは、さすが南欧だな……)

石畳の道を走るタクシーの窓からサングラスごしに街並みを眺める。

長いイタリアの歴史と、ファッション産業と金融ビジネスの活気が混じり合い、独特のエネルギーを感じさせる。真っ青な空からは、容赦のない太陽の光が降り注いでいた。

ホテルは、ミラノの中心ともいえる壮大なゴシック様式の大聖堂《ドゥオーモ》の西側を南北に延びるマンゾーニ通り(Via Alessandro Manzoni)の一角に建つ、格式あるホテルだった。

ロビーに一歩足を踏み入れると、外の強烈な光に慣れていた目には、薄暗く感じられた。渋い黄色と金色を基調にした内装が落ち着きのある高級感を醸し出し、古代ローマふうの列柱が立ち並んでいる。高い天井や壁は、水色の植物模様の帯で縁取られている。天井には、パステルカラーでイタリアの都市、教会、橋、田園などが描かれている。

ロビーの奥にはバーがあり、そばの大きなシャンデリアの下に、大理石で作った泉がある。澄んだ水を湛え、ロビー内に冷気を送り込んでいる。泉の中央には、怪魚を銛《もり》で仕留める少年の像がある。

「ウェルカム、ミスター・ホリカワ」

ショートヘアで、日に焼けた肌のレセプションの中年女性が、巻き舌の英語でいって微笑んだ。襟の広がった白いブラウスに黒のジャケット姿で、客をてきぱきと捌き、イタリアの肝っ玉母さんという感じである。

チェックインを終え、堀川は一基だけあるエレベーターで三階(日本でいう四階)に上がると、客室の扉を開けた。

部屋もロビー同様、天井が高かった。

金色で小ぶりのシャンデリアが下がっており、木製の机と椅子は渋みのある光沢を発している。ライティングデスクの四本の脚は、接地部分が獣の足の形、上の方は金色の女性の胸像で、これが天板を支えている。デスクの上には金色の電気スタンド、ホテル名が金色で刻まれた茶色い革製のレターケースとデスクマットが置かれている。ミニバーも木製で、金色の丸い花模様や翼を持ったライオンの装飾が付いている。ベッドの茶色の木枠はニスが丁寧に塗られ、装飾を凝らした剣や、二つの人頭から吐き出される噴水を二羽の不死鳥が左右から飲んでいる図柄の装飾が金色の金具で留められている。シーツはぱりっと清潔で、見た目も気持ちがよい。

(さて、どういくか……)

堀川はライティングデスクの前にすわり、自問した。

ローランド・デュレからは、自分たちのブランドのテイストにふさわしいものを考えてくれと依頼された。

(売れて、長続きしなきゃ、話にならんしなあ……)

思案しながら、部屋の壁に掛けられた絵をぼんやり眺める。

凝った装飾が施された茶色の額縁に、イタリアの海辺の村と農村の羊飼いを描いたモスグリーンの銅版画が収められていた。

(……とりあえず、モンテ・ナポレオーネ通り〈Via Monte Napoleone〉でも見てくるか)

しばらく考えたあと、椅子から立ち上がった。

パリのフォーブル・サントノレ通りのように、世界の一流ファッション・ブランドが軒を連ねる通りだ。

堀川はサングラスをかけ、細身に紺のポロシャツと生成りの綿パンという軽装でホテルを出た。

モンテ・ナポレオーネ通りは、宿泊しているホテルがあるマンゾーニ通りと直角に接し、サン・バビラ広場に向かって南東に延びている。五〇〇メートル弱の通りの左右に三〜五階建ての歴史を感じさせる石造りの建物が軒を連ね、ヴェルサーチ、グッチ、プラダ、フェラガモ、ブルガリ、ルイ・ヴィトンなどのブティックが入っている。

堀川は暑い日差しの中、ブティックを一軒一軒見て歩いた。

客は地元の人々、金を持っていそうな米国人、アラブ人、ヨーロッパ人など。白髪で日に焼けた肌のイタリアの老人が、サングラスをかけ、鮮やかな水色のジャケットを着て颯爽と歩いていたりする。バブル崩壊前は日本人客も多く、日本人店員が接客している店もある。

(おっ、これは……!)

一軒の店の前で、堀川は足を止めた。

アーチ形の大きなショーウィンドーに、ずらりと紺色のブレザーが陳列されていた。

どっしりとした三階建ての石造りのビルの壁には、金色の文字でGIORGIO ARMANIと彫り込まれている。

(この紺ブレ、新しいなあ!)

紺のブレザーは昔からあるが、しばらくマーケットから忘れられており、アルマーニが新商品として出したものが、新鮮に感じられた。

(これは、ファッションの周期で、ブームがくるんじゃないか……?)


二ヶ月後(十月二十一日)――

堀川は、オリエント・レディ本社内の大会議室で、商品企画部のスタッフらと一緒に、展示会の準備をしていた。

壁に「ローランド・デュレ」の額入りポスターが掛けられ、パンフレットや飲み物を置くテーブル、スポットライトなどが用意されていた。

室内中央のハンガーラックには、ローランド・デュレのオリジナル商品のほか、日本企画の商品として紺色のブレザーがずらりと吊るされていた。

展示会は翌日で、バイヤーやメディア関係者が多数やってくる。

「堀川さん、モデルさんの控室なんですけど、こんな感じでいいですか?」

デザイナー見習いの女性が、部屋のレイアウト図を示して訊いた。黒シャツの胸元に太い銀のネックレスが見え、業界人らしく洗練された服装である。

「うん、これでだいたいいいと思うけど……」

堀川はブレザーを点検していた手を止め、レイアウト図に視線を落とす。

「モデルさんは、タバコを吸う人が結構いるから、灰皿を用意しといてもらえるかな」

「あっ、はい。分かりました」

そのとき、部屋の出入り口がざわついた。

「あっ、お疲れさまです！」

「お疲れさまでーす！」

社員たちの挨拶を浴びながら、ワイシャツにネクタイ姿の田谷毅一のがっしりした姿が現れた。七階の社長室から、様子を見に降りてきたようだ。

「ふーむ、紺ブレか……」

ずらりと吊るされた紺色のブレザーを見つめる。

「いい色だな。どこの機屋に作らせた？」

堀川のほうを見て訊いた。

「尾州の古川毛織工業です」

「これは『トロピカル』だな？　従来のより、ずいぶんいい感じじゃないか」

田谷が指で生地の感触を確かめながらいった。

「トロピカル」は紳士用の夏服地としてポピュラーなウール地で、通気性がよく、プレスを強く当てられるよう頑丈に作られている反面、少しテカテカした印象を与える。暑い地域に適しており、マレーシアやインドに輸出されていたことから、この名が付いた。

「はい。素材の膨らみを大事にして、テカテカしない生地に仕上げてもらいました」

「なるほど。それで、いくらで売るつもりなんだ？」

「三万九千円です」

「強気だな。大丈夫か？」

「大丈夫です。ローランド・デュレみたいなトラッドにはブレザーがつきものですから。たぶん、来年の春は紺ブレがくると思います」

「アプルーヴァル（承認）は取れてるんだな？」

「はい、取れています」

外国のブランドを扱う場合、生地、デザイン、その他について先方の承認を細かく得る必要があり、常に苦労を強いられる。絵型と生地でオーケーをもらっても、上がってきた製品を見てノーといわれる場合もある。堀川はこの二ヶ月間、シャトル便のように日本‐パリ間を何度も往復し、先方と緊密に意思疎通をはかりながら、日本市場向け商品を開発した。

「うーむ……」

田谷が両手でブレザーの一着に触れ、あちらこちらを仔細に点検する。

「ボタンはダブルとシングルの二種類なんだな？」

「はい、そうです」

「この襟は、もう少しだけ角度を付けたほうがいいだろうな」

襟に視線を凝らしていった。
「それから裏地の下のほうの縫い目の皺が気になる。縫製は完璧にやらせるんだ。ウエストはもう少し絞り気味のほうが、きりっとした感じが出るはずだ……」
恒例の「田谷チェック」が始まった。
堀川らは指摘された点を逐一手帳に書き留めていく。経験豊かな田谷の指摘は的確で、一味違う商品になると定評があった。来年の春物の商品なので、あらためて先方のアプルーヴァルを取り、手直しする時間は十分ある。

翌日――
展示会は盛況で、午前中のうちに三十社近い百貨店のバイヤーが紺のブレザーの仕入れを決め、パリからやってきたローランド・デュレの社長らを喜ばせた。伊勢丹の婦人服第三部長になったバイヤー、湊谷哲郎も姿を見せ、「おい竹槍、いいの作ったじゃないか。これは売れると思うぜ」と堀川の肩を叩いた。

翌平成四年三月一日――
オリエント・レディは、異例の五千着の在庫を用意し、満を持して紺のブレザーを市場に投入した。商品は、「田谷チェック」のおかげで、品格を感じさせる申し分のない仕上がりになった。

翌日(三月二日)――

日本経済の心臓部、東京・丸の内の一角に本社を構える旧財閥系大手総合商社、東西実業のアパレル第三部では、いつものように部員たちが電話をしたり、打ち合わせをしたり、原糸や織物の相場をホワイトボードに書き込んだりしていた。

就職人気も高い大手総合商社らしく、白を基調にしたすっきりと近代的なオフィスである。あちらこちらに、ハンガーラックにかかった服の見本や「バンチブック」（生地見本帳）、商品のパンフレットなどが置かれているのが、アパレル部門らしい。

部長の佐伯洋平は、部下の課長から報告を聞いていた。

「最近、アパレル・メーカーさんから、イタリア物に対する苦情が多くなりまして……。主に品質と納期なんですが」

佐伯のデスクの前にすわった大手アパレル各社を担当している課長がいった。三十代後半で、真っ白なワイシャツにストライプのネクタイを締めている。

「そうか。やっぱり、イタリア製品ならなんでも輸入してきた咎《とが》めが出てきてるんだろうなあ」

体重一〇〇キロの巨体をワイドカラーの淡いピンクのシャツで包んだ佐伯がいった。ノーネクタイで、胸元を開けた姿は、石原裕次郎かエルビス・プレスリーである。

バブル期の昭和六十一年から平成元年にかけて、衣類のイタリア製高級品ブームに乗り、イタリア製高級毛織物の輸入が年平均五〇パーセントの増加を続け、東西実業も大きな利益を上げた。しかし、バブル崩壊とともに減少に転じ、メーカーの目も厳しくなった。

「ところで、昨日発売されたオリエント・レディの『ローランド・デュレ』の紺ブレ、相当売れてるらしいな」

「はい、一日で八百枚くらい出たそうです」

「えっ、そんなにか⁉　じゃあ、追加注文くるな」

オリエント・レディは、古川毛織工業だけで五千着のブレザーに必要な「トロピカル」をまかなえないので、東西実業などを通じて調達していた。

「たぶん、くると思います」

課長も緊張した表情。

オリエント・レディの田谷毅一の、納期と品質についての厳しさは業界で鳴り響いている。「きみのところは、何月何日までに、この商品を何反できるか？」と訊かれ、「できない」と答えると一反も注文が入らず、「できる」と答えるとすべて入る。納期遅れは絶対に許されず、もし遅れると次のシーズンは注文がゼロになる。「うちは大量発注をするんだから、最優先でやってくれ」が口癖である。一方、支払いは月末締めの翌月末現金払いという好条件だ。

「あの紺ブレ、何枚作ったか聞いてるか？」

「五千枚らしいです」

「五千枚か。その売れ行きだと、二、三週間で蒸発（完売）するな」

佐伯の言葉に課長がうなずく。

「となると、次は一万枚くらいか……。それだと三百三十反は要るな」

ウール地は幅一・四八メートルで織られ、五〇メートルで一反である。一反からブレザーなら三十着、スーツなら十七着くらいを作ることができる。

「抜け目のない田谷社長のことですから、おそらく半分くらいは、手当済みだと思います」

「だろうな。……もし一ヶ月半だったら、何反できる？」

「ちょっと待って下さい」

課長が手帳を開き、取引先の機屋のリストをチェックする。

「一ヶ月半なら四十五反、二ヶ月なら七十反ですね」

「分かった」

佐伯が机上のブロックメモを一枚剝がし、万年筆で数字をメモする。

「佐伯部長、お電話が入ってます」

そばにすわった秘書の女性がいった。

「オリエント・レディの田谷社長からです」

「きたっ！」

二人はどきりとした表情で顔を見合わせる。

「あー、オリエント・レディの田谷だが」

電話が繋がれると、五十七歳にして若干だみ声がかった田谷の声が流れてきた。

「社長、いつも大変お世話になっております」

佐伯は受話器を耳に当てたまま、頭を下げる。

「あのなあ、例の『トロピカル』な、きみんところで、四月十五日までに六十反できるか？」

一ヶ月半で六十反の要請だ。

「はっ、もちろんでございます！　喜んでやらせて頂きます！　有難うございます！」

佐伯は数字と納期をメモしながら答えた。

メモを見て、目の前の課長の顔に緊張が走る。

「そうか。おたくが引き受けてくれるなら大船に乗った気分だな、はっはっは。では宜しくお願いする」

電話ががちゃりと切られた。

「これで受けたぞ。もうやるしかないから。頑張ってなんとかしてくれ」

佐伯は青ざめた顔で受話器を置き、課長にメモを渡した。

「分かりました。手を尽くしてなんとかします！」


その直後——

尾州の古川毛織工業にも田谷毅一から電話が入った。

「……おたくに例の『トロピカル』な、一ヶ月半後に七十反納めてほしいんだが、できるかい？」

同年配の相手に対し、ややぞんざいに訊いた。

「有難うございます。やらせて頂きます！」

作業服姿の二代目社長、古川常雄は内心の動揺を抑え、はっきりと答えた。

「そうか、じゃあ、よろしく頼むぞ」

「はいっ」

古川は受話器を置くと、急いで社長室がある事務棟から外に出て、枝ぶりのよい松の木々が生える敷地の奥に建っている鋸形《のこぎりがた》屋根の工場に向かった。

工場内には、北向きの天窓から均一な光が入り、うっすらと機械油の匂いが漂っていた。かつてている。

の女工たちに代わり、年齢も性別も様々な作業員たちが、綜絖《そうこう》通しや切れた糸の交換作業などをし

いつものようにションヘル織機が、ガッシャン、ガッシャン、カッシャン、カッシャンと規則正しい音を立てて生地を織り上げていた。全部で十台あるが、動いているのは六台だ。バブル崩壊後の不景気で、尾州は受注減に苦しむようになった。

古川は、トイレットペーパー状に巻き上げられた糸がずらりと並ぶ経糸《たていと》を準備する機械の前で、前掛け姿の女性作業員と話していた工場長に歩み寄る。

「おい、きたがや。オリエント・レディから『トロピカル』の追加注文が」

織機の騒音に負けないよう、大きな声でいった。

「やっぱりきましたか。何反ですか?」

黒のトレーナー姿の中年の工場長が訊いた。

「一ヶ月半後に七十反だに」

「うっ……！　結構厳しい数字ですね」

「うん。でも、このご時世だから、なんとしてでも受けないかんわ」

古川の言葉に工場長がうなずく。

「機械、何台空けられる?」

「最大で七台ですね」

「七台だと、前後の作業も入れると、無理やり頑張っても一ヶ月半で三十五反か……」

ションヘル織機はエアジェット織機の九分の一のスピードで、一反織るのに三日間かかる。七台

だと三十五反を十五日間で織れる。しかし、織る前に、撚糸、糸染め、綜絖《そうこう》通しなどの準備が必要で、これに最低二週間半を要する。また織ったあと、修正(生地補修、中間補修、仕上げ補修)と染色整理加工が必要で、これらは超特急でも二週間かかる。

「残りの三十五反は外注さん(子機)にお願いするしかないですね」

工場長の言葉に古川はうなずく。

オリエント・レディからの追加注文に備え、子機のいくつかに話はしてある。

「糸は大丈夫かね?」

注文をこなすには、大量の糸がなくては話にならない。

「大丈夫です。確保してあります」

「分かった。じゃあ、これから外注さんにお願いしてくるわ」

そういって足早に工場を出ると、古川は軽自動車に乗り込んで、子機回りに出かけた。

2

「ローランド・デュレ」のブレザーが快調に売上げを伸ばしていた頃、日本の証券市場に暗雲が垂れ込めていた。

前年夏に野村証券をはじめとする大手証券各社が顧客に損失補填を行なっていたことが発覚したのに加え、三月に入って、東京佐川急便事件と証券各社による「飛ばし」問題が市場の先行きに暗い影を落とした。前者は、東京佐川急便が指定暴力団、稲川会に対して巨額の債務保証や資金提供を行なっていた問題で、自民党の金丸信副総裁を巻き込む政界スキャンダルに発展する様相を呈していた。後者は、顧客の損失を他の顧客に付け替える「飛ばし」という違法行為で、大和証券の同前雅弘社長が三月十一日に辞任した。

三月十六日、それまで二万円台ぎりぎりで低空飛行を続けていた日経平均株価は、ついに一万九八三七円まで落ち込んだ。その後も、株価はじりじりと下げ、六月末には一万五九五一円になり、バブル崩壊は決定的となった。

企業は交通費、広告宣伝費、交際費の「3K」の削減を始め、一般の人々も財布の紐を締めた。バブル期に売れた高額商品はもちろんのこと、衣料品の売上げ減も深刻になった。一方、安価で量もあるもつ鍋が流行し、「ジモティ」という言葉が登場し、人々は遠出をせずに地元で安く楽しむようになった。

この頃になると、小売業界で新たな勢力が台頭し始めた。ビックカメラ、ヤマダ電機、しまむら、マツモトキヨシ、トイザらスなど、特定分野(カテゴリー)の商品を大量に揃え、低価格で販売する「カテゴリーキラー」(分野破壊者)だ。彼らが、百貨店やスーパーのシェアをどんどん侵食していった。

十月八日(木曜日)――

東京は曇り空で、北寄りの風が少しあったが、明け方の気温は十三度台で、秋らしい日だった。

午前六時半、夜が明けて間もない銀座二丁目の中央通りの歩道に、二百人ほどのサラリーマンの列ができていた。銀座松屋のはす向かいで、以前は銀行の店舗だった場所だ。

正面出入り口の上に「洋服の青山」という白い文字があった。

紳士服のカテゴリーキラーで、「ロードサイド型専門店」と呼ばれる青山商事の歴史的な銀座進出だった。

「俺、今日、朝寝坊するところだったよ」

「寝坊したら、塩崎さんに往復びんただからな。俺は目覚まし二個かけて寝たよ」

行列の中で、オリエント・レディの二人の若い営業マンが、言葉を交わす。

昨年、百貨店営業担当常務に栄進した塩崎健夫に命じられ、ついに銀座にまで進出してきた「洋服の青山」の商品を買いにきたのだった。

同社は、昭和三十九年に、創業者の青山五郎が三人の弟(うち二人は義弟)と広島県府中市で創業した紳士服販売会社だ。アパレル・メーカーに発注した分すべてを買い取る仕入れ方式でコストを抑え、バン三台で県内を行商した。

昭和四十七年に、青山五郎は米国西海岸を視察した際に、郊外型ショッピングセンターが多くの客を集めているのを見て、日本でも車社会の到来で同様の形態が発展すると考え、同四十九年に広島県賀茂郡西条町(現・東広島市)に最初の郊外(ロードサイド)型店舗を開いた。

「スーツは嗜好品ではなく、消耗品。サラリーマンの一ヶ月分の小遣いで買えるべき」という哲学のもと、紳士服専門店や百貨店の半分から三分の一という価格を武器に、着々と全国に店舗網を広げていった。昭和六十二年四月には店舗数が百を超え、同年、大阪証券取引所二部に上場した。

バブル崩壊後の倹約志向は、さらに追い風となった。平成元年三月期の年商が四百九十三億円だったのが、去る(平成四年)三月期は千百六十七億円で、わずか三年間で約二・四倍という急成長を遂げた。

現在は、四百を優に超える店舗を全都道府県に持ち、株式は東証・大証一部に指定されている。紳士スーツ市場でのシェアは一一パーセントで、レナウンやオンワード樫山（昭和六十三年に樫山株式会社から商号変更）を抜き去って、首位に躍り出た。

「それでは開店いたします！」

午前七時、正面出入り口が開けられ、並んでいたサラリーマンたちが店内になだれ込んだ。

二八七平米という狭い店内に、紳士服、ジャケット、礼服、ズボン、ワイシャツなどがぎっしりと陳列され、天井や壁に「超目玉コーナー」「オープニングセール４８００円」「６割引９８００円」といった赤い文字のビラが張り出されていた。

「あった！　九割引きのスーツ！」

「九千八百円のはこっちだ！」

肩のところに特売の赤札が付けられたスーツがずらりと吊るされたハンガーラックで、オリエント・レディの二人の営業マンは目指す商品を見つけた。

ほかのサラリーマンたちも血眼で安売り商品に群がり、店内は争奪戦の様相を呈している。

「二千五百円のスーツは、お一人様一点限りでお願いいたします」

二百人以上の男たちでごった返す店内で店員が叫ぶ。

「試着でございますね？　ご案内いたします」

騒然とした店内で、女性販売員が落ち着いて接客をする。

青山商事は、販売員や店長に売上げや経常利益にもとづいて高額の報奨金を支払う制度を設けており、社員の士気は高い。

約一時間後——

オリエント・レディのサンプル・ルーム（試作室）に常務の塩崎健夫ら営業部門の幹部や、商品企画部のMD、デザイナー、パタンナーなどが集まった。

試作品の製作に使うスタン（洋裁用人台）、ハンガー、工業用ミシン、プレス機などが備えられた大きな部屋である。

「これが二千五百円のスーツか……」

「それなりの品質に見えるな。なんかの間違いじゃないのか？」

二人の営業マンたちが買ってきたスーツを作業台の上に広げ、集まった人々がいった。

「お前ら、ちゃんと見て買ってきたんだろうな？」

「ちゃんと見て買ってきましたよ！　ほら、レシートもあります」

二人の若い営業マンは、口をとがらせて反論する。

「うーむ……。二千五百円のスーツは客寄せの囮《おとり》だろうが、九千八百円のスーツなんて、本当に作れるのか？」

塩崎が腕組みして首をかしげた。

「まずは分解してみましょう」

堀川利幸がいった。

商品企画部の女性社員がリッパーで縫い目の糸を切り、スーツを分解する作業を始めた。

集まった人々が彼女の手元をじっと見つめたり、切り離された生地を手に取って、織り方や手触りを確かめたりする。

三十分ほどで、一着のスーツがばらばらになった。

「これは、九千八百円じゃ作れないでしょうね」

生地を手にした堀川がいった。

「やっぱり原価割れしてるか？」

塩崎が訊く。

「ええ。青山商事は、あの手この手で原価を抑えてはいますが、このスーツは品質もそこそこいいですしね」

委託販売の百貨店と違い、青山商事はメーカーから買い切りなので、三割程度安く仕入れることができる。これはイトーヨーカ堂なども同じだ。最近は、アパレル・メーカーが生地を仕入れる際に、青山商事が直接価格交渉を行なって、強力な購買力をテコに値引きさせたりもしているという。

「いったい、どういう戦略なんだ？　日本一華やかで、高級なイメージがある銀座で、九千八百円でスーツを売るなんて。こんなこと、あり得るのか？」

銀座は各ブランドの路面店が軒を連ね、一着二十万円や三十万円のスーツを売っている。「洋服の青山」の進出は銀座のイメージを壊すほどの衝撃力を持っていた。

「青山で買えば安いっていうイメージを、日本中にアピールしようって戦略でしょう。狙いは二万円から三万円の価格帯のスーツの販売だと思います」

同社は銀座進出にあたって「日本一高い土地で日本一安いスーツ」という挑戦的な宣伝文句を掲

げていた。

「しかし、銀座みたいな賃料の高いところだと、長続きしないんじゃないのか？」

「いや、そうでもないですよ。バブルの頃は坪当たり十五万円でしたけど、今は六万円くらいで借りられますから。それに来店客数でいえば、ロードサイド店の数倍は見込めますからね。むしろ銀座のほうが安いでしょう」

「うーん……、俺たちの常識が覆されるということか」

腕組みした塩崎が、呻《うめ》くようにいった。

3

二年後（平成六年）初夏――

東西実業アパレル第三部長の佐伯洋平は、上海に出張し、市内にある工場の一角で、検品作業を見守っていた。

東西実業上海事務所が探してきた、カシミヤ生産工場であった。薄暗く、蒸し暑い工場の一角で、大阪の毛織物会社の技術者が検反機にかけられた薄い灰色の生地を注意深く見つめていた。

「オッケー、ネクスト」

半袖の作業服を着た中年の技術者がいうと、工場の中国人が、手動でがらがらと検反機のロールを回転させる。

検反機は、人の背の高さほどの機械で、上下に巻き取りのロールが付いている。それに一反（幅一四八センチ・長さ五〇メートル）の生地をセットし、ロールで巻き取りながら、裏側から曇りガラスを通して光を当て、生地の状態をチェックする。

「ふーむ、なるほど……」

技術者がうなずいて、手にしたバインダーのシートに書き込みをする。

最大の注意点は、生地に穴が開いていないかどうかだ。

「どんな感じです？　モノになりそうですか？」

淡いピンクのシャツを袖までまくり上げた佐伯が訊いた。巨体にワイドカラーのワイシャツを着て、胸元のボタンを開けた姿は豪快な印象を与える。

「ええ、わりとええですよ、ここのは。しっかり整理加工すれば、なんとか使えると思います」

中国で買ったカシミヤ生地は、そのままでは日本で使えないので、染色整理加工が必要である。生地から油分や汚れを取り除き、熱セットで寸法安定性を高めたりして、肌触りのよい風合いや抗菌・撥水性《はっすいせい》を持たせ、薬品や染料で色を付け、必要に応じてプレス（蒸し）、起毛、毛羽取りなどを行い、商品に使える生地に仕上げる。

「しかし、二百反も見るとなると、さすがにしんどいですね」

技術者が片手で自分の首筋を揉む。

半袖の作業服の脇や背中に汗が滲んでいた。

「オリエント・レディさんからは、千反の注文ですから」

佐伯がハンカチで顔の汗を拭いながら微笑する。

東西実業は、上海だけでなく、北京周辺や山東省の工場からもカシミヤ生地を調達すべく奔走していた。

「千反っていうと、コート二万着分ですか……。えらい勝負に出たもんですなあ」

「去年の秋くらいから、カシミヤの原毛が安くなってますからねえ。田谷社長の野生の勘と、堀川さんっていうやり手のMDの意見が一致したんでしょう」

オリエント・レディは、この冬に、カシミヤ一〇〇パーセントの「特選カシミヤ・コート」を大々的に売り出すべく、生地の大量調達に乗り出していた。発注にあたっては、三十社以上の毛織物業者にサンプルを出させ、最高の品質の物を選ぶという念の入れようだ。

この技術者の所属先は、大阪市中央区備後町に本社を構える中堅織物会社で、製織《せいしょく》から染色整理加工までの一貫生産体制を持ち、オーストラリア・タスマニア州の羊毛オークションで毎年最高価格で落札を続けたり、スコットランドの毛織物メーカーに出資したりして、羊毛製品に強く、厳しい競争を勝ち抜いて受注を獲得した。

東西実業は、同社の中国からのカシミヤの調達をサポートすることで、全量の輸入を取り仕切って口銭を稼ぐ。

「今日のところはこのくらいにしますか」

腕時計を見て、佐伯がいった。「工場の人たちと、夕食会もありますから」

二人は工場を出ると、従業員送迎用のマイクロバスに乗って、夕食会の会場である地元の中華料理店に向かった。

「……やっぱり、中国は貧しいですねえ」

がたがた揺れるマイクロバスの中から窓の外を見て、技術者の男性がつぶやいた。

国で一番の国際都市だというのに、街灯は少なく、道はでこぼこで、辺境のキャンプ地のような雰囲気である。時おり現れる煉瓦壁の集合住宅には、夥しい量の洗濯物が満艦飾《まんかんしょく》で干されている。どの建物も安普請で、人々の服装は安っぽく、ファッション性ゼロのあり合わせだ。

「なんか町全体が工事現場みたいな無秩序さですよね。……この国、どうなっていくんですかねえ」

水色がかったグレーの夏用スーツ姿の佐伯がいった。

夕食会の会場は、比較的大きな中華料理店だった。

店内には赤いぼんぼりが飾られ、壁には赤地に金色の文字で「大吉大利」や「財源廣進」といっためでたい言葉や、天井から福が降りてくるという意味の逆さまの「福」の字が貼られたりしている。床には客が食べたあとの鶏の骨、ご飯粒、丸めたティッシュペーパーなどが散らかっている。

丸テーブルの一つをカシミヤ工場の幹部五人と、佐伯、大阪の毛織物会社の技術者が囲み、夕食会が始まった。

最初に五十代と思しい工場長が歓迎の辞を述べ、佐伯が日本語でそれに答え、ビジネスの成功を祈って一同で乾杯した。

（うっ、きつい！）

小ぶりのグラスに注がれた透明な蒸留酒を一口飲んで、佐伯は一瞬顔をしかめそうになる。舌が痺れ、喉が焼けるようだった。

（これは、汾《フェン》酒《チュウ》だな）

佐伯は、相手に失礼にならない程度に急いでコップの水を喉に流し込む。

山西省汾陽《ふんよう》県杏花《きょうか》村で作られているコーリャン酒で、中国を代表する名酒とされている。アルコール度数が五十度以上あり、嗅ぐと、揮発油のように鼻の粘膜につーんときて、匂いは分からない。味はほんのり甘く、上品といえば上品だが、とにかく強い酒で、佐伯の右隣にすわった技術者の男性も参った表情をしていた。

「今日はお二人のために、特別な料理をご用意しました」

通訳の中国人女性がいい、大皿の料理が運び込まれた。

それを見て、技術者の男性がぎくりとした顔つきになった。

肉付きのよい蛇を一〇センチほどの長さにぶつ切りし、蒸し焼きにしたものだった。

「佐伯さん、これ……」

技術者の男性が不安そうな目で佐伯を見る。

「この蛇はですね、ターホァンシャー（大皇蛇）とかいう、大きな黒蛇で、中国で養殖されてます。高級料理です」

「ほんまですか？」

「はい。味はウナギの蒲焼きそっくりです。ただ、ひっくり返すと蛇の縞模様が出てきて、気持ち悪いですから、ひっくり返さないで食べたほうがいいと思います」

技術者の男性は、おっかなびっくりで箸をつける。

「おお、これはほんまにウナギの蒲焼きや！」

技術者の男性がいい、佐伯と通訳の女性はにっこりした。

その後も、上海名物の臭豆腐《チョウドウフ》やエビのから揚げなど、幾皿も料理が運び込まれた。

工場の中国人幹部たちは、会社の金で飲み食いできるので、ここぞとばかりに飲んだり食べたりしている。貧しい国ならではの光景だ。

「……しかし、このご時世で、こんな大量の注文を頂けるっていうのは、有難いですわ」

宴も半ばをすぎた頃、技術者の男性がしみじみといった。

二年前に日経平均株価が二万円割れし、バブル崩壊が決定的になって以来、全国の織物産地では、業者がバタバタと倒産している。

「ほんとに、産地はどこも惨憺たる状況ですよね」

汾酒で顔を赤らめた佐伯がいった。「こないだ新潟に行きましたけど、あのあたりで元気なのは鈴倉さんぐらいですよ」

二年前には三千二百三十軒あった北陸産地（石川、福井、富山三県）の繊維工場は、坂道を転げ落ちるように、毎年一割ずつ減っている。そうした中にあって、鈴倉インダストリー（二年前に鈴倉織物から社名変更）だけが、フル生産体制で気を吐いていた。創業者で会長の鈴木倉市郎が、撚糸から織布、染めまでの一貫体制を築き、「チョップ」と呼ばれる大手メーカーの下請けとして布地を作る比率を売上げ全体の五割にまで下げたことが奏功した。DCブランドや輸入ブランドなど、その時々の流行に合った生地も自社開発し、国内外のアパレル・メーカーと直取引して業績を伸ばしている。

「鈴倉さんですか……。あそこの会長さんは、先進的な経営をしてはるんで有名ですよね」

「ええ。ただご本人はもう八十七歳っていう高齢で、第一線を退《しりぞ》かれてますから、今後は、女婿で東工大出の鈴木七郎さんの手腕次第ですね」

4

二年後（平成八年）の十一月三日——

山梨県の中央部をなす甲府盆地に、明るい日差しが降り注いでいた。

文化の日にふさわしい穏やかな秋の日であった。収穫が終わったブドウ棚は、残った葉が赤茶色や黄色に色づき、付近のススキの穂が微風に揺れていた。

オリエント・レディ社長、田谷毅一の母校（高校）は、堂々とした石の門を持つ、鉄筋コンクリート造り四階建ての校舎である。前庭には松など、大きな常緑樹が数多く植えられ、校訓である「質實剛毅」の文字を刻んだ古い石碑がある。県立ながらスポーツ強豪校で、校舎左手に野球とラグビーの広々としたグラウンドがあり、校舎裏手から右手にかけて、体育館、テニスコート、弓道場、部室棟などがある。周囲はブドウ畑が多く、校舎裏手の用水路を水が勢いよく流れ、一キロメートルあまり西に行くと、笛吹川の岸辺に出る。

この日、正午頃から、きちんとした服装の卒業生たちが続々と母校に集まってきていた。

体育館には、紅白の横断幕が張られ、白いクロスをかけた卒業年次ごとのテーブルが並べられていた。正面のステージの背後の壁には、日の丸と、紫地に白の三本線とペンと剣を星の形に重ね合わせた校旗が掲げられている。

毎年、文化の日に開かれている同窓会で、今年は三十四回目である。

各テーブルには「中38回卒」（旧制中学時代の三十八回生）、「高10回卒」（新制高校の十回生）といった白い文字を染め抜いた、紫色の幟旗《のぼりばた》が立っている。

男の卒業生たちは、山梨の風土を彷彿させる、土臭く骨っぽい風貌の者が多く、都会の人々とは雰囲気を異にしている。

「……田谷は、日本一の社長になっただなあ！　よく新聞や雑誌で見るぞ」

「いや、まったく。我々の出世頭ずら」

同期の「高５回卒」（新制高校になってから五回目の卒業生）のテーブルで、同期生が口々にいった。

「ははっ、ほうでもねえさ」

銀座の有名店であつらえた英国調のダブルの高級スーツをりゅうと着た田谷毅一は相好を崩した。肉付きがよくなってきた顔は、生気と連日の酒でてらてら光っている。

「いやいや、天下の日経新聞がお墨付きをくれただから、こりゃもう、文句なしじゃんな」

昨年八月に、日経新聞紙上で発表された「日経優良企業ランキング」で、オリエント・レディは、上場企業約三千社中、二十一位、アパレル業界では、レナウン、オンワード樫山、ワールドなどの大手を抑え、第一位に輝いた。経常利益は九十一億円で業界トップに躍り出、売上高経常利益率も一八パーセントで、他社を圧倒した。

しかし、日経新聞の企業評価は、財務の強固さや過去の成長率に重点を置いたもので、オリエント・レディの実態は、池田定六時代から貯め込んだ資産を田谷が有価証券で運用し、経常利益の四割程度を金融収益でまかなうというものだった。二年前の冬に発売した「特選カシミヤ・コート」こそ大ヒットしたものの、絶えず変化する時代の要請に合った新商品を生み出せていないのが、田谷の大きな悩みだ。売上げも三年前（平成五年）の七百十四億円がピークで、去る二月期は五百六十三億円まで落ち込んだ。オンワード樫山が、百貨店の婦人服に面白味がないといわれる中、二十代と三十代に的を絞った新ブランド、「組曲」（平成四年秋冬物）、「五大陸」（紳士物、同年秋冬物）、「23区」（平成五年秋冬物）を大々的に投入し、画期的な成功を収めたときは、毎月の部長会議で、「うちには新商品を考えられる気のきいた人間はおらんだか⁉ これでオンワードに追いつく日が五年は遠くなっちまったぞ！」と、顔を真っ赤にして怒った。しかし、原因の一つは、貯め込んだ内部留保を守ることに田谷が異様なほど執着していたことだった。会社の発展のためには思い切った投資をした池田とは対照的な態度である。

「それでは定刻となりましたので、第三十四回同窓会を始めさせて頂きたいと思います。わたくしは、第三十二回の卒業生で……」

会場の右手前方に設けられた演壇で、司会を務める三十代半ばの女性が、マイクに向かってよくとおる声で話し始めた。この高校の卒業生で、山梨放送のアナウンサーだった。

最初に、今年の同窓会の幹事を務める第二十回の卒業生たちを代表し、実行委員長の男性が挨拶をした。

挨拶が終わると会場の照明が落とされ、現役の生徒たちによるブラスバンドが校歌の吹奏を始める。二階のギャラリーに設置されたスポットライトが、体育館後方の出入り口付近を照らすと、校旗を掲げた応援団長の姿が浮き上がった。

ぼろぼろの学生帽を目深にかぶり、裾が長い学生服を着た団長は、今年の同窓会の年度幹事である第二十回の卒業生で、高校時代に応援団長を務めた男だった。

〽 天地の正気　甲南に
籠りて聖き　富士が根を
高き理想と　仰ぐとき
我等が胸に　希望あり

厳かに校歌が吹奏される中、金糸のフレンジに縁取られた校旗を突き出すように堂々と掲げた元応援団長は、二人の同期の元団員を従え、会場からの拍手を浴びながら、静々と前方へと進み、待ち受けていた年輩の同窓会会長に校旗を引き渡した。

体育館の照明が再び灯され、亡くなった卒業生たちに黙とうを捧げたあと、同窓会会長が挨拶し、明治三十四年に創設された学校の歴史や校風、ＯＢたちの活躍などについて述べた。続いて、校長挨拶、同窓会から母校への記念品贈呈、県議や地元市長など来賓の挨拶。名門校らしく、来賓の多くが同窓生である。続いて、来賓紹介、祝電披露、歴代校長紹介。

その後、議事に移り、同窓会の事業報告や会計決算報告、監査報告が行われ、それらが承認されたあと、ようやく乾杯となった。

ステージの上でにぎやかな音を立てて、菰樽《こもだる》に木槌が振り下ろされ、鏡開きが行われた。

「乾杯！」

「かんぱーい」

各テーブルで、同窓生たちがビールやワインで一斉に乾杯した。

「おお、こりゃあアジロンか！　故郷《ふるさと》の味だ」

赤ワインを一口飲んで、田谷が懐かしそうにいった。

昔から山梨県で栽培されているアジロンダックは、イチゴのような味が特徴で、柔らかな酸味があり、軽くて飲みやすい。テーブルの上には、甲斐路《かいじ》という山梨で開発されたマスカット系の品種で造られた白ワインも並べられていた。

「……ところで田谷、ユニクロってどうずらな？」

鶏のから揚げ、サンドイッチ、巻き寿司といったオードブルの皿に箸を伸ばしながら、同期の男が訊いた。地元で教員を務めていたが、昨年、六十歳の定年を迎え、今は自分の家で畑仕事をしながら悠々自適の生活を送っている。

「ユニクロ？　なんでまた？」

「いや、退職金で株を買ったりしてるんだけんなぁ。こないだ株の雑誌に、将来有望って出てたぞ」

「ああ、ほーか」

闘犬のような雰囲気の顔をワインでほんのり赤らめた田谷は、面白くなさそうな表情でいった。

山口県宇部市の一介のメンズショップ、小郡商事は、昭和五十九年に広島市に「ユニーク・クロージング・ウエアハウス」の一号店を出して成功させた。柳井正は、社長の座を父から譲り受け、平成三年以降、郊外型カジュアルウェア専門店「ユニクロ」を毎年三十〜六十店舗出してきた。社名を小郡商事からファーストリテイリングに変え、二年前に広島証券取引所への上場を果たし、来年、東証二部に上場する予定である。

「あんなんは安かろう、悪かろうだぞ」

田谷はにべもなくいった。

「え、そうなんかい？」

「ああ、素材はよかねえし、縫製も雑だしな」

ユニクロは、米国のGAP《ギャップ》やスペインのZARA《ザラ》などと同じく、製品の企画・製造から販売までを一貫して行うSPA（specialty store retailer of private label apparel）と呼ばれる独特な業態だ。徹底した低価格を実現するため、デザインはニューヨーク、縫製はアジア各国という国際分業体制を採っている。海外からの製品調達比率は九五パーセントを超え、うち中国が約八割で、残りはベトナムなど東南アジア諸国である。

「しかし、業績を伸ばしているってことは、消費者の支持があるっていうことなんじゃないのかい？」

　柳井が大学を出た翌年に入社したとき年商一億円ほどだった会社は、恐ろしい勢いで売上げを伸ばし、去る八月期には、オリエント・レデイをしのぐ六百億円を売り上げ、経常利益は四十六億円に達した。店舗網は、今や東北から沖縄まで三十四都府県に約二百三十店を擁《よう》する。

「まあ、この頃は世の中が不景気だから、あんなもんでも売れるずらけんど、しょせん時代のあだ花だな。いずれ淘汰されるら」

　田谷だけでなく、既存の大手アパレルの経営者や社員たちも同じように考えていた。

同じ頃――

札幌の海猫百貨店のバックヤードにある事務所で、婦人服課の課長になった烏丸薫と係長の藤岡真人《まさと》が、ＫＡＮＳＡＩクリエーションの営業マンと話をしていた。

小さな窓の向こうでは、葉を落として裸になった街路樹が木枯らしに吹かれている。一週間ほど前に初雪が降り、デパートは冬物の季節に入っていた。

「……やっぱり今年は、〝ウーロン茶〟のようですねえ」

打ち合わせ用のデスクで、三十代の営業マンの男がいった。

細身の身体に隙なくフィットしたスーツを着て、足を組み、左手で顎のあたりに触れる恰好は、まるでモデルかホストだ。

「そうなのよ。〝ウーロン茶〟がすごい勢いで出てるのよ」

赤い細縁の眼鏡をかけた烏丸がいった。

今年の札幌では、ウールでロングで茶色系の婦人物のコートが爆発的に売れていた。

「やはり春先の冬物コレクションで、ファッション誌がウールのロングを取り上げたのが大きかったんでしょうねえ」

ＫＡＮＳＡＩクリエーションの営業マンは、左手首にはめた黒い文字板の腕時計、オメガの「スピードマスター」を見せつけるように、長髪をかき上げる。

「特に細身のコートと、アンゴラを混ぜたのがよく出るのよ」

「分かりました。なるべくご希望に沿うように、納品させて頂きます」

イタリアン・レザーのシステム手帳を開いて、渋い感じの黒のクロスのボールペンでさらさらと書き込みをする。

その様子を見ながら、烏丸と藤岡は、相手の恰好つけぶりにあっけにとられる。全員が紺やチャコールグレーのスーツ姿という無個性で、仕事中の私語は一切禁止され、軍隊のように規律が厳しいオリエント・レディの営業マンたちとは対照的だ。

ミーティングが終わると、海猫百貨店の二人は、相手を部屋の出入り口で見送った。

「……はあー、なんかちょっと毒気に当てられたような気分だわ」

事務所に戻ると、烏丸がいった。

「僕もあそこの会社と付き合うようになって、〝ファッション野郎〟っていうのを初めて見ました」

「あそこの営業マンは、ハゲ・デブ・筋肉系は禁止らしいわね」

ほぼ全ての営業マンが、スポーツジムに通っているという。

「あんまり残業もしませんし、毎晩不夜城のオリエント・レディとは対照的ですよね」

オリエント・レディとＫＡＮＳＡＩクリエーションは、あらゆる意味で両極端であった。顧客層は、前者がエレガンスや着心地を重視するミセス、後者がイケてる可愛い子を目指すヤンキャリ（若いキャリアガール）。前者は布地や縫製にこだわり、あまり宣伝をしないのに対し、後者はファッション性重視で、小泉今日子や桃井かおりをＣＭに起用してヒットを飛ばしてきた。財務体質面では、オリエント・レディが、八九パーセント超という驚異的な自己資本比率と膨大な金融資産の上にあぐらをかいているのに対し、ＫＡＮＳＡＩクリエーションは借金漬けで、取引銀行も心配しながら見守っている。

5

翌年（平成九年）十月二十四日——

伊勢丹新宿店で打ち合わせを終えた堀川利幸は、デザイナーの亘理夕子と一緒に新宿駅に向かって歩いていた。甲賀雪彦の一件で、亘理も退社を考えたが、最終的には堀川同様、会社に留まる道を選んだ。あれから八年が経ち、実績も残し、貫禄めいたものも出てきていた。

東京は明るく暖かい秋の日だったが、道行く人々の表情は冴えない。去る四月に、日産生命が大蔵省から業務停止命令を受け、生命保険会社として初めて破綻した。海外では五月にタイ・バーツが売り込まれたのをきっかけに、マレーシア・リンギット、フィリピン・ペソ、シンガポール・ドル、香港ドルへと通貨不安が波及していた。体力が弱まった日本の金融機関の経営危機の噂も囁かれ、内外ともに不穏な空気に包まれていた。

「……あ、アルタの前に、なんか人だかりがしてますねえ」

新宿駅東口広場の近くまできたとき、黒いショートヘアでふっくらとした身体つきの亘理がいった。

地上八階建てのビルの壁面に取り付けられた大型スクリーンを人々が熱心に見上げていた。

どこかのインタビュー会場に二百人以上の記者やカメラマンが詰めかけ、タレントらしい若い男女の記者会見が始まるところが映し出されていた。

「あれ、安室奈美恵じゃないか⁉」

「え？　あ、そうですね！」

昨日の夕方、電撃的な結婚を発表した安室奈美恵とダンサーのＳＡＭ《サム》の記者会見の映像だった。

最初は写真撮影で、シャッター音とともに無数のフラッシュが閃《ひらめ》き、「安室さん、左のほうからお願いしまーす」「こっち向いて！」「真ん中ちょうだい、真ん中！」「上、上！」「笑って、笑って」とカメラマンたちが必死になって注文を出す。

「安室ちゃん、きれいになりましたねえ」

人だかりの中でスクリーンを見上げ、亘理がいった。二十歳になったばかりの安室奈美恵は、それまでのロングヘアをばっさり切って、清楚なショートヘアだった。画面に映っている上半身は、細い身体にフィットした黒のタートルネックの薄手のセーター姿である。

「おすわり下さい。よろしくお願いしまーす」

会場で、司会の男性が呼びかけ、カメラマンたちが着席し、会見が始まった。

「えーと、皆さんあの、お忙しいところお集まり頂いて、どうも有難うございます」

ロン毛で肌の浅黒いＳＡＭが、マイクを手に話し始めた。安室とは十五歳の年齢差があり、落ち着いている。

「えーとですね、あのう、すごく突然なことだったと思われてると思うんですが、えーと、実際、入籍を済ませたのは、昨日の四時すぎに、届け出を僕が、えー、してきました」

付き合い始めたのは今年に入ってからで、先日、安室が妊娠したので、それを機に入籍したと説明した。

かたわらの安室は、照れたように左手で額の髪をさわる。その薬指には大きなホワイトゴールドの指輪がはめられていた。

「あっ、カルティエの『LOVEリング』だ！　こりゃあ、売れるぞ」

映像を見上げながら、堀川が思わず声を出した。

「ええと、今日は、お忙しい中、きて頂いて、有難うございます」

安室がSAMからマイクを受け取り、幸せいっぱいの笑顔で話し始める。

「えと、今ちょうど、赤ちゃんは三ヶ月めに入って……えとー、来年の六月に、えー、生まれる予定ですっ」

顔が大映しになり、再びフラッシュが焚かれる。

「えと、二人で頑張っていきたいと思いますので、皆さん、見守っていて下さいっ。有難うございます」

そういって頭を下げた。

「有難うございました。じゃ、ちょっと椅子を」

司会の男性がいい、椅子が用意されて、二人が着席する。

それまで上半身しか映されていなかった安室の膝のあたりまでが映し出された。

それを見た瞬間、堀川は呻《うめ》いた。

「バーバリーのブルーレーベルだ……！」

チェック柄のミニの巻きスカートは、三陽商会が日本独自の商品として昨秋から販売を始めたバーバリーの「ブルーレーベル」だった。

団塊ジュニア世代（戦後のベビーブームの昭和二十二〜二十四年生まれの人々の子どもたち）の女

子高生たちの間で、バーバリーチェックのマフラーが流行っていたが、彼女たちが着られるようなアイテムがなかったため、三陽商会がバーバリー社の許可を得て開発した商品だ。十八歳から二十五歳くらいの若い女性をターゲットにした、シャツ、ミニスカート、細身のパンツなどで、イギリス王室の公式カラー「ロイヤルブルー」(濃い青色)やロンドンの地下鉄の色から、「ブルーレーベル」と名付けられた。

翌日から、「ブルーレーベル」ブームが猛烈な勢いで全国を席巻した。西武百貨店池袋店では、午後一時に入荷した十七着が十分で売り切れ、大阪の大丸梅田店でも、その日に入荷した三十着が当日中に売り切れた。デパートには、「安室奈美恵と同じものを買いたい」という女性客たちが殺到し、在庫がなくなった三陽商会は、製造と出荷準備に大わらわとなった。カルティエの「LOVEリング」も十六万円という高額にもかかわらず、飛ぶように売れ、高島屋大阪店では、一週間で三十個が売れた。

三陽商会は、「ブルーレーベル」の爆発的ヒットの追い風を受け、二十五~三十五歳の男性をターゲットに、バーバリーらしい格調の高さを感じさせるスーツを中心とした「ブラックレーベル」も市場に投入し、再び成功を収めた。

約十日後(十一月三日)――

準大手の三洋証券が、会社更生法の適用を申請し、倒産した。負債総額は三千七百三十六億円で、上場証券会社としては初の破綻だった。

その二週間後、北海道拓殖銀行が自主再建を断念して破綻した。それまで大手二十行はつぶさないと三塚博大蔵大臣が衆議院予算委員会で明言していたので、社会に衝撃が走った。

さらに一週間後(十一月二十四日)、四大証券の一角で、百年の歴史を持つ山一証券が大蔵省に自主廃業を申請し、三兆五千百億円の負債総額を抱えて破綻した。金融システム不安は一気に拡大し、安田信託銀行や日債銀など、体力低下が懸念される金融機関の店舗には、預金を引き出しにやってきた人々の長蛇の列ができた。


翌年(平成十年)初夏――

古川毛織工業の二代目社長、古川常雄は、名古屋市内にある大手の繊維商社を訪れた。

江戸時代末期の創業で、百三十年以上の歴史を持つ老舗の商社だった。オフィスや商業施設が密集する名古屋市中区のビジネス街の一角に、堂々とした本社ビルを構えていた。

「うーん……」

応接用のテーブルで、仕入れ担当課長が、難しい表情で、古川が持ち込んだ見本の布地を吟味していた。

外光がふんだんに入ってくる広々としたフロアーのあちらこちらに、商品の見本や段ボール箱が積み上げられ、社員たちが忙しそうに電話をしたり、外部の業者と打ち合わせをしたりしていた。

「古川さん、申し訳にゃあが、こりゃちょっといかんですわ」

ワイシャツにネクタイ姿の課長は、手にしていた生地の見本十枚ほどを、テーブルの上にばさりと投げ出した。

「山一の倒産からこっち、もうこんなウールの高級品は売れんのです」

「うーん、そうですか……」

六十代後半になり、老いの影が現れてきた身体を慣れないスーツで包んだ古川は、途方に暮れる思いで、目の前に投げ出された生地見本を見つめる。ションヘル織機で丹精込めて織り上げた自信作だったので、相手の言葉はショックだった。

「バブルが崩壊したあとも、ええもんには必ず需要があると信じてやっとったんですが……」

「古川さん、もうそんな時代じゃないんですわ」

仕入れ担当課長の口調に苛立ちが滲む。

「安かろう悪かろうといわれとった中国が技術力をつけてきて、今はそこそこええもんが安く輸入できるんです。だいたいウールには、もう人気がないんですよ。バブルは終わってまったんです」

古川は、無念の思いでうつむく。

「とにかく、もうこういう立派な品物には需要はありません。品質なんて悪くてかまわんですから、安い物を持ってきてくれませんか。そういうご時世なんです」

「悪くてもかまわんから、安い物を……」

古川は、棒で殴られたような衝撃を受けた。

同じ頃——
山口市南部、周防灘を望む緑豊かな丘陵地帯に新設されたファーストリテイリング（ユニクロ）本社は、広い敷地の中に煉瓦造りの数棟の建物やグラウンドを持ち、米国の地方大学を思わせる独特の佇まいである。

四十九歳になった社長の柳井正は、本社の会議室で、生産部門の幹部ら数人と話し合いをしていた。

「……うん、だいぶよくなってきたなあ」

テーブルの上に並べられたフリースの手触りを確かめながら、柳井が目を細めた。色は二十種類以上あった。

フリースは、ポリエステル系の素材を起毛させ、フェルト的な肌触りにした防寒用のアウターウェアだ。ユニクロではこれまで、米国の有名フリースメーカー、モールデンミルズ社（マサチューセッツ州ローレンス市）に企画商品を発注し、五千九百円と四千九百円の二種類を販売していた。

それを自社の完全管理下で生産し、思い切った低価格と高品質を実現しようとしていた。

「光沢もいいし、保温性や保湿性もよさそうだな」

当初、試作品は、モールデンミルズ社の製品に様々な点で見劣りしていたため、生産を請け負う中国の工場と話し合い、改良に次ぐ改良を重ねてきた。

ユニクロは元々メーカーから商品を仕入れて売る小売業者だった。しかし、価格や品質に満足できなかったので、昭和六十二年頃からＳＰＡ（製造小売）化を進めた。工場に直接生産を委託してアパレル・メーカーなどに払う中間マージンをなくし、高品質を実現するため、工場の生産体制を厳しくチェックし、技術面でも協力している。自前の工場を持たないので、工場所有に係る事務手続き、労務問題、地元の役所・税務署などとの折衝といった面倒もない。ただし、現地での折衝やロジスティックスが一筋縄ではいかない中国やアジア諸国では、日本の総合商社に頼ることが多い。

「原料は東レから買って、インドネシアで糸にして、中国で織って、染色、縫製するんだな？」

「はい、これがベストの組み合わせだと思います」

生産管理部門の幹部が答えた。

「あとは、どこまで価格を安くできるかだな」

「はい。その点は、中国の委託生産工場数を絞って、大量発注で値段を下げるようにしたいと思います」

ユニクロでは、百四十社近くに増えた中国の委託生産工場を四十社程度に絞り、一社あたりに対する大量発注で価格を下げるとともに、品質管理を強化して、素材や縫製の質を上げようとしていた。

「なるべく色のバリエーションを多くして、消費者にインパクトを与えたいな」

柳井の言葉に、幹部たちがうなずく。

十一月に、都心初の大型店舗として原宿店をオープンする予定で、そこでフリースを大々的に販売しようと考えていた。

ユニクロ原宿店は、神宮前交差点から渋谷方面に少し行った場所に開設する予定である。ファッション関係の店舗がひしめく都心の一等地で、一九八〇年代には賃料が高くて手が出なかった柳井にとって、念願の都心一号店となる。

「これなら、そこそこ売れる商品は作れるだろう。そこから先、どこまでいけるか……」

柳井は期待をこめた眼差しで、テーブルの上の試作品に視線を向けた。

ユニクロは着々と店舗数を増やし、半年ほど前に三百店を突破し、株式も東証二部に上場した。

しかし、年商一千億円の壁を前に、業績は足踏み状態である。昨年十月から出店を始めたスポーツ・カジュアル衣料の「スポクロ」や、ファミリー・カジュアル衣料の「ファミクロ」も失敗に終わった。柳井は、この状態から脱却しようと模索していた。目標は、世界的なカジュアルウェア(ファストファッション)大手のザ・リミテッド、GAP(以上米国)、ネクスト(英国)などに比肩できる存在になることだ。そのためにはまず独自性のあるユニクロ・ブランドを確立することが必要である。

十一月二十八日――

柳井正は、副社長の澤田貴司とともに早朝のフライトで山口宇部空港を発ち、羽田空港に向かった。

伊藤忠商事で化学品の輸出やイトーヨーカ堂によるサウスランド社(米国のセブン・イレブンの会社、テキサス州ダラス市)の買収などを手がけた澤田は、昨年、ユニクロに入社し、この日、オープンする原宿店開設の陣頭指揮を執った。上智大学理工学部物理学科時代は、アメリカンフットボール部の主将を務めた、誠実そうな風貌の四十一歳の男である。

「柳井さん、売れてなかったら、本当に申し訳ないです」

羽田空港に到着し、電車を乗り継いで原宿に向かう間、澤田は何度も頭を下げた。

澤田は柳井の了承を得て、原宿店の開店の目玉をフリース一本に絞り、一着千九百円という思い切った価格を打ち出した。さらに五十一色という、これまでにない豊富なカラー・バリエーションを用意し、三階建ての店舗の一階をフリースで埋め尽くした。

「まあ、売れたらいいよね」

柳井はいつものように淡々といった。

二人が乗った山手線の外回りの電車が原宿駅に到着し、電車を降りて洒落た木造モルタル二階建ての駅舎に入ると、ユニクロの原宿店開店とフリースのポスターがいたるところに張られていた。それを見て、澤田は思わずごくりと唾を呑んだ。羽田までの飛行機の中で、柳井から「広告に金を使いすぎだ」と注意されており、もし売れなかったら、責任は重大だ。

二人が原宿駅を出て、神宮橋のたもとにくると、コープオリンピアという昭和四十年竣工の黒っぽい十一階建てのマンションが目に入る。柳井と澤田は、大きな欅《けやき》並木が続く緩やかな坂道を下ってゆく。二〇〇メートルほどの通りには、古い喫茶店、ブティック、フィットネスクラブ、京橋千疋屋原宿店などが軒を連ねている。先月下旬に日本長期信用銀行が国有化され、金融危機が一段と深刻化していたが、土曜日の原宿は、家族連れや外国人も多く、華やいだ雰囲気である。

頭上の薄い雲間からは、十一月下旬にしては明るい日差しが降り注いでいた。

「おっ、見ろ、澤田君！　行列だ！」

大きな石灯籠が左右に建つ神宮前交差点の近くまでくると、柳井が声を上げた。

交差点を渡った先の右手にあるロッテリアの前に人々の列ができていた。

（ん、ロッテリアがキャンペーンでもやってるのか？）

澤田は怪訝な気持ちで、行列に視線をやった。

行列はロッテリアではなく、ユニクロ原宿店がある右の渋谷方面へと延びていた。五、六列縦隊の太い行列だった。

（やった！　売れた！）

澤田は心の中で快哉を叫んだ。

二人が原宿店の前までくると、警備員たちが必死で来店客の整理をしていた。

「順番に入店して頂いております。並んで下さーい」

「押さないように、押さないようにお願いします」

店内は満員で、バックヤードから運び込まれたフリースが棚に並べられる先から、人々が争うように商品を摑み、レジへと向かっていた。

「品切れを起こすとまずいぞ」

柳井の思考は、喜ぶより、次の展開へと飛んでいた。

「澤田君、関東にあるフリースの在庫をかき集めて、原宿店に送れ」

「はっ、はいっ！」

喜びに浮かれない柳井の姿に、経営者の厳しさを感じながら、澤田は返事をした。

「それから、周辺の店舗の販売員を原宿店の応援にこさせるんだ。このままだと、来店客に対応できない」

「分かりました」

澤田は携帯電話を取り出し、関係各所に指示を出すべく、発信ボタンを押した。

ユニクロ原宿店の成功は、連日、テレビや新聞で報じられ、日本じゅうにフリース・ブームを巻き起こした。消費者は、柳井が長年にわたって追求してきた高品質を肌で実感し、ユニクロに対するイメージは「郊外の国道沿いにある安売り衣料品店」から「誰にでも似合うカジュアルで、安くて、高品質な服を売る店」へと変わった。

翌年、ユニクロは、ミュージシャンの山崎まさよしをフリースのＣＭに起用し、「高感度な人が着る、機能的な服」というイメージを演出した。年商一千億円の壁を前に足踏みしていた業績は爆発的な伸びを見せ、原宿店開店の翌年（平成十一年八月期）には千百十一億円、翌々年、二千二百九十億円、さらにその次の年は、四千百八十六億円と、倍々ゲームで増えていった。平成十二年秋・冬のフリースの売上げは、空前の二千六百万枚に達した。

「気が付けば、誰もがユニクロを着ている時代」の幕が開けた。

第八章　ヒルズ族の来襲

1

二年後(平成十二年)夏——

東西実業アパレル部門の執行役員になった佐伯洋平は、同社のミラノ事務所長や同事務所のイタリア人職員ら三人とともに、フィレンツェ市街のサンタ・マリア・ノヴェッラ地区にあるフェラガモ(サルヴァトーレ・フェラガモ社)の本社を訪れた。街を東西に流れるアルノ川にかかるサンタ・トリニタ橋の近くにあるパラッツオ・スピーニ・フェローニという十三世紀に建てられた宮殿で、創業者のサルヴァトーレ・フェラガモが一九三八年に購入したものだ。ゴシック様式・地上四階建てのどっしりとした石造りの建物で、一階がショールーム、地下がフェラガモ博物館になっている。

東西実業はフェラガモ・ジャパンに十数パーセント出資し、年間百億円を超える日本への輸入を取り扱っている。

フェラガモ経営陣との話し合いは、古色蒼然としたシャンデリアが渋い光を降り注ぐ会議室で持たれた。壁には淡い色のフレスコ画が描かれ、金色の額縁に入った宗教画が飾られ、中世に彷徨い込んだような錯覚に陥らせる部屋だった。

「マ・ノン・チェ・ウン・ネゴツィオ・アッランゴロ？　（やはり角地はないのかね？）」

フェラガモ社のＣＥＯ（最高経営責任者）を務めるフェルッチオ・フェラガモが落ち着いた表情で訊いた。

一九六〇年に没した創業者のサルヴァトーレ・フェラガモの長男で、年齢は五十代半ば。ウェーブのかかった黒々とした頭髪を隙なくオールバックにし、太めの眉の下の両目は、人々を魅了する輝きに満ちている。サルヴァトーレには三人の息子と三人の娘がおり、四年前にフィアンマ（娘）が乳がんで亡くなったが、残り五人は家業を支えている。同社は、品質第一のものづくりを目指し、会社の目標を株主利益ではなく、会社の発展に振り向けるため、株式は公開していない。

かたわらに、フェルッチオの双子の息子の一人、ジェームズが控えていた。英米で教育を受け、米系投資銀行、ゴールドマン・サックスでのインターンやサックス・フィフス・アヴェニューでの勤務経験がある。二十八歳で、引き締まった身体に紺のスーツを着た姿は、ファッション誌から抜け出てきたようだ。

「残念ながら、もう銀座の角地に、御社の旗艦店にふさわしい大きな物件はありません。我々もこの三年間、足を棒にして、銀座の不動産屋には全部当たって、探し歩いてきたんですが」

一〇〇キロの巨体にベージュの夏用スーツを着て、中国ふうの模様が入った紫紺のフェラガモのネクタイを締めた佐伯が英語でいい、かたわらにすわったミラノ事務所のイタリア人スタッフが、イタリア語に訳す。

フェラガモは、百貨店内を中心に、約五十の店舗を日本で展開しているが、銀座に旗艦店となる大型店舗を出店するため、東西実業に物件探しを依頼していた。

「今ある中では、やはりこちらの東芝さんの物件がベストだと思います。角地ではありませんが、場所も銀座の一等地です」

佐伯がプレゼンテーションの冊子のページをフェルッチオに示していった。

銀座七丁目の中央通りに面した物件で、「ビヤホールライオン銀座七丁目店」の近くにあり、東芝が持っている物件だった。

「うーん、そうかね。やむを得ないか……」

フェルッチオが冊子を手に取って視線を落とし、ジェームズがかたわらから覗き込む。

フェラガモ側は当初から角地を希望しており、それにこだわっていた。

「ミスター・フェルッチオ、東芝は日本を代表する電機メーカーで、非常に信頼できる会社です。物件のオーナーとしては申し分ありません。スペースも十分確保できます。それに中央通りは、週末や祝日は歩行者天国になりますから、人通りも多く、宣伝効果が高いエリアです」

佐伯が畳みかけ、フェルッチオがうなずく。

「ミスター佐伯、分かった。あなたがいうのならそのとおりなんだろう。これ以上、決定を引き延ばすと、商機を逸することにもなる」

「ご理解、有難うございます」

「契約書のドラフトはこちらで用意して、早急に送ることにしよう」

賃貸契約は、東芝と東西実業が結び、東西実業がフェラガモ社にサブリースする。

ミーティングを終え、二人と握手を交わして東西実業の四人が会議室を出ると、シャンデリアの白い光が降り注ぐアーチ形の高い天井の廊下の向こうから、年輩のイタリア人女性がゆっくりと歩いてきた。

　金髪で大きなフレームの眼鏡をかけ、やや太めの身体を渋いすみれ色のジャケットで包み、首から胸元にかけて薄紫とグリーンのスカーフを身に着けた高齢の女性は、サルヴァトーレ・フェラガモの未亡人、ワンダ・フェラガモであった。フェラガモ社の名誉会長で、七十八歳になった今も、毎日元気に出社している。

「オー・シニョール・サエキ！　マ・ダ・クァント・テンポ！（オゥ、ミスター佐伯、お久しぶり）」

　ワンダ・フェラガモは、威厳のある微笑を湛《たた》え、右手を差し出した。

「ご無沙汰いたしております。お元気そうでなによりです」

　佐伯が満面の笑みで握手をしながら英語でいい、ミラノ事務所のイタリア人スタッフの男性が、素早くイタリア語に訳す。

「今日は、銀座の旗艦店の件でやって参りました」

「ミスター佐伯と東西実業を信頼していますよ。フェラガモの発展のために、力を尽くして下さい」

　欧米のブランドは、海外での販売が軌道に乗ると、ローカル・パートナーと提携を解消し、自分たちでやり始めるところが多いが、フェラガモは東西実業との関係を大事にしていた。

　東西実業の一行が、パラッツオ・スピーニ・フェローニを出ると、正午すぎの太陽が強烈に照り付けてきた。七月のフィレンツェは、連日三十五度を超える灼け付くような暑さである。

通りは世界中からやってきた観光客であふれ返っていた。十四世紀から十六世紀にかけて、メディチ家の支配下で、ルネッサンスが花開いたフィレンツェは、一・二キロメートル四方という狭いエリアに見どころが集中しており、ローマと並ぶイタリア随一の観光地だ。

「シャル・ウィ・ハヴ・ステーク・フォー・ランチ？（お昼にステーキでも食べようか？）」

スーツの上着を肩にかけた佐伯が、東西実業の三人にいった。

フィレンツェは肉料理が名物で、佐伯は、メディチ家の礼拝堂があるサン・ロレンツォ教会の近くにある店がお気に入りだ。観光客相手の安いステーキ店だが、胡椒とニンニクで香ばしく焼き上げたTボーン・ステーキが、めっぽう美味い。

そのとき書類鞄に入れていた携帯電話が振動した。

携帯を取り出し、発信者を見ると、銀座の不動産屋の一社だった。

（ん？　なんだ？）

佐伯は、携帯を耳に当てる。

「佐伯さん、角地の物件が出ました！」

時差七時間で、すでに夜になった日本の不動産屋の担当者が、勢い込んでいった。

「えっ、本当ですか⁉」

佐伯が驚いた声を上げ、残りの三人がその様子を見つめる。

「七丁目の中央通りと交詢社通りの角です。東海銀行の支店がある場所ですが、統合で賃貸か売りに出されるようです」

去る三月に東海銀行と三和銀行が経営統合を発表し、店舗の統廃合作業が進められていた。

「東海銀行の不動産部門に訊いたら、土地建物とも東海銀行の持ち物で、プラダとかほかのファッション・ブランドからも問い合わせがきてるそうです」

「そうですか⁉……分かりました。うちは大いに興味があります。これからすぐ日本に帰りますから、東海銀行と話をつないでおいて下さい」


翌年（平成十三年）初夏――

オリエント・レディ社長の田谷毅一は、千代田区九段南にある本社社長室の会議用のテーブルの上に並べたユニクロの製品を手に取って、吟味していた。

「……見事な製品だな。素材もいいし、縫製も完璧だ。こんなものを千円とか二千円で売られたんじゃ、太刀打ちできん」

肉付きのよいがっしりした身体を真っ白なワイシャツで包み、左手にごついロレックスの金時計をはめた田谷がいった。

「最初は、ぽっと出の安売り屋かと思ったが……」

「去年から『匠《たくみ》』という制度を作って、中国の委託工場への技術支援に本腰を入れているようです」

マーチャンダイザーの堀川利幸がいった。

ユニクロは、繊維メーカーや紡績会社に長年勤務した年輩の日本人技術者を「匠」として採用し、中国に派遣して、生産委託工場の技術指導に当たらせている。「匠」たちはそれぞれ、素材、染色、縫製などの専門家で、一人当たり五〜十の工場を担当している。その上でユニクロは、月間で十万着単位の大量発注を行なって、製造コストを下げていた。

「東レとも提携したらしいな。柳井が前田氏に直談判して、ユニクロ専門の部署を作らせたそうだ」

去年、ユニクロの柳井社長が東レ中興の祖と呼ばれる前田勝之助会長を訪れ、東レの社内にユニクロ専門部署を作ることで合意した。この提携で、両社が原料、原糸から素材を一体になって開発し、他社に追随を許さない商品を生み出すことが可能になった。

「まったく、あそこまで徹底してやるとはな……」

田谷が嘆息するようにいい、外国産の高級タバコに火を点ける。

オリエント・レディは、製品にニット（編地《あみじ》）も布帛《ふはく》（織物生地）も使っているが、ニットの価格は主に糸値（糸の値段）で、布帛の価格は糸値、生産値、加工賃で決まる。田谷は、どこの工場だといくらでできるかを熟知しており、名人芸で安い生地を調達し、価格競争力のある製品を作ってきた。しかし、ユニクロは、同じことを何千倍ものスケールで、かつシステマティックにやっていた。

「まあ、我々はカジュアルウェアで勝負しているわけじゃないから、むやみに焦ることはないが」

「ただ、ＳＰＡ（製造小売）化は進めないといけないでしょうね」

堀川の言葉に田谷がうなずき、タバコの煙を吐き出す。

「ところで社長、そろそろＭＤを卒業させて頂けないでしょうか？」

「ん？　どうかしたのか？」

田谷が意外そうな顔で訊いた。

「いえ、どうもしませんが、わたしももう四十六ですから」

マーチャンダイザーは、会社の屋台骨で花形職種だが、感性、ビジネスセンス、フットワークが求められる激務で、堀川くらいの年齢になると、別の仕事に替わるケースが多い。

「うーん、そうか。替わるとしたら、札幌支店長か福岡支店長あたりだろうがなあ……」

田谷はタバコをくゆらせながら思案顔になる。

「まあ、もうちょっとやれよ。今は大変な時期なんだから」

繊維業界は本格的な淘汰の時期を迎え、カネタ、ツバメコート、東京ニュースター、吉野藤、オールスタイル、大倉、ジャパンエンバ、赤川英、メルボ紳士服、東京ロザリアといった、優良・中堅以上といわれた企業が相次いで破綻、ないしは破綻寸前だった。また小売業界では、平成三年(一九九一年)度に百貨店グループ売上げ日本一に輝いたそごうが、昨年七月、一兆八千七百億円の負債を抱えて破綻(東京地裁に民事再生法の適用を申請)し、日本に激震を走らせた。

ドアがノックされた。

「社長、あのう、村上世彰《よしあき》という男が、社長に会いたいといってきておりまして。うちの株を五百万株ほど買ったということで」

総務部長の鹿谷保夫が姿を現し、色白でオールバックの強面に精いっぱいの恐縮の思いを滲ませていった。

「五百万株⁉　何者だそいつは⁉　総会屋か⁉」

田谷が驚いて、タバコを口から離す。

五百万株は、オリエント・レディの発行済み株式総数の五パーセント近くだ。

「調べてみましたら、元通産官僚で、投資ファンドを運営している男です。村上の会社には、オリックスが四五パーセントほど出資しています」

二年前、生活産業局サービス産業企画官を最後に、通産省を退官した村上世彰は、灘校の同級生で野村証券にいた丸木強、東大法学部の同級生で警察庁の官僚だった瀧澤建也らとともに、株式会社M&Aコンサルティングを設立し、投資家から資金を集めて日本企業の株式を買い始めた。

昨年は、芙蓉グループ系の不動産管理会社、昭栄《しょうえい》(東証二部)にTOB(株式公開買付)を仕掛けたが、安定株主の富士銀行などが応じなかったために、六・五二パーセントの株式取得に止《とど》まった。しかし、その後、昭栄が実施した自社株の公開買付のおかげで、約二億六千万円の利益を手にした。

村上の投資手法は、簿価(ないしは解散価値)が株式の時価総額を上回る企業の株を買い、「コーポレート・ガバナンス」の旗印を掲げて、増配や自社株買いを迫るというもので、時価総額が百億円だったのに対し、土地と保有しているキヤノン株だけで五百五十億円強の資産を持っていた昭栄は典型的なターゲットだった。

「その村上とやらが、なんのために俺に会いたいっていうんだ?」

「はい、オリエント・レディの経営について、いろいろ申し入れたいということです」

「けっ! なにを馬鹿なこと、いってるだっ⁉」

二十二年間にわたって社長として君臨し、「ミスター・アパレル」の異名をとる自分が、昨日今日、株を買った投資家に経営に関してあれこれいわれるなど論外だ。

「もちろんでございます!」

鹿谷は田谷の剣幕に恐れをなす。

「村上には、社長に話したいことがあるなら、株主総会にきていえばいい、社長はいちいち投資家にお会いしたりはしないと、厳として申し伝えております！」

まだ返事はしていなかったが、田谷の剣幕を見て、そういうしかないと思った。


約二ヶ月後（七月四日）――

「……しゃ、社長！　大変でございます！」

鹿谷が血相を変えて、社長室に駆け込んできた。

「いったい何事だ、お前は？」

大きなデスクのパソコンで、各地の品目別売上げをチェックしていた田谷が、不機嫌そうな顔を上げた。

「こっ、これでございます！　村上のファンドが、うちの筆頭株主になりました！」

鹿谷が書類を差し出し、田谷がそれを受け取る。

「なんだとー……!?」

A4判で四枚の書類に視線を落とし、田谷が唸《うな》る。

幹事証券会社からファックスで送られてきた有価証券の大量保有報告書だった。この日、関東財務局長あてに提出されたもので、株式会社エムアンドエイコンサルティング代表取締役村上世彰の名前と実印があり、オリエント・レディの株を一株当たり千三百五十円前後で追加取得し、全体の五・七七パーセントを握る筆頭株主になったと書かれていた。

「ここんところ株価が上がってると思ったら、奴らが買ってたのか」

一年半ほど前に、大幅なPBR（株価純資産倍率）割れの七百九十五円まで下がったオリエント・

レディの株価は、今年に入って千円を突破し、その後もじりじり上昇を続けていた。

「証券会社によりますと、村上が買っているのを知った外人投資家が大量の買いを入れているそうです」

「くそっ！……毒蛇に嚙みつかれたか」

田谷の背筋を、冷たい汗が流れ落ちた。

翌月――

東西実業アパレル部門の執行役員、佐伯洋平は、田谷に呼ばれ、オリエント・レディの本社を訪問した。田谷と長年付き合いのある佐伯は、昔から知恵袋として重宝されている。

「……まあ、聴いてみてくれよ」

仏頂面の田谷が社長室の応接セットにすわり、カセット・レコーダーのスイッチを入れた。

「……田谷社長、千二百五十億円の現預金を持ちながら、ろくに活用できていないっていうのは、経営者として問題じゃないですか？　そういうことが、株価がＰＢＲ割れしてる原因だと思うんですよ」

スピーカーから、村上世彰の早口の声が流れてきた。

オリエント・レディの一株当たりの純資産は千四百円程度で、最近まで株価はそれを大きく割り込んでいた。

「社長は、ファッションビルに投資するとおっしゃいますが、不動産投資っていうのは、特殊なスキルが必要な世界ですよ。素人がおいそれとできるもんじゃないです。そもそも、大株主である我々と面会しないって、どないなってるんやって、みんな思うてますよ……」

村上は関西弁を交え、やや甲高い声で機関銃のように話し続ける。

しばらくテープを再生して聴かせたあと、田谷はバチンとスイッチを切った。

「なかなか強烈ですね」

ワイドカラーのワイシャツと高級スーツで一〇〇キロの身体を包んだ佐伯が苦笑した。

「村上っていうのは、ありゃあ経済ヤクザだな」

田谷が忌々しげにいった。

「電話は、毎回録音されてるんですか？」

「してるさ。こないだ麴町警察署に恐喝罪でテープを持ち込んだよ」

見た目の強面とは裏腹に、田谷はかなり小心で、慎重である。

「村上とはまだ会われてないんですか？」

「会うわけないだろ！　なんで俺が村上なんかに会わなきゃならないんだ⁉」

（まったく、この会社は、上場会社じゃないんだよな……）

佐伯は内心嘆息した。

手元資金が潤沢で、証券市場で資金調達をする必要がないオリエント・レディは、上場のメリットを実感しておらず、田谷は投資家に向き合う必要などつゆほども感じていない。上場したのは行きがかり上で、箔付けのためでしかない。

「うちは創業以来半世紀以上にわたって、社会に対する使命を果たし、税金を払い、なに一つスキャンダルも起こしたことがない。安全性や堅実性においては、日本で一番すぐれた会社だといわれている。ここまでくるには、多くの社員たちや取引先の血の滲むような努力があったんだ」

田谷が憤懣やるかたない表情でいう。

「しかるに、どうしてつい最近になって株を買って、アパレル業界のことも知らない若造に、経営方針を否定されなきゃならないんだ⁉」

柿ノ塚村で貧しさを嫌というほど味わった田谷は、貯め込んだ会社の金を頑として死守する構えである。

「お気持ちはよく分かります。……で、これからどうするおつもりですか？」

「それを訊きたくて、あんたを呼んだんだよ。どうしたらいいと思う？」

筆頭株主になられても、なんとかなるだろうと高を括っていたが、新聞や雑誌でがんがん報道されるようになり、本気で心配し始めていた。

「とにかく、専門のアドバイザーを付けることだと思います」

「アドバイザー？」

「ええ、投資銀行とか弁護士です。こういうことは、素人が見よう見まねでやると、大変なことになります」

「まあ……そうだろうな」

何事も正攻法の王道でいくのが田谷のやり方だ。ただし、ごまかせるものはごまかす。

「村上のこれまでのやり方は、株を買い占めて、自社株買いの要求を突きつけ、聞き入れられなければ、さらに株を買い増しして、社外取締役の選任を迫ったりするっていうやり方です」

田谷がうなずく。

「場合によっては、社長の交代を要求してくることだってあり得ますよ」

「な、なんだと⁉　そんな馬鹿な！」

「可能性がないとはいえません。過半数の株主が村上に同調したら、起こり得ます。御社の株主は外人投資家比率が急上昇してるそうじゃないですか。彼らは儲かるんなら、なんでもやりますからね」

「そんな……馬鹿な！」

田谷は青ざめた顔で呻《うめ》いた。


秋――

村上世彰ら村上ファンドの幹部数人が、大手町一丁目の大手町交差点のそばに建つ、地上二十三階建ての大手町ファーストスクエア・イーストタワーにあるＵＢＳウォーバーグ証券のオフィスを訪れた。英国のユダヤ系老舗マーチャントバンク、ＳＧウォーバーグをスイスの大手銀行ＵＢＳが買収して設立した外資系証券会社（投資銀行）だ。

「……オリエント・レディの田谷社長に再三面会を申し入れてるんですが、まったく応じてもらえない状況で」

すっきりとした会議室のテーブルで、小柄な村上世彰がいった。目をくるくると動かし、笑みを絶やさず、愛嬌のある話しぶりである。

「したがって、我々としては、早晩、プロキシーファイトをやらざるを得ないかなと思っています」

プロキシーファイトは、株主総会決議のための委任状争奪戦で、日本では、平成元年に起きた小糸製作所と米国の投資家、T・ブーン・ピケンズの争いなど、ごくわずかな例しかない。

「村上君、話は分かった。今、オリエント・レディの外人持ち株比率は三九パーセントくらいあるから、彼らを上手く味方につければ、勝てる可能性はあるでしょう」

UBSウォーバーグ証券のマネージング・ディレクターで副会長の大楠泰治がずばりといった。

五十代半ばの大楠は、長崎県の出身で東大法学部卒。三和銀行、バンカース・トラスト、モルガン・スタンレーなどで国際金融やM&A(合併・買収)の腕を磨いたインベストメント・バンカーだ。

オリエント・レディに対する外国人投資家比率は、この半年で九パーセント近く上昇した。一方、田谷が頼みとする金融機関の持ち株比率は、山一ショック後の金融機関の経営不振や業界再編によって、三・五パーセント低下し、三七・二パーセントになった。

「ただこれはあなたがただけでやると失敗するよ」

濃い八の字眉と厚い唇に生気を漲らせた大楠は、外資を渡り歩いてきた人間らしく、英語に直してもそのまま通用するはっきりした物言いをする。

「あなたがたはまだ新興のファンドだから、うちのような大手がアドバイザーになって、ちゃんとした内容でやってるという信用を付けないと、外人投資家は相手にしてくれないよ」

今の会社に転職してきて間もない大楠にとっても、ビジネスチャンスだ。

「大楠さん、それは僕らも是非お願いしたいと思っています」

村上自身、世間に向けて信用力を高める必要があることは認識しており、未経験のプロキシーファイトで、投資銀行のノウハウやネットワークを活用したいと考えていた。しかし、欧米の投資銀行は、敵対的案件に関与することに消極的なため、アドバイザー探しに苦労していた。

「それで、アドバイザーになって頂くには、いくらお支払いしたらいいでしょうか？」

「リテイナー（着手金）で一億円、プロキシーファイトに勝ったら成功報酬で一億円だね」

その言葉に、村上は一瞬考え込んだ。

ファンドの規模はまだ五百億円程度であり、最大で二億円の出費は小さな額ではない。

「分かりました。わたしの一存で決めるわけにはいかないので、ファンドのアドバイザリー・ボードに諮らせて下さい」

アドバイザリー・ボードには、福井俊彦元日銀副総裁（のち総裁）や中川勝弘元通商産業審議官らが名前を連ねている。

「じゃあ、決まったら教えて下さい」

大楠がにっこりしていった。「しかし、このオリエント・レディっていう会社は、ガバナンスもへったくれもないね。こんなのが、よく上場してるよなあ」

大楠は、企業統治に関する政策提言団体、日本コーポレート・ガバナンス・フォーラムの運営委員を務めており、この分野への関心が高い。

一方、オリエント・レディは完全に田谷の私物と化していた。会社の余資運用は、取締役会に一切諮ることなく独断で行なっており、去る九月に経営破綻した大手スーパー、マイカル（本社・大阪市）の社債に投資していたため、四十億円の損失を出した。役員や社員の昇進や降格も田谷の完全な独断で、気に食わないことがあると、「お前は降格！」と、その場で役員を降格する場面を、取引銀行の支店長やマスコミ関係者が何度も目撃している。賃上げ交渉で、労働組合側が自分を欺く資料を使ったといって怒り狂い、約六百人の社員の給与振り込みを当日になって取り消し、三和銀行を大慌てさせたこともある。交際費は使い放題で、自分のゴルフレッスンの費用も経費で落としている。最近、渋谷区代官山町に建てた時価八億円の大邸宅は、例によって証券会社に転換社債や新規公開株を持ってこさせ、それを売って建てた。まだ高輪の家からの引っ越しが済んでいないので、鹿谷保夫ら総務部の社員たちが、当番制で空気の入れ替えに行っている。

「仕事に関してはオールマイティで、『ミスター・アパレル』と異名をとるほどなんですがねえ」

村上ファンドの幹部の一人がいった。

「うーん……。田谷氏がいなくなったら、この会社、つぶれるんじゃないの?」

「ええ。見事なほど、後継者が育っていません」

「だからPBRが一を割ってるんだよな」

オリエント・レディの一株当たり純資産約千四百円に対し、株価は、村上ファンドが筆頭株主になったのが明らかになった去る七月に千四百七十九円の高値を付けたあと、再び下落に転じ、今は千百円台まで落ちた。

会社が今後も利益を生み出すと見込まれる場合、将来の利益の総和の現在価値が純資産価値に上乗せされ、PBRが一・五倍とか二倍になる。PBRが一を割るということは、株式市場が、その会社は将来利益を生み出さないと見ているということだ。

翌年(平成十四年)一月三十一日――

村上ファンドは、オリエント・レディに対し、商法の株主提案権の規定にもとづき、三項目の提案を行なった。①一株当たり五百円の配当、②資本準備金の減額、③発行済み株式の三分の一（総額約五百億円）の自社株買い、である。また、社外取締役候補者の選定、株主への継続的な利益還元、IR活動の強化、リスクの高い投資活動の抑制などについての施策と回答を求める要望書も送った。この時点で村上ファンドは、オリエント・レディ株をさらに買い増し、全体の九・三パーセントを握るに至った。

これに対し、オリエント・レディ社長の田谷毅一は、「会社の経営に支障をきたす」と一蹴した。配当も従来どおりの一株当たり十二円五十銭とすると宣言し、真っ向から対立した。

一方、株式市場では、村上ファンドの提案を受け、オリエント・レディに大量の買いが集まり、千三百四十円のストップ高をつけた。

それ以外の村上ファンド銘柄も軒並み上昇し、一躍市場の台風の目になった。中電工、九電工、日比谷総合設備、昭栄、サイバーエージェント、クレイフィッシュ、アライドマテリアル、横河ブリッジ、ジャック・ホールディングス、長瀬産業、シナネン、ケーユー、昭文社、角川書店といった銘柄だ。

二月八日——

大楠が親しくしている伊藤雅俊イトーヨーカ堂名誉会長の仲介で、村上と田谷毅一の初めての面談が行われた。

田谷は、昔からの恩人である伊藤の依頼だったため、渋々面談に同意したものの、オリエント・レディの会議室に現れたときから仏頂面だった。「俺は銀行とか取引先以外の株主に会ったことはない」「いいたいことがあれば、株主総会にきていえばいいだろう」「お前のような素人の若造に、経営のなにが分かる」と、とりつく島もない態度に終始した。村上は、自分たちの主張をなんとか説明しようとしたが、最後は罵り合いになり、話し合いは十五分ほどで終わった。

翌週——

米国西海岸で、村上ファンドの副社長、瀧澤建也とともに投資家向けロードショー（説明会）をやっていたUBSウォーバーグ証券の大楠泰治のもとに、村上世彰から電話がかかってきた。

「……大楠さん、あさって、イトーヨーカ堂の伊藤会長を交えて、ニューオータニで田谷社長にもう一度会うことになりました」

スピーカー式にしたホテルの電話機から、十六時間の時差がある日本にいる村上の声が流れてきた。

「えっ、そうなの⁉」

電話を聞いていた大楠と瀧澤が驚く。

「はい。伊藤会長から連絡があって、『あんまり無茶をするな。田谷を呼ぶから一度話し合おう』ってことで、昼食を一緒にとることになりました」

「ふーん、なるほど」

「伊藤会長は、オリエント・レディからなんらかの譲歩を引き出してくれるんじゃないかと思うんです。で、もしある程度利益が出る価格で株を買い戻してくれるんなら、矛を収めることも考えたいと思うんですが、どうですか？」

「村上君、そりゃ駄目だよ」

大楠が電話機に向かって即答した。

「えっ、駄目ですか？」

「だって、外人投資家はほとんど村上君の株主提案を支持してくれてるんだから。ここで最後までやらなきゃ、グリーンメーラーのレッテルを貼られて、今後にも影響するよ」

グリーンメーラーとは、株を買い集め、その影響力を利用して、企業に高値で買い戻させる脅迫的な投資家を指す言葉だ。

「村上、僕もそう思う」

細身で眼鏡をかけ、いかにも頭の切れそうな瀧澤がいった。「これまで外人投資家に接触した感触からいって、プロキシーファイトには勝てる可能性があると思う。ここで妥協するのはよくない」

村上ファンド側は、海外の投資家を含め、三七〜三八パーセントの支持を得られるという感触を持っており、一一・七パーセントまで買い進んだ自分たちの持ち分と合わせれば、銀行や取引先を中心に三九パーセントの支持がある会社側に十分勝てると見ていた。

「うーん、そうかぁ……」

村上が考え込む。

「村上君、あなたはオリエント・レディのコーポレート・ガバナンス改善のためにこの案件を始めたんでしょ？　ＵＢＳの社内でも、そういう前提でアドバイザーを引き受けてるんだから」

大楠は、上司を通じてロンドンの投資銀行本部に、村上の活動は日本の資本市場改善に寄与すると訴え、アドバイザーを引き受ける内部承認を得ていた。もし単なる金がらみの話になった場合、アドバイザーを降りなくてはならなくなる可能性がある。

二日後(二月十六日)――

東京は日中の最高気温が十二度だったが、快晴で、澄み渡った青空から明るい日差しが降り注いでいた。

村上世彰は、昼食の場所に指定された千代田区紀尾井町のホテルニューオータニに出向いた。オリエント・レディの社員三人が玄関で待ち受けていて、村上を連行するように最上階のレストランに案内した。

田谷が日頃からひいきにしている「大観苑」という中華レストランで、東側と西側の壁が全面ガラス張りで、東京の景色がパノラマになって展開していた。ウェイターたちは全員黒服で、立ち居ふるまいが執事のようで、人によっては慇懃無礼に感じることもある。

個室に入ると、昼食の用意がされており、テーブルの中央に伊藤雅俊、左右に田谷毅一と光学ガラスメーカー最大手、HOYAの鈴木洋社長がすわっていた。

フレームのない眼鏡をかけた鈴木は、村上とほぼ同年配。米国法人の社長などを歴任して米国駐在が長く、欧米流の先進的な企業統治を経営に取り入れている。

「村上君、鈴木さんは、オリエント・レディの社外取締役を引き受けることをご了解して下さった。田谷君は、長いこと上げていなかった配当を、今年は記念配当ということで二十円にしようと考えている。ここらで手を打ってくれないか」

白髪をきちんと整え、大きなフレームの眼鏡をかけた伊藤が、穏やかな微笑を湛えていった。

（二十円⁉　たったそれだけ⁉）

村上はがっかりした。百円とか二百円ならまだしも、二十円では話にならない。

目の前の田谷は、例によって伊藤にいわれてやってきたらしく、仏頂面だ。びた一文たりとも余分な金を社外流出させたくない田谷にとって、配当を七円五十銭引き上げるだけでも、清水の舞台から飛び降りるような決断だった。

「伊藤会長、お忙しい中、ここまでお膳立てして下さり、感謝の言葉もございません」

村上が丁重に切り出した。

「しかしながら、オリエント・レディの財務状況を見ますと、総資産の実に七五パーセントが現預金という異常な状態です。本来なら、会社の将来にとって重要なＳＰＡ（製造小売）化の推進とかブランド戦略なんかに積極的に投資しなくてはいけないのに、住友不動産やニチメンとの株の持ち合いに使ったり……」

「村上君、今日はそういう細かいことは、脇に置いといてくれ」

伊藤が厳しい口調で遮った。

「君たちは、これだけ譲歩を引き出したんだから、もうこのへんでいいじゃないか」

「村上さん、あなたはいったい、いくらほしいんだ？」

鈴木が不信感を滲ませて訊いた。

「お言葉ではございますが、今のままではなんのために内部留保を積み上げているのか分かりません。企業統治の面からいっても、いろいろ改善すべき点が……」

大楠や瀧澤と合意した手前もあり、相応の成果なしには、退き下がるわけにはいかない。

「村上君、いい加減にしろ！　こんなことを続けていると、日本で生きていけなくなるぞ！」

伊藤に一喝され、村上は口をつぐんだ。

その言葉が四年後に現実になるとは夢想だにしていなかった。

この日の話し合いも物別れに終わり、互いに一歩も譲らない両者は、「プロキシーファイト」に突入した。

オリエント・レディは田谷自ら陣頭指揮をとり、百貨店や銀行などの取引先株主を中心に、支持を働きかけた。バブル崩壊後の不良債権で体力が弱まった銀行や下位の総合商社の中には資本増強のために株式持ち合いの相手を探したり、優先株や劣後債の販売に血眼になっている会社が多く、田谷はそういうチャンスを捉えて、株式の持ち合いによる安定株主工作をしたり、豊富な現預金で劣後債を購入する見返りに、株主総会での支持を取り付けていった。

村上ファンド側は、都内や米国で「株主集会」を開催したり、個別の株主を訪問したりして、外国人投資家を中心に委任状獲得工作を進めた。

新聞や雑誌の紙誌面には〈初の本格的委任状闘争へ　村上氏が株主還元策巡りオリエント・レディと〉〈村上ファンド銘柄が軒並み高騰　オリエント・レディはストップ高〉〈ひと列伝　村上世彰氏官僚から物申す株主に転身〉といった刺激的な見出しが連日躍り、日本全体が騒動に巻き込まれていった。

翌週（二月二十四日）――

村上ファンドのオフィスは、港区南麻布四丁目に建つ、淡い紫色の外壁の七階建てのビルに入居している。付近には慶應義塾幼稚舎、フランス大使館、北里大学北里研究所病院などがあり、瀟洒なマンションが建ち並んでいるが、そばを首都高速二号目黒線が走っているため、景観はよくない。

「あっ、なんだこれは⁉」

小ぢんまりとしているが、外資系企業のようにすっきりとモダンなデスクで、パソコン画面を見ていた村上ファンドの幹部の一人が思わず声を上げた。

「どうしたんですか？」

そばにいた女性スタッフが、画面を凝視する男性幹部に声をかけ、後ろから覗き込む。

男性が見ていたのは「ＹＡＨＯＯ！　掲示板」で、手紙のようなものがアップされていた。

「『オリエント・レディから株主の皆様方へ』……？　これって、オリエント・レディが株主にあてた手紙ですか？」

「そうらしい。ひどい内容だよ」

手紙は、村上ファンドの株主提案を「常軌を逸した要求」と断じ、「いい加減な数字を並べて、多くの善意ある株主を惑わす卑劣な行為であり、短期的な利ザヤ稼ぎのために株主となり、経営批判するのは、コーポレート・ガバナンスに名を借りた資産の持ち逃げに他ならない」と激烈な言葉で批判していた。

「うわー、これは確かにひどいですね！　一部上場企業が株主提案をこんなふうに罵倒するなんて、あり得ないですよね」

「まあ、かなり追い詰められてるってことなんだろうなあ」

手紙は、約三千五百人の株主のうち、会社側提案を支持しそうな千五百人ほどに送られたものだった。

村上ファンド側は直ちにオリエント・レディに抗議し、「手紙の内容は名誉毀損である。また特定の株主のみに手紙を送るために会社の経費を使う行為は、株主代表訴訟の対象になり得る」と申し入れた。

これに対して総務部長の鹿谷保夫が「手紙を出したのは事実だが、村上ファンド側だって株主に手紙を出しているではないか」と苦しまぎれの反論をした。

それから間もなく——

海猫百貨店の婦人服課長、烏丸薫は、ＪＲ滝川駅近くの栄通りにある「味軒《あじけん》」というラーメン店で、味噌ラーメンをすすっていた。

北海道札幌市から函館本線で旭川に行く途中にある滝川市は、中空知《なかそらち》地域の中心で、人口は約四万六千人。農・工・商業がバランスよく発展し、農業では、リンゴ、玉ねぎ、合鴨、味付けジンギスカン、小麦、蕎麦などが特産品である。

二月のこの時期は、連日の降雪で、町全体が七〇センチほどの雪に埋まっている。朝方の気温が氷点下十度を下回る日もあり、日中も零度に達するか達しないかという厳しい寒さだ。

「はい、いらっしゃい！」

烏丸の背後で、ガラスをはめ込んだ片開きのドアが開き、寒風とともに男性客が入ってきた。

「すいません、味噌ラーメン一つ」

スーツの上からダウンジャケットを着た男性客は、カウンターにすわり、革の手袋を脱ぎ、毛糸の帽子をとって、一心不乱にラーメンをすすっている烏丸のほうを見た。

「あれっ、烏丸さんですか？」

「えっ？」

烏丸がどんぶりから顔を上げ、声のしたほうを見ると、銀縁眼鏡のレンズを湯気で曇らせた五十歳くらいの男がこちらを見ていた。

「八木沢さん！　なに？　仕事で滝川にきたの？」

男はオリエント・レディ札幌支店長になった八木沢徹だった。旭川の高校時代は野球部のキャッチャーで、田谷軍団の一員らしく、動作がきびきびしている。

「はあ、まあ、仕事といいますか、例のあれです」

「例のあれって……村上ファンドの件？」

近頃は、オリエント・レディといえば、即、村上ファンドである。

「ええ。滝川に個人株主さんが二人いるんで、菓子折り持って、会社提案支持のお願いをしてきました」

「へーえ、滝川にもおたくの株主がいるんだ」

「北海道には五十人くらい株主がいます。みんなで手分けして、お願いに歩いてるところです」

「そりゃ、大変ねえ！」

「我が社は、もう村上ファンド対策一色ですよ。仕事にならないすよ」

八木沢は悩ましげな顔で、コップの水を喉に流し込む。

オリエント・レディでは、全国の支店をあげて、株主説得に奔走している。

「田谷社長はお元気なの？」

「いや、相当参ってるようです。本社によると、ボディガードまでつけたらしいです」

「えっ、ボディガード？　なんのために？」

「村上世彰に雇われた暴漢に襲われないようにするためだそうです」

「まさか！　いくらなんでもそこまではやらないでしょ」

「あれで結構臆病なんです」

八木沢は苦笑し、カウンターごしに味噌ラーメンを受け取る。

「ところで烏丸さんは、なんでまた滝川に？」

「ちょっと北竜町に帰ったのよ。両親ももう八十近くて、屋根の雪下ろしとかが大変だから、手伝いに」

北竜町から滝川駅まではＪＲ北海道バスで四十分弱、滝川駅から札幌駅まではＪＲの特急で約五十五分である。

「ああ、それで。『味軒』はよくこられるんですか？」

「わたしここの味噌ラーメンのファンでね。前は札幌の地下街にも店があったんだけど、もうここだけになったから、帰省のときは滝川経由にしてるのよ」

「味軒」は店舗網の拡大が急だったため、経営に行き詰まったという話である。

「確かにこの野菜をたっぷり煮込んだ甘めの味噌スープとコシのある黄色い縮れ麺は、道民の琴線に触れますよねえ」

八木沢も、美味《うま》そうにラーメンをすすり始めた。

2

四月——

東京は桜の季節を迎え、渋谷区代官山町の田谷毅一の新居から歩いて十分ほどの目黒川沿いの桜並木も、ソメイヨシノ、八重桜、枝垂《しだれ》桜など、約八百本があでやかに咲き誇っていた。

オリエント・レディと村上ファンドの抗争は、前者がツテを頼って村上の古巣である経済産業省の大臣に村上を抑え込んでくれるよう依頼したり、「村上ファンドには危ない筋から金が流れている」という根拠のない噂を流したりして、泥仕合化していた。

「う、うわああーっ！」

暗闇の中で、獣のような叫び声が響いた。

「うおおーっ！　おめえらーっ！……ぐわあーっ！」

叫んでいたのは、田谷毅一だった。

次の瞬間、掛布団をがばっとはね飛ばし、大きなベッドの上で上半身を起こした。

「はあ、はあ、はあ……」

（夢か！……なんていうこんだ！）

心臓が早鐘のように鼓動を打ち、全身が冷や汗でぐっしょりと濡れていた。

(株主総会で追放される夢を見るとは！　俺は追い詰められているずらか⁉)

最近引っ越してきた代官山の邸宅は、深夜の静けさの中にあった。

若い頃から仕事で毎晩午前様で、家庭をほとんど顧みなかったため、夫婦仲はとうの昔に冷え切り、妻はまだ高輪の家から引っ越してきていない。

敷地面積二一〇坪、時価八億円の豪邸に住んでいるのは、田谷と住み込みの家政婦だけである。

(株主の……株主の支持は、今、どんな状況だぁ？)

ベッドサイドの電気スタンドを点け、置いてあった革の手帳に手を伸ばす。

株主からの支持の取り付け状況と、村上側についた株主数およびその持ち株数を日々克明に記している手帳だった。

白髪まじりの頭髪を乱し、太いフレームの老眼鏡をかけ、手帳の数字を凝視する六十七歳の姿には、確実に老いが忍び寄ってきていた。


四月二十六日——

オリエント・レディは決算発表と合わせ、従来一株当たり十二円五十銭だった配当を二十円に引き上げ、百二十三億円を上限とする自社株買いも行うと発表した。アドバイザーに起用した野村証券などと話し合った結果の妥協策だった。

これに先立ち、二回に分けて、東証のToSTNeT(立会外取引)で、六十万株(総額約七億円)の自社株買いも行なった。ToSTNeT市場は、四年前にできた、オークション時間外の立会外取引で、オークションでの円滑な執行が困難な大口取引やバスケット取引に使われる。

五月二十三日(木曜日)――

東京は薄曇りで風もなく、朝方の気温も二十度近くと、穏やかな初夏の日を迎えた。

JR御茶ノ水駅から本郷通りの坂道を徒歩で五分ほど下った場所にある全電通労働会館前の路上には、朝七時すぎから、大きなカメラを首から下げ、三脚や脚立を持った報道各社のカメラマンたちが集まり、正面入り口脇に立てかけられた〈株式会社オリエント・レディ　第54回定時株主総会会場〉という白地に黒い文字の看板などを撮影していた。

オリエント・レディと村上ファンドの争いは、会社は誰のものかという根本的な議論に発展し、日本中を席巻していた。

午前七時五十分頃、村上世彰が車でファンドのメンバーたちと到着した。フラッシュが次々と焚かれ、メモや音声レコーダーを手にした記者たちが一斉に駆け寄る。

一階の株主受付は、つばのある制帽に青い制服姿の綜合警備保障の警備員たちとオリエント・レディの男性社員たちで固められ、全員の入場票と身分証明証をチェックし、鞄は有無をいわせずクロークに預けさせていた。

村上ファンド側が、速やかな議事進行のために、事前に委任状を含めた議決権の数を集計しておくよう求めていたが、オリエント・レディ側が拒絶し、当日数えることにしたため、午前十時開会の予定が大幅に遅れた。

田谷ら役員たちが、株主総会の会場である二階の三四〇平米のホールに姿を現したのは午前十一時二十分すぎだった。

「皆さん、お早うございます」

議長を務める田谷が壇上で挨拶をすると、会場の最前列から三列目あたりまでを埋め尽くした社員株主たちが、「お早うございまーす！」と割れるような大声で挨拶を返す。全員が紺か黒系統のスーツを着た男性社員で、黒い岩の塊が横たわっているようだった。

「なにがお早うだ！　株主をこれだけ待たせて、なんだと思ってるんだ⁉」

一般株主の男性が怒声を上げ、白髪まじりの頭髪をオールバックにし、ダブルのダークスーツをりゅうと着た田谷の顔に緊張が走る。

その左右をボディガード役の社員二人が固めていた。

田谷が、委任状を含めた出席者の株式総数について述べ、株主総会が適法に開催されたことを宣言する。

「これから議案の審議に入りますが、発言については、議長の指示にしたがってもらいますので、何卒よろしくお願いいたします」

田谷が、しわがれ気味の声でいうと、社員株主たちが「了解！」「りょうかーい！」と一斉に声を上げ、拍手した。

事前のリハーサルは、アドバイザーの野村証券や取引銀行にも手伝ってもらい、何十回も行なっていた。

「それでは最初に、当社第五十四期の営業状況についてご報告いたします。なお貸借対照表、損益計算書その他の財務諸表につきましては、監査人および監査役会より、適正であるとの意見を得ております」

田谷が視線を手元資料に落とし、営業報告を始める。

「我が国の個人消費が低調に止《とど》まる中、アパレル業界においては、生き残りをかけた競争がますます激しさを増してきております。当社は、品質とファッション性を備えた上質な商品を生み出す努力を続け……」

約二百五十人の出席株主の周囲には、五、六メートル間隔でスーツ姿のオリエント・レディの男性社員たちが立ち、変な動きがないか目を光らせている。

「……しかしながら、取引先の破綻や時価会計導入の影響などが重なり、当期の売上高は前期比七・一パーセント減の五百八十億円余、経常利益は同五一・二パーセント減の四十五億円余、当期損益は前期の四十七億円の利益から七億円余の損失となり、誠に不本意な結果となりました」

田谷の背後には、総務部の男性社員たち数人と女性の顧問弁護士が控えている。

演壇の左右に、白い布がかかったひな壇が延び、専務以下の十一人の取締役と監査役が神妙な顔つきですわっていた。

村上世彰は会場中央に陣取り、一〇メートルほど離れた田谷にじっと視線を注いでいた。その様子を、会場右手前方に立った社員が、監視するようにビデオカメラに収めている。

「……以上、お手元の書類のとおりでございます。今後は、海外の有力デザイナーとの提携などを積極的に進めて参ります」

財務諸表の変動箇所について説明をし、田谷が、営業報告を締め括った。

「続きまして、株主から事前にご質問を頂いておりますので、専務のほうからご説明申し上げます」

田谷がいい、額がかなり後退し、縁なし眼鏡をかけた専務がうなずく。

「なお、すでにご回答済みのもの、ならびに本総会の目的から逸脱している質問については、割愛させて頂きます」

田谷が念を押し、演壇に近い位置にすわった専務が手元の資料に視線を落とす。

「株主からのご質問につき、以下のとおりご回答いたします」

五十代後半で、地味で手堅そうな風貌の専務は、田谷の高校の十一年後輩で、中央大学商学部を出て、塩崎健夫らとともに、オリエント・レディの大卒第二期の採用で入社した。

「今期の一株当たり二十円という配当につきましては、上場アパレル会社の中でも極めて高い水準と認識しております。自己株式の取得(自社株買い)につきましては、様々な制約と会社の長期的展望の中で、できるだけ行なっていく方針です。投資有価証券の保有が多大であるというご指摘につきましては、当社は有価証券投資を目的とする会社ではなく、余資の一部を運用しているということであります。投資有価証券の損失についてのご指摘は、真摯に受け止め、今後チェック体制を強化していきたいと考えております」

専務がやや緊張して回答を読み上げたのに続き、別の役員二人が、それぞれ担当する部門に関する株主からの質問への回答を読み上げた。

「以上、質問状に対してご回答をさせて頂きました」

田谷がいうと、前方に陣取った数十人の男たちが一斉に「了解!」「りょうかーい!」と叫び、盛大な拍手をする。村上ファンドのメンバーや一般の株主たちは、呆れた表情。

「それでは会場からご質問を受け付けたいと思います。ご質問がある方は、手を挙げて議長の指名を受け、入場票の番号と氏名を述べ、簡潔にご発言願います」

　会場からいくつも手が挙がった。

「百二十五番の静岡からやってきた中村と申します」

　六十歳すぎと思しい黒いシャツにネクタイを締めた男性が指名され、質問を始める。

「御社の株を老後資金として購入させて頂きました。二月に千四百円近くで買って、今は千百円くらいで損が出ています。自社の実力からいって適正な株価はいくらだと思うかということと、株価向上への戦略を聞かせて頂きたい」

　村上の株主提案のあと、株価は急騰したが、その後、多くの投資家が利食い売りしたため、再び下落していた。

「株価というのは、市場に任せざるを得ないところがあって、高いとか安いとかなかなかいいづらいもんです。二月にお買いになったんですか？」

　田谷が静岡の男性に訊いた。

「そうです」

「まあ、あの頃は特殊要因なんかがあって、上がったり下がったりした時期でしたからね……。千四百円を割らないことが望ましいと思っておりますが、そのためにはやはり本業で利益を出すということに尽きるのではないかと思います」

　二番目の質問者は都内からきた一般株主だった。

「バブル崩壊後、百貨店がじり貧に陥っていますが、御社は今も販路が百貨店中心のように思われます。このままだと、百貨店と心中するようなことになるんじゃないんでしょうか？」

「これにつきましては、もちろんいろいろ手を打っております。ヤング・カジュアルの商品も開発しており、紳士服の発売も検討しております」

しかし実際には、田谷は「百貨店命」の姿勢を崩していない。唯一の例外は、グレード事業部という量販店向けの部門で、ジャスコやユニーなどとも取引していたが、実質的にはイトーヨーカ堂対応部署で、若い頃からの恩人である伊藤雅俊には頭が上がらない。

続いて指名されたのは、村上ファンドのメンバーの男性だった。

「御社はマイカル債に投資して四十億円の損失を出したわけですが、こういうリスクの高い有価証券に投資して多額の損失を出すくらいなら、株主に還元すべきではないでしょうか？」

田谷が後方に控えた女性弁護士を振り返り、相談する。

「有価証券投資の損失については、先ほど専務のほうからご回答したとおりです。次の方どうぞ」

「ちょっと待って下さい！　四十億円の損失ですよ。これで今期の利益が全部吹っ飛んだんじゃないですか！」

会場からまばらな拍手が湧く。

「議長が次の方っていってるだろう⁉　議長の指示に従えよ！」

最前列中央に陣取った鹿谷保夫が、怒髪天を衝く顔つきで村上らのほうを振り返り、怒声を浴びせた。

「議事進行！　議事進行ぉーっ！」

社員株主たちも一斉にわめく。

「議長、確かにあの四十億の損は問題ですよ」

先ほどの静岡の男性も怒りをあらわにした。

「『真摯に受け止め、今後チェック体制を強化します』じゃ済まされないですよ！　そもそも誰が、どういう社内手続きで投資を決めたんですか？」

「マイカル債につきましては、投資をした時点で社内の基準を満たしており、当社は銀行や証券会社の助言を受けながら、堅実に投資を行なっております」

騒然とする中、田谷が書類を読むかのようにいう。

「ただし、投資でありますので、儲かるときもあれば損をするときもあるということです。議事を進行します」

「了解！」

「了解！」

「冗談じゃない！　取締役会に無断で投資したんじゃないのか⁉」

「議事進行ぉーっ！」

村上や一般株主の追及の声は、大勢の社員株主の声に呑み込まれ、うやむやのうちに議事が進められる。

「田谷社長、あなたにとって、株主とはどういう存在ですか？」

村上ファンドの若い女性スタッフが訊いた。

やや黄色い声は、男が大半の会場で目立ち、社員株主の中には「ハハハハ」と馬鹿にしたような笑い声を上げる者もいる。

「あなたは五月十六日付の株主あての手紙の中で『特殊株主』という言葉を使っていますね。特殊株主とはどういう意味ですか？」

それは村上ファンドを指した言葉だった。

そもそも特殊株主は、総会屋を意味する語だ。

「当社は、株主さんとか、従業員さんとか、お取引先とか、そういうすべての関係者と協力して、社会に貢献したいと思っております」

田谷がしれっとした顔でいった。

「『特殊株主』というのは、一般の多くの株主さんとは違う株主という意味で書いております。そう理解して頂けないでしょうか？」

「理解できません！」

女性が挑むように答えると、また社員株主たちが「ハッハッハッハ」と馬鹿にしたような笑いを浴びせた。

その後も、一般株主や村上ファンドから、オリエント・レディがホームページさえ作っておらず、情報開示にきわめて不熱心であることや、社内の権限が社長に集中しており、ガバナンス上望ましくないという指摘がなされたが、田谷は「そんなことはありません。いろいろやってるんです」とか「今後の糧にしたいと存じます」と、のらりくらりかわした。一般株主からの「社員株主のヤジを止めさせてほしい」という要望は、まともに取り合わなかった。

「そろそろ質問も出尽くしたようですので、議案に関する審議に入りたいと思います」

時計の針が正午を三十分ほど回ったところで田谷がいうと、社員株主から「異議なーし！」と拍手が湧き、村上ファンド側の「まだ質問は終わってませーん！」という叫びをかき消す。

「質問です！　進行についての質問です！」

村上ファンドの弁護士が声を上げた。村上より一歳下で、東大法学部の同窓生だ。

「なーにいってるんだ⁉」

社員株主がヤジを飛ばす。

「議案に関する質問は別にやってもらえるんですね？」

村上ファンドの弁護士は臆せず問いただす。

田谷が背後の女性顧問弁護士と相談する。

「別にやります」

田谷が答えた。

「結構です」

「それでは会社側提案につきまして、ご説明いたします」

田谷は、Ａ５判で二十ページあまりの「第54回定時株主総会招集ご通知」という表題がある冊子に書かれた議案を読み上げる。

会社側提案の議案は一号から六号までで、第五十四期の利益処分案（および配当）、自己株式の取得（自社株買い）、取締役の選任（含む社外役員）などである。配当は一株当たり二十円、自社株買いは千三十万株（発行済み株式の約一〇パーセントで、百二十三億円が上限）、社外取締役にはルミネ会長と信用金庫の理事長の二名を推薦した。

「……以上が、議案の一号から六号までの提案内容です。それでは、議案の七号から九号までを提出したM&Aコンサルティング代表取締役村上世彰さんに、ご説明をお願いします」

「すいません、議案説明の前に、一点お願いしたいことがあります」

会場中央に陣取った村上がいった。

「おい、何番だ⁉ 番号をいえ！」

社員株主からヤジが飛ぶ。

「なんだと⁉ 失礼じゃないか！」

村上が憤然としていい返す。

「お願いしたいのは、委任状の集計を終えて頂くことです。それを出して頂いてから、説明したいと思います」

村上がマイクを手にして、田谷にいった。

委任状の集計は、総会開始前も手間取り、開会が予定より一時間半も遅れた。

「それでは、集計のため、いったん休憩します」

田谷がいい、一部の株主たちは立ち上がり、外に昼食を買いに出かける。

委任状の集計に一時間以上を要し、総会が再開されたのは午後二時すぎだった。

再開を宣言する田谷の顔は、先ほどまでと比べるとかなり余裕があり、笑みさえ浮かべていた。

（なにかあったのか……？）

村上世彰らは、嫌な予感にとらわれた。

「それでは第七号から九号までの株主提案につき、ご説明いたします」

村上は、一株当たり配当金五百円、自社株買い三千四百万株(発行済み株式の三分の一、上限五百億円)、元日本興業銀行常務と経営コンサルタントの二名を社外役員に推薦、という内容の株主提案を説明した。

「ええ、会社としましては、七号から九号の議案には反対いたします」

ひな壇にすわった地味な風貌の専務がいった。

「それでは、議案に関する質問のある方は、挙手をお願いします」

田谷がいうと、一般株主や村上ファンドのメンバーたちが挙手をし、質疑応答が始まった。

村上ファンド側は「千二百五十億円という大量の資金が有効活用されていない」「ファッションビルに五百億円も投資するのなら、より安全な自社株に投資すべき」「社外取締役には、会社から独立して意見がいえる人物がふさわしい」といった議論を展開した。これに対して会社側は「五百億円などという配当をすれば企業体力が弱まる」「ファッションビル計画は、当社がアパレル会社として知見のある表参道や銀座のビルおよび周辺地域の商品の売れ筋を詳しく調べ、大手不動産会社と一緒に入札するなどして、慎重に取り組んでいる」「社外取締役には、当社の内容をよく知る人物がふさわしい」と反論し、議論は相変わらず平行線のままだった。

株主たちの多くは、午前八時くらいからきているため、かなり疲れた表情である。

「……えー、それでは議論も出尽くしたと思いますから、採決に入らせて頂きたいと思います」

午後三時少し前、田谷がいった。

「ちょっと待って！　質問でーす」

「しつもーん！」

村上ファンドのスタッフらが手を挙げる。

田谷がしょうがないなという表情で、質問者の一人を指名する。

「役員と社外役員の選任および候補者の適格性に関連しての質問です。御社は十億円以上の投資には、取締役会決議が必要であると取締役会規定に定められていますよね？」

村上ファンドの男性幹部が訊いた。

「そうです」

壇上の田谷が答える。

「マイカル債の投資にも取締役会決議はあったのでしょうか？」

「もちろんです」

田谷は嘘をついた。

本当は独断でやったもので、この翌年、村上ファンドに訴えられ、会社に一億円の損害賠償を個人で支払わされる羽目になる。

「なぜトリプルBより格付けが低い債券に投資したのでしょうか？」

トリプルB未満の格付けは「投機的等級（投資不適格）」で、リスクが高い。

「投資したときはダブルAでした」

「そんなこと、ありえませーん！」

村上ファンドの女性スタッフが叫ぶ。

マイカル債は発行当初でもシングルAマイナス（日本格付研究所）で、その後、信用状態が悪化するにつれて格下げされ、田谷が買ったときは投資不適格だった。

「それでは議論も十分なされたと思いますので、採決に入ります」

田谷は再び採決に入ろうとする。

「賛成！」

「異議なーし！」

社員株主たちが一斉に叫んだ。

「検査役、これ尋常な進行でしょうか⁉」

村上ファンドの弁護士が大きな声でいった。

今回の総会には、公正な議事進行を確保するため、東京地裁から検査役が派遣されていた。

「弁護士さーん、これ、あとで困りますよ！　公開企業ですよ！」

村上ファンドの幹部も、田谷の背後に控える女性弁護士に向かってダメ押しする。

田谷が後ろを振り返り、女性弁護士と相談する。

「会場のご要望が強いので、もう少しだけ質問を受け付けることにします」

苦々しげな表情でいうと、会場からまばらな拍手が起きた。

会場から、自社株買いの価格や投資に関する監査役の責任についての質問や追及があり、田谷が例によってのらりくらりと質問をかわす。「監査役は取締役の業務執行を監視する役目を果たしていないと思います」という指摘に対しては、「ご指摘、有難うございます」としれっと答えた。

「それでは以上で質問を打ち切りたいと思います」

いくつか質問を受け付けたあと、田谷がいい、社員株主たちから「りょうかーい！」「よぉーし！」「異議なーし！」とかけ声とともに拍手が湧く。

「質問でーす！　まだ質問がありまーす」

村上ファンドの女性の黄色い声が飛ぶ。

「あんたは、もう十分質問したでしょう」

田谷が忌々しげな顔でいい返す。

「まだ一回しか質問してません！」

「もう十分聞きました。同じことを何回もいわんで下さい！　なんでもがーがいって、時間をかけりゃいいっちゅうもんじゃあないでしょう！」

甲州弁まじりで怒鳴り返す田谷の顔にも、疲れが色濃く滲んでいた。

村上ファンド騒動が始まって以来、顔の皺や白髪がめっきり増え、寿命が十年縮まったといわれていた。

午後三時に近くなって、いよいよ採決に入った。

今総会では書面による採決方法が採られ、株主たちはあらかじめ配付された投票用紙の各議案に対する賛否の欄に丸を付け、青い腕章をつけた社員たちがそれを回収して歩く。

「それでは、集計のために四時まで休憩にします」

「また休憩かよ!?　なんちゅう長い総会なんだ！」

一般株主たちがぼやく。

村上ファンドのメンバーたちは、一階のロビーでサンドイッチを食べながら作戦会議に入る。

その近くに、青い布で囲った集計所が設けられ、東京地裁の検査役立ち会いのもと、投票の集計作業が行われていた。

午後五時すぎ、田谷毅一は、総会場のホールの一つ上の階にある役員控室に池田定六の女婿・文男の息子を招き入れた。

「このたびは有難うございました。おかげさまでなんとか勝てたようです」

田谷が相好を崩していった。

投票の大勢が判明し、会社側の勝利が確実になっていた。

「そうですか。それはよかったです」

四十歳少し手前の池田定六の孫は淡々と応じた。

池田文男は、田谷が社長になったあと、約十四年間副社長を務めたが、がんで亡くなった。その息子はサラリーマンをやりながら、池田家の資産管理をしている。池田家のオリエント・レディに対する持ち株比率は、現在約一パーセントである。

「今後とも是非ご協力をお願いします」

田谷に握手の手を差し出され、創業家の家長は白けた表情で、その手を握り返す。

田谷は日頃、「池田家には足を向けて寝られません」といいながら、社長になって以来、墓参することも池田家に挨拶に行くこともなかった。池田家のほうも、田谷の人間性を疑問視しており、会社側提案に賛成したのは、村上の提案よりは会社にとって少しはよいと判断したからにすぎない。

「お待たせしました。投票の結果を発表します」

午後四時の予定から大幅に遅れた午後五時五十分頃、田谷毅一が演壇でいった。

「第一号議案（配当二十円）、賛成四万八千ころんで八十一票、反対三万七千四百五十六票、第二号議案（自社株買い千三十万株）、賛成四万五千五百二十二票、反対四万と二つころんで十五票」

「よしっ！」

「りょうかーい！」

社員株主たちが盛大に拍手をする。

第三号議案（会社側推薦の二人の社外役員を含む取締役の選任）もそれぞれ約六万八千票対一万七千四百票という大差で可決された。

第四号議案（監査役一名の選任）、第五号議案（退任役員への慰労金贈呈）、第六号議案（退任監査役への慰労金贈呈）は、村上ファンドも反対せず、問題なく可決された。

「第七号議案（配当五百円）、第八号議案（自社株買い三千四百万株）は、ともに否決」

投票結果は第一、二号議案の票の裏返しである。

「第九号議案（元興銀常務と経営コンサルタントの社外役員選任）は、それぞれ賛成四万ころんで八百二十四票、反対四万四千七百十三票、同じく賛成四万ころんで七百六十票、反対四万四千七百七十七票で、否決されました」

会社側提案はすべて可決され、村上ファンドの提案はすべて否決された。

村上世彰は、悔しさを噛みしめながら宙を仰いだ。

（外人投資家の動きが誤算だったか……⁉）

村上の提案を支持してくれていた外国人投資家の一部が、去る一月末の村上の株主提案を受けて株価が急騰した際に、株を売却していたのだ。外国人持ち株比率は、昨年八月末の三八・六パーセントから今年二月末には二八パーセント台まで落ちていた。

また外国人投資家の五パーセントの委任状がなんらかのミスで届かなかった。外国人投資家の議決権行使は、実質株主(外国人投資家)→株券受託銀行(global custodian)→日本国内の常任代理人(Japanese sub-custodian)という三層構造で、実質株主と株券受託銀行の間に投資顧問業者が入れば四層構造になり、関係者間の意思疎通がスムーズにいかないリスクがある。

一方、去る一月に、三和銀行と東海銀行が合併してＵＦＪ銀行になったため、銀行の事業会社に対する持ち株制限(上限五パーセント)にしたがって、三和銀行がオリエント・レディの株を手放したが、住友不動産、大林組、ニチメンなどが持ち株を増やし、二月の一ヶ月間でオリエント・レディの株式持ち合いは四・五パーセント増加した。

「それでは以上をもちまして第五十四回定時株主総会を閉会いたします。本日は有難うございました」

社員株主たちの割れるような拍手と、村上ファンドおよび一部の一般株主のため息が漏れる中、ボディガード役の社員に左右を固められた田谷が閉会を宣言した。

3

年明け(平成十五年)――

村上世彰は、日比谷通りを挟んで日比谷公園の向かいに建つ旧三井銀行本店前でタクシーを降りた。三井住友銀行頭取の西川善文を訪ねるためにやってきたのだった。

同行は、オリエント・レディと株式の持ち合いをしており、先の株主総会でも会社側提案に賛成した。村上が財界人脈を通じて西川に会い、「オリエント・レディは、コーポレート・ガバナンスを抜本的に改善しなくてはならないと思います。なんとかお力添え頂けないでしょうか」と、〝爺《じじい》殺し〟の本領を発揮して依頼したところ、西川は「あなたのいうことももっともだ。うちはあの会社の準メインバンクでもあるし、なにかできないか考えてみよう」と返事をした。

それから数ヶ月経ち、西川から、オリエント・レディについて説明したいから銀行にきてほしいと連絡があった。

三井住友銀行は、二年前の四月に、住友銀行頭取だった西川が、グループの垣根を越えて三井グループのさくら銀行と合併するという離れ業で誕生させた銀行だ。新グループの社長兼銀行頭取には西川が就任し、旧三井銀行本店(さくら銀行東京営業部)にグループ本社を構えた。

地上九階・地下五階建てのビルは、伝統の重みを感じさせる黒を基調とした外観である。

村上が、期待半分、不安半分の気持ちでロビーに足を踏み入れると、どことなく落ち着かない空気が漂っていた。昨年十一月二十九日に、竹中平蔵金融・経済財政担当大臣が、不良債権処理の加速を柱とする「金融再生プログラム」の行程表を発表したため、メガバンク各行は自己資本不足による国有化を回避しようと、なりふり構わぬ増資に走っていた。最も見苦しいのは、取引先約三千四百社に対して奉加帳方式で増資を頼み歩いているみずほ銀行だが、三井住友銀行もわかしお銀行との逆さ合併で二兆円の合併差益を捻り出そうとしたり、ゴールドマン・サックスに通常ではあり得ない有利な条件を与えて、大型増資を引き受けさせようとしたりしていた。

村上が秘書役の男性に案内され、社長兼頭取室に入ると、西川は室内後方の大きなデスクから立ち上がり、ソファーセットを手で示した。

四十畳ほどの大きな部屋は、オーク材がふんだんに使われ、竣工した昭和三十五年の面影を留めている。大きな窓からは日比谷のビル街と、その先の二重橋が見えた。

「オリエント・レディの田谷社長に会ってきたよ」

白髪にきちんと櫛を入れ、いかにも意志が強そうな風貌の西川が渋い顔つきでいった。

村上は、西川がわざわざオリエント・レディに足を運んだことに驚くとともに、その表情から、よい首尾ではなかったことを直感した。

「約束の時間に行ったら、三十分も待たされた」

「三十分もですか⁉」

天下の銀行頭取を待たせること自体、信じられない。

田谷は、伊勢丹や海外ブランドのトップを待たせたりすることは決してないが、無借金経営で銀行にあまり気をつかう必要がなく、学歴コンプレックスもあって、一流大学卒の銀行頭取に対して傍若無人にふるまうことがあった。

「社長室に入ったら、謝るわけでもなく、『ああ、どうも』の一言だけだったよ」

西川の顔に不快感が滲む。

田谷は、取引銀行の中で最も親しく、経理や監査部門に出向者も出してくれている三和銀行の頭取を宴席に呼び、呼んだ自分が一時間以上遅れたときも、「いやぁ、どうも。忙しくてね」の一言で済ませたことがある。

「それで、『コーポレート・ガバナンスの面をもっとしっかりやられたらどうですか』とはいってみたんだが、『もうやってます』で終わりだった」

「はあー、そうですか」

蛙の面に小便とはまさにこのことだ。

「融資関係なんかがあれば、銀行もいろいろ注文を出せるんだが、無借金経営の会社には、正直いってできることは限られている」

三井住友銀行がオリエント・レディに与えている最大の恩恵は株式の持ち合いだが、これは国有化を回避したい銀行にとっても大いにメリットがある。

「わたし個人としては、村上さんにはとことんやってほしいと思っているし、やっていいんじゃないかと思う。今回は、結果が出なくて申し訳ないが、またいつでも連絡して下さい」


五月七日——

ゴールデンウィーク明けの東京は、時おり雲間から太陽が顔を覗かせ、すごしやすい日だった。

銀座七丁目の中央通りと交詢社通りの角に建つビルの前で、華やかにテープカットが行われた。

CEOのフェルッチオ・フェラガモと、サルヴァトーレ・フェラガモの娘で副社長のジョバンナ・フェラガモが、モデルの川原亜矢子を挟んで立ち、他の関係者と一緒に笑顔でテープに鋏を入れると、詰めかけた人々から盛大な拍手が湧いた。

フェラガモの旗艦店である銀座本店の開店セレモニーだった。

真新しいビルは、フェラガモの赤いラッピングボックスを模し、白いリボンのような線が最上階の九階までまっすぐ延びている。四階から上は鏡のようなガラスの塔である。設計したのは、東京都庁などを手がけた丹下都市建築設計。地下一階は紳士物、一階は婦人物の靴やバッグ、子ども用商品、二階は婦人物衣料で、売場面積は五五〇平米。フェラガモの店舗では日本最大だ。

テープカットを見つめながら、東西実業の佐伯洋平は、ほっと安堵のため息をついた。この物件を獲得するために東海銀行の不動産部門に日参し、プラダとの競争に競り勝ち、契約がほぼ決まっていた東芝には詫びを入れ、新ビルの設計・建設や開業準備に奔走し、この日に漕ぎ着けた。旗艦店の初年度の売上目標は二十億円、日本全体で百八十億円を見込んでおり、日本への輸入を取り扱う東西実業にとっても大きな商権となる。

デフレ下で既存のアパレル・メーカーや百貨店が売上減に苦しむ中、ユニクロやしまむらのようなカジュアル衣料だけでなく、高品質・高価格の海外ブランドも売上げを伸ばしていた。プラダは来月、青山に旗艦店を開店し、ＬＶＭＨモエヘネシー・ルイヴィトンは九月に、傘下のフェンディ、セリーヌ、ダナ・キャラン、ロエベの四ブランドの旗艦店として青山に「ＯＮＥ表参道」を開店する予定である。中央通りには、昨年、フランスの高級鞄メーカー、ランセルが出店し、シャネルやカルティエも大型店を構える計画を持ち、海外高級ブランドの旗艦店がしのぎを削る激戦地になりつつある。

二週間後——

オリエント・レディは、千代田区九段南にある本社の大会議室で、第五十五回の定時株主総会を開催した。昨年同様厳重な警戒態勢が敷かれ、社員株主が与党総会屋の役を務めた。

村上ファンドは、ファンドの規模がオリエント・レディに投資を始めた頃の五百億円から倍の一千億円になったこともあり、昨年同時期の一一・七パーセントから一三・八パーセントへと保有比率を高め、再びプロキシーファイトに挑んだ。二千万株(約三百億円)の自社株買いを提案し、株主総会における特別決議に必要な定足数を総議決権の二分の一から三分の一に緩和するという会社側提案や、取締役の人数を十三名以内から十名以内に減らすという会社側の提案に反対した。

しかし、すでに利食った外国人投資家の多くが株主名簿から姿を消していたため、昨年以上の差で敗北を喫した。マスコミの注目も昨年ほどには集まらなかった。

第九章　中国市場開拓

1

翌年（平成十六年）秋——

上海を貫流する黄浦江《こうほこう》は、灰色のスモッグをとおして降り注ぐ陽光で鈍い銀色に燦《きら》めき、涼しい川風が吹き抜ける外灘《ばんど》では、旧香港上海銀行や旧江海関（租界の徴税機関）の古典的な石造りの洋風建築物が、「東洋のパリ」と呼ばれた二十世紀初頭の空気を漂わせていた。

オリエント・レディのマーチャンダイザー（ＭＤ）だった堀川利幸は上海にいた。

三年ほど前から社長の田谷に、「そろそろＭＤを卒業させてほしい」と願い出ていたところ、上海に現地法人を作り、中国市場の開拓をやるよう命じられた。

オリエント・レディは、過去、江蘇省に合弁で縫製工場を持っていたことはあるが、中国で婦人服を売ったことはない。

「お早うございます！」

堀川が当面の宿にしている盧湾《ろわん》区（現・黄浦区）のオークラガーデンホテル上海（花園飯店上海）の

ロビーで待っていると、不動産屋の唐《とう》さんが現れた。四十歳手前の主婦で、山西省の太原の農家の六人兄妹の長女である。長春大学で日本語を学び、日本人向けの営業を担当している。中背で朴訥とした雰囲気だが、生き馬の目を抜く上海でたくましく生きている。

「お早う。今日もよろしくお願いします」

すらりとした身体に、スポーティなニットセーターを着た堀川が挨拶を返す。頭の上にはゾフ(Zoff)のサングラスが載っている。

「じゃあ、行きましょうか」

二人は、ホテルの前で客待ちをしていたタクシーに乗り込む。

この日は、オフィスの場所の候補を何件か見にいく予定だ。

プラタナスの街路樹が多く、ヨーロッパの香りがする通りや、洗濯物がいっぱいに干された古い煉瓦造りのアパートが建ち並ぶ通りを、タクシーは西に向かい、十五分ほどで、虹橋《ホンチャオ》地区に到着した。

虹橋は、昔は田畑が広がるのんびりした田舎だったが、一九八〇年代に道路や電力網など、インフラ整備が進められ、外国企業が誘致された。外国人の影響が社会一般に広まるのを警戒した中国政府が、一ヶ所に集めて管理しようという目論見もあった。

二人は、東西に延びる片側四車線の天山路と片側二車線の古北路が交わるあたりでタクシーを降り、古北路を南のほうへ歩いていく。街路樹に、フランス人が持ち込んだといわれる中国梧桐《ごとう》(アオイ科の落葉高木、アオギリ)とクスノキが植えられ、前者は黄色く色づき始めている。

宝飾店、不動産屋、甘味屋、ラーメン屋、居酒屋、寿司屋、理容院、病院などが軒を連ねる通りを、スッポン売りや日本人ビジネスマンが行き交い、消防士たちがランニングをしている。

建物は一九八〇年代かそれ以前のものが多く、外国人の生活に必要なものは一通り揃っているが、少し古びて、あか抜けない外国人居住区という感じである。

「えーと、あのビルですね」

唐さんが地図を見て、前方を指さした。

堀川が視線をやると、青緑色のガラスのタワーのような近代的なオフィスビルがそびえていた。

「ほお、立派なビルだねえ！」

三十一階建てのツインタワービルで、「遠東國際廣場(Far East International Plaza)」という名前だった。

場所は仙霞路との交差点のそばで、近くに洋風建築のリッチ・ガーデン・ホテル(利嘉賓館)や上島珈琲店があった。街路樹のある広い通りに、明るい日の光が燦々と降り注ぐ風景は、渋谷区神宮前を思わせる。

「ここは、まだできて五年です」

ビルのそばまできて、唐さんがいった。

自動ドアを通ってロビーに入ると、一階には、中国農業銀行の支店、喫茶店、マッサージ店などが入居していた。

二人はエレベーターで十八階に上がる。

フロアーには、六〇〜一五〇平米のオフィスがいくつもある。そのうちの一つはアパレル関係の会社が使っているらしく、ガラス扉の向こうの壁際のラックにずらりと生地がぶら下がり、デスクで若い社員たちが打ち合わせをしていた。

候補物件は、壁がまだコンクリートの打ちっぱなしの六〇平米ほどのスペースだった。

「うーん、ここは景色がいいねえ」

広いガラス窓の向こうに、遠くの高層ビル群、付近のオレンジ色の瓦屋根の家々、公園などが見下ろせ、空中に浮かんでいるような気持ちになる。

その後、二人は、近くにある候補物件をさらに二つ見たあと、昼食に行くことにした。

「堀川さん、なにが食べたいですか？」

唐さんが堀川を見上げるようにして訊いた。

虹橋地区には食べ物屋がたくさんある。中でも仙霞路は、上海の新宿歌舞伎町といわれ、居酒屋、焼き鳥屋、寿司屋、ラーメン屋など、日本人向けの食べ物屋が集まっている。

「いや、なんでもいいけど」

「じゃあ、ワンタン屋に行きましょう」

（えっ、ワンタン屋？）

ワンタンというと麺の上に載っている具で、主食として食べるイメージがなかったので、堀川は意外な気がした。

唐さんが案内したのは、新しいショッピングモールの地下にあるワンタン屋だった。カフェとフードコートの中間のようなモダンなデザインの店である。奥のほうにあるオープンキッチンは白いタイル張りで、明るい照明の中で、白い厨房着にカーキ色の前掛け姿の従業員たちが働いていた。

店の前のほうに注文を受け付けるデスクがあり、背後の壁にいろいろな種類の餡《あん》やスープの品書きの札が掛かっている。

「スープは上海ふうの醬油味、トムヤム・スープ、辛いスープ、餡は、エビ、豚肉、牛肉、ホタテ、タケノコなんかがありますけど、どうしますか?」

(へーえ、今の中国には、こんなに多くの種類のスープや具があるのか!)

「じゃあ、醬油スープにエビで」

唐さんはうなずき、てきぱきと中国語で注文をする。

席で待っていると、どんぶりに入ったワンタンが運ばれてきた。肉厚の皮で、刻み野菜、エビ、豚のひき肉などを包んだ大ぶりのワンタン七、八個がラーメンスープのような醬油ベースのスープの中に浸かっていた。

(なるほど、これだけ食べれば腹はふくれるなあ)

堀川は納得しながら本場のワンタンを味わう。

周囲のテーブルの客のほとんどは、二十代、三十代の若者たちだ。虹橋地区のオフィスワーカーらしく、身なりはこざっぱりとしている。

(中国の人たちも、こういう服装をするようになったんだなあ)

国が急速に発展しているのを実感させる光景だ。

「ところで唐さん……」

目の前でどんぶりに顔を突っ込むようにしてワンタンを食べている唐さんに話しかけた。

「えっ?」

唐さんがワンタンを食べながら目を上げた。

（うおっ……！）

堀川は思わず身体を引きそうになる。

唐さんの両目が吊り上がっていて、餌を貪る野犬か餓鬼のような凄みのある顔になっていた。

（うーん、やっぱり中国人の食に対する執念は凄いな！）

「どうしたんですか？」

「あ、いや、午後なんだけど、ちょっと久光デパートに寄ってみたいんだけど」

久光デパート（久光百貨）は、去る六月に開業した上海屈指の大型百貨店だ。上海の銀座と呼ばれる南京西路にあり、香港のそごうを運営する利福國際グループと上海の九百グループの合弁だ。なお四年前に経営破綻したそごうは、西武百貨店グループの手で再建が進められている。

「ああ、いいですよ」

唐さんは、再び黙々とワンタンを食べ始めた。

一年後（平成十七年）秋――

日本に一時帰国した堀川は、田谷毅一、メガバンクの頭取、同行の神田支店長と一緒に、山梨県南部にある富士レイクサイドカントリー倶楽部でゴルフをした。

前日に、挨拶に本社を訪れたところ「明日、銀行と懇親ゴルフがあるから付き合え」と田谷に命じられた。

ティーグラウンドに立った田谷が、クラブを小さく振ってボールの位置を確認したあと、ヒュッとクラブを一閃させると、ピシーンという金属的な快音とともに、勢いよく打ち出された白球がU

字形に近い曲線を描き、フェアウェーのど真ん中へと飛んでいった。

「ナイスショット！」

コースは富士山北嶺の標高一〇〇〇メートルの場所に位置する名門ゴルフ場で、雄大な富士山を間近に見ながら、たっぷりのオゾンの中でプレーができる。

続いてメガバンクの頭取がティーグラウンドに立った。

半白の髪を七三分けにして、大きめのフレームの眼鏡をかけた頭取は、疲れているのか少し顔色がよくない。

硬いフォームでクラブを一閃すると、ボールは右方向へと飛んでいった。

「あー、こりゃあラフに入るなあ」

田谷が遠慮のない口調でいった。銀行融資が要らない無借金経営の上、頭取は十歳近く年下である。

頭取のボールは、コース脇の赤松の林の手前に落ちた。

「スイングのとき、身体がちょっとぶれてますな。なんならいいコーチを紹介しましょうか？」

田谷にいわれ、頭取は内心の悔しさを堪《こら》えて、苦笑いした。

その日、田谷はいつものように七十台のスコアで回り、他の三人を圧倒した。せっかちな性格のために、物凄い速さで歩くので、三人はついて歩くのに息が切れそうだった。

リゾートホテルを思わせる二階建てのクラブハウスに引き揚げると、メガバンクの神田支店長が小走りでやってきた。オリエント・レディの取引店の支店長で、人懐こい性格なので、田谷に可愛がられていた。

「田谷社長、誠に申し訳ないんですが、頭取がどうも体調が悪いようで……わたくしども、今日はここで失礼させて頂けないかと思いまして」

長身の支店長は、いいづらそうにいった。

予定では、風呂のあと、早めの夕食をともにすることになっていた。

「ああ、そうですか。そりゃあ、仕方ないなあ。分かりました」

田谷がうなずくと、支店長は恐縮しながら去った。

「社長、風呂に入って帰りますか?」

堀川が訊いた。

「いや、ちょっとまだやり足りんな。これからニューオータニのジムに行こう。付き合え」

「えっ⁉……は、はい」

二人は田谷の社長専用車にゴルフ用具を積み込む。

黒塗りのトヨタ・クラウンマジェスタは、河口湖インターチェンジで中央自動車道に乗り、時速一〇〇キロメートル近い速度で東京へと向かった。

「上海では、苦戦してるようだな」

背後から夕陽が差してくる後部座席で、タバコをふかしながら田谷がいった。

村上ファンドとの抗争で白髪こそ増えたが、相変わらず目はぎらぎらしており、全身から脂ぎった雰囲気を発散していた。

「はい。中国人の好みは、よく分かりません」

堀川が、難しい顔で答えた。

昨年から今年にかけ、上海市長寧区の虹橋《ホンチャオ》地区にある遠東國際廣場の十八階にオフィスを借り、上海現地法人を設立した。陣容は堀川を含め、五人で、不動産屋の唐さんを月給五千元(約七万円)で引き抜いて秘書兼アシスタントにした。

早速、日本からオリエント・レディの商品を輸入して久光デパートなどで販売したが、毎回売れ残りの山ができた。

中国で、日本の婦人服は大量には売れないが、珍しさから一定の需要はある。しかし、百貨店などの売り場では、先行しているオンワード樫山やワールドが一番いい場所を押さえ、二番手の場所は東京スタイルで、オリエント・レディの商品は最初から不利な戦いを強いられた。

「向こうの人間は、デザインや色づかいが派手で、個性的な商品を好むわけじゃないのか?」

煙を吐きながら田谷が訊いた。

「必ずしもそういうわけじゃないようです。たとえば、上海のお金持ちの層は、ヨーロッパふうで、ゆるく着られて、かつ形が変わらない物を好むようです」

「ふむ、なるほど」

「ただ、一括りにはできなくて、外国人の目では、売れるものを見極めるのは不可能です。中国人の感覚じゃないと分かりません」

堀川は、唐さんに何度か「堀川さん、これとこれ、どっちが中国人好みか分かりますか?」と何種類かの服を対で見せられ、「それはこっちだろう」と自信を持って答えたが、ことごとく外れた。実際に売ってみると、唐さんのいったとおりの結果になった。

「じゃあ、現地で中国人好みのオリジナル商品を作って、売ったらどうだ」

「えっ⁉　しかし、デザイナーもパタンナーもおりませんし、サンプル・ルーム（試作室）もありませんから……」

「そんなのは現地で雇って、設備も整えたらいいじゃないか。多少の金は使ってもいいから」

「はあ」

「そのために商品開発ができるお前を中国にやったんだぞ」

他社の日系アパレル会社の駐在員はほとんどが営業の出身者で、元マーチャンダイザーは、堀川一人である。

「ところで、一つ頼みがあるんだがな」

田谷が話題を変えた。

「中国に買収できそうな、いいブランドがないか探してくれんか」

「どんなブランドですか？」

「なんでもいいよ。うちの商品とテーストが全然違っててもかまわん。将来性があって、売値が妥当ならそれでいい」

すでにオリエント・レディはいくつかのブランドを買収していたが、田谷は「君臨すれど、統治せず」で、各ブランドに自由に経営させていた。

「日本は低成長の時代で、消費者の財布の紐が堅くなった。その上、ユニクロみたいなカジュアル衣料まで出てきた」

国内勢だけでなく、スペインの世界的カジュアルウェア大手のＺＡＲＡは、八年前にＢＩＧＩと合弁で日本に進出し、現在、東京、札幌、名古屋など、十数ヶ店を展開している。スウェーデン発祥のH&M（エイチ・アンド・エム ヘネス・アンド・マウリッツ）や米国のフォーエバー21も、数年以内に日本に店舗を構えると見られている。

「もう単独で生き残っていけるのは、ワールドとオンワードくらいだろう」

田谷が淡々といった。

バブル崩壊後、アパレル業界は、価格競争、百貨店の不振、人々の嗜好の多様化という大きな変化に直面し、極度の不振に喘《あえ》いでいる。

かつては原価一万円の商品を定価四万五千円で売り、メーカーと百貨店が儲けを山分けしていたが、もはやそれは不可能だ。ユニクロや青山商事のような安い商品を大量販売するカテゴリーキラーが台頭し、さらに海外のファストファッションが上陸したためだ。高くてもいい服を着るために、四畳半のアパートに住み、銭湯に通って、カップラーメンをすすっていた若者たちも、携帯電話やゲーム、食事、趣味に金を使うようになり、服はファストファッションやアウトレットの商品、人によってはインターネット・オークションの古着で間に合わせるようになった。

「型数や色数ばっかり増えて、商品は一度ばら撒いたら終わりだし、利益も上がらん」

平成の初めには十五兆円程度あった国内の衣料品市場が十一兆円前後まで縮小する一方で、供給（商品点数）は約二十億点から倍の四十億点近くになった。

業界の中でも特に百貨店との取引に重点を置いてきたオリエント・レディは、百貨店の地盤沈下による打撃が大きく、千数百億円もある現預金を利用した財テクで業績をなんとか補っている。

「愚直に良い商品を作っていただけでは、淘汰されてしまう時代だな……」

田谷の脳裏を、創業者で前社長の故・池田定六《ていろく》の愚直一筋の顔がよぎる。当時は、厳しい池田によく叱られたことは別として、田谷にとってもいい時代だった。

「やはりM&Aで、成長を維持していくしかないのかもしれん。……村上(世彰)のいっていたことも、一理あったな」

田谷の言葉に堀川はうなずく。

オリエント・レディの株価が下がっているため、村上ファンドは持ち株を処分できず、会社とのつばぜり合いが続いていた。田谷が取締役会の議決を経ずにマイカル債などに投資して会社に損害を与えたとして、損害賠償請求の訴えを起こし、最近、田谷が一億円を会社に支払うことで和解した。村上はそのほか、ニッポン放送、大阪証券取引所、西武鉄道、三共(現・第一三共)、阪神電鉄などの株を大量取得し、株主提案で経営陣を揺さぶったり、極秘に経営権の取得を試みたり、TOB(株式公開買付)を仕掛けたりして、大立ち回りを演じている。ファンドのパフォーマンスも急上昇し、運用資産は四千四百億円に膨れ上がった。

「ところで社長……ちょっと声が、かすれていませんか?」

堀川は、昨日、会ったときから、田谷の声が妙なかすれ方をしているように感じていた。

「ああ、飲みすぎか、カラオケの歌いすぎだろう。そのうち治るよ」

田谷は宴席で、石原裕次郎、杉良太郎、五木ひろしなどの歌をよく歌う。そういう席では、社内の人間だろうが社外の人間であろうが、田谷が歌いそうな歌を歌うのはご法度で、総務部長の鹿谷保夫などが、出席者の選曲に目を光らせ、誰かが田谷の持ち歌をリクエストしたりすると、血相を変えて飛んできて叱りつけ、それを取り消した。

その日、約二時間かけて車で東京に戻ると、田谷は堀川を引き連れて、紀尾井町のホテルニューオータニの会員制スポーツクラブに行き、一時間あまり汗を流した。田谷の身体は七十一歳と思えないほど柔らかく、両足を百八十度開脚し、上半身をぴたりと床につけるので、堀川は魂消た。その後、「これがないと、ビールが美味くないからな」といってサウナに入り、水風呂に浸かってから、四谷の行きつけの寿司屋に飲みに行った。店には山梨県産のワインが一升瓶で揃っている。田谷が店に着いたとき料理ができていないと癇癪を起こすので、堀川は事前に電話し、好物の「マグロの漬け丼」をすぐ出せるように頼んだ。

同じ頃――

愛知県一宮市にある古川毛織工業を、東西実業の佐伯洋平に案内された四人のフランス人が訪れていた。六十四歳になった佐伯は執行役員を退任し、現在はアパレル本部の参与として、海外の有力メーカーの窓口役などを務めている。

「……セ・マニフィーク！　ジュブ・ヴレマン・ユティリゼ・スティシュ・ブー・ファブリケ・レヴェスト・ブー・ファム(これは素晴らしい！　レディースのジャケットに是非使いたいね)」

木造の本社二階にある会議室兼サンプル・ルームで、テーブルの上に拡げられた紺色の生地を手に、中年のフランス人男性が目を輝かせた。幅一四八センチ・長さ五〇メートルで、ロール状に巻かれていた。

鋸形屋根の工場からは、いつものようにガッシャン、ガッシャン、カッシャン、カッシャンという騒音が聞こえてくる。

「古川さん、これ、レディースのジャケットに使ってみたいそうですよ」

体重一〇〇キロの身体を高級スーツに包んだ佐伯が、かたわらの古川裕太にいった。

三十代後半の裕太は、古川毛織工業の三代目で、京都工芸繊維大学を出て、大阪のアパレル商社でサラリーマンをしたあと、十年ほど前に入社し、今は専務を務めている。

会社の業績がじり貧だったので、廃業が常に脳裏にあったが、自分たちにはこれしかないと、父親とともにションヘル織機で高品質のウール地を生産することに賭けてきた。

「えっ、これをレディースに使うんですか?」

華奢な身体つきで、祖父や父親と同じように実直で優しそうな雰囲気を漂わせた裕太は驚く。

「これ、でも、メートルあたり五五〇グラムありますから、かなり重たいですよ」

婦人物で使うことはまったく想定していない生地だ。

「白人の女の人は結構筋肉質で、力がありますから」

佐伯が笑った。「向こうでは、柔らかい生地はイタリアで手に入りますからね。ヨーロッパのメーカーがほしいのは、かっちりしたハードな物なんです」

「へーえ、そうなんですか」

「外国に限らず、ここんところ品質のいい物に回帰する動きが出てきましたね。早善さんなんかも、結構、引き合いがあるっていってますよ」

早善織物は、同じく一宮市にある老舗の親機だ。

「早善さんは、バブル期に業界がこぞって設備投資に走ったのを見て、危険だと判断して、工場を処分したのが賢明でしたね。うちなんかは、焦げ付きで首が回らなくて、設備投資どころじゃなかっただけですけど」

早善織物は、製造はすべて外注する設備を持たない親機になった。

「ところで、栃尾の鈴倉（インダストリー）さんが、相当厳しい状況らしいですよ」

佐伯がいった。

「えっ、あの一人勝ちの鈴倉さんがですか!?」

「五年前に鈴木七郎さんに代わって、創業者の鈴木倉市郎さんの孫が社長になったんですが、その前後から、染色加工設備の増強とか、自家発電システムの導入とか、数億円単位の設備投資をがんがんやったそうです。そこへもってきて、品質がよくなってきた中国製品にアジアでのシェアを食われて、ダブルパンチのようです」

鈴木倉市郎の孫は、慶應義塾大学と米国の大学を出て、昭和五十五年に婦人服大手の東京スタイルに入社して、高野義雄社長の下で修業をし、三年後に鈴倉織物に転じた。海外営業、企画室部長、経理部長兼務などを経て、平成元年に三十代半ばで常務に就任した。

「バブル末期の過剰設備投資は、業界を問わず、致命傷の原因ですね」

佐伯の言葉に、古川がうなずいた。

そばで、男女それぞれ二人のフランス人が、感心した表情で、生地を吟味したり、話し合ったりしていた。

「ムッシュー・フルカワ、セタン・トレボン・プロデュイ。ドゥ・ノジュー、イル・ニャパ・ダントルプリズ・オンユーロップ・キ・ファブリク・ドゥラレンヌ・ティセーアラマン（古川さん、いい製品ですね。もうヨーロッパで、こんなに手をかけてウールを織ってる会社はありません)」

四人のリーダー格と思しい、金髪のフランス人女性がにっこりしていった。

「フェゾン・アルマンシェ(是非、お取引しましょう)」

パリが匂い立つような華やいだ雰囲気を漂わせた四人は、クリスチャン・ディオールのバイヤーたちだった。

十月二十五日――

明るい朝日が、大阪市北区中之島五丁目の土佐堀川沿いに建つ、住友病院に降り注いでいた。

住友グループの財団法人が運営している四百九十九床の総合病院で、地上十五階・地下一階の円弧形の白亜のビルは、あたりを払うかのように威風堂々としている。

去る六月の株主総会で、三井住友FG社長と同銀行頭取を辞任した西川善文は、最上階の特別病室の一つで、朝食を終えたところだった。

カーペットやソファーは明るいグレー、壁は淡いピンクの落ち着いた内装の個室で、ミニキッチンが付いていていた。

西川は十月半ばにステージⅡの大腸がんの手術を受け、あと一週間ほどで退院の予定である。

術後の経過は順調で、竹中平蔵総務相兼郵政民営化担当相の意を受けたウシオ電機会長、牛尾治朗から、「早く退院して、郵政民営化の陣頭指揮をとってくれ」と再三の要請が入っていた。

病室のドアがノックされた。

「失礼いたします。食器を下げに参りました」

配膳車を押して、制服姿の女性職員が入ってきた。

「ああ、ご苦労さん」

ちょうど食事を終えた西川は、古武士のような威厳のある顔に笑みを浮かべ、礼をいった。

女性職員が、食器の載ったトレーを片付けて去ると、ベッドから降り、ガウンを羽織って、床から天井近くまである大きな窓のレースのカーテンを引いた。

部屋は南向きで、眼下に、朝日に包まれた土佐堀川と心斎橋や難波方面の大阪の街がパノラマとなって現れた。

西川は窓際のソファーにすわり、コーヒーテーブルの上に置かれていた日経新聞を開いた。

紙面には、アラン・グリーンスパン米国ＦＲＢ（連邦準備制度理事会）議長の後任に、ベン・バーナンキが指名されることや、サダム・フセイン政権崩壊後のイラクで、新憲法草案をめぐる国民投票が行われているといった記事が載っていた。

ＴＢＳの株式の一五・四六パーセントを取得し、経営統合を申し入れている楽天の三木谷浩史社長は、ＴＢＳの買収防衛策をけん制したという。阪神電鉄株の二六・六七パーセントを買い占め、阪神タイガースの上場を提案している村上世彰に対し、京都出身でタイガース・ファンの永守重信日本電産社長が「タイガースを金に換えようとは、とんでもない話」と批判したことも報じられていた。

（村上は、どうもやりすぎだな……）

愛嬌と可愛げがある村上世彰は嫌いではなかったが、運命に翳《かげ》りが出てきているような気がした。

イトーヨーカ堂の伊藤雅俊名誉会長が、「こんなことを続けていると、日本で生きていけなくなるぞ！」と村上を叱ったという話も耳にした。

企業面を開き、見出しの一つに視線をやったとき、思わず「ほーう」と声を漏らした。

〈レナウンダーバンＨＤ　カレイド、筆頭株主に〉

五段の記事は、業績不振にあえぐレナウンが、独立系投資会社のカレイド・ホールディングスから、第三者割当増資で百億円を調達するという内容だった。

レナウンは三井住友銀行がメインバンクで、西川は頭取時代に「レナウンは絶対につぶすな」と行内に指示し、銀行から副社長を派遣したり、同期でもトップクラスの行員を複数人出向させ、再建計画の策定などにあたらせた。

第三者割当増資で、カレイドはレナウンの二一・六三パーセントを握る筆頭株主になるという。

（カレイドの川島か……）

カレイド・ホールディングスを率いるのは、日本興業銀行出身の川島隆明だ。興銀証券の執行役員を経て、三年前に投資ファンドを設立し、企業再生ファンドの草分けといわれている。配管機材メーカーのベネックス（現・ベンカン）、衣料品メーカーの福助、自動車管理業務の大新東といった企業の再生を手がけ、成功していた。

（だが、川島といえど、レナウンは一筋縄ではいかんだろうな）

かつてアパレル業界の「王者」と自他ともに認めたレナウンは、バブル崩壊後、平成三年から十二期連続で営業赤字を計上し、不振に喘《あえ》いでいる。『ワンサカ娘』のＣＭで一世を風靡し、昭和四十四年に発売したアーノルドパーマーで戦後最大のヒットを飛ばしたが、その後はこれといったブランドを生み出せていない。バブル真っ最中の昭和六十一年に営業利益が五年前の百八億円から二十億円に落ちたが、パーマーの遺産の内部留保による財テクで毎年五十億円を超える営業外収益があったため、危機感は生まれなかった。

バブル末期に二百億円を投じて英国のアクアスキュータムを買収したが、全ての年齢層が買う三陽商会のバーバリーと違って、主に五十代以上の層にしか売れなかった。千葉県習志野市茜浜に二百五十億円をかけて建設した大型物流センターも重荷になった。

昨年は、比較的業績がよい子会社のダーバン（東証一部）と経営統合し、レナウンダーバンホールディングスとなって一息つき、一時は八百円台まで落ちた株価も千二百円前後まで戻したが、リストラに次ぐリストラという茨《いばら》の道は続いている。

同じ頃――

オリエント・レディの上海現地法人総経理（社長）堀川利幸は、日本企業が多い長寧区虹橋路付近にあるミシンメーカーの事務所を訪れ、先方の総経理と面談していた。

「……つまり、上海で試作品を作るために、工業用ミシンがご入用ということですね？」

窓から付近の公園が見える会議室で、ミシンメーカーの総経理がいった。四十代半ばの日本人で、以前は北京に駐在していたという。

一九九〇年代に入って、縫製加工業が急速に発展する中国には、ＪＵＫＩやブラザー工業をはじめとする日本のミシンメーカーが進出し、全土で販売活動を展開している。

「やっぱり日本の婦人服を中国に持ってきても、そのままでは受け入れられないんですよ。だから現地の人のテーストに合った製品を作ろうと思ってるんです」

会議用のテーブルを挟んで向き合った堀川はいった。

「やっぱりこっちの人の好みは、日本人と違うんでしょうねえ」

「そうなんです。この一年間、日本から商品を持ってきて売ってみたんですが、これがことごとく売れ残りの山で……」

業界人らしく洗練された印象の顔をしかめる。

「しかし、日本のアパレル・メーカーさんで、デザインから中国で製品を作っている会社は、ないんじゃないんですか?」

「そうです。初めての試みです」

田谷のアドバイスにしたがって、中国市場へのアプローチ方法を根本的に変えることにした。日本で数々のヒット商品を生み出したマーチャンダイザーとしての血もうずいていた。

「それで、どんなミシンを何台くらいご希望ですか?」

工業用ミシンは種類が多く、基本的な型だけでも四百くらいあり、そこから縫い幅などによって二千種類くらいにもなる。

「一本針と二本針の本縫い(真っすぐに縫う)ミシン、オーバーロックとインターロック(縁かがり縫い)、千鳥縫い、閂止め《かんぬきど》(縫い端のほつれ防止用ミシン)、ボタン付け用なんかで、全部で二十台くらいほしいんです」

工業用ミシンは、一台のミシンがいろいろな機能を備えている家庭用と違い、機能ごとに種類が分かれている。針の回転数は家庭用の数倍で、貫通力、ボディの剛性なども優れている。

「本縫いミシンですと、このあたりがお薦めですね」

ミシンメーカーの総経理が、カラー刷りで百ページほどのカタログを開いて差し出す。

家庭用ミシンに形が似ているが、より頑丈そうなものが数種類掲載されていた。

「中厚物用、厚物用、薄物用の三種類があって、ドライタイプ（油汚れ防止機能付き）、省エネ、静音設計、糸切り機構付きです。……工場用に出来高管理機能や稼働計測機能も付いてますが、まあこちらは試作品の製作には関係ないですかね」

堀川はうなずきながらカタログを見つめる。

「オーバーロックですと、一番新しいのはこのタイプです。セミドライヘッドです」

家庭用ミシンとはだいぶ形が違う、箱型で、ボディの側面にかがり幅などを調整する四個のノブが付いた白いミシンの写真が載っていた。

セミドライヘッドは、油の飛散を防止するための針の機構である。ミシンの機械油が飛散すると、シミ抜きや縫い直しが必要になるので、それを防止する機能は重要だ。

「千鳥縫いだと、今、縫いパターンを選択できるデジタル機能付きのものを出したところです。それから、ボタン付け用ミシンはこちらで……」

ミシンメーカーの総経理は、カタログに載っている該当製品を一通り説明する。

「……有難うございます。だいたいめぼしがつきました」

説明を聞き終え、堀川がいった。

「そうですか。販売はローカルの代理店に任せていますので、そちらと契約して頂くことになります。どれを何台というのをわたしにいって頂ければ、話はつないでおきますので」

相手の言葉に堀川はうなずく。

「ところでデザイナーさんとかパタンナーさんも雇われるんですか?」

湯飲みの茶を一口すすり、相手が訊いた。

「ええ。全部、現地で雇う予定で、今、スカウトの真っ最中です。丸縫いができる人間も二、三人採用しようと思ってます」

丸縫いは、一着すべてを一人の職人が縫うこと。

「へーえ、大変ですね!」

相手は半ば感心し、半ば驚いている表情。「まあ、デザイナーとかパタンナーみたいな華やかな専門職は人気があるんでしょうけどねえ……。今、中国では、工場なんかは人集めが段々大変になってきて、沿岸部から内陸奥地に行く傾向がありますね。うちのお客さんは縫製工場なんで、年々奥地に行かなきゃならなくなってきて、こっちも大変です」

このミシンメーカーは、ユニクロとも親しく、同社の委託工場で縫製の指導やミシンのメンテナンスも行なっているという。

「やっぱり中国が豊かになって、労働者がいい待遇を求めるようになってるわけですか?」

少し冷めた茶をすすって堀川が訊いた。

「そうです。昔は、寮があって食事付きならいくらでも人が集まりましたけど、最近は八〇后《バーリンホウ》とか九〇后《ジューリンホウ》とかいう言葉も出てきて、うちの中国人スタッフでも『若い連中はなにを考えているのかよく分からない』とぼやいていています」

ミシンメーカーの総経理は苦笑した。

八〇后は一九八〇年代生まれ、九〇后は一九九〇年代生まれの若者のことだ。

「七、八年前だったら、大卒でも冷蔵庫を持っていなかったし、掃除機の使い方も知りませんでしたからね。工場の縫製の女の子なんか、洗面器みたいな器でご飯を食べてましたし」

「お酒の飲み方も変わったみたいですね。もっと飲むのかと思ってましたが」

「はい。昔は、中国服装協会がミシンを仕入れてて、宴会をやって一緒に大酒を飲むとずいぶん買ってもらえたんですが、最近は『今日は車できてるので、飲みません』とか」

二人は笑った。

2

翌年(平成十八年)六月——

堀川利幸を乗せたジェット旅客機が、一年四ヶ月前に開港したばかりの中部国際空港「セントレア」(愛知県常滑市)に着陸した。

中国でオリジナル製品を生産するにあたり、古川毛織工業をはじめとする尾州《びしゅう》の生地メーカーに協力を依頼するために一時帰国をした。

生地の発注にあたっては、色やデザインはもとより、どんな種類の糸をどのように織り、どう整理加工するか(毛羽立ち、毛焼き、洗浄、プレス加工等)を細かく指示しないと、思うような素材は手に入らない。

平成に入ってからのファッションのカジュアル化や中国製品の上陸で、尾州の生産規模や機屋《はたや》の数は最盛期の十分の一程度になった。しかし、生き残った企業は、海外の有名ブランドからも引き合いがあるような良質の生地を作り続けている。

(ん?　誰だ、あんな恰好をして?)

入国審査を通過し、荷物受け取りのホールに出ると、人気《ひとけ》のないターンテーブルのそばで、携帯電話で話している男が目に留まった。ブルーの野球帽を目深にかぶり、サングラスをかけ、人目を避けるように隅のほうでうつむいて話していた。

(なんか犯罪者っぽいなあ……。それとも芸能人か?)

高級そうな紺色のジャンパーを着て、これまた高級そうな黒のボストンバッグを提げた小柄な男だった。

耳の大きな後ろ姿は、どこかで見たような気がする。

(あのジャンパー、どこの製品だったかな……?)

職業柄、つい服装に関心がいく。

堀川が、ターンテーブルで荷物を受け取ると、サングラスの男も電話を終え、ほぼ同時に到着ロビーに出た。

「あっ、いたぞ!　あそこだ!」

誰かが突然叫んだので、堀川はびくりとした。

「村上さーん、お話を聞かせて下さい!」

「地検に出頭するんですか⁉」

音声レコーダーやメモを握りしめた記者たちが、一斉にサングラスの小柄な男に群がって行った。

「ノーコメントだ！　この国にプライバシーはないのか⁉」

小柄な男が、甲高い声で叫んだ。

（あの男は……村上世彰か⁉　どうりで見たことがあるはずだ！）

四年前のプロキシーファイトのときは、堀川も田谷の命を受け、株主からの委任状獲得に奔走した。

両者の一歩も譲らぬ争いがメディアで大々的に報じられたおかげで、村上ファンドの知名度は飛躍的に高まり、巨額の投資資金を集め、ニッポン放送、住友倉庫、阪神電鉄、大阪証券取引所など、次々と株を買い占めていった。

しかし、去る一月十六日、ライブドア本社に東京地検特捜部の捜査が入り、社長の堀江貴文らが証券取引法違反などの疑いで逮捕されると、次は村上世彰だという噂が流れ、村上は逃げるように拠点をシンガポールに移していた。

「勝手に写真を撮るなぁ！」

「警察を呼ぶぞ！」

先ほどまで村上が携帯電話で連絡を取っていたと思しい、二人の大柄な男が、村上を守るように左右を固める。

三人の男は騒然とするロビーを駆け抜け、テレビカメラや集音マイクを担いだ男たちが追いかける。

居合わせた人々が、驚いた表情でその様子を眺めていた。

「こらぁ、村上！　逃げるな！」

村上と二人の男は、空港ビルを飛び出すと、待機していた高級車に乗り込み、排気音とともに走り去った。

五日後——

千代田区九段南にあるオリエント・レディ本社の一室で、男たちが、会議用の大きなテーブルを囲んでいた。

社長室の大きな窓には白いブラインドが下ろされ、午後の日差しがその向こうで躍っていた。ビルの西側には牛ヶ淵を挟んで皇居があり、東側は竹橋・神田方面に続くビジネス街である。靖国神社、大手町も徒歩圏内の地の利のよい場所だ。

「……リストの次にあります、中国の『Ｓ・ＴＳＵＢＡＫＩ』ですが、こちらは御社の上海現地法人の堀川総経理からご紹介があったブランドです」

真っ白なワイシャツにストライプのネクタイを締めた、米系投資銀行のＭ＆Ａ部門のマネージング・ディレクター（部長級）がいった。

上海の堀川利幸は、中国市場の開拓をするかたわら、田谷の命を受け、買収対象になり得る有望ブランドの発掘も手がけている。

「そうか。堀川の探してきたブランドなら、筋はいいんだろうな」

マホガニーの天板の会議用テーブルの中央に君臨するようにすわった社長の田谷毅一がいった。

がっしりした身体を白いワイシャツで包み、全身から生気を発散している姿は、七十二歳とはとても思えない。白髪まじりの頭髪をオールバックにした赤ら顔の両目には、野心と闘争心が漂い、左手首には盤面に十個のダイヤモンドをはめ込んだロレックスのごつい金時計が贅沢な輝きを放っている。

「中国で台頭しつつある新富裕層をターゲットに、値段は高めに設定されていて、知名度もあります」

「なるほど……。これならいけるかもしれんな」

田谷は、手元の「S・TSUBAKI」の冊子を開き、じっと視線を落とす。

襟元が印象的にカッティングされ、紫や青を大胆に使ったプリント柄のカットソーを着た、ショートヘアの中国人女性モデルが振り返っている写真が掲載されていた。

「うちとDCブランドの中間みたいな感じか」

田谷はタバコをふかしながらページを繰り、他の写真に目をとおす。

オリエント・レディの製品は、三十代以上の女性が主な客層で、フォーマルな感じの婦人服である。これに対して、DCブランドは、お洒落好きな若者向けの個性あるブランドだ。

「『S・TSUBAKI』は、七年前に日本人女性が中国で立ち上げたブランドで、北京の国貿商城や王府井《わんふーちん》の百貨大楼を中心に約三十店舗で展開しています」

米系投資銀行で中国を担当している男がいった。日本の大学を出て、日本語に堪能な中国人だ。

国貿商城はブランド商品専門店を集めた大型ショッピングモール、北京市百貨大楼は、市内随一の繁華街王府井にある名門デパートだ。

「買える可能性はあるのか?」

田谷がかすれた声で訊いた。

「オーナーの椿さんは、オリエント・レディさんとは相性がいいと考えています」

「ほう、そうか」

「今、オンワード（樫山）、伊藤忠、ニューヨーカー（ダイドーリミテッド子会社）、東京スタイルなど、十社くらいから声がかかっていますが、ものづくりが分かっているオリエント・レディさんとDNAが一番近いと考えておられるようです」

オリエント・レディの商品は、ファッション性は今一つだが、生地や縫製といった品質は折り紙付きだ。

「それでは、リストの次に参りまして……」

投資銀行のマネージング・ディレクターが買収候補先リストの説明を続ける。

「こちらの『ナノコスモス』ですが、純粋なブランドというより、セレクトショップとの混合で、キレイめカジュアルをコンセプトに、ターゲットを大学生から二十代前半に置いており……」

セレクトショップは、特定のブランドだけでなく、独自のコンセプトで選んだ商品を陳列・販売する小売店舗だ。

「ところで、村上はどうなった？　逮捕されたのか？」

田谷が唐突に訊いた。

オリエント・レディの株式を買い占め、田谷の寿命を十年縮めたといわれる村上ファンド代表の村上世彰がこの日逮捕されると、朝から新聞などで報じられていた。

村上ファンドは今も大量のオリエント・レディの株式を握っており、いつまた牙を剝いてこないとも限らない。M&A(ブランド買収)を積極的に進めているのは、内部留保の活用を促す村上側への配慮でもあった。

「はい、あのう、午前中、東証で記者会見して、ライブドアがニッポン放送株を大量取得するのを『聞いちゃったといわれれば、聞いちゃってるんですよね』と認めたので、インサイダー取引で逮捕されるのは間違いないと思います」

投資銀行の若手行員がいった。

「そんなことは、分かってんだよ！」

突然、田谷の隣にすわっていた、オールバックの壮年の男が怒鳴った。

三年前に取締役に取り立てられ、今は社長室長を務めている鹿谷保夫《しかたにやすお》だった。

「社長はねえ、今、どうなってるのか、村上は逮捕されたのかどうなのか、お訊きなんですよ！」

鹿谷は、特徴に乏しい色白の顔を怒りでひきつらせる。

田谷に対しては徹底したイエスマンで、それ以外の人間に対しては虎の威を借るキツネである。

「すっ、すいません！　すぐに確認いたします！」

投資銀行の若手行員は慌てて携帯電話を手に、会議室の外に飛び出して行った。

「おい、テレビを点けてみろ」

田谷がいった。

「はっ」

鹿谷は、ばねで弾かれたように立ち上がり、後方の大きな執務机の横のテレビを点け、画面を田谷のほうにうやうやしくねじる。

黒い画面がぱっと明るくなり、ニュース映像を映し出すとともに、男性アナウンサーの緊迫した声が耳に飛び込んできた。

「……ただ今、村上容疑者を乗せたワゴン車が、六本木ヒルズから出て参りました！」

銀色のワゴン車が六本木ヒルズの駐車場から出てくる様子が映し出された。

「おおっ、逮捕されたか！」

田谷が、いかつい顔をほころばせた。

「東京地検特捜部と証券取引等監視委員会の係官約四十人が、村上ファンドの捜索に入り、村上世彰容疑者が逮捕されました！　容疑は、証券取引法違反、インサイダー取引であります」

男性アナウンサーが叫ぶように中継していた。

大勢の警察官がワゴン車の通り道を規制し、カメラクルーや記者たちが撮影したり、取材メモを取ったりし、野次馬たちが遠巻きに見守り、上空では報道機関のヘリコプターが爆音を立てて旋回していた。

「今、ワゴン車に乗った村上容疑者が見えて参りました」

車が正面から大映しになり、運転手の肩ごしに、後部座席の村上の姿が見えた。周囲から激しくフラッシュが焚かれ、薄暗い車内で稲妻を浴びたように顔が白く浮かび上がる。

村上は、ぎょろりと両目を見開き、落ち着いてはいたが、さすがに緊張は隠せない様子である。

「ほう、東証の会見のときとは背広もネクタイも替えたな」

田谷がつぶやくようにいった。

背広は白いストライプの入ったグレーから高級感のある濃紺に、ネクタイは青の柄物から青と濃紺の柄物に替わっていた。

「逮捕を覚悟していたということでしょうか？」

鹿谷がいった。

「そうだろうな。いずれにしても結構なことだ」

田谷がにやりと嗤《わら》った。

「よし、今日のところはこれで終わりにして、祝杯といこう」

「はっ」

再び鹿谷が弾かれたように立ち上がり、部屋の外から一升瓶入りのワインと湯飲みを持ってきた。

山梨県で昔から栽培され、田谷が愛飲しているアジロンダックという黒ブドウで造った赤ワインだった。

「それでは、我らが仇敵の逮捕と、オリエント・レディの前途を祝して、乾杯！」

「乾杯！」

全員が立ち上がって湯飲みを掲げ、乾杯した。

盛大な拍手が湧き起こった。

「いやあ、今日は愉快な日だ」

田谷は、晴れ晴れとした笑顔を見せた。

しかし、手にした湯飲みのワインは一口舐めるように飲んだだけだった。

（おかしい……。今までは、ぐいぐい飲んでいたのに）

満面のお追従笑いを浮かべながら、鹿谷の脳裏で黒々とした疑念が渦を巻く。

以前は健啖家だった田谷の食がここのところ細っており、馴染みの「栄屋ミルクホール」でラーメンを食べて「いつもと味が違う！」と怒り出したこともあった。声も変にかすれていた。

鹿谷は恐る恐る健康診断を勧めたが、若い頃からスポーツ万能で健康に絶対の自信を持つ田谷は、まったく取り合わなかった。

（村上には勝ったが、果たしてこの先……）

オリエント・レディではすべての権限が社長の田谷に集中しており、後継者候補は皆無で、強固な財務基盤とは裏腹に、トランプのカードで建てた家のような有様だった。

秋――

オリエント・レディ上海現地法人総経理（社長）の堀川利幸は、広東省の広州市から車で一時間ほどの町にあるユニクロの委託工場を秘書兼アシスタントの唐さんと訪れた。中国でオリジナル商品を製造するため、縫製を委託する工場を探しているところだった。

眼前の光景は壮観だった。明るい蛍光灯の下に、工業用ミシンを備えた作業机が縦に二十五台並び、それが横に何列も広がり、まるでミシンの大海原のようだった。青い制服を着た男女の工員たちが一心不乱に紅色のフリースを縫っていて、室内が青と紅色の二色で染め上げられていた。

フリースを縫う工員たちの集中力は鬼気迫るものがある。各ミシン台の脇に、天井のバーから下がった移動式のハンガーにフリースが無数に下がっており、工員は席にすわったままフリースを引き寄せ、ミシン縫いができるようになっている。工場内は整理整頓がゆき届き、快適な空調が保たれ、作業効率を上げるためにＢＧＭが流れている。

ユニクロは、経営者の資質、生産規模、設備、技術、工員の熟練度、製品の品質、コストなど、約八十にわたる項目をチェックした上で、委託工場を決めるという。

「わたしたちがそばを歩いても、誰も気にも留めないでしょ?」

二人を案内する工場長の言葉を唐さんが通訳した。

「製品についたバーコードで各人の作業量を管理していて、それが給料に反映されるので、みんな必死ですよ。うちの工員は、地元の平均的な給料の四、五倍を稼いでいます」

工場長は、頭髪を短く刈った四十代の男性で、笑顔が明るく、しっかり者という感じの人物。ユニクロの委託工場になるにあたって、柳井正社長の面接を受け、よい製品を作る熱意や約束を守れるかなどの点を確かめられたという。

「この工場では、一アイテムを百万枚作ることができます」

「百万枚ですか……うーん」

堀川は思わず唸《うな》る。オリエント・レディの生産量とは0《ゼロ》が二つくらい違う。

工場長が、少し離れた一台のミシンのところで、身振りを交えて工員や工場の幹部と熱心に話している日本人らしき男性を指で示した。

「あちらの男性は、ユニクロからきている『匠《たくみ》』の方です」

白髪交じりで、六十代半ばくらいの男性だった。

「今、あのミシンの縫い目が少し波打ってるので、糸の張り具合や針の番手《ばんて》(種類)を調整しているところです」

ユニクロは六年前から、年輩の日本人技術者を「匠」としてスカウトし、六十ヶ所を超える中国の委託工場で技術指導にあたらせている。紡績、染色、縫製、工場運営などの専門家で、岐阜県、中国地方、宮崎県、東南アジアなどの繊維工場を退職後、第二の人生として「匠」になった人々が多い。契約は一年更新で、ユニクロの社員同様三ヶ月ごとに人事評価され、成果に応じて報酬が決められる。

「あの『匠』の方は、毎週、火曜から木曜まで工場にきて、指導してくれています」

「匠」は、ユニクロの上海事務所と広州事務所に十人くらいずついて、それぞれ華東経済圏と華南経済圏の工場を担当している。月曜日に列車などで工場のある町に赴き、金曜日に戻る。各「匠」には、二十五歳から三十五歳くらいの、日本語ができる中国人か、中国語ができる日本人がアシスタント兼通訳として同行する。

「唐さん、ラオシィーってなんのこと?」

堀川が訊いた。

工員や工場幹部が匠の男性をラオシィーと呼んでいた。

「『老師』です。あの日本人の方は、すごく尊敬されていますね。ミシンの音だけで、機械の好不調と原因が分かるそうです」

作業場を見終えると、二人は、フロアーの一角にある管理事務所に案内された。

十人ほどの中国人職員が、パソコンを前に、整々と働いていた。

「こちらのパソコンは、ネットワークでユニクロと繋がっていて、データを共有しています」

作業服姿の工場長が、パソコンに入力作業をしている女性職員の横に立っていった。

「ネットワークで、アイテムごとに、日本での売れ行きが、ほぼリアルタイムで把握できます。こちらで生産量を入力すれば、ユニクロのほうでそれを見られます」

情報をリアルタイムで共有し、増産や減産など、迅速で柔軟な生産管理をしているという。

「あちらの男性は?」

少し離れた場所に、書類を見ながら中国人職員と話している、スーツ姿の日本人らしい男性がいた。

「日本の商社の方です。出荷の打ち合わせをしているところですね」

ユニクロは、委託工場に対する生産管理や技術指導を徹底して行う一方、約八割の工場への原材料供給、製品買い付け、日本への輸出などを、三菱商事、丸紅、双日といった総合商社に任せている。商社の金融機能と国際物流機能を使うためだ。商社は、工場に原材料を供給し、支払いを九十日後に設定したりして、資金繰りを手助けしている。また優良な工場の発掘、現地の政治経済情報の提供なども商社の仕事である。


夕方、堀川は広州のホテルに戻り、パソコンでネットの記事一覧を見た瞬間、思わず「おおっ!」と声を上げた。

村上世彰が、ニッポン放送の株式取得に関してインサイダー取引をした嫌疑で東京地検特捜部に逮捕されたというニュースがトップ記事になっていた。

(これで両者の抗争は、田谷毅一の完全勝利か……)

東京にいる同僚からは、田谷がお気に入りのアジロンダックで祝杯を挙げたというメールが入っていた。

夕食をとるため階下の中華レストランに降りて行くと、先ほど工場で見かけたユニクロの「匠」の六十代の男性が、若い中国人女性と楽しそうに食事をしていた。

「匠」の人々は、仕事で若い女性アシスタント兼通訳と食事や出張ができ、週末は上海や広州近辺でゴルフや観光もできるので、「第二の青春」をエンジョイしている人々が多い。

3

翌年(平成十九年)四月——

上海は暖かく、埃《ほこり》っぽい春を迎えていた。

「うーん、ついにか……!」

オリエント・レディ上海現地法人のデスクで、堀川利幸は、パソコンの画面を見つめ、重苦しいため息をついた。

〈合成繊維の県内最大手　鈴倉(長岡)が民事再生申請　負債27億〉

インターネットのニュースが、鈴倉インダストリーが破綻したことを報じていた。

昭和五十年代後半には千人近い従業員を抱え、ピークの平成九年には百十八億円あった年商が、中国製品の流入やアジア向け輸出の大幅減少で、約三十億円まで落ち込んでいた。それに加え、過剰設備投資が資金繰りを圧迫した。従業員三百四十人はいったん解雇し、支援先を探すという。

（戦前に始まった故・鈴木倉市郎の夢も、こんなふうに終わったか……）

長岡（旧栃尾）に限らず、織物産地はどこも惨憺たる状況である。

「ガチャマン景気は、遥か昔の物語か……」

背後で声がした。

「ああ、塩崎さん。そろそろメシでも行きますか？」

堀川は、自分のパソコン画面を覗き込んでいた塩崎健夫を振り返って訊いた。

六十二歳になった塩崎は、常務取締役の任を昨年解かれた。現在は監査役で、上海現地法人の監査にやってきていた。

二人はオフィスを出て、エレベーターで地上に降り、通りを歩く。

オフィスは、上海市の中心部である静安区を東西に延びる威海路沿いに建つ二十三階建てのビルに引っ越していた。目の前は五つ星ホテルの四季酒店（フォーシーズンズホテル上海）である。

「上海っていうのは、豊かさと貧しさが入り交じった、不思議な雰囲気の町だなあ」

細身の身体をスーツで包んだ塩崎が、歩きながら独りごちるようにいった。監査役になり、以前ほどには張りつめた感じがなくなっていた。

「このあたりは、日本でいえば銀座ですね」

ブティック、レストラン、カフェなどが多く、身なりのよい人々やお洒落な若者たちが通りを行き交う地区だ。一方で、汚れたジャンパーに作業ズボン姿の民工《みんこう》（農村からの出稼ぎ労働者）たちの姿もあり、高層ビルの谷間にある昔ながらの食べ物屋では、庶民が怒鳴り合うような大声で話しながら食事をかき込んでいる。

「商売は順調そうだな」

「はい、おかげさまで。売れたらすぐ作る、売れたらすぐ作るで、軌道に乗ってきました」

堀川は、中国人のデザイナーやパタンナーを雇い、各種のミシンなどを備えたサンプル・ルーム(試作室)も作り、現地で商品を開発し、販売していた。従業員数は二十数人にまで増えた。生産は、江蘇省などでしっかりした工場を見つけ、そこに委託している。

「まあ、お前が日本でやってたことだから、お手のもんだよな」

二人は通りを右に折れ、茂名北路に入る。

西欧ふうのクラシックな煉瓦造りの二階建てのアパートが倉庫街のように連なる通りで、街路樹はプラタナスである。

「ところで塩崎さん、社長は大丈夫なんですか?」

堀川は、昨年の暮れに田谷が三週間ほど都内の大学病院に入院したと聞いていた。

「うーん……」

塩崎は戸惑ったように唸《うな》る。

「声ももうだいぶかすれてますし」

「実はな……食道がんなんだ」

「えっ、そうなんですか⁉ 治療はしてるんですか?」

「放射線だけはやったらしい。だけど動脈に近い場所に腫瘍があって、手術はできないそうなんだ」

「そうなんですか……。本人には告知したんですか?」

塩崎は首を振った。

「もう手の施しようがないから、家族の判断で告知しないことにしたんだ」

その言葉に、堀川は暗い気分になる。甲賀雪彦の一件こそあったが、それ以降は自由にかつ問題もなく仕事をやらせてもらい、恨みはない。

「本人は、胃潰瘍かなんかだと思って、相変わらず馬車馬のように働いてるよ。入院中も、病室から仕事の電話をかけて、夜は社員を呼んで報告させて、気に入らないとかすれ声で怒鳴りまくっていたそうだ。さすがにタバコは止めたけどな」


秋——

オリエント・レディ上海現地法人のサンプル・ルームで、アシスタントの唐さんが、堀川に詰め寄った。

「堀川さん、これどうするんですか⁉ こんなたくさんのダウンジャケット、絶対売れませんよ！」

室内に、本社から送られてきた段ボール箱が山のように積み上げられていた。

「うーん、そういわれてもなあ。社長の依頼なんだから、なんとかするしかないだろう」

先日、東京の田谷毅一から電話がかかってきて「ダウンジャケットを作りすぎた。今年の日本の秋が暖かかったので、五百枚でも千枚でもいいから引き取ってくれ」とかすれ声で依頼された。

「だいたい中国人はダウンジャケット信用してないんですよ。安いアヒルの毛で作ってあるし、臭あまり売れていないという。

いし」

唐さんは、中国訛りの日本語で抗議する。

ダウンジャケット用の羽毛には、高級なガチョウと安いアヒルの毛があり、中国製は食用のアヒルから毟《むし》った低級な羽毛を使っているものが多い。しかもきちんと洗浄していないので、薬品系の刺激臭やアヒルの脂の臭いがする。

「だけどこれは日本製だからさ。中国人の所得も上がって、高級志向が強まってるし、そろそろダウンジャケットに流行りがきてもいい頃だと思うんだよ」

堀川は中国にきて三年になり、売れ筋の予想がある程度つくようになっていた。

翌年(平成二十年)一月中旬――

「噢哟《オヨーッ》、哪能介冷《ナーネンガーラーン》!(うわーっ、なんでこんなに寒いの!)」

朝、オリエント・レディのダウンジャケットを着た唐さんが頬を真っ赤にして出勤してきた。

中国は、一月十日頃から大きなドーム状の寒気に覆われ、上海市、貴州、湖南、湖北、安徽各省など中南部で、低温と降雪が続いていた。上海では気温が例年より数度低く、明け方はしばしば氷点下になっている。

「おーい、唐さん」

堀川が、室内後方の総経理のデスクから立ち上がって、呼んだ。

「ダウンジャケット、あと三千着作るよう、工場にいってくれないか?」

「えっ、あと三千着も作るんですか⁉」

黒いダウンジャケットを着たままの唐さんは、驚いた顔になった。

「こないだ日本に注文したばっかりじゃないですか⁉」

堀川のデスクに歩み寄って、いった。

寒気の影響で、ダウンジャケットが飛ぶように売れており、先日、東京の田谷毅一に電話して、日本の売れ残りをすべて送ってくれるよう頼んだばかりだった。

「いや、でもものすごい売れてるからさ。この分じゃ足りなくなるよ」

「うーん、そうですか……分かりました」

唐さんは自分のデスクに戻り、ダウンジャケットの製造を委託している蘇州の工場に電話をかける。

「堀川さん、一月末になるって工場長がいってます」

受話器を手に、唐さんがいった。

「一月末じゃ駄目だよ。二十五日まで待つから、それまでに作れっていってよ」

「分かりました」

唐さんは再び受話器を耳にあて、交渉を始める。


一月の終わり――

オフィスの窓の外では、六日連続の雪が降っていた。

堀川は唐さんと会社の会議室でテレビを見ていた。

中国語のニュース番組で、女性アナウンサーが天気予報を読み上げていた。

「……在上海市《ザイシャンハイシー》、将持续《ジアンジーシュー》 建国以来最强的降雪《ジエングオイーライズイチアンダジアンシュエ》、据中央气 象台的天气预报《ジュージョンヤンチーシアンタイダティエンチーユーバオ》……（……上海市では、建国以来の大雪が続いていますが、中央気象台の予報によりますと……）」

アナウンサーの言葉を唐さんが熱心にメモする。

一月十日頃から中国に襲いかかった大寒波は、五十年に一度という未曽有の雪害をもたらす事態に発展していた。

家屋倒壊などで六十人以上が死亡し、一月二十九日には貴州省の高速道路の路面凍結で、バスが四〇メートルの崖から転落し、二十五人が犠牲になった。送電線の切断や鉄塔の倒壊が相次ぎ、道路・鉄道・航空などすべての交通網が混乱している。電力用の石炭の輸送が滞り、全国的な電力不足も起きている。オフィスの暖房は弱めにされ、ライトアップされた華やかな夜景で有名な外灘《ばんど》の歴史的西洋建築物も真っ暗闇の中にある。広州市の日産自動車の合弁工場、同トヨタの合弁工場、天津市にあるトヨタの工場などは、部品と完成車の輸送ができず、生産を一部ないしは全面停止した。食料も不足し、白菜の値段は七割、豚肉の値段は五割上昇した。中国政府は、胡錦濤《こきんとう》国家主席や温家宝《おんかほう》首相が陣頭に立ち、軍人など延べ七百七十五万人を動員して、全力で復旧にあたっている。

「……以上是今天的 天 气预报《イーシャンシージンティエンダティエンチーユーバオ》（……以上で、天気予報を終わります）」

テレビの女性アナウンサーがいった。

「どうだって？」

堀川が唐さんに訊いた。

「今の寒波は二月四日頃まで続いて、そのあと一休みして、二月十日頃からまた一ヶ月くらい大雪が続くっていってます」

唐さんがメモを見ながらいった。

「えっ、一ヶ月も!?　ほんと？」

「中央気象台の予報は、あんまり当たりませんからね。でも二週間くらいは続くんじゃないでしょうか」

「うーん、そうか……」

堀川は考え込む。

「春節(旧正月)の休みっていつからだっけ？」

「二月六日が大晦日《おおみそか》で、そこから一週間です」

「今年は、みんなどうするかね？」

通常、春節の時期には、全国的な帰省ラッシュが起きる。

「いやあ、こんな雪ですから、家にいるしかないですよ」

「家にいて、なにするの？」

「買い物ですね。デパートに行くと思います」

「やっぱり、そうか！　よし、ダウンジャケット五千枚、追加発注しよう！」


翌年(平成二十一年)十一月――

大正三年創業の尾州最大手の織物業者、いわなか(旧・岩仲毛織、本社・岐阜県輪之内町)が東京地裁に民事再生法の適用を申請して破綻した。同社の元会長・岩田仲雄は、日本毛織物等工業組合連合会の理事長を務め、ピーク時には工場だけで二百人の従業員を抱え、七十六億円の売上げがあった。バブル末期前後のエアジェット織機やレピア織機への過剰設備投資や、敷地約五万平米の新工場建設(総工費二十億円)が重荷となり、平成のデフレ下での売上減を持ちこたえられなかった。尾州地域の盟主という自負が災いし、リストラ着手が遅れたことも痛手となり、ここ数年、取引先や金融機関の支援で再建を目指したが、叶《かな》わなかった。

尾州では、バブル末期の平成元年に二億平米(整理済みベース)あった生地の生産量が、その二割程度にまで落ち込んだ。一方で、中国で生産しにくいツイード(紡毛織物)など、高級品に対する国内外からの注文が堅調に入るようになっていた。

同じ頃——

東西実業の佐伯洋平は、大阪市内にあるバッタ屋の倉庫で、段ボール箱を次々と開け、持ち込まれた衣料品を検《あらた》めていた。

庶民と労働者の街、西成区を東西に延びる片側二車線の長橋通りから少し南の住宅街の一角にある倉庫だった。付近一帯は市営住宅が多く、ほぼすべてが老朽化し、工場裏手の古い木造家屋が建ち並ぶ路地では、不動産屋の社員が再開発の調査に歩き回っている。

大きな二階建ての倉庫は、灰色の波板トタン壁で、窓にはワイヤー入りの曇りガラスがはめ込まれている。壁の高い位置には、安全と衛生を象徴する大きな緑十字《りょくじゅうじ》と安全第一と書かれた看板が掲げられており、昔は鉄工所かなにかだったようだ。

倉庫の搬出入口には、段ボール箱を満載したトラックが次々とやってきて、荷物を積み下ろししている。

「納品お願いしまーす！」

「それ十箱ずつあっちに積んで」

「ちゃんと個数確認してな」

手ぬぐいで頭をおおい、Tシャツに短パン姿の作業員たちが忙しく働き、書類を挟んだバインダーを手にした検品係が飛び回り、運び込まれる段ボール箱の個数や中身をチェックしている。

倉庫内は所狭しと段ボール箱が積み上げられ、さながら段ボール箱の洪水だ。

「……うちの扱っているブランドはないようですね」

一緒に商品のチェックにやってきた東西実業大阪支社アパレル部の三十代の男性社員がいった。

「そうだな。まあ、よかったね」

ワイシャツにネクタイ姿の佐伯がいった。「こんなバッタ屋に商品が流れて、ディスカウントショップなんかで叩き売られたりしたら、ブランド価値毀損で契約解消もんだからな」

佐伯たちは、最近、アパレル業界の不振で大量の在庫がバッタ屋に流れているという情報を聞きつけ、調べにやってきた。

「それにしても国内外のメーカーの製品が相当流れ込んでますねえ」

三十代の社員が周囲の段ボール箱に視線をやってため息をついた。

「日本のアパレル・メーカーは売上げを作るのに必死だから、返品を承知で過剰生産をしてるんだよな」

「もう末期的症状ですね」

積み上げられた段ボール箱の中身は、ほとんどがジーンズ、スカート、ワンピース、スーツ、セーター、ニット製品といった衣料品だ。アパレル・メーカーの過剰生産、売上げ不振、店舗の大量閉店などにともなって、行き場を失った商品がバッタ屋に流れ込む。それら商品はブランド名のタグを外され、バッタ屋の直営店舗やディスカウントショップで叩き売られる。

「さすがにDCブランドとかKANSAIクリエーションみたいに、ブランド管理をしっかりやってる会社のものは少ないですね」

相手の言葉に佐伯がうなずく。

「それにしても、これには呆れるよな」

佐伯が二枚のドレスを三十代の社員に見せた。まったく違うタイプのドレスだったが、オリエント・レディの「ブルー・クリスタル」というブランドのタグが付けられていた。売れ残り品に別のブランドのタグを付け、売ろうとしたようだ。

「もう無茶苦茶ですね」

「オリエント・レディはブランドの会社じゃなくて、営業の会社だからなあ。しかも、田谷社長は、ごまかせるものはごまかす性格だから」

同じ頃——

休暇で日本に一時帰国した堀川利幸は、表参道の喫茶店でコーヒーを飲みながら、新聞に目をとおしていた。

(……湊谷さん、相変わらず元気そうだなあ)

経済面に、渋谷に本店がある大手百貨店が、婦人服飾フロアーに「ウォーキング」「ランニング」

「トレッキング」の三つのゾーンで構成する、女性のためのパーソナル・スポーツ売り場を作ったという記事が出ていた。トレッキングゾーンには、坂でのシューズのフィット感を確かめるための「試履用傾斜床」や、アクセサリー感覚で持てる水を販売する「ウォーターバー」を設けたという。

同百貨店の社長は、伊勢丹新宿店で「鬼の湊谷」と異名をとった辣腕バイヤー、湊谷哲郎だ。伊勢丹で専務まで務めたあと、昨年、同百貨店に転じた。今年のお中元時期には、バイヤーたちが厳選した贈答品で構成する「バイヤーズセレクション」という特集を組み、元バイヤーらしい販売促進策を打ち出した。

（もう、あれから三十年か……）

オリエント・レディのコート生産中止に怒った湊谷が部下を思い切り蹴飛ばした場面や、「それやるから、春物、立ち上げろ」といって、印鑑だけを捺した白地の注文伝票を一冊くれた場面が懐かしく思い出された。

新聞を読み終わると、勘定をして、喫茶店を出た。

表参道は、秋の日差しが降り注ぎ、あいかわらず歩行者でにぎわっていた。

欅並木の下にはいつものように、ファッション誌のカメラマンに撮ってもらおうと、目いっぱいお洒落をした若い女の子や男の子が佇んでいる。

（青春してるなあ）

堀川は微笑し、彼らを眺める。

明るい日差しの中を歩いて、甲賀雪彦のブティックまで足を伸ばしてみた。

オリエント・レディと契約を解消したあと、甲賀は百貨店の大丸などと提携して高級婦人服プレタポルテの企画・製造販売を行なったが、あまり上手くいかず、業界での存在感も徐々に失った。やはり大手アパレル・メーカー、オリエント・レディの商品企画力と販売力は甲賀にとって大きく、契約解消は両者にとって、ウィンウィンならぬルーズルーズの結果になった。

かつては活気に満ちていた甲賀のブティックも、どこか火の消えたような雰囲気だった。

店内に入ってみたが、甲賀や妻の姿はなかった。

二十年前の売上げのごまかしが、会社の上層部の命令であることは甲賀側も十分承知していると は知っていたが、さすがにその後、会うことはできなかった。

堀川は、懐かしさと寂しさで胸をいっぱいにし、黙ってスカーフを一枚買って、店を出た。

第十章　兵《つわもの》どもが夢の跡

1

翌年（平成二十二年）五月——

ユニクロのグローバル旗艦店、上海南京西路店が華やかにオープンして間もない、ある日の夕方、オリエント・レディ社長の田谷毅一は、ニューヨークの婦人服ブランドの米国人女性デザイナー二人に社内を案内し、執行役員兼チーフ・デザイナーの女性に引き継いだ。

「おい、帰るぞ」

田谷は、社長室と同じ七階に机を構えている二人の監査役に声をかけ、鞄を取りに社長室に入っていった。

監査役たちが帰り支度を始めて間もなく、社長室のブザーが鳴った。

元営業担当常務で、四年前に監査役になった塩崎健夫が怪訝な表情で社長室に向かう。

ノックをして重厚なマホガニーのドアを開けると、大きなデスクにすわった田谷が顔を歪め、苦しげな表情をしていた。

「社長、大丈夫ですか⁉」

「う、うむ、大丈夫だ。ちょっとトイレに行ってくる」

田谷は青ざめた顔で立ち上がり、ふらつく足取りで社長室を出て、役員用のトイレに向かった。

「うごおおーっ！」

田谷がトイレに行ってすぐ、絶叫ともうめき声ともつかぬ咆哮が聞こえてきた。

「おい、やばいぞ！」

次の瞬間、トイレのほうからドカーンという重量のある物体が落下したような音が聞こえてきた。

「しゃ、社長！」

トイレのドアを開けた塩崎の顔が恐怖で凍り付いた。

洗面台が血で真っ赤に染まり、床に田谷が意識を失って転がっていた。左手首には、ロレックスの金時計が蛇のように絡み付き、血に染まったガラスの下の文字盤で針が規則正しく時を刻んでいた。


数日後(五月二十四日)――

アパレル業界に別の衝撃が走った。

かつて自他ともに業界の盟主と認めたレナウンが、中国企業に買収されることになったのだ。

この日、レナウンの北畑稔社長が、都内のホテルで中国山東省の民間大手繊維メーカー、山東如意科技集団の邱亜夫董事長《チウヤーフとうじちょう》(会長)と記者会見を開き、七月に、山東如意社を引き受け先として四十億円の第三者割当増資を行うと発表した。これにより、山東如意社はレナウンの株式の四一パーセントを握る筆頭株主になり、同社を傘下に収める。

五年前にレナウンの筆頭株主となったカレイド・ホールディングスは、アクアスキュータムへのテコ入れを中心に業績を立て直そうとしたが失敗に終わり、すでに株式を手放していた。

2

二年後(平成二十四年)の五月下旬——

ミャンマー最大の都市、ヤンゴンは間もなく雨季を迎えるところで、灼け付くような陽光が照り付け、気温は三十五度を超えていた。熱と湿気がこもった空気の中で残飯の臭いと人の体臭が混じり合い、火焔樹やブーゲンビリアが朱色や濃いピンクの花を咲かせていた。道端の屋台ではクーン(噛みタバコ)や食べ物が売られ、自動車で混み合う道路や、洗濯物が満艦飾で干された古い大型アパートの風景が、急速に発展する国の粗削りなエネルギーを発散していた。

東西実業の佐伯洋平は、ヤンゴン郊外の工業団地にいた。

広々とした敷地の中に高圧鉄塔が点々と建ち、物資運搬用の道路や水路、緑地帯が縦横に延び、あちらこちらに亜鉛メッキ鋼板の大きな工場が建てられ、各工場のゲート付近の掲揚塔では、黄色、緑、赤の横縞の上に白い一つ星のミャンマーの国旗や、進出企業の国旗が熱風の中で翻っている。

「……しかし、この暑さ、参りますねえ」

佐伯の隣に立った東西実業のアパレル担当執行役員が顔をしかめ、流れ落ちる顔や首筋の汗をハンカチで拭った。

「この炎天下に、全員スーツ着用って、もう狂気の沙汰じゃないですか」

佐伯より十歳ほど年下の執行役員が着た夏用のスーツの背中も脇も、汗でぐっしょりだった。

「オリエント・レディさんだからなあ」

体重一〇〇キロの巨体を、夏用のスーツで包んだ佐伯も、全身汗びっしょりだった。二十万円のスーツは、白い塩を噴き始めていて、二度と着られなくなりそうだ。

二百人程度を収容できる式典用の大きなテントの中には、オリエント・レディや建設会社の社員、地元の関係者、読経する赤茶色の僧衣の僧侶たちが集まり、来賓である工業大臣の到着を待っていた。肌の浅黒いミャンマーの人々は丸いカラーのワイシャツ姿で、女性たちはカラフルな民族衣装ロンジー(巻きスカート)をまとっている。

「……だいたいなんだ、この式次第は⁉ 鍬入れの順序がおかしいんじゃねえか⁉ 施主が先だろうが！」

少し離れた場所で、オリエント・レディ社長の鹿谷保夫が、オールバックの強面を引きつらせ、怒声を上げていた。

オリエント・レディの縫製工場の鍬入れ式であった。

約二万平米の敷地に二十億円を投じて、最新の縫製工場を作るというプロジェクトである。

「しかし、あの鹿谷って男、よくあんなんで社長になったもんですよねえ」

東西実業の執行役員が声を潜めていった。

「部下に書類や灰皿を投げつけたり、机を蹴飛ばしたり、東京の役員に携帯で電話して、十分以内に資料をヤンゴンのホテルにファックスしろって命じたり、もう完全な『切れキャラ』じゃないですか」

「田谷氏が死んだとき、後継者を指名していなかったんで、筆頭役員だった鹿谷氏が社長になったんだよな」

佐伯が鹿谷のほうに視線を投げかけていった。

二年前に、役員用トイレで吐血した田谷は、病院に運ばれたが、その日のうちに息を引き取った。食道がんが動脈に入り込み、動脈破裂を引き起こしたのだった。病気を告知されず、死ぬなどと考えていなかった田谷は、遺言も残していなかった。後継者の有力候補だった、山梨の高校の後輩の専務や塩崎は監査役に外されてしまっており、取締役に復帰するには株主総会を開くことが必要だった。そのため取締役の中で一番上の専務で経営統括本部長だった鹿谷を後任の代表取締役にするしかなかった。

「しかし、鹿谷氏になった途端、業績がガタ落ちですね」

執行役員が顔や首筋の汗を拭きながらいった。

「彼は、もっぱら経営企画とか総務畑で、アパレル業のことは知らないからね」

佐伯もハンカチで顔の汗を拭う。

「わけの分からないM&Aとか、工場建設をばんばんやって、田谷時代に貯め込んだ現預金を湯水のように使ってますよね」

田谷は「ミスター・アパレル」と異名をとるほどビジネスを熟知しており、被買収会社の成長性を見極めた上で、M&Aを行なっていた。しかし鹿谷は、投資銀行やブローカーが持ってくる案件リストを眺め、金額の大きいものから順番に買うという、まともでは考えられないことをやっている。

「実力がないから、田谷氏の強面を真似てみたり、派手なM&Aをやって、自分を大きく見せようとしてるんだろう」

　離れた場所で鹿谷が相変わらず社員を怒鳴りつけていた。

「……おい、ところでこのプロジェクトで、東西実業の役割ってなんなんだ？　総合商社なんて、このプロジェクトに要るんか？」

　それを聞いて、佐伯らは啞然となった。

　オリエント・レディに依頼されて、東西実業がこの工業団地の場所を見つけ、オーナーや建設会社や設備の納入会社と交渉して工場を建設し、稼働のあかつきには、原材料の供給や、製品の輸出なども取り仕切る、いわば東西実業が丸抱えしているプロジェクトだった。


　九月二十七日——

　記録的な猛暑の夏がすぎ去った東京は、薄曇りで適度に風があり、すごしやすい日だった。

　午前九時すぎ、上京してきた海猫百貨店の烏丸薫と藤岡真人は、地下鉄丸の内線を新宿三丁目駅で降りた。

「うわ、こんなとっから行列ができてる！」

　改札口を出た烏丸は、目の前の長蛇の列に驚いた。

「やっぱり、すごい話題になってますねえ」

　藤岡も感心した表情でため息をつく。

　ユニクロと家電量販店ビックカメラの共同店舗「ビックロ」の開店日だった。

　ユニクロ会長兼社長の柳井正は「グローバル旗艦店というような恰好いいものではなく、もっとべたっと商売をする『グローバル繁盛店』にしたい」と語り、にぎやかな宣伝活動を展開した。新宿駅内外に夥しい広告を出し、山手線の一部電車を「ビックロ号」にし、都内の「ちんどん屋」を総動員して練り歩かせた。

行列した人の数は約四千人に達し、予定を十五分繰り上げ、店は九時四十五分に開店した。

「百貨店の衰退と、カテゴリーキラーの興隆の象徴だわね……」

行列の流れとともに地上に出た烏丸が、若干の悔しさを滲ませ、ビックロの店舗を見上げた。

異彩を放つ窓のない白い箱型のビルは、地上八階・地下三階で、売場総面積は約二万二〇〇〇平米。敷地は、昭和四年の開店以来、去る三月まで、八十三年間にわたって三越新宿店(最後の一年弱は新宿三越アルコット店)があった場所だ。

〽　東京新宿新名所　とんでもない店できちゃった
ビックカメラとユニクロで　ビーック、ビック、ビック、ビックロロロ
不思議な不思議な新名所　家電もあれば服もある
ビックカメラとユニクロで　ビーック、ビック、ビック、ビックロロロ

豊富な商品が陳列された店内には、お馴染みのビックカメラのコマーシャル・ソングが、ビックロ用にアレンジされて流れていた。

ユニクロの店舗は、一～三階の約四〇〇〇平米である。新宿通り側のメインエントランスを入ると、丸い陳列棚があり、カラフルなシャツ類が展示され、デジカメやスマートフォンを持ったマネ

キンが出迎える。陳列テーマは「素晴らしいゴチャゴチャ感」で、黄色と赤の派手な看板がいたるところにあり、「安くてビックリ！　ビックロ価格」「ここまでやります!!　限定価格!!　１９９０円」「早い者勝ち！」といったビックカメラふうの宣伝文句が躍っている。

「商品のほとんどが特売価格ですねえ」

ごった返す店内で、値札を見ながら藤岡がいった。

「ここにくれば、旬の商品が最安値で買えますって印象づける作戦だわね」

赤いメタルフレームの眼鏡の烏丸がいった。

「ああ、ここだけ三越が残ってるわ」

フロアーの端にある階段のところまできて烏丸が感に堪えぬ口調でいった。

「ほんとですねえ。兵《つわもの》どもが夢の跡、って感じですね」

使い古された大理石ふうタイル張りの階段と、やはり大理石ふうの薄茶色のタイル張りのどっしりとした手すりと壁が、かつての三越の豪華な店舗を偲ばせた。

バブル崩壊以降、百貨店はじり貧状態が続いている。カテゴリーキラーや郊外型ショッピングモール、アウトレット、アマゾンやＺＯＺＯＴＯＷＮなどの通販サイトにシェアを奪われ、バブル末期前後の平成三年には百貨店全体で十二兆千六百四十八億円あった売上げが、昨年（平成二十三年）はほぼ半分の六兆七千二百三十一億円まで減った。利益率が高く、売上げのほぼ半分（平成三年五〇・一パーセント、同二十三年四六・七パーセント）を占める衣料品の不振も拍車をかけた。

単独で生き残ることが難しくなり、平成十五年にそごうと西武百貨店が統合し、ミレニアムリテイリングが発足したが、三年後にセブン＆アイ・ホールディングスの傘下に入った。平成十九年には、大丸と松坂屋が統合し、Ｊ・フロントリテイリングが発足、同年、阪急百貨店と阪神百貨店が経営統合し、エイチ・ツー・オー リテイリングが発足、翌年、三越と伊勢丹が経営統合し、三越伊勢丹ホールディングスが発足した。こうした経営統合にともなって、大規模な希望退職者募集や店舗の統廃合が行われた。

しかし、昭和三十年代からバブル崩壊までの黄金時代、委託販売の上にあぐらをかき、品揃えも販売員もアパレル・メーカーに依存し、場所貸しだけで濡れ手に粟の利益を上げてきた体質を変えるのは容易ではなく、抜本的な経営改善策は打ち出せていない。

翌月――

かつてオリエント・レディの技術顧問を務めた菅野美幸は、ブルガリアの世界遺産、リラの僧院を訪れていた。

首都ソフィアからハイウェーや山道を走って、約一一七キロメートル南、リラ山の標高一一四七メートルの地点に位置し、ブルガリア正教会の総本山とも呼ぶべき修道院である。三～五階建ての、ややいびつなひし形の城壁のような外陣の内側に、修道士たちの居室、教会、時計塔などが配置されている。

「……このフレスコ画、目が眩みそうねえ」

メインの建物である聖母誕生教会の外側の回廊の壁と天井一面に描かれた極彩色のフレスコ画を見上げて、菅野が感嘆の声を漏らした。

銀色の五つのドームを頂いた教会を南側と西側から囲む、列柱に支えられたオープンエアーの回廊は、新・旧約聖書を題材にした色鮮やかなフレスコ画によって彩られていた。

「中に入ってみましょう」

日本人のツアーガイドの女性がいい、二人は西側の出入り口から教会内部に入った。

高い天井の教会内部は、金の輪形シャンデリア、金の装飾、金の燭台、キリスト、聖母マリア、聖人などを描いた極彩色のイコンやフレスコ画で、絢爛豪華に装飾されていた。

修道士たちの歌声が流れる中、人々が蠟燭や若葉の付いた木の枝を手に、順番に礼拝をしていた。厳かで敬虔だが、庶民的な雰囲気もある光景だ。

時おり歌声は途切れ、祈りの声に変わった。修道士たちは黒衣をまとい、黒い髭をたくわえている。

「菅野さん、お疲れじゃないですか？」

教会内部を見たあと、石畳の中庭を歩き、修道士たちが起居する四階建ての建物の回廊のベンチに並んですわったガイドの女性が訊いた。

「おかげさまで。ゆうべ、ゆっくり寝たのでね」

菅野はにっこり微笑んだ。

米国仕込みの立体裁断とグレーディングで、日本の婦人服業界に革命をもたらした菅野は、池田定六の死を機に、オリエント・レディを退社した。その後は、名古屋のアパレル・メーカーや東京のアパレル・メーカー、馬里邑《まりむら》で技術指導を行なったりした。六十五歳から始めた趣味の乗馬は、八十八歳まで続け、今も健康維持のために毎日歩いている。海外旅行も、かつて暮らした米国やヨーロッパなどへ、年に一、二度出かけている。

明るい秋の日が降り注ぎ、僧院の外陣の彼方に高い山が見えていた。菅野は、あれがリラ山脈最高峰のムサラ山（標高二九二五メートル）かしら、と思う。ソフィア市内より気温は数度低く、冬の寒さは相当なものだと思われる。

「ところで、菅野さんは、オリエント・レディっていう日本の婦人服メーカーをご存じですか？」

五十代のガイドの女性がふいに訊いた。

「えっ⁉……ええ、よく知っていますけど」

菅野は、自分の素性は話さずに答える。

「そうですか。実はわたしは山梨の出身で、日本にいた頃、サントリーの白州の工場で働いたことがあるんです。そこの制服が、オリエント・レディのものでした。確か、前の社長さんも山梨出身だったって聞いたことがあります」

サントリーの白州蒸留所は、山梨県北杜《ほくと》市白州町に昭和四十八年に開設された。田谷毅一の郷里の村からは四〇キロメートルほどの距離である。

オリエント・レディの製品は華やかさは今一つだが、縫製がしっかりしていて、機能性にもすぐれ、作業着の分野で高い評価を得ている。

「ええ、そうらしいわね」

田谷毅一は毀誉褒貶が激しく、複雑な性格の男だったが、菅野にとっては力を合わせて市場を開拓した同志で、武骨な甲州弁が懐かしく思い出された。

「その会社がどうかしたの？」

「今朝、ソフィアを出るとき、スマホでニュースを見てたら、合併するっていう記事が出てたんです」

「えっ、合併⁉　どこと？」

菅野は驚いた。

「確か、KANSAIクリエーションっていう会社だったと思います」

「KANSAIクリエーション……本当に⁉」


オリエント・レディとKANSAIクリエーションが、六ヶ月後を目途に経営統合すると発表したことは、関係者にとって大きな驚きだった。第一に社風が両極端である。オリエント・レディは、社長が絶対の軍隊流統制で、営業マンは地味なスーツにワイシャツ・ネクタイ姿、仕事中の私語は一切禁止で、長時間の残業は当たり前。それに対して、KANSAIクリエーションは、〝ファッション野郎〟の集団で、各ブランド長が大きな権限を持ち、営業マンはノーネクタイで、茶髪・金髪も珍しくなく、残業はしない。第二に、オリエント・レディは、自社工場を持つものづくりの会社で、ターゲット層はミセス、販路は百貨店が八割。KANSAIクリエーションは、工場を持たず、製造は商社などに委託、ブランド・マネジメントや宣伝が得意で、ターゲット層は若い女性、販路は百貨店、駅ビル、ショッピングモールと幅広い。

元々、田谷毅一と、KANSAIクリエーションの三代目経営者、北浦勝子、徳重（旧姓・北浦）礼子姉妹は、業界の重鎮同士として付き合いがあり、場合によっては、将来の提携も考えようという話が出たこともあった。そこに、業績低迷に悩み、田谷を超える実績を残したいと渇望している鹿谷保夫が「業界の大先輩に教えを請いに参りました」と辞を低くしてアプローチし、それがきっかけで経営統合へと話が進んだ。

両社は持ち株会社「オリエントKANSAIホールディングス」を設立する。かつて田谷が「ぽっと出」と馬鹿にしたKANSAIクリエーションは、八年前に東証一部上場企業になっていた。年商は約一千億円で、「売上げより利益」を目指してきたオリエント・レディの倍である。

新会社の年商は約千五百億円で、百貨店アパレル（百貨店との取引を軸足とするアパレル・メーカー）としては、ワールド、オンワードホールディングスに次ぐ第三位になる。持ち株会社の取締役は両社がそれぞれ四人の役員を出し、社長には鹿谷、会長には北浦勝子、それ以外の取締役に、徳重礼子、鹿谷と同期のオリエント・レディの営業担当専務執行役員、上海駐在で執行役員の堀川利幸らが就任した。

経営統合は、市場や縫製工場が重複しないという点はよいが、一足す一が二になるだけで、そもそも水と油の社風の両社が上手くやっていけるのかという疑念をもって迎えられた。

発表の翌日、東京株式市場では、KANSAIクリエーションがストップ高となる九百七十六円、オリエント・レディが二十三円安の六百二十八円で取引を終えた。昨年七十億円の赤字を出し、元々財務体質がぜい弱なKANSAIクリエーションを、強固な自己資本のオリエント・レディが支援する恰好になると捉えられたためだった。

3

翌年（平成二十五年）夏――

オリエントKANSAIホールディングスの社長、鹿谷保夫は、千代田区紀尾井町にあるホテルニューオータニの記者会見場で、集まった人々をいつもの強面で見回していた。

「えー、本日は、皆さまに二つの大きなお知らせがあります」

純白のクロスがかかったテーブルについた鹿谷は、マイクを前に話し始める。

会場には、数十人の新聞や雑誌の記者のほか、テレビ局のカメラクルーも何組かきていた。鹿谷に命じられ、広報担当の社員たちが駆けずり回って集めたのだった。今をときめくユニクロやZOZOTOWNならいざ知らず、業績が低迷し続ける百貨店アパレルに興味を持つメディアは少ない。

「第一点ですが、我が社は、今般、バングラデシュに約二十億円を投じ、縫製工場を造ることを決定しました」

鹿谷は、ぐいっと顔を突き出すようにして、記者たちを見回す。

「ご存じのとおり、中国における人件費の上昇にともない、新たな生産拠点をアセアン諸国に求める動きが産業界の趨勢となっております。我が社はこうした動きを先取りし、昨年、ミャンマーの縫製工場に着工いたしました。バングラデシュ工場は、それに続くもので……」

鹿谷は、時おり用意したメモに視線を落としながら話す。いつも怒鳴っているので、声は大きい。

「続きまして、二点目の発表でありますが……」

鹿谷はもったいをつけるように一呼吸置いた。

「我が社は、イギリスの婦人服ブランド『ブレンダ・プライス』を総額約百十五億円で買収することに基本合意いたしました」

会場から、おおっ、というどよめきが起こり、カメラのフラッシュが次々に焚かれた。

ブレンダ・プライスは、正統派の英国トラッドで、セレブリティにも愛好者は多い。

「当社は、従来より有力海外ブランドと提携し、商品を開発して参りました。今般、世界的著名ブランドを買収することで、ファッション業界における当社のステータスも強固になるものと考えております」

オールバックの色白の顔が、いつにない高揚感で上気していた。

その日の午後――

大阪の街には強い夏の日差しが降り注ぎ、木々の梢ではクマゼミがシャワシャワシャワとやかましく鳴き続けていた。

御堂筋にあるKANSAIクリエーションの社長室のソファーで、社長の北浦勝子と副社長の徳重(旧姓・北浦)礼子が話をしていた。

二人は前会長、北浦修造の長女と次女である。

「……ほんま、えらいことになってんな」

痩せぎすで、父親譲りの鋭い眼光をした勝子がいった。

地元の高校を卒業後、東京の服飾デザイン専門学校で学んだ元デザイナーで、年齢は五十代半ばである。

手にした資料は、オリエント・レディの過去半年の業績で、四十億円の営業赤字を出していた。

一方、KANSAIクリエーションのほうは、同時期に七億円の黒字だった。

「現預金が、田谷のときの半分の七百億まで減ってますからね」

妹の礼子がいった。

姉よりはふっくらした顔立ちで、税理士資格を持ち、外資系金融機関勤務の経験がある。

「鹿谷がアホみたいに金使《つこ》うて、工場建設や買収を繰り返してるせいや」

勝子が苛立ちもあらわにいった。

二つの会社は、ホールディングカンパニーの下で、別々に経営を行なっているため、互いの経営には口出しできない。

「三億ぐらいで済むミャンマーやバングラデシュの工場に二十億もかけるわ、イギリスの流行遅れのブランドを百十五億で買おうとするわ、もう見てられへんな」

「ブレンダ・プライスなんて野暮ったいブランド、日本で売れるわけあれへん。あんなん買うんは、イギリスの田舎もんだけやで」

勝子が吐き捨てるようにいった。

それら以外にも、鹿谷は統合発表の前後から、渋谷のセレクトショップ、港区の婦人服ブランドなど、四社を次々と買収していた。

「鹿谷は、なんもできひん上に、部下に対しては傍若無人で、社内が混乱してるて聞きますわ。こないだも書類の書体や字の大きさが気に食わへんゆうて、部下に電話を投げつけたらしいですよ」

「ほんま……!?　そんなんやあかんて、いっぺんやんわりゆうたんやけどな」

KANSAIクリエーションは元々ファッション好きの社員が集まっており、売上げさえできていれば、自由にやってよいという企業文化だ。軍隊式の統制やパワハラとは無縁で、オリエント・レディのような会社と一緒になるのは嫌だといって、辞めていった社員も少なくない。

「鹿谷は、ファッション・ビジネスを分かってへんから、ブランドの統廃合もなんも進みませんわ」

ＫＡＮＳＡＩクリエーションはブランド管理に厳しく、飛躍のきっかけになった「ジョリュー」でも、採算が悪くなったときに廃止した。

「どっちにしろ、このままやと、すぐに、キャッシュ底つきまっせ」

「あの男が経営統合を匂わせてきたときは、現預金がネギ背負《しょ》ってきたと思ったんやけどなあ。下手したら、共倒れやで」

「バングラの工場建設や、ブレンダ・プライスの買収は、まだＬＯＩ《エルオーアイ》（基本合意書）の段階ですから、引き返せますよ」

「せやな、早いとこ手ぇ打っとこ。そのために取締役会を四対四にしたんやから」


二週間後──

上海から一時帰国した堀川利幸は、千代田区九段南にあるオリエント・レディ本社の会議室で開かれた、オリエントＫＡＮＳＡＩホールディングスの定時取締役会に出席した。

空調がよく効いた室内の窓には白いブラインドが下ろされ、観葉植物の緑が潤いを与えている。マホガニーの艶やかな天板の長テーブルに、八人の取締役が着席し、少し離れたテーブルに、弁護士や企画・総務部門の社員たち五人が控えていた。

「……それでは、開催条件を充足しましたので、ただ今から、定例の取締役会を開催いたします」

テーブルの中央にすわった鹿谷がいつもの調子でいった。

「動議を提出いたします」

隣にすわった会長の北浦勝子が間髪を容れずにいった。

「議案は代表取締役解職の件です」

（えっ、代表取締役解職の件⁉　クーデターか⁉）

堀川は驚いた。

「鹿谷保夫氏の、代表取締役解職を提案いたします」

北浦は、手にしたメモを淡々と読み上げる。

「えっ⁉　ちょっと、ちょっと……」

鹿谷は、北浦に話しかけようとするが、狼狽のあまり言葉が出ない。

「本議案について採決しますので、当事者である鹿谷氏はご退席下さい」

北浦は、鹿谷に目もくれない。

「いや、ちょっと……えっ、なにこれ？」

鹿谷は茫然とした顔つき。

長年田谷のイエスマンをやってきただけなので、想定外の事態に立ち向かう反射神経や胆力はない。

「ご退席をお願いします」

ＫＡＮＳＡＩクリエーション側の弁護士が鹿谷に歩み寄って促す。素早く、迷いがない行動で、念入りに打ち合わせとリハーサルを繰り返した様子である。

鹿谷は、青ざめた顔で立ち上がり、ドアから出て行く。

「それでは、本件につき採決したいと存じます」

（やられた……！）

堀川らはほぞを噛んだ。

鹿谷がいなくなれば、取締役会は、ＫＡＮＳＡＩクリエーション側が四人、オリエント・レディ側は三人になる。北浦らが、対等の精神の象徴だとして、四対四の構成を提案した取締役数には、罠が仕掛けられていたのだ。

「鹿谷氏の代表取締役解職に賛成の方は、挙手をお願いします」

北浦の言葉に応じて、ＫＡＮＳＡＩクリエーション側の三人の取締役が手を挙げた。

さらにオリエント・レディの社外取締役も兼務する前ルミネ会長も手を挙げた。元国鉄常務理事で、日本交通公社（現・ＪＴＢ）の副会長を経てルミネの第二代社長になり、ユナイテッド・アローズをテナントに呼び込んで、経営を立て直した人物だ。鹿谷の経営能力に懸念を抱き、事前に北浦から話を聞き、賛成に回ったようだ。

「本議案は、賛成五票で可決されました」

水を打ったように静まり返った室内に、北浦勝子のしわがれ声が響き渡った。


その日、オリエント・レディの若い広報部員が社内放送で「ただ今、鹿谷社長が解任されました。皆さん、もうネクタイとっていいんです！」と興奮して伝えると、おーっという歓声と嵐のような拍手が湧き起こり、男性社員たちはネクタイを外した。ＫＡＮＳＡＩクリエーションとの交流が生まれたことで、社員たちもファッション・ビジネスとはああいうものだと考えるようになっていた。

オリエントKANSAIホールディングスの社長は、会長の北浦勝子が兼務し、社内の大改革が始まった。バングラデシュの工場建設とブレンダ・プライスの買収は取りやめ、ミャンマーの縫製工場は岐阜の縫製メーカーに売却することになった。鹿谷がやった買収案件も、見込みのないものは中止ないしは転売することになった。

鹿谷はオリエントKANSAIホールディングスとオリエント・レディの取締役も辞任させられ、会社とは一切無関係になった。鹿谷と同期のオリエント・レディの営業担当専務も会社を去り、グループの経営権は完全にKANSAIクリエーションが掌握した。

間もなく北浦・徳重姉妹は、スタンフォード大学のMBAで、外資系企業を渡り歩いてきた人物を社長に据え、新社長は、不採算店の閉鎖、都心の高収益店舗への資金と人材の投入、不採算ブランドの統廃合、ネット通販の強化、経営の合理化など、大ナタをふるい始めた。

エピローグ

平成二十七年三月下旬——

札幌は、冬から春に移る季節だった。一週間ほど前から降雪が止み、朝方の気温が氷点を上回り、コート姿の人々が道行く通りは、解けた雪と氷でシャーベット状になっていた。

大通公園の近くにある海猫百貨店の事務所で、烏丸薫と藤岡真人が話し合いをしていた。

二人ともそれぞれ六十四歳と六十一歳で、すでに定年を迎えたが、再雇用で相変わらず婦人服部門の仕事をしている。

「うーん、これねえ……」

バックヤードにある雑然とした事務所の打ち合わせ用の小さなテーブルで、烏丸が鉛筆の消しゴム部分で頬をつつきながら、商品カタログを睨んでいた。

「なんか、売れなさそうな気がするんですけど」

歳のわりには若作りの藤岡がいった。

「わたしもそう思うわ。似たようなデザインだけど、なんか安っぽいし、色合いも中途半端だし」

二人が見ていたのは、三陽商会の新ブランド「マッキントッシュ ロンドン」のカタログだった。

四十五年間にわたってバーバリーのライセンス契約を保持していた三陽商会は、今年六月に契約を失う。バーバリーがラグジュアリー・ブランドとしての地位と収益を強化するため、自社で販売することにしたからだ。売上げの二割強をバーバリーに依存していた三陽商会は、それに代わるものとして、英国のマッキントッシュ リミテッドと契約し、同社のブランド商品を七月から販売することになった。

「お客さんは、バーバリーの名前と、ホースマークと、上品なベージュの色調が気に入って買ってたんだと思うのよね」

「ですよね」

「それが全部なくなって、しかも同じような値段だったら、買うわけないべさ」

三陽商会は、「バーバリー・ブルーレーベル」に代わって「ブルーレーベル・クレストブリッジ」(女性向け)、「バーバリー・ブラックレーベル」に代わって「ブラックレーベル・クレストブリッジ」(男性向け)も発売予定だが、やはり「似て非なるもの」という感じは拭《ぬぐ》えない。

「とりあえず仕入れは、見合わせますか?」

「うん、そうしたほうがいいっしょ。……しかし、三陽さんも苦しいわねえ」

バーバリー以外のブランドを育てられなかった三陽商会は、二年前に、全従業員の二割弱にあたる二百七十人の希望退職を実施し、有利子負債の削減も進めている。

「アーノルドパーマーも、最近はドン・キホーテで中国人旅行者が買い漁るようなブランドになっちゃいましたしねえ」

「オンワードみたいに、儲かっていようがいまいが、とにかくブランドを作り続けるっていう執念がないとねえ」

「レナウンはもっと厳しいですけど」

平成十七年頃は二千円台だったレナウンの株価は、ここ数年百円と二百円の間を行ったりきたりしており、中国企業の傘下に入ったあとも、業績改善の兆しは見えない。リーマンショック前は千七百五十六億円あった売上げは、直近では七百二十二億円と半分以下になった。

昭和の時代、レナウン、オンワード(樫山)、ワールド、イトキン、三陽商会などが上位を占めていたアパレル業界の勢力図は様変わりで、直近の決算の売上げ上位五社は、次のとおりである。

①ファーストリテイリング(ユニクロ) 一兆三千八百二十九億円
②しまむら 五千百十九億円
③ワールド 二千九百八十五億円
④オンワードホールディングス 二千八百十五億円
⑤青山商事 二千二百十七億円

同じ頃——

オリエントKANSAIホールディングスの執行役員で、上海の総代表を務めている堀川利幸は、上海市中心部から一八キロメートルほど西に行った場所にある展示会場、国家会展中心(National Exhibition and Convention Center)で開催中の国際テキスタイル展示会「Intertextile」を訪れていた。

建築総面積一四七万平米(東京ドームの約三十一倍)という巨大展示場の十六のホールに、世界じゅうのアパレル関連企業数千社がブースを出展していた。

各ホールはジャンボ機の格納庫のような広々とした空間で、高い天井から照明がふんだんに降り注ぎ、パーティションで仕切られた大小のブースがひしめいている。

香港のテキスタイル会社のブースは、毛皮ふうのウール地を陳列し、客がサンプルを鋏で切り取ってもらっている。絹製品を展示している中国企業のブースには、外国人バイヤーが大勢集まっている。毛織物やスーツを展示している一角は高級感が漂い、英国と香港の企業のブースが多い。中国各地からやってきた布地や人造毛皮のメーカーが集まった一角は安っぽい商品だらけで、漂う空気まで安っぽい。トルコ企業のブースは、メリヤス、綿製品、ワイシャツ、糸などを展示している。フランス、ドイツ、アルゼンチン、パキスタン、韓国の企業のブースもあり、イタリアのプリント機メーカーのブースでは、最新の大型プリント機で実演をやっている。

黄色や紫のリボンで身分証を首から下げたスーツ姿の人々が行き交い、各国のバイヤーが丸テーブルでサンプルと電卓を前に買付交渉をし、立ち止まって携帯電話で話している人々もいる。

フロアーの中ほどの大きなスクリーンのそばでは、マイクを手にしたフランス人の男がランウェイの使い方を集まった二百人ほどの人々に説明し、それを中国人男性が通訳している。

「やあ、佐伯さんじゃないですか！」

堀川は、日本企業が集まっている一角にある東西実業のブースで、佐伯洋平に遇《あ》った。

「堀川さん、お元気ですか？」

大きな身体をワイドカラーのワイシャツと高級スーツで包み、磨き上げた茶色の革靴をはいた佐伯が笑顔で応じた。

清潔感のあるすっきりしたデザインのブースには、合繊、ウール、春夏物、秋冬物の布地が展示され、ダークスーツをぴしっと着込んだ男女の日本人社員が、来客の応対をしている。

「わたしは、相変わらず上海でやってます」

すらりとした身体にスーツをまとった堀川が微笑した。

「オリエントKANSAIさんで残っているオリエント・レディ出身の幹部は、もう堀川さんぐらいじゃないですか?」

「そうですね。もう経営は完全にKANSAIクリエーションが握ってますから」

「村上ファンドとの抗争に勝ったと思ったら、田谷社長が急死して、鹿谷氏が社長になった途端、業績が悪化して、あっという間に他社に乗っ取られるって、なんかすごいドラマですよね」

佐伯が苦笑した。

「田谷もいい時期に亡くなったのかもしれません」

堀川の胸中で感慨と皮肉が交錯する。

会社をゼロから東証一部上場企業にまで育て上げたのは池田定六だ。それを引き継いだ田谷は、新たな方向性を打ち出すことも、後継者を育てることもなく逝った。ものづくりに対する厳しさだけは守ったが、会社を私物化し、ごまかせるものはごまかすというやり方で、池田が積み上げた信用に泥を塗った。会社の形がまだあるうちに経営権が他社に移り、近代経営が導入されたのは不幸中の幸いだったのかもしれない。

「ところで佐伯さんは、今、どんな仕事をされてるんですか?」

「もっぱらユニクロさんに、中国やアジアの工場を橋渡しししています」

昭和三十九年に東西実業に入社した佐伯は、半世紀にわたる総合商社のアパレル・ビジネスの変遷を身をもって経験した。入社直後は中近東で生地の行商をしたあと、本社に戻って既製服メーカーへの生地の販売や生産受託を担当し、バブルの頃は海外のブランドを日本に輸入する「ブランド・ビジネス」で儲け、バブル崩壊後は主に日本のアパレル・メーカーの海外生産を受託する「プロダクション・ビジネス」に従事した。佐伯が入社の頃憧れた羊毛や綿花のバイヤーの仕事は姿を消し、現在は、プロダクション・ビジネスが八割を占める。

「ユニクロさんて、やっぱりすごいですか?」

「柳井さんが大きな目標を掲げて引っ張っていく人ですからね。スピード感とプレッシャーが半端じゃないですよ」

佐伯は苦笑した。

「こないだ店舗のＶＭＤ(ビジュアル・マーチャンダイジング)を担当している部長級の人と話したら、週末になると全国各地の店長やスーパーバイザーから三、四百通メールが入ってきて、それを月曜の朝の三時頃までかかって処理して、主要な問題点について自分の考えをしっかりまとめておかないと、月曜日の部長会議に耐えられないっていってました」

「なるほど。やっぱり並みの会社じゃないですね」

「まあ、あそこで何年か幹部として務まったら、筋金入りになるのは間違いないでしょう」

佐伯は苦笑した。

「最近は、世界的にサステイナビリティが重視されて、ユニクロさんの抜き打ち検査も入りますから、我々も、児童労働、労働環境、環境汚染なんかに注意して、事前に各工場を見て回ってます」

それから間もなく——

愛知県一宮市の古川毛織工業では、いつものようにションヘル織機のガッシャン、ガッシャン、カッシャン、カッシャンという規則正しい音が鳴り響いていた。

尾州の織物業者の多くが過剰設備投資などで破綻する中、身の丈をわきまえ、ものづくり一筋に打ち込むことで、新たな地平も見えてきていた。

「……そろそろニュースの時間だわ」

木造の本社二階にある会議室兼サンプル・ルームで、息子の裕太と午後のお茶を飲んでいた古川常雄がいった。八十歳を超えたが、今も元気に仕事を続けている。

作業服姿の裕太が、長テーブルから立ち上がり、リモコンで近くに置いてあるテレビのスイッチを入れた。

「……太平洋戦争の激戦地パラオに先ほど到着された天皇皇后両陛下は、大統領夫妻と懇談されるなど、早速行事に臨まれています」

民放の男性アナウンサーがよくとおる声でニュースを読み上げ、パラオ国際空港で出迎えの人々とにこやかに言葉を交わす両陛下が映し出された。戦後七十年の節目の慰霊の旅であった。

「おお、着て下さっとるがね！」

「そうですねえ！」

古川父子は、映像を見て、嬉しそうな声を上げた。

天皇陛下(現・上皇陛下)が着ている光沢のある鉄紺色のスーツの生地は、古川毛織工業で織り上げたものだった。

画面が変わり、赤い三角屋根の空港ビル前に若い女性キャスターが現れた。

「えー、午後四時すぎに到着した両陛下は、こちらの空港の建物の中で、レメンゲサウ大統領夫妻とともに、歓迎式典に臨まれました」

涼しげな白シャツ姿の女性キャスターがいい、左胸に手を当てた大統領夫妻と並んで立った天皇陛下とかたわらの皇后陛下の姿が映し出される。

「両陛下と大統領夫妻が、両国の国旗の前に立つ中、それぞれの国歌が演奏されました」

女性キャスターの声を聞きながら、古川常雄と裕太は画面に見入る。

国歌演奏のあと、天皇皇后両陛下は出迎えの人々と懇談し、空港をあとにする。

子どもたちが日の丸と青地に黄色い丸のパラオ国旗の小旗を振り、ビキニに腰蓑という民族衣装姿の可愛らしい小学生の女の子が歩み出て、皇后陛下に花束を手渡した。

「気に入ってくれとるとええけど」

「大丈夫でしょう。ええ生地に仕上げましたから」

天皇陛下のスーツの生地は、天皇陛下の服を仕立てている東京のデザイン事務所を通じて注文があったものだ。パラオ訪問用に、通気性、弾力性、光沢があり、涼感もある夏素材の生地を作ってほしいという依頼だった。古川毛織工業ではいろいろ検討し、経糸《たていと》は太いウールに細いシルクを巻き付け、太さの差で生まれる間隙《かんげき》による通気性と良質原料による光沢を持たせ、緯糸《よこいと》にはキッドモヘア(生後一年未満のアンゴラ山羊の毛)を使用し、しなやかな張りと光沢を生み出した。

「さて、じゃあそろそろ仕事に戻ろまいか(戻ろうか)」

二人は湯飲み茶わんを茶托に戻し、立ち上がった。

古川毛織工業の製品は、高級生地としての評判が定着し、コンスタントに注文が入るようになっていた。外国の一流アパレル・メーカーのほか、日本の皇族、有名俳優、男性グループアイドル、お笑いタレント、著名実業家などが愛用者になり、自分たちが織った生地をテレビ画面で見ることも少なくない。最近はものづくりを志す若者の就職希望も多く、従業員数は二十四人に増え、工場内では若い社員たちが飛び回っている。

同じ頃——

神田東松下町に建つ真新しい十四階建てのオフィスビル、「オリエント池田ビル」の一室で、年輩の女性と壮年の男性が、椅子の上に乗り、台座を含めて高さ二メートル近くある男性の銅像を磨いていた。

「……だいぶきれいになったわね。お父さんもきっと喜んでるわ」

七十代半ばの女性が、乾拭き用の雑巾を手にいい、そばで一緒に銅像を磨いていた男性が微笑した。

女性は、池田定六の娘である。亡くなった夫の池田文男は、田谷毅一より一歳年上で、オリエント・レディの副社長を務めた。

壮年の男性は、二人の長男で、サラリーマンをやりながら、都内数ヶ所にある池田家のオフィスビルを管理している。全電通労働会館での株主総会の際、村上ファンドに勝った田谷毅一に呼ばれ、白々しい感謝の言葉をかけられた男性だ。

「やっぱり時々、きれいに拭《ふ》かないと駄目だね」

二人が磨いていたのは、かつてオリエント・レディ本社ロビーに飾られていた、池田定六の胸像であった。オリエントKANSAIホールディングスの経営権がKANSAIクリエーションに移り、大幅な社内改革が行われた際に、遺族に返還された。

室内の壁には、「春風をもって人に接し　秋霜をもって自ら慎む　よく汝の店を守れ　店は汝を守らん　信用は信用を生む」という墨書《すみがき》の額が掛かっている。

眼鏡をかけた池田定六の銅像は、生真面目な性格がよく表れており、時の流れを見据えるように、じっと前を見つめていた。その眼差しの高さは、生前の志そのままだった。

〈完〉

●本作品には、一部実在の人物や団体が登場しますが、内容はフィクションです。また、登場人物の人間像は、すべて著者の創作です。
●柿ノ塚村は架空の地名です。

主要参考文献

『赤い鳥翔んだ　鈴木すずと父三重吉』脇坂るみ著、小峰書店、二〇〇七年八月
『アメリカの大学　アメリカのブックストア』大学生協連書籍部編、全国大学生活協同組合連合会、一九八七年十二月
『1秒でわかる！　アパレル業界ハンドブック』佐山周、大枝一郎著、東洋経済新報社、二〇一一年十月
『一勝九敗』柳井正著、新潮文庫、二〇一三年六月
『伊藤雅俊の商いのこころ』伊藤雅俊著、日本経済新聞社、二〇〇三年十二月
『樫山純三　走れオンワード　事業と競馬に賭けた50年』樫山純三著、日本図書センター、一九九八年八月
『株式上場』三上太郎著、講談社文庫、一九九三年一月
『ケースブック国際経営』吉原英樹、板垣博、諸上茂登編、有斐閣、二〇〇九年三月
『ザ・ラストバンカー　西川善文回顧録』西川善文著、講談社、二〇一一年十一月
『実録　総会屋』小川薫著、ぴいぷる社、二〇〇三年十一月
『新版　アパレルマーチャンダイザー』山村貴敬著、繊研新聞社、二〇〇七年七月
『新装改訂版　日本のファッション　明治・大正・昭和・平成』城一夫、渡辺明日香、渡辺直樹著、青幻舎、二〇一四年三月
『生涯投資家』村上世彰著、文藝春秋、二〇一七年六月
『誠実　住本保吉六十五年の軌跡』国米家已三著、財団法人住本育英会、一九九二年八月
『増補　戦後ファッションストーリー　1945-2000』千村典生著、平凡社、二〇〇一年十一月
『誰がアパレルを殺すのか』杉原淳一、染原睦美著、日経ＢＰ社、二〇一七年五月
『テキスタイルと私』鈴木倉市郎著、鈴倉織物、一九七八年一月

『東京スタイル50年史』東京スタイル社史編纂委員会編、東京スタイル、二〇〇〇年三月
『ドキュメント　総会屋』小野田修二著、大陸書房、一九八一年三月
『トリックスター「村上ファンド」4444億円の闇』『週刊東洋経済』村上ファンド特別取材班　山田雄一郎、山田雄大著、東洋経済新報社、二〇〇六年八月
『なんとなく、クリスタル』田中康夫著、新潮文庫、二〇〇二年十月
『東と西のカレッジストア』大学生協連書籍部編、全国大学生活協同組合連合会、一九八八年十二月
『ヒルズ黙示録　検証・ライブドア』大鹿靖明著、朝日新聞社、二〇〇六年五月
『ヒルズ黙示録・最終章』大鹿靖明著、朝日新書、二〇〇六年十一月
『ファストファッション戦争』川嶋幸太郎著、産経新聞出版、二〇〇九年十二月
『プロジェクトX挑戦者たち28　次代への胎動』ＮＨＫプロジェクトX制作班編、日本放送出版協会、二〇〇五年八月
『変化対応　あくなき創造への挑戦　1920-2006』イトーヨーカ堂編纂、イトーヨーカ堂、二〇〇七年二月
『滅びゆく日本』村上世彰著、一九八九年（未刊行）
『レナウン商法・オンワード商法』椎塚武著、日本実業出版社、一九七八年九月
『私の歩んだ人生　鈴木倉市郎』鈴木倉市郎著、日本繊維新聞社、一九九〇年七月
『SANEI INTERNATIONAL 1949-2003』サンエー・インターナショナル社史製作委員会、サンエー・インターナショナル、二〇〇三年十月
『SANYO DNA　三陽商会60年史』住友和子、石本君代、須知眞知子編、三陽商会、二〇〇四年六月
『World 50th anniversary book』ワールド50周年記念誌編纂事務局編、ワールド、二〇〇九年十月

・その他、各種論文、新聞・雑誌・インターネットサイトの記事・動画・データ、企業の有価証券報告書・年次報告書・社史などを参考にしました。
・書籍の年月日は使用した版の発行年月日です。

アパレル用語集

イージー・オーダー
好きな生地を選び、既存の型紙の中から自分の体型にあったものを選び、寸法調整やデザイン補正をしてスーツを作るやり方。

委託販売
百貨店がアパレル・メーカーからいったん商品を仕入れ、売れ残った商品は返品する販売方式。アパレル・メーカーは返品を考慮した価格設定をするため、百貨店の衣料品が高価格になる一方、百貨店は品揃えをアパレル・メーカーに依存し、バイヤーとしての実力低下につながった。

親機、子機(おやばた、こばた)
親機は、織物(布地)生産において統括的役割を果たす織物メーカー。織物の企画・設計を行い、見本織りを作って問屋やアパレル・メーカーから注文を取り、糸を買って、糸染業者や撚糸業者に加工を委託する。子機は加工された糸を親機から受け取り、下請けとして布地を織る。子機は家族経営の零細な業者が多い。親機には工場を持ち、自社でも布地を織る者(会社)と、工場を持たず、生産はすべて子機に委託する者の２種類がある。

カシミヤ
カシミヤ山羊から取った毛、またはそれによる毛織物。名前はインドのカシミール地方の古い綴りに由来する。カシミヤ山羊は主に、中国北西部、ネパールのヒマラヤ地域、モンゴルとイランの高い台地に住んでいる。毛は細く、密度が高いが軽く、暖かく、光沢があり、肌触りがよく、高価である。

カテゴリーキラー
衣料品や家電など、特定分野(カテゴリー)の商品を大量に揃え、低価格で販

売する小売業者のこと。カテゴリーキラーが進出すると、その商圏内のスーパーや百貨店は、そのカテゴリーの取り扱いの縮小や撤退に追い込まれるので、このように呼ばれる。ユニクロ、青山商事、しまむら、ビックカメラ、ヤマダ電機、マツモトキヨシ、トイザらスなどがこれに当たる。

川上、川中、川下

アパレル業界において、川上は紡績メーカーや織物メーカー、川中は既製服など製品メーカー、川下は卸・小売りである。

グレーディング

パタンナーの起こした型紙を、様々な体型の人に合うように、拡大・縮小し、多数の型紙を作る(サイズ展開する)こと。これを行う専門職をグレーダーと呼び、現在はコンピューターで行われている。

コレクション

シーズンごとに高級注文服のデザイナーが創作する一群の作品、またはその発表会のこと。1960年代からは既製服(プレタポルテ)のデザイナーも参加するようになり、パリ、ミラノ、ロンドン、マドリード、東京などで開催されている。

コンバーター

生地問屋のうち、自ら企画を行い、原材料の段階から手配し、製造加工までを自社のリスクで行う製造問屋のこと。

サンプル・ルーム(試作室)

各種縫製設備と縫製担当の職員を有するアパレル・メーカーの商品試作室のこと。

重衣料、中衣料、軽衣料

重衣料はコート、スーツ、ドレスなど、厚手で重さのある衣料品。軽衣料は

肌着、下着、靴下など、薄くて軽く、実用性のある衣料品。中衣料は、前二者の中間で、ジャケット、ブラウス、シャツ、パンツなど、他の物と組み合わせて使う衣料品。

上代、下代

上代は商品の小売価格、下代は卸売り(仕入れ)価格。

ションヘル織機

ドイツのションヘル社(Schönherr GmbH)が開発した織機で、ハンマーでシャトルを打ち出し、経糸(たていと)に緯糸(よこいと)を絡めていく。主に明治・大正期から1960年頃まで使われていた。経糸をピンと張って織る高速織機に比べると、生産速度は5分の1程度だが、経糸の張りも緩く、遊びがある分、手触りが柔らかく、風合いのある生地を織ることができる。現在は生産が中止され、機屋が自力でメンテナンス・修理を行っている。

スタン(洋裁用人台)

ボディスタンドの略称で、デザイン制作、立体裁断、衣服の試着や陳列などに用いる人体の形をした模型。

染色整理加工

織り上がった生機(きばた)を、製品に使えるテキスタイルにするための工程。毛織物の場合は、洗絨(せんじゅう:洗剤で汚れや機械油を除去)、煮絨(しゃじゅう:熱湯にとおし、滑らかにする)、縮絨(しゅくじゅう:水分を加えて揉み、織りの密度を高める)、乾燥、染色、起毛(毛羽立たせ)、剪毛(せんもう:毛羽の刈り揃え)、プレス、蒸絨(じょうじゅう:蒸して形状を固定)、撥水加工、シルケット加工(光沢や吸湿性付与)など、いくつもの工程を経て初めて出荷できる。

全織(ぜんせん)同盟

昭和21年に繊維産業の企業別労働組合を単位組合として結成された全国的

組織で、正式名称は全国繊維産業労働組合同盟。1960年代後半からチェーンストアなど流通産業の労働者の組織化にも取り組み、1970年代には組合員55万人を超える民間最大の産別組合になり、1974年にゼンセン同盟に改称した。日本の労働運動の中では右派の代表格。2002年にCSG連合(化学・薬品・サービス関係)、繊維生活労連(地場繊維産業)と統合し、全国繊維化学食品流通サービス一般労働組合同盟(略称・UIゼンセン同盟)となった。

ツイード
スコットランドとイングランドの境を流れるツイード河畔を発祥の地とする、太い羊毛を平織りまたは綾織りにした粗くざっくりとした風合いの毛織物。地厚で丈夫でスポーティ感があり、背広、婦人服、コート、ジャンパーなどに用いられる。

つぶし屋
戦後、既製服創成期に用いられた既製服業者を指す蔑称。当時、既製服は和服や古着をほどいた生地(和服や古着を“つぶした”生地)で作ることが多く、品質もよくなかったので、こう呼ばれた。

トラッド
米国の紳士服の様式。トラディショナル・スタイルの略で、流行に左右されない伝統的スタイルを意味する。直線的なラインのジャケットやチェック柄の細身のパンツ、ボタンダウン・シャツなどが主なアイテムで、アイビー・ルックが代表例。

撚糸(ねんし)
糸を1本または2本以上ひきそろえて撚(よ)りをかけること。または撚られた糸のこと。強度、弾力性、風合いを出すために行う。

パタンナー
デザイナーが作成したデザインをもとにパターン(型紙)を作成する専門職。

ハンガーラック
左右の支柱に支えられた横木に複数のハンガーがぶら下がった衣服の収納・陳列用の器具(家具)。支柱の下の台座に移動用の車輪が付いているものもある。

販売員(マネキン)
アパレル産業における販売員とは、販売員派遣会社の斡旋で、アパレル・メーカーの契約社員として百貨店などで働く人(主に女性)。働くにあたっては、当該の店(百貨店)で研修を受け、バッジも制服も店(百貨店)のものを身に着ける。通称・マネキン。

ファストファッション
最先端の流行を取り入れ、それを安く大量に提供するカジュアル衣料販売チェーンのこと。およびそのような衣料品。ユニクロ、無印良品、GAP(米国)、ZARA(スペイン)、H&M(スウェーデン発祥)、フォーエバー21(米国)などが代表例。

布帛(ふはく)、ニット
衣料品を作るための素材は布帛とニットに大別される。布帛は経糸(たていと)に緯糸(よこいと)を絡めて、織って作った布地のこと。ニットは1本の糸でループを作りながら編んでゆく編地で、メリヤスとも呼ばれる。ニットは布帛に比べると伸縮性に富み、皺になりにくく、製造コストは安い。

ポリエステル
麻や絹に似せて開発された石油を原料とする合成繊維。製造技術の進歩とともに絹に似た軽さや光沢を持つものが開発された。乾きやすく、形崩れしづらく、カビや虫害に強い等の特性を持つ。幅広い衣料品の製造に使われ、日

本における合成繊維生産量の約半分を占める。

マーチャンダイザー(略称・MD)
アパレル・メーカーの生命線である商品の企画を担う仕事。市場のトレンドや消費者の嗜好を収集・分析し、新商品を企画し、素材や工場を選定し、コストや上代を決定し、展示会を開いてバイヤーの反応を見極め、最終デザイン・生産数量・販売促進計画等を決定し、新商品を市場に投入し、売上げ・利益に責任を持つ。他の業界のプロデューサーに似た仕事。

羅紗(ラシャ)
厚地の毛織物で、織り目が細かく、表面を毛羽立ててフェルトのようにしたもの。丈夫で保温性に優れている。ヨーロッパで毛皮に似せて作られ、室町時代末期頃に南蛮船によってもたらされ、陣羽織、火事羽織、のちに軍服、コート、帽子、ズボン、スーツなどに使われた。

レーヨン
絹に似せて作った再生繊維。昔は人絹(じんけん)、スフ(ステープル・ファイバーの略)とも呼ばれた。パルプやコットンリンターなどのセルロース(繊維素)を水酸化ナトリウムなどのアルカリと二硫化炭素に溶かし、それを酸の中で糸に紡いで作る。石油を原料とする化学繊維と異なり、加工処理して埋めると土に還る。滑らかな肌触り、吸湿性のよさ、光沢、染色のしやすさなどが特徴で、明治時代末期にヨーロッパから輸入された。柔らかな広がりや涼感を醸し出し、上着の高級裏地、婦人用肌着などにも使われる。

レピア織機
レピア(槍)と呼ばれる2つの細長い金属の棒あるいはバンドを使って、緯糸(よこいと)を経糸(たていと)に絡めていく織機。1950～60年代にかけて実用化され、ションヘル織機の3倍程度の速度で生地を生産できる。ションヘル織機に比べると、製織時の糸の張力が強いため、生地の表面は均一できれいだが、平板な感じになる。

ロイヤリティ

商標や特許の使用料のこと。アパレル・メーカーなどが海外のブランドと提携した場合、ブランドの使用料として上代(小売価格)あるいは下代(卸売価格)の何パーセントかを支払う。

DC(デザイナーズ・アンド・キャラクターズ)ブランド

ファッションデザイナーのキャラクター・ブランドのこと。企画、宣伝、ショップ展開など、すべてにわたってデザイナーが打ち出すコンセプトに沿ってコーディネートされる。日本では1970年代から登場し、80年代にブームとなった。代表的なものはBIGI、イッセイミヤケ、ニコル、コムデギャルソン、ワイズなど。

JIS(Japanese Industrial Standards、日本産業規格)

産業標準化法(昭和24年法律第185号)にもとづく鉱工業製品に関する日本の標準規格。製品の技術用語、数値、種類、形状、品質、性能、試験方法、設計、製造、包装など、多岐にわたる。規格を標準化し、統一することで、生産者には生産合理化、技術向上、コスト削減、消費者には信頼性や安定した価格というメリットがもたらされる。2019年までは日本工業規格と呼ばれていた。

SPA(製造小売業)

specialty store retailer of private label apparelの略。製品の企画・製造・小売りまでを自社で行うアパレル・メーカーのこと。卸問屋などの中間マージンを排除することで、低価格を実現する。ユニクロ、無印良品、GAP、ZARA、H&Mなどがこれに当たる。

本作品は、『世界』の連載小説「アパレル興亡」(二〇一七年九月号―二〇一九年八月号)を大幅に加筆修正したものです。

黒木 亮

1957年、北海道生まれ。早稲田大学法学部卒、カイロ・アメリカン大学大学院修士(中東研究科)。
都市銀行、証券会社、総合商社に23年あまり勤務。2000年に国際協調融資の主幹事を巡る攻防を描いた『トップ・レフト』で作家デビュー。主な作品に『巨大投資銀行』『排出権商人』『鉄のあけぼの』『法服の王国』『ザ・原発所長』『国家とハイエナ』『島のエアライン』などがある。大学時代は箱根駅伝に2回出場し、20 kmで道路北海道記録を塗り替えた。ランナーとしての半生は『冬の喝采』にノンフィクションで綴られている。1988年より英国在住。

アパレル興亡

2020年2月18日　第1刷発行
2020年7月6日　第4刷発行

著　者　黒木《くろき》 亮《りょう》

発行者　岡本 厚

発行所　株式会社 岩波書店
〒101-8002 東京都千代田区一ツ橋2-5-5
電話案内 03-5210-4000
https://www.iwanami.co.jp/

印刷・精興社　製本・牧製本

© Ryo Kuroki 2020
ISBN 978-4-00-061390-3　　Printed in Japan

法服の王国 小説裁判官（上・下）　黒木　亮　岩波現代文庫　本体各一一〇〇円

マーケティングのＳＯＮＹ
市場を創り出すＤＮＡ
立石泰則　四六判三三四頁　本体二四〇〇円

闘う商人　中内㓛
―ダイエーは何を目指したのか―
小榑雅章　四六判二九四頁　本体一八〇〇円

会計と犯罪
―郵便不正から日産ゴーン事件まで―
細野祐二　四六判三〇二頁　本体一八〇〇円

検証　バブル失政
―エリートたちはなぜ誤ったのか―
軽部謙介　四六判四三二頁　本体二八〇〇円

岩波書店刊

定価は表示価格に消費税が加算されます
2020年7月現在